严平 著

# 青草绿了又枯了：
# 寻找战火中的父辈

人民文学出版社

图书在版编目(CIP)数据

青草绿了又枯了:寻找战火中的父辈/严平著.—北京:人民文学出版社,2019
 ISBN 978-7-02-015176-9

Ⅰ.①青… Ⅱ.①严… Ⅲ.①纪实文学—中国—当代 Ⅳ.①I25

中国版本图书馆CIP数据核字(2019)第068629号

责任编辑　刘　伟
装帧设计　黄云香
责任印制　徐　冉

出版发行　人民文学出版社
社　　址　北京市朝内大街166号
邮政编码　100705
网　　址　http://www.rw-cn.com

印　　刷　三河市博文印刷有限公司
经　　销　全国新华书店等

字　　数　265千字
开　　本　680毫米×960毫米　1/16
印　　张　22.25　插页8
印　　数　1—10000
版　　次　2019年8月北京第1版
印　　次　2019年8月第1次印刷

书　　号　978-7-02-015176-9
定　　价　58.00元

如有印装质量问题,请与本社图书销售中心调换。电话:010-65233595

年轻的程季华在演剧队

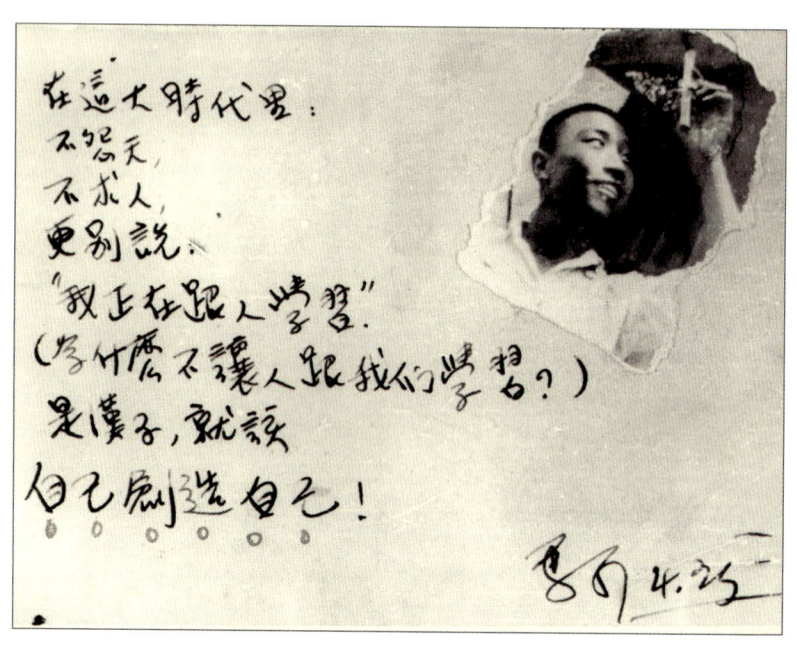

马可手迹，右上图为中学时代的马可在做化学实验

1940年抗敌演剧二队、八队于岳麓山爱晚亭

1945年，剧宣七队的女队员们

1939年春，抗敌演剧三队在延安

演剧队员们怀着沉痛的心情悼念牺牲的战友

1944年冬,五队部分队员在保山远征军司令部

珍藏至今的宜昌抗战剧团资料册

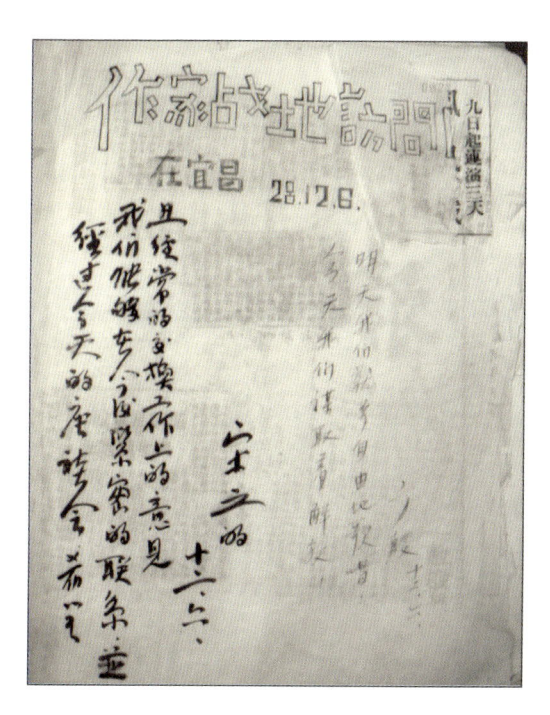

尘封的材料里，有宋之的、方殷等人七十多年前的笔迹

1938年10月，宜昌抗战剧团暨孩子演剧队全体合影

▲突击第三幕

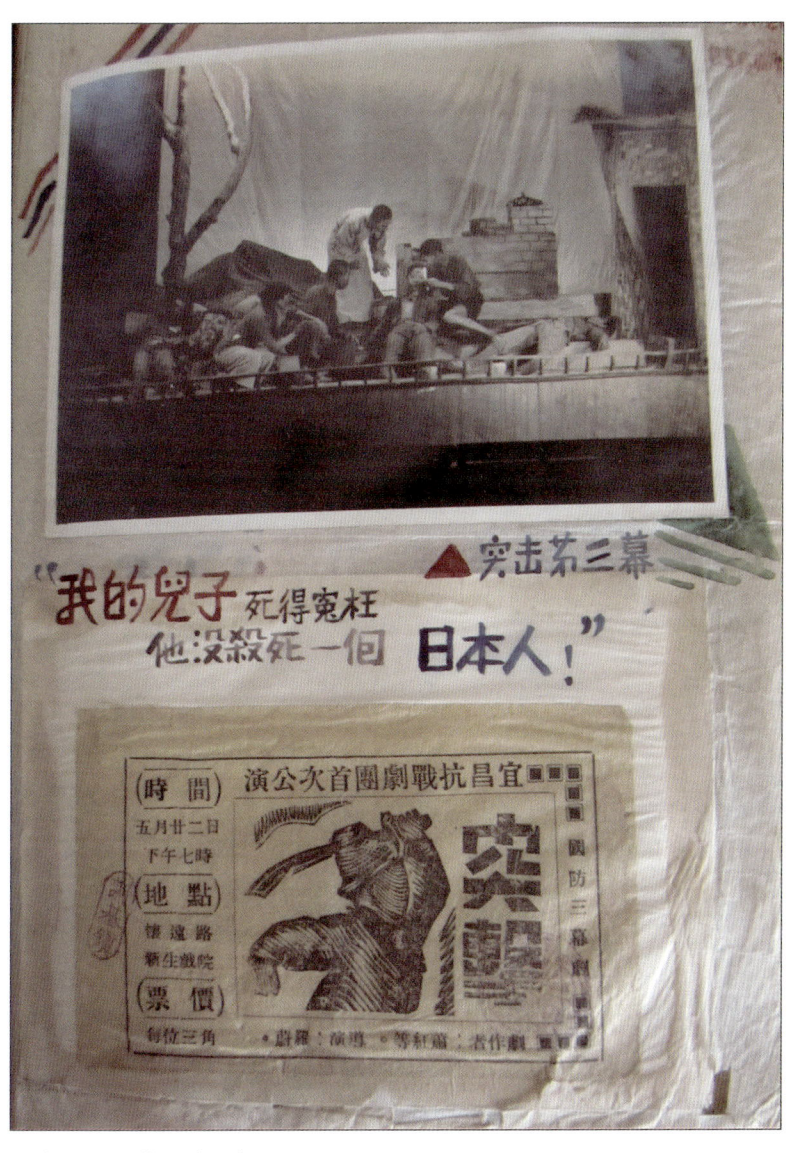

"我的兒子死得寃枉
他沒殺死一個日本人！"

宜昌抗戰劇團首次公演
突擊
國防三幕劇

(時間) 五月廿二日 下午七時
(地點) 鎮遠路 新生戲院
(票價) 每位三角

《突击》剧照、门票

为部队和老百姓演出

陈然（左）与他的两个入党介绍人，程季华（右）、向长忠（中）。向长忠后来成了叛徒

十九岁的黄永玉（左二）

我和母亲。五十年代的母亲依然美丽,但她给我选择的发型真的很让我不满

难忘的中学时代。左起：吴琳阿姨、母亲孟波、王致君阿姨

保存下来的五舅唯一的一张照片

# 目 录

他们走向战场 ·············································· 1

我们歌颂我们之再生
　　——马可和他的1938年日记 ············· 35

火炼 ······················································· 65

沙滩上再不见女郎 ································ 89

埋伏
　　——一支潜入国民党心脏的特殊队伍 ············· 115

谁与你同行 ········································· 141

异域征尘 ············································· 169

一朵奇花的绽放与凋残
　　——宜昌抗战剧团纪事 ····················· 197

埋在岁月皱褶里的故事
　　——黄永玉谈演剧队及其他 ············· 264

母亲的故事 ········································· 278

铁磁姐妹 ············································· 303

寻找五舅 ············································· 323

后记 ···················································· 348

# 他们走向战场

## 一、走向战争的身影

2008年的那个冬天,我终于结束了《1938:青春与战争同在》的写作,也完成了这本书的一个重要部分:北平学生移动剧团日记的整理。我在《后记》中写道:

> 一段时间以来,我似乎和日记的主人公成了朋友,我写着他们,想着他们,常常在独自行走的路上,在地铁拥挤的人流中,在昔日古老京城的遗址前,或是在今天孩子们娇嫩活泼的笑脸中,看到他们的身影,听到他们的声音……然而,今天我们终于要分手了。

分手有着说不出的不舍,但也如释重负。翌年春天,我协助张昕老师把两本移动剧团团体日记捐献给卢沟桥抗日战争纪念馆,遗憾的是由于身体的原因她终于没有能参加捐赠仪式。那天,隆重的仪式后,我们一行人在纪念馆前合影留念,蓝天下,纪念馆白色的墙体显得分外耀眼,不远处是古老而敦实的卢沟桥,河水在阳光的照耀下静静流淌……我们在春天的暖风里欢笑着,那过去了的沉重的浴血岁月似乎已离我们很远很远。

然而,就在那之后不久,我接到电影史学家程季华老先生的电话。他说,我的书引发了他很多尘封的记忆让他夜不能寐。遥想当年,有十个演剧队坚守在抗日战争的正面战场上,他手中有较详细的资料,那是他和战友们用多年的心血收集起来的,是承载着历史和生命印迹的材料,他本想把这些材料整理出来,但是如今真的是年老了,身体和精力都不行了,他希望我能够来做这件事情。

我在电话中犹豫着。十个团队,会有多少惊心动魄的故事,我所写过的北平学生移动剧团并不在其内,和十个团队比,它更像是一支独立的小分队。然而,我知道重新走进历史深处的滋味,记得每次翻看那些旧日记、老照片总让我在深夜中久久不能入睡的情景,我甚至在博物馆展出的那些惨不忍睹的图片面前逃出来张大嘴巴拼命地呼吸着外面新鲜的空气……有谁愿意去一次次翻动那些血的疮疤,去触摸那些被侮辱被侵犯的灵魂,去拨动那些令人痛彻心骨的往事呢……犹豫中,我似乎又觉得有种声音在呼叫,呼叫,顽强地呼叫着……

我终于走进了程老的家。隔着时空的距离,我们进行着两代人之间的对话。

程老当年是抗敌演剧队第九队成员,这个团队成立于1938年,1941年改称抗敌演剧宣传队第五队,1946年改称演剧五队。他们诞生于抗日的暴风雨中,出没于湘、粤、桂、黔、滇各个战场,又跨越边界奔赴缅甸慰问中国远征军的将士们……他们面对战争、饥饿、贫困、疾病无所畏惧,于腥风血雨中奋力前行。在十个演剧队中,他们是延续时间最长的一支队伍,一直坚持到1949年新中国成立。

当我追问程老先生的个人经历时,他说比起老队员们,自己加入这支队伍较晚,即便如此,那些惊涛骇浪的日子也留给他永生难忘的记忆。他再三强调说不希望我写他个人，或者只写他所在的九队，而是希望我把十个队的经历都写出来！他们也曾计划亲自动笔并讨论过写作提纲，正是出于此，他和曾经是演剧队二队队长的吕复等人花费了多年心血，不断地收集着材料。

程老的讲述把我带入几十年前的战争岁月，他的声音虚弱沙哑但却执着，既饱含着深深的怀念，也带有一个史学家穿越历史的睿智目光。在他的讲述中，我还惊讶地发现他所在的九队创立时，中共最初推荐的队长（因为陈诚不同意女人当队长，后来做了总干事），竟然是我所熟悉的"小范"阿姨——后来在延安曾经和母亲住一个窑洞的人。三十年代，她曾经因为才貌出众在革命队伍里分外突出，到了中老年，又因为丈夫的原因深卷在政治漩涡中成为颇受争议的人物。在她生命的最后几年里，我和她聊过多次，我记得她曾经充满怀恋地提到过自己在演剧队的经历，提到1938年那些难忘的日子，但当时我却因为满脑子装着其他问题，把她的这段经历忽略了。

1938年是个关键时刻。那一年，发生了许多让历史铭记的事情。随着抗日统一战线的形成，周恩来担任了在武汉成立的国民政府军事委员会政治部副部长，他所直接领导的第三厅主管宣传，由郭沫若担任厅长，他手下聚集了诸多进步文化名流：阳翰笙、胡愈之、田汉、冯乃超、洪深，还有金山、冼星海、郑君里、李可染……盛时多达百余人。而此时，由上海地下党建立的十二个上海救亡演剧队在各个战场进行了几个月的宣传，面临经费政治皆无保障，生活无路报国无门的困境。为了抗战宣传的需要，周恩来决定在第三厅下收编这些民众救亡团体，成立十个演剧队和十个宣传队，后来终因时间仓促经费不足，只成立了十个演剧队四个宣传队和一个孩子剧团。

1938年的那个夏天，一定是"小范"阿姨和她的战友们最兴奋的日子。十个陆续成立起来的团队聚集在武昌昙华林的一所中学里，8月

10日,举行了演剧队正式成立授旗典礼。那天,四百多名演剧队员身着新军装按照各队的顺序排列在操场上,每个人胸前都别着蓝底白字的演剧队证章。队伍前面是站立笔直的洪深和身着卡其军装、脚蹬过膝马靴的田汉。主席台上红旗招展,军乐队奏响着乐曲。身穿灰色派力司中山装、头戴铜盆帽的郭沫若庄严宣布授旗仪式开始。当田汉的马靴"咔嚓"一响,操着湖南口音的"立正——"在操场上响起来的时候,当郑君里等人迈着很不规范的步子跑上台去接旗的时候,年轻的团员们不再扭着脸想笑又不敢笑,他们抬头挺胸,心中充满着说不出的感动。军事委员会政治部主任陈诚向各队授旗,队旗是由长条形蓝布制成,上面印着"军事委员会政治部抗敌演剧队第×队"。周恩来在讲话中说:"你们是战斗的文艺队伍,十个队不亚于十个师!"他的话在以后漫长艰险的日子里,成为鼓舞演剧队员的精神力量。

或许是因为演剧队员们实在太不军事化了,授旗后,他们和三厅的"名流们"一起进行了紧张艰苦的军事训练。最初,大家很不习惯,他们列队在操场上时甚至连站都站不整齐。后来成为人艺著名表演艺术家的田冲,此时二十二岁,是抗敌演剧队第三队的一员,他清楚地记得,自己是如何在骄阳似火的操场上,身着军装,斜挎皮带,头戴大盖帽,和大家一起列队操练,跑在前面的是全副武装的田汉、洪深。他们在教官的带领下挥汗如雨,把口号喊得震天响。训练是非常严格的。一次,郭沫若召集队长们谈话,还没开口就手指郑君里的胸口。几个队长一时摸不着头脑,直到郭沫若接连地指点着郑君里的脖子,大家才明白,他是在批评郑君里风纪扣没有系上。此时的诗人郭沫若军人风度十足,他神色严肃地望着大家:你们都是军人!以后再不能这样吊儿郎当!队长们立刻立正,大声答"是!",郭沫若这才缓和下来开始讲话。

很多年后,演剧队活着的人们,都忘不了1938那个改变命运的时刻。战争正残酷地展开,日本飞机每天都要轰炸武汉。一天,上百架飞机铺天盖地地从空中飞来,人们迅速地转移到防空洞里。郭沫若耳聋得厉害,他慢条斯理地向防空洞走去,洞口的人急得大声喊叫,他也听不见,快走到洞口时,人们听见头上的尖哨凄厉地响起,这是炸弹坠落的前兆,有人冲上去一把将郭沫若拉进洞里,轰的一声巨响,炸弹把对面的学校炸裂了,霎时,尘土飞扬,沙石遍地,硝烟弥漫,哭声震天……也就是在培训的日子里,周恩来为他们做了长达四个小时的形势报告,指示他们:"到国民党军队中去,深入前线,随军行动……"原本,他们中的许多人是希望到延安去的,周恩来的讲话彻底打消了他们的念头。

在日军接连不断的轰炸中,十支队伍分别开赴十个战区。跟随三队出发的年轻诗人光未然(张光年)挥笔写下了《演剧队员之歌》,歌词简单易记,充满着勇敢献身精神。

我们是青年的演剧队员,我们是青年的演剧队员。
我们用戏剧从事宣传,我们用戏剧从事宣传。
舞台是我们的堡垒,街头是我们的营盘。
台上台下打成一片,演员观众一致抗战!
打倒日本强盗!收复大好河山!
努力吧,努力吧,努力吧。
青年的演剧队员,
前进吧,前进吧,前进吧,
青年的演剧——青年的演剧队员!

……我是背着很多材料离开程老家的。在以后的日子里,我不断地阅读那些材料,这其中正式发表(出版)的大约有一半;另一些是内部编辑的文史资料；还有一部分则是队员们在战争年代积攒保存下来的原始材料，它们厚厚地钉在一起，纸页泛黄，发脆，每掀起一张都有破碎的可能。我小心翼翼地翻看那些纸页，揣测着在什么时候什么地方什么情况下年轻的演剧队员们把这些材料一点点地集中在一起，又经过什么样的颠沛流离把它们带在身边，保留下来……我想象着这些青年人怎样出没于硝烟弥漫的战场，尽管我熟悉他们中的一些人老年的模样，看惯了他们的白发、皱纹和他们坚毅衰老的神情，但我依然禁不住地想象他们在战争中的青春身影……程老交给我的材料实在太多了，十个队！不同的战区，不同的境遇，不同的生存状态，不同的演剧生涯，还有每个人后来不同的命运……我一时竟不知道应该从什么地方开始我的书写，我向程老述说我的困惑，我知道他希望我能够写出较为系统完整的东西来，但我却更关注这其中个人的命运，他耐心地听着我的讲述，笑着对我说，还是照你自己的意思做吧……

最先印入我的脑海，挥之不去的，是他们走向战场的年轻身影。

一个队员在多年之后这样描述他所目睹的情景，岁月的漫长没有能将那些悲惨的记忆抹去一丝一毫：

　　……我们向前面的小山奔跑时，只听到一阵"嘘嘘——"炸弹鸣叫声，抬头一看，两颗亮晶晶的炸弹正朝着我们下来……

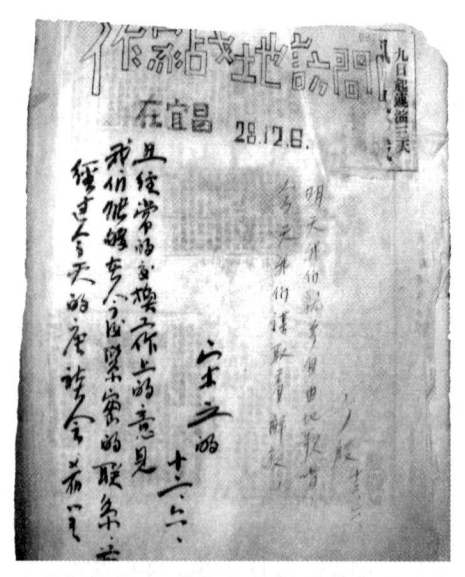

尘封的材料里，有宋之的、方殷等人七十多年前的笔迹

接着几声巨响,大地震动,我和小刘都被埋在土中。等这一阵过去,我们挣扎着爬起来,一看到处是尘土飞扬,文庙大成殿几乎全毁了。我们面前的小学校课室(我们队过去曾在此住过)正在倒塌,刚刚我们还看到的那位站在侧门持枪的卫兵,上半身已被斜着炸飞,一些残体挂在树枝上,内脏粘在断墙壁上,鲜血淋淋,可是这个卫兵的下半截却还没有倒下,仍旧挺立在他的岗位上。……接着,又是一批敌机的轰炸、扫射,等这一批敌机转过去以后,我们再爬起来,向文庙右后方的橘树林里跑去,一路上只见东倒西至的男女老少,有的身上淌着鲜血,有的倒在地上把炸出来的肚肠抓过来往自己腹腔里塞,有的拖着被炸断的大腿在爬……一片哭声、一片嘶叫声。

(马村夫《难忘的一昼夜》,《壮绝神州戏剧兵》,湖南文史杂志社,1990年)

这些年轻的学生,当他们站立在一片片废墟和血泊之中,被前所未见的惨状震惊时,他们是否也立刻意识到了自己的命运?战争是残酷的,没有丝毫的浪漫可言,即便再年轻旺盛的生命在战争面前也依旧如此脆弱,或许,我只能从这里说起。

那一个个逝去的名字,那一座座青草绿了又枯了的坟头。

## 二、待报国时一起偿付

1938年来临的时候,周德佑还不满十八岁。

从照片上看,他是一个帅气活泼的中学生,椭圆脸形,大眼高鼻,笑容里带着一种孩子般的单纯和善良。

周德佑出生于武汉的一个工商业世家,父亲周苍柏是汉口上海商业储蓄银行行长,也是一位具有进步思想的爱国实业家,喜欢音乐。

周德佑自幼受家庭熏陶和学校良好的教育，擅长音乐、绘画、戏剧、文学，用他姐姐周小燕的话说，他是家里孩子们当中最多才多艺的一个。

抗日战争的烽火使周家和每一个普通家庭一样经受着猛烈的冲击。不到二十岁的周小燕从上海音乐专科学校回武汉过暑假时，抗战爆发。父亲对她说："不做铁蹄下的顺民，不要回上海了。"小燕和妹妹们帮助母亲为前方的抗敌将士筹集棉衣，去医院护理伤病员，还参加了武汉合唱团。抗日名曲《长城谣》就是最先由她唱起："万里长城万里长，长城外面是故乡……"在武汉街头，在临时搭起的简易台子上，周小燕迎风站立，用她纯净的嗓音深切地唱着，歌声如泣如诉，许多人在她的歌声里流下悲恸的眼泪。

与此同时，周德佑也离开读书的上海回到武汉。"七七事变"后，他创办了抗战期刊《天明》，与张光年等人一起重建"拓荒剧团"，1937年年底，剧团改编为中华戏剧界抗战协会的流动演剧队，周德佑留下一封给父母的信，随演剧队开往晋陕地区。

亲爱的双亲：

　　请不要担心，不要着急，我现在已经立下了最大的决心到山西去了，我相信没有任何困难可以阻碍我的，所以就毅然采取了这种行动。

　　没有事先同你们商量，这是我最大的罪过。可是我又曾经对爸爸谈过的，他不十分赞同，他曾经对我说："想想再说"，到现在我已经想过许久了，并且，我想过不对你们说还要好些，所以就没有对你们说。

　　（请斥责我吧，是的，我是应该被斥责的，在国家到了这种国破家亡的时候，谁还能不受斥责呢？这个不孝的逆子，他也曾经对自己说过了，父母养育之恩，将来在报国的时候，一起偿付吧!!希望上天能够让他"如愿以偿"。)

这一次的走,也许是很糊涂的,可是,我觉得在这个时代,并不需要聪明,却很需要勇敢,我曾怨我自己没有勇敢,现在既有了勇敢,我宁可做傻子。

也许天下的事情还要让傻子们来干的。

我不需要钱,因为我们是跟团体一块去的,自己有钱还要给充公的,我身边有十五块钱,可以买一些袜子、衣服,至于外面的皮大衣,到了山西那边还有得发的(这次同行的人很多,家里有钱的孩子也很多,他们吃得苦,我也吃得的)。

除了请双亲千万放心之外,我没有别的话可说。以后当随地寄信回来。专此,祝

康健

德儿叩上

(《战斗的十年》,《山西文史资料》50辑)

七十多年前,年轻的周德佑于匆忙中写下了这封告别信,让今天的人们看了无不为之动容!他的信中充满了对父母的爱,对家人的爱,也充满着舍生取义报效国家的壮志豪情。面对民族的灾难,他毅然决然地把责任担在自己稚嫩的肩膀上,虽然内心充满矛盾,意识到此一去可能就是永别,但却动摇不了他的决心,他只能对慈爱的双亲说,养育之恩待"报国的时候,一起偿付"!当周苍柏夫妇读到这封信时,周德佑的双脚已迈出家门行走在祖国满目疮痍的土地上。读着信,母亲的眼泪浸湿了信纸。德佑还是个孩子,他本该在课堂上读书,拉他喜欢拉的小提琴,画他喜欢的画,家里已经给他备好出国留学的钱,他可以远离战争到国外去深造……但他却把自己年轻的生命投入到战争的不可知的凶险中去。母亲很难想象,这个在温室里长大的儿

年轻的周德佑

子,离开学校离开安逸的家会遇到什么情况,和所有的母亲一样,她每时每刻都感到揪心的焦虑和不安。

也正是这个时候,从上海来到武汉的田冲认识了周德佑。很多年后,他回忆说:"有一天,两位素不相识的青年来找我,一位名叫周德佑(著名歌唱家周小燕的弟弟),另一位名徐世津。他们准备排一出话剧《五月的鲜花》,要我扮演其中一个能唱的农民。他们的言谈举止很有风度,一位就读于华中大学,一位是上海美专的学生,父兄都是上海银行的高级职员。我对《五月的鲜花》这首歌是极熟悉而喜爱的,所以很爽快地应允下来。"

田冲对新认识的人印象深刻。两人言谈举止"很有风度",无疑和他们的家庭环境有关。正如周德佑所说,这支队伍中不乏富家子弟,徐世津的父亲是银行襄理,田冲的父亲是地方法院的院长……其他队员也都是来自武汉和上海的青年学生。人员聚齐后大家讨论决定去山西,那里既是前线,和延安又似乎只有"一箭之隔",对年轻人很有吸引力。演剧队出发前面临的第一个问题是需要有自己的戏,周德佑与一位队友合作很快就创作出《大兴馆》。该剧描写从前方退下来的伤兵,因发泄对指挥官的不满对后方腐败的不满,在茶馆里彼此大打出手,伤了卖茶女,后发现茶馆老板和女儿都是受日本鬼子残害背井离乡的沦落人,不禁后悔莫及,决心重返前线抗战到底。由于剧情真实生动,表演逼真,演出效果十分强烈。一次演出中,表演伤员的田冲抡起凳子碰伤了卖茶女的额头,鲜血直流,台下观众都惊呼起来,表演卖茶女的女演员却完全沉浸在戏中,不但没有一点慌乱,反而一字一字一句句满怀悲愤地述说着自己逃亡的不幸遭遇,看到这里,台下的许多人都声泪俱下,人们随着剧情的发展时而鼓掌,时而高呼口号,有的伤兵则捶胸顿足喊道:"这写的就是我啊……"

那之后,周德佑又导演了宋之的的《旧关之战》、创作了话剧《小英雄》——描写两个少年儿童设计杀敌的故事,演出后,有年纪大的农民就跑来问:"你们演了'小英雄',要不要老英雄啊? 如果要,我们这里能组织一个老子军呢!"

周德佑全身心地投入了新的集体生活,他在队里身兼多职,不但做演员、编剧、导演,还做组织工作。父亲也想尽办法支持演剧队,在他们需要的时候给他们派来卡车,让他们住进条件好一点的地方……但毕竟鞭长莫及,长此以往是不可能的,周德佑带头用扁担挑起行李开始长途跋涉。白天他和伙伴们一起行军演戏深夜还要赶写剧本,常常一天只睡两三个小时。深秋季节,鄂北山区已经十分寒冷,他和大家一样穿着草鞋在山村巡回演出。演戏没有道具,他就想办法利用老乡家的生活用具进行表演。当演剧队经济困窘时,周德佑把自己所有的钱拿出来……这个温室里长大的孩子见识了社会底层人们的生活,吃到了自己从没有吃过的苦,当同伴们遇到困难情绪低落的时候,他还会拉起他的小提琴鼓励大家坚持下去,那优美的琴声常常让大伙暂时忘记了疲劳和苦痛。

他终于病倒了。长时间艰苦的生活和超负荷的工作损害了他的健康,为了不影响演出,他咬牙坚持着,不把自己的病情告诉大家。这一天,在应县演出《我们的家乡》,周德佑扮演父亲,田冲扮演儿子,当儿子把父亲背下台时,田冲惊讶地发现周德佑的身体滚烫,人已经休克了。大家都慌了手脚,有点护理知识的人觉得他是得了伤寒,急电汉口周家派车来接,人很快就接了回去,但没有几天就接到周苍柏夫妇的讣电:德佑病故,希望派代表参加葬礼。全队人在震惊中悲痛得无以言表!

周小燕此生都不会忘记那个生离死别的时刻,原本健康活泼的弟弟气息奄奄,他是多么渴望活下去,多么渴望实现自己救国的心愿,多么依恋父母舍不得家人……昏迷中,他紧紧地拉着家人的手呼喊着:"打吧!打死一个算一个,只有打死日本军阀……才有出路!"德佑的父母眼睁睁地看着自己的儿子就这么撒手人寰,心痛得昏了过去。

周德佑的葬礼在汉口举行。很多人闻讯赶来,周恩来邓颖超亲临致哀……葬礼上当有人朗诵长诗:"未满十八,忽尔夭亡。从今一去,地角天涯……为炮火下无辜之死,尸身不全,则君之死,亦属万幸,又何况为国勤劳,为国捐躯"的时候,人们哭泣的声音和凄婉的朗诵混成了一片。

演剧队选派田冲等人星夜赶路,终因路途太远,没有能参加葬礼。在周公馆的客厅里,德佑的父母看到儿子的队友,禁不住老泪纵横。让田冲们更加难过的是,周父取出一个存折,说是为儿子准备好的留学经费,现在儿子不在了,就把这笔钱捐给演剧队,希望他的队友们能完成儿子的心愿。面对悲痛欲绝的周家父母,队员们已经不知道该用什么语言来安慰两位长辈,却绝不敢接受这笔钱,他们只是再三地说:你们失去了儿子,但还有我们,我们就是你们的儿子呀!

周德佑的死激起了武汉上层人士的抗日热情,《新华日报》用大幅版面以"追悼周德佑志士特辑"的形式,刊发多篇悼念文章,并刊登了烈士的遗像和遗书。特辑还刊载了周德佑父母的感言。父亲周苍柏的感言是:我为国家损失了一个志士而难过,我要继续帮助德佑所参加的第七宣传队,让他们永远工作下去。母亲董燕梁的感言是:我要把爱你的爱来爱世界上一切无母爱的儿女,我要继续你的志愿,努力到底!

周德佑走了,这颗充满才华的晨星刚刚升起就不幸陨落。不久后,他所在的演剧队正式被郭沫若的三厅收编为抗敌演剧队三队,再次开赴山西前线。出发前,队员们前往东湖看望周的父母,两位老人一看到儿子的战友们便禁不住泪如雨下,他们再次提出要把儿子留学的钱捐给演剧队,并强忍悲痛,细心地为演剧队安排吃住。告别二老,队员们来到周德佑的墓碑前,那里已经长出了青草。

他们出发了。

一年后,周德佑的好友三队队长徐世津患肺炎去世。他和德佑一样直到累得咳血还对大家隐瞒病情,每当有人看到他咳嗽不止关心地询问时,他就说"不碍事,过几天就好了"。他知道自己肩上队长的担子太重了,必须坚持。他顽强地忍受着病痛的折磨,直到跌倒再也站不起来,死时只有二十四岁。一年前,他和德佑同时出现在田冲面前,谈吐优雅,风华正茂。

也是一年后,周德佑的姐姐周小燕告别亲人赴法国留学,她那优美的歌喉终于唱响在欧洲舞台上,被国际音乐界誉为"中国之莺"。

周德佑曾经生活战斗过的队伍依旧坚守在祖国灾难的土地上,在波涛汹涌的黄河边,他们"第一次听到黄河船夫的号子,第一次看见有着赤铜色皮肤,白发苍苍的老舵手,第一次经受那惊涛骇浪中小船的颠簸起伏,第一次尝到战胜险恶的欢快"。张光年正是在那里酝酿了《黄河吟》(《黄河大合唱》),而三队,正是第一个在延安唱响这支名曲的队伍。

当"风在吼,马在啸,黄河在咆哮,黄河在咆哮"的歌声一次次地响起来的时候,周德佑不在,徐世津不在……但似乎他们还在。

### 三 躺在自己耕耘过的泥土里

不知道今天还有多少人知道张曙的名字,知道他在战争年代创作的《还我山河》《保卫祖国》《日落西山》《丈夫去当兵》……我翻看材料,发现在1938年的那段时间里,这位已经有了不小名气的青年音乐家活跃在抗敌演剧队的许多场合。他给队员们上课,为他们教授乐理知识,帮助他们排练新歌,……他们唱着他谱的歌,在简陋的戏台上、在田间村头、在刚刚结束了一场战斗还弥漫着硝烟的战场上、在医院伤员的病床前……然后,那些歌曲被更多的士兵和老百姓争相传唱开来。

1938年春,身为全国"文协"常务理事兼总务部主任的老舍,深切地感受着全国人民团结抗战的悲壮情景,写下了新诗《丈夫去当兵》。当时,未满三十岁的张曙是郭沫若领导的三厅文艺宣传处的一员,正和冼星海一起担负着抗战音乐方面的工作,读到老舍的诗后他非常激动,立刻谱曲,经反复修改后写成女生独唱曲。

丈夫去当兵,
老婆叫一声,
毛儿的爹你等等我,
为妻的将你送一程。
……

歌曲谱好后,张曙亲自传授九队女队员徐炜演唱。此时的演剧九队正活跃在"保卫大武汉"的怒潮中。冼星海在江汉关前指挥着万余群众高唱《义勇军进行曲》,展示出一派"惊天地泣鬼神"的气概,而我后来认识的"小范"阿姨正带领着队员们用湖北方言向渔民们一遍遍地教唱着田汉的《新堤真正好》,爱国护国的歌声唱响在众多有着黑红色皮肤的劳动者中间。新歌《丈夫去当兵》的出现,就像是在巨大声浪中奏响的一个响亮音符。伴随着张曙如泣如诉的二胡,徐炜时而温婉时而昂扬的歌声婉转起伏,让听者无不动容。这首歌一在武汉演唱,很快就传遍了全国各地，许多人就是哼唱着这首歌曲，告别了妻子儿女，走上硝烟弥漫的战场。

张曙自幼喜欢音乐，且勤奋好学，深得民间高师的喜爱和指点，很快在同辈中脱颖而出。中学时期他就曾在盛大庆典活动中一人演出二胡独奏《病中吟》、笛子独奏《姑苏行》等，高超的演技赢得了人们的惊叹和赞扬。张曙的音乐前途在很多人眼里是一片光明的，然而，他的艺术人生却注定和祖国多灾多难的命运连接在一起，充满着艰难曲折。1924年，他曾在作文《衢城望秋记》中写道：

音乐家张曙

  望城外觉得，数间排列不齐的茅屋，屋顶上飘着炊烟，被袅袅的秋风吹得影踪不见，屋边一棵大树，也给吹得呼呼地响，叶儿簌簌地落下来。还有几个强蛮无理的樵夫，拿着利斧伐她的枝条，取回家充燃料。……现在中国不是像这棵大树吗？叶儿呢，凄风苦雨中生活，欲哭无声的零落了！枝条呢，给强蛮无理的帝国主义侵掠去得不少了！国家的主人翁不问不管。唉！

怀着一颗忧国忧民的心，张曙参加了学潮。"五卅惨案"发生后，他和同学们走上街头示威游行，还组织了"国声社"在街头巷尾演出话剧《烈士顾正红》、昆曲《武家坡》等。一次，他带领剧社到外地演出，来回行程五十余里，募捐到银元五十元，创造了募捐演出以来的最高收入纪录。义演结束后，他们将所得钱资全部汇寄上海，支援上海工人的反帝斗争。

1925年，十七岁的张曙考入上海艺术大学音乐系，在此结识了田汉，并由田汉介绍秘密加入了共产党。1934年他抵达长沙，从事群众性的音乐活动，创作了《农民苦》《救灾歌》《筑堤歌》，还组织了"紫东艺社"、"大学生合唱队团"、"长沙音乐研究会"等音乐组织，并担任《湘流报》的编辑。他用热情、机智、勇敢，团结着周围的人们，用歌声鼓舞和唤醒民众。

1938年10月武汉沦陷前夕，张曙转移到长沙，继续从事音乐工作。11月12日，长沙大火，张曙携妻子和三个孩子，踏上了前往广西桂林的流亡之路。一个多月的长途跋涉，他们或乘车或步行。挤在逃亡的人群中，天上是飞机轰炸，地上是无处躲藏的难民，空气中到处都弥漫着血腥的味道，每时每刻都有人在身旁默默地死去，目睹着无数家庭的颠沛流离，张曙的心里充满了愤懑和悲伤，在一个个人困马乏的深夜，疲劳不堪的他常常紧紧地搂住妻子女儿难以入睡……即便如此，他也依然充满着乐观，他还这么年轻，他坚信战争再残酷也会有胜利的一天，到那时候他就能够在阳光下写作自己心爱的曲子……

终于赶到了桂林，安顿好家人后张曙立刻投入到工作中去。桂林这座美丽的城市同样经受着日本侵略者的蹂躏，每日里飞机不断，空袭的警报响彻大街小巷，人心惶惶危机四伏。张曙和同志们一起在街头组织了规模浩大的"反轰炸歌咏大会"，让抗日的歌声鼓舞起民心。他没日没夜地忙碌着，当大家劝他要保重身体时，张曙满不在乎地拍着胸脯豪爽地说："你们看我多强壮，我如今三十岁，至少还可以和敌人干五十年！"

很多年后，徐桑楚和九队的老人们还能清晰地记起那段日子。九队一路风尘从长沙赶到桂林，见到了先于他们到达的老师。张曙为演剧队的到来忙前忙后。九队在汉口成立时，支部第一次会议就是在张曙的住处召开的。成立后张曙经常到队里给大家讲授音乐知识，指导排练,还参加演出,彼此相处得像一家人一样。此时,大家能在桂林团聚,都感到格外高兴。

12月24日是个黑暗的日子。徐桑楚回忆说:

> 这天一大早,比我们提前赶到桂林的张曙来到九队驻地,准备带我到省政府和省党部去"拜客"。我们俩一起步行出发。路上,张曙边走边向我介绍当地的情况。哪想到,刚刚走到位于市中心体育场的省党部,忽然,防空警报拉响了。张曙一怔,连忙对我说:"桑楚,你赶快回驻地安排队员隐蔽。我得回去一趟,不能跟你一块去了,老婆孩子还在家呢……"说着,他一路小跑往回赶,跑不出几步还回过头来跟我约定,等警报解除后再接着拜客。我急急忙忙跑回距离市中心不远的九队驻地,还没等我站稳脚跟,身后就传来一连串震耳欲聋的剧烈轰炸声。
>
> (徐桑楚《杰出的音乐家——张曙》,《周恩来与十五个团队》
> 文化部党史资料征集委员会编)

有史料记载,这是中午一点零五分,一大群日本飞机如蝗虫般飞临桂林上空,飞机在高空盘旋一阵后俯冲了下来,炸弹像雨点般从机上落下,顷刻间,桂林城陷入了一片浓烟火海之中。

几十分钟后,飞机呼啸而去,警报解除了。在九队的驻地,人们从防空洞里走出来,开始讨论如何继续一天的工作,就在这时,突然传来噩耗:张曙在空袭中牺牲了!

最初听到消息,徐桑楚的大脑一片空白,他不能相信这是真的!刚刚他们还在一起欢快地说笑,张曙回答他的各种问题,殷殷地嘱咐他应该注意的事项,怎么转眼就……徐桑楚和同志们拔腿向张曙的住处跑去,只见城东火光冲天,张曙所住的文昌门内房屋倒塌,一片断垣残壁,张曙满身鲜血地扑倒在瓦砾中,他的脑袋被炸空了,怀里还紧紧地抱着血肉模糊的小女儿……可怜张曙在外躲避空袭的妻子拖着另外两个女儿,一路大喊着张曙和女儿的名字狂奔进来,见此惨状,立刻昏厥过去,苏醒过来时竟一时精神失常,见了任何人都喊"张曙",时而又不断地唱着张曙所谱的歌。

张曙走了,人们再也看不见那个"身材高大、面庞刚毅清秀、目光神采奕奕、浑身上下充满活力的人",人们在清理他的遗物时,在他身上唯一能找到的,是一首刚刚写成的《负伤战士歌》:

> 谁不爱国?谁不爱家?
> 谁没有热血?谁愿意做牛马?
> 我们要报仇,我们忍不下。
> 带了花又算什么?
> 鬼子兵,谁怕他,
> 弟兄们,伤好了再去打,
> 杀人一个就够本,多杀几个就赚了他;
> 要干到底才是好汉,
> 要干到底才能建立大中华!

面对亡友,田汉痛哭不已;伤别老师,演剧队员们痛哭不已。他们满怀悲愤掩埋了张曙和女儿的遗体。葬礼上,郭沫若提笔痛书挽联:"黄自死于病,聂耳死于海,张曙死于敌机轰炸,重责寄我辈肩头,风云继起;《抗战》歌在前,《大路》歌在后,《洪波》歌在圣战时期,壮声破敌奴肝胆,豪杰其兴!"

会场上,气氛肃穆,挽联挂满四周,挽歌飘荡,凄泣一片。

这一年,演剧队死于敌人枪炮下的又何止一人。

惠行之来自上海,在六队同伴们眼里,他的性格有点像个姑娘,椭圆的脸上总是带着微笑,平时不言不语,做起事情来细致认真。他负责道具的采购和制作,经常不辞辛苦地奔来跑去,遇到困难也总能开动脑筋因地制宜解决问题,他的热情和沉稳让大家都很喜欢。

9月,六队来到第五战区浠水县。为了慰问前方将士,决定和四队等团体在宋埠镇联合演出《保卫卢沟桥》。这是一部由多名艺术家集体创作的三幕话剧,首次在上海公演时阵容空前轰动全国,就好像是"一颗掷向民众深处的爆烈弹,猛烈地激动每一个观众的神经,沸腾他们的热血"。演出这样一部大戏,对于全部财产只有几盒油彩、几条灰色幕布的演剧队来说困难很大。为此,同志们全力以赴,惠行之更是忙碌不堪,为解决布景道具上的难题一次次地奔走在宋埠的街头巷尾。

镇里的土台子上,六十军赠送的大红缎子面幕挂起来了,阳光下栩栩飘动分外耀眼。演剧队员们兴高采烈地忙着排练,忽然,"一阵由远及近的轰鸣隆隆而来,震耳欲聋的呼啸声覆盖了宋埠的上空,接着炸弹爆裂,如急雷滚滚,大批敌机空袭来了。……大家从小学校里跑出,弹片、子弹四周飞舞,舞台上的红色幕布在气浪和烟雾中飘动,成了不祥的目标。大家冲上去,把幕布扯下来。房倾墙倒,老少呼号,炸弹在舞台四周落下,炸开,舞台弥漫着落下的尘土……"(章洛《我们走遍祖国》,《周恩来与十五个团队》)当愤怒而疲惫的队员们重新集合起来的时候,才发现惠行之不见了。大家一面救护伤员一面四处寻找。傍晚,寻找的人用门板抬着惠行之的遗体回来了,他满身是血,手里还握着一根刚刚买到的粗绳——《保卫卢沟桥》的道具。同志们把他抬到树林里,噙着眼泪默默地整理了遗容,他们守护着他,直到月色穿过树林,斑斑点点地照射进来,才心痛不已地把他埋葬。

二十五岁的赵曙牺牲在从徐州到武汉的突围中,他和周德佑一样没有等到被三厅正式收编。4月的时候,赵曙所在的一队刚刚在台儿庄为李宗仁的部队慰问演出,在取得胜利后还散发着袅袅硝烟的战场为伤员包扎伤口。之后,他们赶回徐州参加了大规模的祝捷演出,接着又受命奔赴武汉。就在他们搭乘的敞篷车刚刚从徐州开出几十公里时,在一个小站上遭到了日军的包围。那个暮色降临的傍晚,远处的枪声越来越近,小站里,大人叫孩子哭一片混乱,人们纷纷从车厢里跳出来四处逃散。演剧队也不得不撤离车站。大家都穿上农民的衣服,赵曙手持一根拐棍上面挑着一件白色衬衣作为标志,正是靠着这个标志,大家从混乱中突围出来聚集到一个村庄。刚进村喘息片刻,日本鬼子就赶到了。他们又急忙冲出村去。漆黑的夜里分不清东南西北,一行人只能跟着老乡们向一面山坡跑去。奔跑中,子弹嗖嗖

演剧队员们怀着沉痛的心情悼念牺牲的战友

地从身后飞来,赵曙连中两枪扑倒在山坡上。几天后的一个深夜,人们找到了他的遗体,怀着悲痛的心情草草地把他掩埋了。风华正茂的赵曙在上海演出《原野》时曾扮演仇虎,他身材魁伟,嗓音洪亮,舞台上初露头角便受到观众的喜爱,在他即将大展才华的时候却倒在日本人的子弹下,怎能不令人哀惋痛惜!

  还有一些名字……,我不想再一一述说。这是一些多么年轻的生命!我曾经看到一个材料说,当年上战场打日本鬼子的基本上是两种人:一种是青年学生,他们完全出于自愿,那时候常出现大批学生排着队等待上战场为部队补员的情景;还有一种是危难所逼被招或被抓的农民。演剧队的年轻人属于前者,他们有知识有教养,其中的一部分还生活在富足之中,却在历史的关键时刻挺身而出,毫不犹豫地奉献出自己……我也知道,无论是前者抑或是后者,他们都是这片多灾多难的土地抚育的孩子,战争毫不留情地吞噬掉他们年轻的生命。

## 四、花儿开了又凋谢

  陈佩琪离开家的时间是1937年11月,安徽芜湖一个初冬还不冷的日子。她才二十三岁,剪着短短的头发,穿着棉布做的旗袍,丰润的脸庞上一双亮亮的眼睛充满着对未来的憧憬。她喜欢演戏,在学校的演剧活动中扮演过《雷雨》中的繁漪。

  那天的日记里,她写道:

**1937年11月24日　芜湖**

  早晨,悄悄地将所有要带的东西都整理好了,我的内心有一种说不出的滋味,不知是甜也不知是苦。

  下午,他们大家都去瞧抗敌剧团的戏,我没去,留在队里。我要去了,若在路上或戏院内碰着母亲或父亲,那就糟糕,我是决定走不成了,因我此次走,父母不允许,是偷偷走出来的,所以既出来了,就不能让他们再看到,一看到决计逃不了的。

(《陈佩琪日记(摘抄)》,《壮绝神州戏剧兵》湖南文史杂志社1990年)

能够找到的关于陈佩琪的材料很少。在抗敌演剧队八队(后改为剧宣六队)几十年后整理的大事记中,11月,只有这样几句:"叶向云、田价人、陈佩琪、王问奇入队,吴剑平离队,全队十八人,较长时间内就由这十八人坚持工作。"我还看到了演剧队这个时期的两幅照片:一幅是队员们的合影,遗憾的是照片非常模糊且没有人物注明,我猜想佩琪就在其中却根本无法加以辨认;另一幅是话剧《生路》的剧照。该剧被称为八队艺术创作上的"重要里程碑"。作品描写日军入侵后,有人投降做了汉奸,有人奋起反抗寻得生路的故事。后来,这部戏作为保留节目演出了五十多场,一直演到1942年,每次演出观众反响都非常强烈,其他演剧队也陆续演出了此剧。1938年初,首演《生路》的时候,陈佩琪扮演女儿秀英,叶向云扮演父亲——这是一个出身书香门第的老举人,原以为只要做一个顺民就能够躲过劫难,孰料日本人来了逼他交钱交粮,连女儿都要交出去。照片拍摄的正是这一刻。舞台上,在一伙强盗中间,老举人泪流满面颤抖着伸出双手扑向女儿,女儿被日本人拉扯着往外走,她挣扎着发出喊叫,转身望着父亲……这或许是佩琪留下的唯一剧照了,可以看到年轻的她体态柔韧,形象质朴,感情充沛,表演十分逼真。

佩琪就这样满怀热情地投入到抗战洪流中,在不到一年的时间里,她除了当演员,还创作了独幕剧《回山》,与人合编《女义勇军》,导演独幕剧《焦土抗战》……她充满活力,也很有才华。那张美丽动人的脸庞虽然被风吹得黝黑粗糙起来,却依然遮掩不住青春的魅力。

然而,对于一个从小生长在优裕的家庭环境,没有经历过什么磨难的女孩子来说,危险是随时都可能降临的。三月的时候,她就生病了,她在日记中写道:

**3月15日　徐家桥**

　　今晨起身就感觉不甚适意,口里淡淡的,吃起东西来也没有味,而更不想吃什么。自己很耽心,我怕生病,我一想到病我知道是不会生小病的,在这种时候同这种地方,有了厉害病就是死路。也并不是说死就是我怕的,我觉得这样的死去是多么的不值得。可是死神一定要请我、抢掠我,我也无法挣扎了。这个奇幻的念头在脑际盘旋了许久,但我并不向任何人申述我的痛苦,仍旧抱着凤来的脾气——忍受病的痛苦,甚至于在勉强的挣扎,直到我倒下来再无法掩饰我的病态。

(《陈佩琪日记(摘抄)》,《壮绝神州戏剧兵》湖南文史杂志社1990年)

她意识到死亡离自己很近,却没有退缩;她本可以离队回到父母身边,却选择了坚持。她更加努力地工作,努力地与疾病抗争,她的生命之花在残酷的环境中经受着风吹雨打的蹂躏却顽强地绽放着——并且,在工作中她和同队的男伙伴逸恋爱了。即便是在战争中,爱情也来得么自然,不可阻挡。他们一起谈论工作上的问题;一起研究剧本,细心地帮助对方修改;一起在生活上相互鼓励和支持……当佩琪发现他们之间的感情已经超出团体伙伴之间的"互爱"时,她陷入了一种甜蜜的迷茫中。

我读着她留下的不多的日记。在日记中她讲述自己爱的感觉。爱情的突如其来让她有些手足无措,但又是那么热烈、发自内心。然而,他们毕竟是在一个团体中,摆在他们面前的工作是繁重的,因而在感情的漩涡中佩琪要求自己保持理性的声音,要有"陕北恋爱的三原则——不妨碍工作,双方自愿,不妨碍他人。要坚强的把握,那么我们才能算是抗战时期中的真正恋爱生活,否则我宁愿将他抛到九霄云外……"她细细地写着,沉醉在感情的甜蜜中:相互之间第一次谈话,第一次拥抱和"Kiss"……所有这一切,对一个二十三岁的女孩子来说是那么珍贵,但远处的炮声却在提醒她不能忘记自己所处的时代和肩上的责任。她写得那么坦率和投入,隔着漫长的岁月,我感受着她情感的起伏,也似乎看到她春天里娇美的身影,听到她月光下清脆悦耳的笑声……无论是当年浴血的战场上,还是今天远离了残酷战争的日子里,那身影和笑声都让人感到温暖和美丽。

**6月12日　青草隔**

　　一轮明月高悬在多云的天空,有时乌云遮着水银的月光,可是她却机灵得很,只要有空隙,那银白色的月光,仍然照亮着沙河。黄色沙上披着水银似的光芒,像片白雪。和逸缓慢地走在雪似的沙地上,夏夜的暖风拂在我们的脸了,多美的夏天的月夜。这样的美景更增加了我们的感情。我们无言,只欣赏着自然的美。在这美的夜景下,我们走得很慢,最后我们拥抱而接吻了。哦,大自然你陶醉了我们,可是你没有能力陶醉我们的工作和斗争心,我相信我们是不会被你陶醉了的,我们会更努力的前进,与敌人斗争,争取民族解放最后的胜利!

　　(《陈佩琪日记(摘抄)》,《壮绝神州戏剧兵》湖南文史杂志社1990年)

　　日记在这里中断了,是她没有写下去,还是写了没有保留下来?在八队的大事记中,1938年9月同样有着极为简洁的交代:"早期参加救亡八队的女队员陈佩琪,编队期间重病不起,终以伤寒病逝武汉。"

这正是演剧队接受三厅整编的时候,年轻的队员们高举队旗满怀希望,喊着响亮的口号,奔跑在学校的操场上,而佩琪却与这一切无缘。事隔多年,编写大事记的队友已经从青年变为历尽沧桑的老人,他们用极其简单的文字记述团队每一次的生死别离,没有感情的流露,更没有哀伤的宣泄,因为死亡对于他们来说早就习以为常,他们的心在战争的磨砺中已如岩石般坚强。但即便如此,透过这寥寥数语我也依然能想象到,当年,年轻的演剧队员们面对风雨同舟的伙伴突然离去,心里的创伤会有多么重,而那个她所爱着也深深地爱着她的人又会有多么透彻心骨的痛。

她终于没有逃过死神的追踪。死神对女人不会有丝毫怜惜,相反,女人们在死亡面前似乎更加无助和脆弱。读着佩琪的日记,我无言。

三队的同志们都忘不了那个颇具男孩子气质的蒋旨暇。

1940年5月,日军进攻太岳山区,演剧队体弱有病的队员都撤到后方军部留守处,身体强壮的队员则组成工作队到93军补充团做协助工作,蒋旨暇便是工作队的一员。

春天,风依旧温暖,田地里的野花依然在焦土上绽放。凌晨,工作队员们和补充团的士兵们从窦庄出发,向南行进十多里就发现前面的道路已被敌人切断,他们陷入日军的包围圈中。补充团的士兵都是新入伍不久,没有打过仗,强行穿越日军的封锁是不可能的,部队决定改变方向,向东过河翻过老爷岭再向西钻出包围圈。中午时分,队伍接连翻过了几座山包,但仍然听得到敌人时紧时松的枪声,又经过一下午的艰难行军,枪声才逐渐稀松下来。此时,太阳渐渐沉下去,奔走了一天的队伍又饥又乏。士兵们大多营养不良,体力透支,还有不少新兵是被抓壮丁抓来的,连基本的训练都没有,眼见前面又横着一座大山,他们再也没有力气去翻越,都躺倒在地上不想动弹了,有些连排长见几番命令和催促都不起作用,索性拿出了鞭子准备抽打。就在这时,蒋旨暇爬上了一个高坡,放开嗓子喊道:"弟兄们,现在日本鬼子就在山下,咱们如果不走,让日本鬼子俘虏了就没命了!咱们要勇敢地绕过去,不被敌人发现,还有生路!你们都是男子汉,我是个女同志,为了打日本,跑到前方来,跟大家一齐干。现在我在前面走,你们跟我来啊!"她挥舞着拳头挺起胸膛,走在了队伍的最前面,并且一遍又一遍地大声喊着,那些士兵们被一个女人的勇敢感动着,终于陆续爬起来,鼓足力气翻过了又一个山头,直到天色漆黑,才走出了敌人的包围圈。那天,蒋旨暇的行为让补充团的团长感到由衷的钦佩。

就是这样一个充满豪气的女子,却有着一副高亮优美的嗓音。在延安,当三队在冼星海、张光年的指导下第一次把《黄河大合唱》唱响在人们面前的时候,担任女生独唱《黄河怨》的正是蒋旨暇。那天,她和同伴们站在舞台上,当张光年一声"朋友,你到过黄河吗……"响起来的时候,她的眼睛湿润了,不久前黄河边惊心动魄的一幕幕出现在眼前。那天,当她和同伴们一起引吭高歌"划哟!划哟……"的时候,她觉得自己就是那滔天巨浪中奋力前行的船夫!也就是那天,她的《黄河怨》如泣如诉,如怨如怒,她唱得忘记了自己,也忘记了观众,直到台下发出狂热而持久的掌声。

或许,正是演剧队的一路风尘让旨暇变得强大,正是战争让她成熟起来。短短的三四年里,她创作了十多个剧本,在演出中扮演过各种角色。她"不拘小节,不事修饰",还经常抢着干一些男队员们干的工作。"她是女同志中唯一扛枪的战士,夜间放哨,女同志是不值班的,她却和男同志一样单独在荒山野地站岗。她同男同志一起去土匪寨子里宣传、谈判。她只身穿过封锁线到决死队去向组织上请示工作……"她充满热情地出现在各种需要自己的地方,发挥着自己特有的"男人之风",于硝烟炮火中尽展巾帼英姿。

然而,生命有时候很强大,有时候竟也如此脆弱。1941年,当又一个春暖花开的季节来到的时候,演剧队准备向二战区进发。长途行军前,为了减少病痛麻烦,蒋旨暇决定在村里由一个中医用土法割治痔疮。手术后,因消毒不严,感染腹膜炎,疼痛难忍,在转往医院的路上,不幸逝世。消息传到队里,同伴们都不相信自己的耳朵。他们都记得分手时,旨暇愉快地向大家招手说:"再见!"红红的苹果似的脸庞,绽开着充满信心的笑容。然而,仅仅三天,一个小小的手术就断送了她朝气勃勃的生命。旨暇去世后,在不得已的情况下,演剧队把消息告诉了她的家里。母亲带着妹妹匆匆赶来了。几年前为了参加抗日,旨暇和亲人们不辞而别,后来又曾几过家门而不入。牵挂着她的父母一直希望女儿学有所成,如今,悲痛的母亲只有泪洒坟前。

三队的女诗人张帆曾经在诗里这样写道:

让母亲的眼泪
跟扬子江汇流吧!
让名位的金丝笼子
锁住那些哥儿姐儿们!
让红叶满山飞,
让月光偷吻湖水,
让那些闲情的诗人们
去学秋虫的吟唱吧!
我们
是天生成的鲁莽汉呀,
一脚踢开了
这些绊脚索

黄河的奔流号叫，

深谷的大炮轰鸣，

西北的风沙漫天，

（那是传说

在冬天冻掉鼻子的地方呀！）

我们

狂热地

扑向群山的臂膀里

整六年了。

……

(张帆《我们》，《山西文史资料》50辑)

一年年，演剧队的女学生们就是这样在战火纷飞中追逐着自己的理想，而这理想的实现是以生命为代价的。

1943年，九队的史玲长眠于湖南衡阳湘江之滨，这个出生于广东韩江畔的十八岁女孩，临终前用她微弱的声音对大家说："谢谢！"

1944年，八队女队员毛俊湘因肺结核不幸病逝重庆，同样也只有十八岁。

1944年，一队女队员梁士因伤寒死在运伤兵的列车上，昏迷中，她还惦念着大家的演出："《胜利的前奏》演完了就是胜利吧？我等着，看到……胜利……"

还有……

### 五、国殇之痛

1941年后，抗日战争进入最艰苦的阶段。这种艰苦不仅因为日本侵略者的残暴,也因为国共两党之间的不断冲突,逐步从合作走向分裂,卷入"相煎何太急"的漩涡。此时,三厅改组,演剧队易名,一直以来行政上隶属国民党实际上接受着共产党领导的演剧队,处境愈加复杂和艰难。

李虹就是这时候加入演剧八队的。这个身材挺拔相貌堂堂的小伙子之前曾是贵州一个进步剧社的成员,演出过不少重要角色,后因地下党的身份暴露,离开剧社加入了演剧队。

正逢国民党中的顽固派清除异己的时候,李虹因通信不慎暴露了自己的真实姓名和地址,特务们追踪而至,他们原本就对演剧队持排斥态度,此时便觉得有了机会。

一天,一伙来路不明的人包围了演剧队,要李虹跟他们走。这些人行动诡异,一会儿说约李虹打篮球,一会儿又说是战区参谋长要接见他。整整一天时间,在八队队长刘斐章的暗中指挥下,大家千方百计与之周旋,他们才没能把人带走。最终,这伙人亮明特务身份强行抓人。

李虹被关进了监牢,演剧队一方面采取紧急措施处理个人信件、隐藏团体日记,以防再有不测发生;同时对外大造舆论,营救李虹。四个月后,李虹回来了,全队一片欢腾。谁知,这是特务们的计谋,他们想要放长线钓大鱼。

五十多年后,刘斐章还能清楚地回忆起当时的情景。一天,李虹悄悄告诉他,在狱中自己和几个看守混得较熟,他们来找过他,要他带上队里唯一的武器,领着他们上山。机敏的刘斐章一听就觉出不对头。这伙人如此兴师动众地来找李虹出逃,他们明知四周都是山,路口有军队把守,根本就出不去……他意识到这很可能是一个阴谋,不仅要再次置李虹于死地,还要瓦解整个演剧队。商量后,李虹拒绝了那伙看守。然而,李虹并没有摆脱特务们的纠缠。不久后的一个夜晚,李虹悄悄把刘斐章叫到外面散步,他告诉刘,特务们不断地来找他,逼他汇报演剧队的各种情况。月光下,李虹面色苍白神情激愤地对刘斐章说:"请相信我,我绝不会做对不起大家的事情","就是再坐牢,就是死,我也不做他们的狗!"刘斐章知道问题的严重性,他们不只是针对李虹,而是对着整个演剧队来的,但再三斟酌,仍觉得当务之急还是应该先救李虹。他对李虹说:"你走吧,越快越好,离开六战区!等你走了我再去报告。"李虹不同意,一是觉得自己很难走出去,更重要的是如果自己走了会连累大家,从监狱里出来时刘斐章是担保人,如果特务们向演剧队要人怎么办?那天深夜,他们两人争执了很久,尽管思想斗争很激烈,李虹最后还是坚决地对队长说:"我绝不能走!"眼看天色亮起来了,刘斐章只好劝李虹先休息,第二天再商量,总会有更妥当的办法。

不幸的事情就发生在第二天。那是一个灰色的寒冷的早晨,演剧队的同志们正在吃早饭,李虹走了进来,对大家喊了一声:"同志们,我对不起大家了!"话音未落,他掏出手枪指向自己的太阳穴,只听得一声枪响,就倒在了血泊中。演剧队的人们都被这突如其来的一幕惊呆了,有人急忙往外跑去喊医生,有人慌慌张张去找担架,有人扑上去急得用手去按他太阳穴上的伤口,但那喷涌出来的鲜血堵都堵不住,连脑浆都流出来了……担架来了,大家急忙把他抬上去,冲出门外,还没有跑到医院门口,他就停止了呼吸。

演剧队的伙伴们还没有从悲痛中苏醒过来,外面就传出种种谣言。先是说李虹的死是共产党组织对他的制裁,要到队里追查凶手,在演剧队要求验尸后谣言不攻自破。接着,又有谣言说李虹"阴谋暴动,颠覆政府,暴露后畏罪自杀"。为了反击谣言,演剧队联络报界和社会各界开明人士为李虹举行了隆重的葬礼。前来参加丧礼的人很多,除了新闻界、文艺界的人还有许多看过演剧队演出的普通观众。

葬礼上的挽歌由副队长巴杜根据苏联歌曲填词,从头至尾只有一句:"你为什么要死去?"挽歌由演剧队全体队员演唱,歌声时而低回哀伤,时而高亢悲愤,述说着队员们心头撕裂般的伤痛,很多前来吊唁的人都在挽歌声中泣不成声。

同队战友刘高林在报上发表了《不安静的灵魂》纪念自己的兄弟。

> 自从你懂得真理以后,你的灵魂就是不安静的。
>
> 你不是怕明天的工作太艰巨,你是不忍看到明天的路太遥远而渺茫。你不愿像沙漠里的骆驼成群结队地冒着风沙一步一步地忍耐着走,你像一头猛虎,狂吞着风沙飞越,猛扑朝向明天。你要燃烧自己的血肉溶于明天的太阳。
>
> 今天,你倒下了,你的身体已经安静地躺在荒山野地里,不再痉挛地徘徊了,不见眼睛里冒火了,也不再手心里流汗了,但你的灵魂,是不是和你的身体一样安静了呢?
>
> 我们知道你还是不会安静的,一定更比生前更加爆烈起来,因为你并没有使你自己的血液喷溅在敌人脸上,却流在自己同志面前;因为你看到还没有赶走霸占我们的故乡的敌人之前,少了一个保卫故乡的斗士!也没有使你母亲得到欢乐,反而使你的母亲将要哭瞎眼睛啊!你的灵魂能安静么?……

(高林《不安静的灵魂》,《壮绝神州戏剧兵》湖南文史杂志社1990年)

或许,李虹的死是最让人痛惜和难以接受的。这个性格如烈火般的年轻人没有死在战场上,没有死在和日本鬼子的搏斗中,却死在自己射出的子弹下,这正是我们这个民族深切的创痛和悲哀!

当年,演剧队的每一个人都为此不能安宁;如今,回望历史,我们依然会在深夜里惊醒,感到如此地不安宁……

## 六、记忆永远

1943年春天,当战争进入最后阶段时,程季华所在的九队被派往缅甸慰问中国远征军。

他们乘车从保山出发,穿越边境,经过几天长途跋涉抵达缅甸的腊戍。出现在他们眼前的竟是一片废墟。曾经繁华古老的城镇几乎被战争夷为平地,随处可见被烧毁的汽车残骸,冒着烟的杂乱遗物,还有未被掩埋的士兵的尸体……到达住宿地时已是夕阳西下的时候,他们拖着疲惫的身体从车上下来,站在杂草丛生旷无人烟的空地上竟不知该往何处去?走出国门的兴奋被悲怆的情绪所覆盖。战争带给全人类的创痛都是一样的。这么多年,他们目睹祖国一个又一个被战争毁灭的家园,那些混着血污无声流去的河水,那些散发着缕缕浊烟被烧毁的房屋,那些扑倒在泥滩上的尸体,还有那些在冷风中摇晃的树枝上悬挂着的绳索……如今,他们仍旧行走在大片被战火蹂躏的土地上,不同的只是语言。

演剧队住进了一座只剩下铁皮屋顶和残墙破壁的高脚楼,第一场演出就在腊戍战后的废墟上。他们搭起临时舞台,挂上煤气灯,唱起了《黄河大合唱》《丈夫去当兵》,还有优美的民间歌曲……在那些背井离乡疲惫不堪的士兵们中间跳起了活泼的民族舞蹈……他们后来辗转到了密支那、西堡等地,每次演出都非常轰动。演出结束后,不仅来自中国远征军的士兵们,还有许多不分国籍、不分肤色的观众围在台前台后久久不愿散去。许多盟军士兵向他们伸出两个指头,当他们知道那就是英语Victory(胜利)的意思时,好像已经懂得了他们的千言万语……

历史的车轮飞速向前。八十年代初,已经是著名电影史学家的程季华远渡重洋来到美国洛杉矶讲学。让他出乎意料的是,在一次聚餐中,接待他的美国著名电影导演丹尼·曼曾忽然通过翻译问他是否去过缅甸,是否去过密支那。听到那些遥远而亲切的地名,一股热流涌过程季华的全身,几乎就在那个瞬间,他明白了对方的意思,又几乎是同时,他们一起说出了下面的名字:"八莫……对!""西堡,对,对,西堡!"他们激动得再也不能控制自己,两双手紧紧地握在一起,高声地呼喊着"兄弟,兄弟!"原来,第二次世界大战爆发时,丹尼·曼曾作为适龄青年自愿参军,在缅甸战斗了十六个月,他曾经几次看过程季华他们的演出,而且就在那些向演剧队高举起胜利手指的士兵中间。

这真是个奇迹!在那个激动的时刻,记忆的闸门彻底地打开了,他们争先恐后地用不同的语言滔滔不绝地说起缅甸战区,说起各自的部队,说起牺牲了的战友,眼泪涌上了他们的眼眶……

那个晚上,程季华哼起了《黄河颂》《丈夫去当兵》等曲子,他和丹尼·曼曾都举着酒杯,摇晃着身子,沉入到遥远的时间深渊中去……

那天夜里,程季华彻底失眠,他怎么也弄不懂,在这茫茫的人海中,他们怎么会这样巧合地碰到了一起?又是什么原因让丹尼·曼曾突如其来地向自己提出那个"去没去过缅甸"的问题呢?

或许,这就是生命的意义。虽然对于浩瀚的宇宙长河来说,这经历只不过是短暂的一瞬间,但对于那些牺牲或有幸活下来的人来说,却可能是一生一世,甚至是一个人的全部……走过来的人永远不会忘记,他们可能在任何时候、任何地方,把自己带回到那段历史中去,并凭着那种渗透进生命的直觉找到自己的兄弟……

在写这篇文章的时候,我被这些人的记忆所深深地震动着,作为后来人我常常在痛苦和纠结中度过,为战争的残酷,为生命的脆弱,也为灵魂的坚强……如今,时光飞逝往事苍茫,人们是否还能延续这些记忆,记起这些人、这些名字、这些青春的笑脸和消失在血泊中的身

33

影……我仿佛徘徊在德佑的墓前,静默于张曙的碑下,我仿佛在荒原中行走,去寻找佩琪月下的身影,在高山上一步步攀登,去追踪旨暇昔日的足迹……在风雨中,我仿佛又一次听到几十年前作家端木蕻良在演剧四队、八队联合演出上的悲怆声音:

  他们沉静的工作,默默的死去,很少人知道他们的名字,除了他们自己的伙伴偶然会记起他们,世界早已把他们忘记。青草在他们的坟前绿了又枯了,雨滴落下来又干了……但是他们扔下的火把,仍然在别人的手里点燃。

2015年8月
写于抗日战争胜利70周年的日子

# 我们歌颂我们之再生

——马可和他的1938年日记

第一次读马可的日记是在两年前的春天。那日,北京的天空笼罩在莫名其妙的昏黄中。我待在房间里,打开一本叫做《黄河入海流》的内部发行书。这是有关方面为纪念抗敌演剧队而组织编写的系列史料中的一部,八十多岁的电影史学家程季华先生把它连同许多资料一起交给了我,希望我能写下些什么。

我已经弄不清到底看了多少本,我一时无法从过多的材料中理出头绪来,也不知道究竟怎样做才能不辜负老人的托付。时代太遥远,材料太繁杂,我弄得有些昏昏然……然而,当我翻开《黄河入海流》时,我立刻就被吸引住了。这本记载演剧十队历史的集子,占据绝大部分内容的却是一个二十岁的年轻人马可的日记。日记文笔流畅生动,有些地方却也温馨优美。更让人惊讶的是,这个信奉基督教的年轻人,在1938年7月到1939年12月这段战火纷飞的日子里,以每天一篇天天不拉的状态持续着写作,绝不敷衍。并在写作中,毫无保留地坦露着自己在一个非常年代里的热情、挣扎、愤懑和矛盾,让我不能不时时感受到一种猛烈的撞击。

这是那个大名鼎鼎的音乐家马可吗?那个我们这一代人从小就

熟悉的《南泥湾》《小二黑结婚》《白毛女》的曲作者,那个每到节日人们都会引吭高歌《咱们工人有力量》的曲作者?……我立刻打开电脑在网上搜索,很快就在那些眼花缭乱的图片和诸多个同名人中捕捉到我要找的信息:

> 马可,作曲家,曾任中国音乐学院副院长、中国歌剧舞剧院院长。一生写有声乐作品七百多首,还有器乐曲、管弦乐组曲、秧歌剧、歌剧、电影音乐、音乐理论著作等等,他的代表作被誉为"中国新歌剧的里程碑",他的主要作品是民族音乐的经典之作,他为大众留下了诸多宝贵的文化遗产……

然而,读着马可当年的日记,它总在提醒着我,日记的主人和后来这位成就斐然的音乐家有着多么大的距离!每当我独自面对那些厚厚的史料,我就仿佛看到,一个孤独青涩的马可,穿过漫长的时空,迈着艰难的步伐向我走来。他的脚下,是布满荆棘的路,他的身后,是连绵的烽火和硝烟……

一

最初和马可的女儿海莹联系上是在电话里。或许因为是同时代人,父辈又同有延安那段不同寻常的经历,我们立刻就变得熟络起来。她告诉我,马可一生留有四十八本日记,而年代最早的正是我所看到的那部始于1938年7月1日的日记(原件已经送入中国历史博物馆)。她还热情地把自己撰写的怀念父亲的文章从电脑上发给我,在那些饱含着真情的文字中,我读到了一个女儿对父亲怀有的深深眷恋。不久后,我又在北京实验话剧院的小院里见到了马可的另外两个女儿,她们的讲述,让我更清晰地触摸到马可早期的踪迹。

马可出生于教会家庭,自幼有着良好的教养。操持着牛奶生意的父亲是虔诚的基督徒,在他的影响下,四个子女从小也信奉基督教。马可是在温馨的家庭氛围中长大的。父亲开明慈爱,母亲善良淳厚,兄弟姐妹相处和睦。周末的时候,全家人会准时去教堂做礼拜。马可坐在大人们中间,尽管很难弄清这个中的道理,但周围人们坦诚的眼神、真心的祈祷、和谐美妙的乐声都在他的心里播下了对生活的美好期盼和勇于奉献自我的种子。童年的马可还参加了教会唱诗班,在那里不仅熟悉了唱诗音乐,也接触到了民间音乐,或许正是这些经历奠定了他的音乐基础。

可惜,平静的日子并不长久。马可五岁时,父亲中风猝然辞世。经济支柱的倒塌给家庭带来巨大打击。所幸母亲以她的坚强和勤勉重新支撑起这个家庭,而孩子们在母亲的带领下也更加努力。

幼年的马可是个求知欲十分旺盛的孩子。考上中学后,个人爱好进一步拓展,喜欢体育、文学、音乐等。高中时,一位好老师的出现,使他对化学产生了浓厚兴趣。每当他在实验室里目睹着小小试管里的颜色发生奇妙变化,就好像发现了一个新的世界。他开始把热情投入到化学实验中去,甚至连自己住的小屋也布置成实验室,常常一连几个小时待在里面,给姐姐配制雪花膏等。有时候,家人会听到"砰"的一声,然后就见他跑出来,脸都已经喷黑了……中学时代,马可就开始写日记了,和许多稚气未脱的孩子一样,他突然有了一种要把生活记录下来的强烈渴望。那时候,这个孩子只是想着,写下这些文字,"二十年后翻阅,当意味无穷……"后来,马可终于如愿以偿地考上了河南大学化学系,他充满热情地相信化学是可以强国的,而他自己就是要做一名伟大的化学家。

人生中的许多事情都是难以预料的。1937年卢沟桥事变爆发,马

马可手迹,右上图为中学时代的马可在做化学实验

可人生的轨迹和许多人一样被战争粗暴打断而发生了根本的改变。他先是加入河南大学怒吼歌咏队负责教唱抗战歌曲,很快,这个没有音乐专业知识的化学系学生就开始满怀激情大胆作曲了。

他这样讲述自己音乐生涯的开始:

民国廿五年的秋天,忽然对音乐产生了浓厚的兴趣,跑到图书馆里借了几本音乐入门之类的书,看完之后居然就想自己作曲!这简直是荒唐!我相信,音乐家如果知道了大约恼的纵不自杀也要三天不吃饭。然而这"终年不闻丝竹声"的老城中,据我所知,所谓"音乐家"恐怕太有限了吧!因此我就不做此杞忧了。

(马可《牙牙集》)

马可开始了自己的创作。作曲让这个"满身硫化气的人"产生浓厚兴趣,是因为歌声正在唤起这个国家无数人的自救希望,也让年轻的被战争压抑得几乎喘不过气来的他找到了一个可以"发泄"的通道。从马可投身音乐的那一天起,他就把自己和这个时代紧紧地捆绑在了一起。然而,这注定是一条充满荆棘坎坷的路,马可需要付出全部努力,在精神上和许多方面彻底改变才能坚持到底。

1937年的那个秋天,马可的机遇来了。戏剧家洪深、音乐家冼星海率上海抗敌演剧二队来到开封,马可结识了他们,并成为冼星海忠实的学生。那次演出,金山、王莹等大明星的歌声给人们留下了难忘的印象,并在当地掀起了一个抗日爱国的热潮。二队走后,开封各个学校纷纷组织起农村服务团下乡宣传。马可担任学联歌咏的总指挥,他整天奔走在学校、部队之间教唱抗战歌曲。九十年代初,他的同学、怒吼歌咏队的队友王麦还在回忆中描述马可当年的样子:"他总是身穿黑色棉袍,提着一个小包,包中放满了花生,匆匆忙忙一边走一边吃着,这就是他的一顿美餐……"很快,二十岁的马可已经是开封的"知名人士"了。

1937年冬,华北战事危及开封。书是无法读下去了,马可和同学们组织的抗敌巡回话剧队在农村开展宣传。这是马可第一次离开学校走进农村。演出在天寒地冻冰雪交加中进行,同学们喊哑了嗓子,哭肿了眼睛,台上台下的情绪连成一片。马可的创作热情就在这火一样的情绪中一发不可抑制,他创作的《游击队战歌》等很快在人们中间流传开来。

翌年夏天,日本鬼子渡过黄河。马可所在的演剧队经历了将近一年的颠簸,正面临着何去何从的选择。团队解散,队员们分别到各处,前途一片渺茫。所幸,在洪深的指点下,演剧队和国民党军委政治部三厅取得联系,被批准转为政治部抗敌演剧第十队,并得到命令在规定的时间赶到武昌参加公演。消息传来,马可非常兴奋,他在日记中写道:"我是多么兴奋的期待着大家从四面八方汇集一处的那一天!""憧憬着过去可恋忆的生活,极力的盼望着我们这采风之再生"。马可真正的战争生活开始了,他就像是一匹冲出战壕的烈马,变得癫狂起来。为了使已经分散的队员们能在三厅指定的时间赶到武昌奔赴前线,马可和几个同伴立刻分头出发去找人。他的日记正是从这个时候开始,详细地记载了在长达一年多的日子里,抗敌演剧第十队的诞生成长和结束,记载了他自己在这一年中精神的苦斗和磨砺,日记不仅堪称抗敌演剧十队的一部队史,也是一个投入战争的知识青年的精神裂变史,更是一位青年音乐家的成长史。

## 二

2016年5月里的一天,我走进马可曾经就读的徐州五中。那天,细雨蒙蒙,校园内古老的建筑,参天的树木和安放于小路两旁刻有历史典故的座座石碑,都在雨中透露出一种浑厚凝重的大气。回廊下,学生们的读书声阵阵响起。我徘徊在校园里,凝神于马可的画像前,回望往事,久久不忍离去。七十多年前那个教会的乖孩子就是在这里开始他人生的记录,那个全身心地沉醉于化学试验的好学生,怎么会突然改变自己的梦想走上音乐道路?又怎么会在战火燃起的时候毅然离开学校和家庭走进风雨飘摇的社会,把自己投入到凶险和不可知的未来中去?这需要多少勇气和信心,在他出走之后,又面临着什么样的考验……

或许,没有比战争更能让一个人感觉到孤独无助了。离散,死亡,无处不见。个人的力量在暴力摧残下只能感到加倍的渺小。到哪里去寻找依靠和希望?每一个青年只能苦苦地探寻……马可的日记正是从寻找开始。

那是个酷热的夏季。在家乡的田野上原本应该飘出麦香,学生们的身影原本应该活跃在操场上的时候,马可只身一人踏上寻找同伴们的路途。武昌集合的时间迫在眉睫,队友们还分散在各处联系不上,他知道决不能错过这个机会,一定要把大家聚集到一起,为民族的生存尽青年人的一份力量。他拼力挤上颠簸的汽车,在倾盆大雨中走过那些曾经熟悉的城市,昔日的繁华被战争蹂躏得荒凉而空寂,只能让他感到更加陌生和恐慌。马可深深地品尝到了"一个人孤零零的流浪的凄苦"。偶尔,在雨中的一个小饭铺门口,听到有小女孩在唱他的《游击队战歌》,孤寂的心中才忽然"感到一点亲切和安慰"。

  我一个人行走在大街上,前后左右没有一个熟悉的面孔。天下了暴雨,我躲入一个澡堂里,可是我又不习惯于一个人躺在床上像死尸一样的瞪着眼睛望着天花板来消磨时间。走出澡堂再也不知往哪里去,脑中更没有一点在信阳的熟人的印象——就这样在大街上走来走去,两条腿已酸了,不知停在哪里,也不知道走到哪里。流浪对于我这种个性的人真是太不合适了。

(马可日记,1938年7月14日)

  更多的时候,马可是步行,那情景有点像"探险小说中的荒蛮地上的旅行"。一个人走在一眼望不到头的土路上,几乎见不到行人,即便有,也是零散而狼狈的军人,和他以相反的方向而行。从信阳到潢川,他把二百四十里的路程分为六站,每站四十里路。第一站下午三时出发。火毒的太阳照得眼睛直冒金星,两旁没有一丁点树荫,人过之处飞扬的浮土蒙在脸上和汗水混在一起。他嘴里含着防中暑的八卦丹,身上汗如泉涌,四十里的路仅用了三个钟头就走完了。太阳下山时他又赶出十五里路。夜晚,总算找到一个歇脚的地方,他草草地填饱肚子整个人就瘫倒在两块门板上,身上连一张报纸也没有。即便如此,他也没有放弃写日记:"这是我生平中稀有的蹩扭的睡眠,我觉得也好,假若人生必定要吃点苦,那么我为什么不应当吃呢?"半夜里他被冻醒,三点钟爬起来踏着月光上路。接下来的几天都是半夜出发,"四十里皆山地,开始的几里中,路上没有一个行人,惟见萤火遍地,树影郁郁,每听见旁边青蛙跳入水塘,心中悚然而动。"……

马可经历着体力和精神上的考验,改变看起来很自然,其实又是极其艰难的。再苦再累莫过于找到同伴的兴奋和欢乐了,在一个荒凉的小镇里,他终于找到了队友老魏的家,新婚的老魏正坐在门口乘凉,马可悄悄地走到他背后,拍拍他的肩膀禁不住唱起来:"我告诉我的同志们,我们聚会在何地……"(《三江好》唱词,马可谱曲)

正在发愣的老魏猛然跳起,"哎"的一声握住马可的手,他们激动得什么都说不出来,马可觉得自己几乎要哭出来了。

在马可等人的努力下,分散的队员们终于按照三厅规定的时间从四面八方聚集到武昌。

1938年8月10日夜晚,湖北武昌县华林。火一般的太阳缓缓落下,持续了一整天的酷热却迟迟不肯消散,被连日不断的轰炸警报折磨得疲劳不堪的人们在夜幕掩护下总算进入暂时的平静,年轻的马可蜷缩在一间小屋子里,如常地写下这一天的日记:

> 下午,举行十个队的授旗礼,全副武装,并且都披上武装带——从前有"救亡官"之戏语,现在居然成真了。
>
> 授旗后,陈诚训话,看我们的情形他很高兴,说叫我们在此受训一周再出发。
>
> (马可日记,1938年8月10日)

几十年后的今天,当我面对音乐家马可留下的四十八本日记(1938—1976)时,1938年8月10日这一天湮没在将近四十年一万三千多个日子里,并不显得特别惊心动魄。然而,这一天,对于年轻的马可和他的队友们,对于中国正在经历着的那场旷日持久的残酷战争却注定有着不同寻常的意义——在国民党军事委员会政治部(部长陈诚、副部长周恩来)三厅(厅长郭沫若)的领导下,成立了十个抗战演剧队十个宣传队。上千名热血青年聚集在这里接受训练,并在一个月后开赴各个战场。马可的队友晏甬——第十队中共秘密党组织负责人,在多年后整理的十队编年中这样描述:"8月10日,三厅所属十个演剧队接受了政治部主任陈诚的检阅后,举行了授旗仪式,随后又受训一周。十队于9月7日由指导员洪深同志率领乘火车北上,在日机沿途轰炸下和难民一起到达河南洛阳一战区所在地。"

他们义无反顾勇敢地去接受战争的洗礼。这是他们人生的一个新起点,然而,战胜精神上的孤独并不是几天就可以解决的,在马可的日记中我们可以清晰地看到他和同伴们所经历的内心波动。

演剧队行至洛阳时,马可在日记中写道:

> 落雨落雪最易想家,因从前在落雨落雪时大都是在家中逗引安儿等侄辈玩耍,如遇哥姐等在家,则更可想出好多办法来消磨时间:或打扑克,或吃花生,或吃红薯,或围炉煮臭豆腐,事虽平淡,但脑中却留一难忘的印象,如今在流浪中,这些都谈不到了。阴天下雨时,气闷得不能作任何事,只有躺床上眼望屋顶追忆往事而已。这是一个多么苛刻的对比。
>
> (马可日记,1938年9月16日)

这年中秋(10月8日),演剧队排了一天的戏。晚上,团队召开同乐会,大家毫无顾忌地笑闹着,但终于还是有同伴哭了,凄苦的情绪很快就传染给更多的人。这是一群没有家的孩子,他们不知道此刻家里有什么变故,战争的硝烟是否让田园荒芜,爹娘和兄弟姐妹是否安好……这晚的马可异常冷静,前夜油印歌页几乎通宵未眠,加上白天全身心投入排练,此刻阵阵困倦袭来,他不再多想什么,只是睡前默默地在日记中写道:"在另外许多地方,还有多少慈母,梦中见着了她的孩子!"

战争的炮火无法抵挡无处不在的孤独。愈是苦难弥漫,愈会思念和平时的家园。在另外一篇日记中,马可写道:

> 望着天边白云苍茫,想起战前的和平日子,年末紧张的生活,使我觉得有点疲劳了,不能在家庭间听那愉快的琴声,亦不能在山林听那清泉的幽鸣吗?——不能了,大地正在翻身,一切都不容许我们再有更高的理想。
>
> "以战斗回答战斗!"
>
> 话是这样说,而且我们向别人宣传是特别的强调这一点。但人会常有不算苛刻的理想的,谁愿意战斗?谁愿意看那遍地的血光腥火?
>
> (马可日记,1938年11月4日)

在马可内心深处永远为自己的家留有一个温暖的角落,那个角落又无时无刻不牵动着他的情感和脚步。这年冬天来临时,在演剧队工作的间隙中,身心疲惫的他终于来到西安见到迁居的家人。那或许是让他一生都怀念的温馨日子。他先是找到在圣公会做事的姐姐,在等待和姐姐见面时他几乎不大能控制自己。

在河南大学读书时的马可

与家中每一个人不见都有一年多了,听见门房回答马先生在校时,心中无限的兴奋。我简直说不出在我候姐姐出来时心中的感情是如何。似乎是很高兴,却有点酸酸的,想笑,又有点想哭。

　　相别余年,除了感到更加亲热外,似乎一切都如往昔。姐弟到了一起没有做作的严肃,没有可憎的虚套。惟有笑语,惟有至情的亲爱,这好像不是在"同志"间和"团体"中所能找到的。

(马可日记,1938年12月16日)

　　马可丝毫不掩饰亲情与团体同志之间情感的差异。这世上有什么能比血脉亲情更加浓厚纯真呢,更何况是那样一个从来就充满着温馨仁爱的家庭。马可从小生活在哥哥姐姐们的呵护中。他们一起学习,一起玩耍,一起办墙报,举行家庭演出。每当马可拉起自己最喜爱的二胡曲《光明行》《空山鸟语》时,哥哥姐姐们的眼里总是闪现出欣喜怜爱的光彩,那情景如一幅美丽的图画印入他的心底。从颠沛中回到西安的家,姐姐无时无刻不关心着他;哥哥待他如父亲——在哥哥面前他是无话不谈的;而每日每夜都想念着他的母亲,见到他的那种惊喜更是让他深深感动。他待在母亲身边,注视着母亲的一举一动,感受着母亲的一颦一笑,连母亲做的豆芽汤吃起来都有种格外不同的味道。一年多没有吃过母亲做的饭食了,他感慨道,即便外面的饭有多么好吃,"我用多少钱才能买来饭中母亲的影子,和我熟知的味儿呢?"

　　所有的一切都像要留住他的脚步。然而,在这"至情的亲爱"中他更感受到了一些不一样的东西。姐姐慈爱的眼神里有着一种信赖和钦佩,哥哥不舍的话语中充满着对自己有个年轻作曲家弟弟的自豪:"我也矛盾着,一面想叫你留下,一面又觉得这时代太伟大了、蜷伏在后方,对一个有为的青年人是一种损失。"在离开团体的短暂日子里,马可没有被温情弄得迷茫和脆弱起来,相反似乎更加冷静。他知道他必须再次离家。躲开母亲凄然的目光,在落雪的日子里,他走了。他知道"留下不走,只有更加深凄然"。他必须走,"走到更大的母亲的怀抱中去!"

马可回到了团队里,和同伴们一起行军、上前线、演戏、教歌。他常常在深夜写作,在深夜赶印剧本和歌页。他也依然是一个虔诚的基督徒,还保持着饭前祈祷的习惯。即便在团体最忙碌的生活中,在同伴们的嬉戏吵闹声里,他也真诚地祈祷,但那已经不是为了独善其身,而是为了家人,为了故土,为了心中的爱,也为了生活所给予的一切而祈祷。

度过一个个紧张而劳苦的日子,深夜,每当他仰望繁星,他总是一遍遍地在心里吟咏着:

北方的家乡多好呢?现在正是暑假中,流连于故乡山河中的时候了。但是故乡呢?故乡中的老友呢?啊!归去来兮,田园已荒芜不归。

田园已荒,田园已荒!——故乡的田园啊!谁能让我亲吻你一下呢,哪怕是路边的一堆泥块!

(马可日记,1938年8月2日)

## 三

没有什么比战争更能改变一个人对周围事务的看法了,它可以在瞬间把人们原有的观念击得粉碎,再重新粘合起来,就如同将一个人抛弃在荒野中,让他在狂风暴雨电闪雷鸣的袭击中,看到一个过去不曾看到的赤裸裸的残酷世界。从未经历过战争的人是很难真正体会到那种感觉的。我曾经在海莹的带领下去拜访王麦,那位年高九旬唯一活着的马可的队友，想从她那里更真切地获知当年他们所感受到的一切。但是那天，我看到的这位老人对遥远的往事已经很难具体述说。当她知道我是为了演剧队而来，为了马可而来的时候，她只是紧紧地抓住我的手不放，她的手传递给我一种温暖和力量。那天，她还慈爱地望着海莹："你爸爸妈妈死得……太早了……"眼泪慢慢地从她衰老的脸颊上流下来，看得出，她的内心一定涌动着很多波澜，却很难用语言来表达。离开她时，她仍旧拉着我的手不放，有些恋恋不舍，我有种感觉，她希望我去寻找，可到哪里去寻找呢？我只有一次次地回到马可的日记里。

让马可改变的正是战争的悲惨情景。他的日记中出现许多血雨腥风的场面，描述最多的则是空袭。

演剧队在武昌集训时，空袭成了家常便饭。只要天气晴朗，日本人的飞机随时会出现在头顶进行密集投弹。那伴随着巨响的猛烈轰炸瞬间可以掀翻几条街道，黑烟滚滚笼罩街区，烟散后，出现在眼前的是坍塌的房屋、掩埋在废墟中的尸体和哭喊的人群……

一日，演剧队正在操练，警报响起，马可和同伴们迅速地跑向一座小山。站在山坡上，他们目睹敌机在城里投下一颗颗炸弹，炸弹落地后一柱柱黑烟冲起，然后在顶端开出大朵的花来，下面的地面在咆哮，在翻滚，吐出弥天的浓烟，半边天都改变了颜色。

那情景刀劈斧削般地印刻在马可的心里，他曾在日记中记述恐怖的感受：

> 没有一个文学家能形容当飞机在头顶上时心中的感觉，因为那是没有感觉的，生命像放在针尖上，很可能，在一两秒的瞬间，便了结了自己。在这样紧张的场面下，神经系统已经失去作用，没有惊骇或惧怕，一切都想不起来了。

（马可日记，1938年8月11日）

恐惧折磨着他的心灵,也改变着他对生命的看法。对于马可来说,一个炸弹所给的教训比在课堂上听老师们讲几个小时的理论要深刻得多。

现在,没有别的可说,这一类的惨象我也看够了。战斗,它已经锻炼了我,使我以后再不存什么苟且和偷安的心了。死的和被摧毁的,不是属于别人的,都是属于我们自己的,我们必定要复仇,从前太看重我自己的生命。现在,在一条生命不如一条蚂蚁的时代,我的生命太不值得什么了……

(马可日记,1938年8月11日)

九月初的湖北,天气仍旧闷热,马可和同伴们躲过阵阵警报来到火车站,经过一番周折,终于"抢占"了一节车厢,开始了奔赴洛阳第一战区的行程。

火车走走停停缓慢地行驶在荒芜的土地上,过确山,在离郾城十二里的一个小站突然停了下来。马可探身窗外,只见天空中有日军"铁鸟"正盘旋而来,旅客们见状慌了手脚纷纷跑下车去,不多时前方掀起阵阵灰烟,紧接着,一架架敌机飞抵火车上空开始投弹。无助的人们奔跑着,有的跌倒葬身在无情的火海里,有的匍匐在田埂下发出哀号和怒骂。过了好一阵,敌机才结束了轰炸盘旋着离去,扶老携幼的人们挣扎着爬起来,跌跌撞撞地走向瘫痪在铁轨上的火车。马可看见,一个老太婆嘴里不停地呼着救命,抖着身子向人们叩头哀求,帮助她赶快离开这可怕的地方,那颤抖的身体、衰弱惊恐的眼神、泪流满面的脸颊在马可的心中缠绕着久久挥之不去……目睹着侵略者的种种残暴,感受着劳苦大众的悲凉,也体会着恐怖在人们心中留下的深刻创痛,马可的心在流血。"到处都是轰炸,到处都是残破、损伤,日本强盗揭开了人类史中最凶恶的一幕!"

这年年末,年轻的音乐家张曙在轰炸中死去。他口袋里揣着刚刚写好的歌,怀里抱着可爱的小女儿,倒在一片被炸弹摧毁的残墙断壁里。消息传来,马可无限感伤:

> 心中被意外的不幸消息打动,为之不悦良久。我与张先生虽不过是仅仅相识,但是总还算是一个"同志",在第三厅时,他的歌声曾打动过好些人……如今他的声音渺矣,英姿也不可复见,这不能不说是一个损失,一个"遗憾",使我心中长出一个解不开的疙瘩。

(马可日记,1938年12月29日)

抗敌演剧十队在排练。指挥者马可,前排右起第三人杨蔚,第四人王麦

近距离地目睹苦难的同时,马可也近距离地接触到那些在战争中牺牲的普通士兵们。

11月,演剧队渡黄河赴三十八军慰问。隔着奔腾澎湃的河水,对岸茅津镇的人清晰可辨。日本人数次占领那里,只因南岸有着居高临下的天险而未能过河。此刻,距镇子三四十里的地方正经历着一轮轮厮杀,一次次肉搏战,有一只只的渡船从对岸划过来,船上躺着的是一个个血肉模糊的伤兵……演剧队员们登船过河,踏上山西的土地,行进在层峦叠翠的丛林中。那夜,马可在日记中写道:"战士襟上,血痕尚未干,心中感受到一种说不出的难过,是惭愧,是同情,也是哀伤。"次日凌晨,马可早起,沿河行走,一路吟咏,满腔的激愤似乎喷涌而出,一首《守黄河》就这样一蹴而就。这是他到达第一战区后一直想要创作的一支歌,苦于多日写不出,却在渡河后,在士兵们带血的身影里,在浑浊奔涌生生不息的波涛声中流淌出来。马可立刻将歌曲印出,当日教唱,当日演出,当歌声在黄河边唱起来的时候,马可凝视着士兵们那一张张黝黑的脸孔,感受着那一颗颗淳朴的心,在心中默念着:"保重吧,你为民族解放而斗争的斗士!"

在三十八军十七师,马可认识了许多普通士兵。他们大都是陕西农民,没有文化,但学习很努力,闲时不少人趴在地上学画识字,慢慢地有的还能自己写壁报了。演剧队演出前,都要先进行对话,士兵们总是情绪高昂热情配合。他们很喜欢学唱歌。当马可问他们想学什么歌,他们会举着拳头回答:"打回东北去!"当问及他们的状况时,他们质朴地笑着答道:"怎么不好呢?饷是按月发,精神上也舒服得很,后方的情形也很放心,前些时我们接到好多慰劳信呢。"当演剧队给他们拍照时,他们则颇有点受宠若惊的样子。就连一个酒后醉醺醺地拉着他们喋喋不休的团长,也显得没有那么讨厌,他的话中虽有牢骚不满,但也有种坚韧和力量:"我是一个老粗,不懂得什么派,什么主义,只知道这个,哪,打日本!你们说,对不对?哪,该不该?……"在马可眼里,这些过去类似土匪的人,今天却显示了他们的英勇。即便明天就会死去,他们依然平静地吃饭,起劲地唱歌,大声地笑闹。几封慰问信,几次演出,就能给他们带来莫大的快慰。马可深深地感动着:"多么伟大的力量!"从小受着老师的赞扬,家人的夸奖,曾经把自己想象成一个英雄,现在才发现自己非常渺小;从小受基督教影响知道要"爱人如己",现在才知道自己应该爱的人是什么样子……入夜,马可编印着歌集《守黄河》,在封面后面一字一句地用力写下:

**献给三十八军英勇的战士。**

## 四

如果说战争改变人们对生活和生命的看法,政治的丑陋、官员的腐败则更容易使年轻人的心受到伤害。马可和他的同伴们面临着更多磨难。演剧队深入前线后,受国民党军队领导,所处环境异常复杂,耳闻目睹的许多事情也让他们备感苦闷。

马可日记中有这样的情景,给我留下了很深的印象。

清晨,三点半起床,四点升旗。升旗后,迎着天边刚刚泛起的一道亮光,马可指挥政治部干训队的官兵们例行唱歌。无端地,突然有个教育长出来对他加以训斥。马可知道是故意找碴便不予理睬。孰料,那长官不肯罢休,冲他瞪着眼睛问:"你知道我是谁吗?"马可停下指挥,看看那家伙肩上的中将领章又看看他的脸说:"我不认识你。"那长官愈发觉着没面子就吼叫起来,马可心中的怒火和委屈几乎要喷涌而出,一场激烈的冲突眼看就会爆发,但一瞬间,他想到为了工作必须忍耐。终于,他努力地克制着自己的情绪,一面双脚靠拢向那长官敬礼报告,一面心中难过得几乎要流下泪来。

类似的摩擦接连不断。黑暗考验着他们的抗战热情,使他们的理想与现实发生严重碰撞。当他们甚至无法拒绝为司令长官举办祝寿堂会之类的命令时,他们的心就被一种痛苦和恼怒压抑得几乎扭曲起来。

除此之外,国共两党之间关系的恶化,也使演剧队的境遇更加恶劣。国民党对演剧队的进步青年从心存芥蒂、提防发展为盯梢、迫害。演剧队在面对战争的同时不得不面对因党派不同而带来的种种麻烦和困扰。到了1939年3月,总部不仅派来一个指导员监督他们,还要演剧队脱离三厅正式编入第一战区。冲突越来越激烈,关系越来越紧张,甚至发生了同伴被捕事件。马可很郁闷,"难道我们坦坦白白而且牺牲自己的家庭和学校,跑出来做点工作,就该横受猜忌、监督、指挥、检查、限制甚至压迫么?"他在日记中写道:

> 如果我们之中者,真有几个老练的布尔什维克,倒也足以应付这些而有余了。正是因为没有这种人,正是因为我们是没有任何政治立场的热心青年,正是因为我们是具有着顽强的小布尔根性的脆弱分子,所以我们就有些禁不住这种打击了。
>
> 大部分的同志灰心丧志,因而就悲观消极。抗战开始时的空气所培养出的一些工作热情,经过年来在工作上的折磨和现在的打击,就都悲观了,消极了。
>
> (马可日记,1939年4月27日)

演剧队员们茫然了,有的想要脱离团队回家上学或教书,而从三厅那里传来的指示却是要求大家"顾全大局""委曲求全""保住第十队"。何去何从,问题严峻地摆在大家面前。

"我岂当消极呢?""我得冷静一点",马可这样对自己说。经过思考,他对同伴们摆出自己的看法:"我以为大家既然牺牲了学业和家庭,跑了出来,就该牺牲到底,想一想看,第一战区政治部加给我们的,比之日本人加给我们的如何呢?……第三厅交给我们第十队这一块阵地,我们要好好的防守着,甚至死守着,绝不可受了一些小刺激便将这地方放弃了。"同时,他又难过地在日记中写道:

这都是使人痛心又痛心的,国共中下层的摩擦愈来愈厉害了,这也是不能讳言的可怕的事实。

好多人在这种战局和政局的新苦闷中悲观了,消极了,对于最后胜利的信心把握不住了。

呜呼!……

我们的民族解放战争,要就此夭折么?

这揪心的双重痛苦!

这揪心的双重的痛苦啊!

(马可日记,1939年4月30日)

他的孤独和苦闷更加重了。听着天空中敌机隆隆的轰炸声,想着一年来的磨难和渺茫的前景,马可常感到透不过气来,就像做梦时把手放在了胸口,有种难忍的窒息。一次,在演剧队和军方特务排排长再次发生激烈冲突之后,这个一向坚强而乐观的年轻人终于哭了,他放声大哭,"这真是一个吃人的世界! 一切是压迫! 一切是蛮横无理!""我用什么办法抑制下这满腔的激昂! 杀了我吧! 谁? 再不然让我杀一些人! 不是你死,便是我活……"

事实上,在演剧十队中始终存在共产党组织,他们暗中领导着这支队伍,也遵照上级指示严格保守着组织秘密。最初,马可这个基督教徒,这个始终想要坚持独立自由的年轻人对党派是有自己的看法的。"凭良心说,我对于任何主义,任何党派,都没有恶感,同样也没有好感。""中国的民族革命,共产党建立了很大功勋,是不可否认的。然而参加革命的人,又岂非都得是共产党员不可呢?我始终认为:在民族解放斗争的战场上,一个工作者只要有'不做亡国奴,不做汉奸'的'政治认识'足矣,工作不是共产党的专利,也不是懂得马克思的人可垄断的。"

他以独立的信念支持着自己。然而,国民党的腐败最终使他有了改变。派到演剧队的那个手上戴着三个金戒指的指导员,是个一心只想升官、发财、娶太太的人,他给演剧队带来的只是更多的困扰和麻烦;军队和政府中的一些高级官员即便在战争中仍旧过着"荒淫无耻"的生活,置老百姓的生死于不顾;日本人从舞阳、桐柏进攻南阳、新野、唐河……邓县失守,南阳、镇平危在旦夕,政治部里的长官们谈起抗战都很悲观,他们谈论的最得意的却是怎么好好地收拾了一个"反动分子",而那个"反动分子"又曾如何攻击过他们……现实的黑暗如此尖利地撕扯着一个爱国青年的心,让马可痛感"当艺术家是小事,不懂得政治是大事"。他用最坚韧的意志抵御内心的痛苦和矛盾,只有想到自己这一年来写作的歌曲怎样在民间传唱,想到那些歌曲给士兵和老百姓带来鼓舞和希望,他才觉得自己有了坚持下去的力量。

他最终选择了去延安鲁艺,他的老师冼星海在那里,且一直在写信召唤他。想到能够在星师身边"做理论上的充实",他就没有什么可犹豫的。虽然他知道,在那里"我们这种人,一定要把'自由人'的意识截根除掉",但是为了坚持抗战,除此之外,没有别的路好走。

在延安,他创作了不少脍炙人口的歌曲,也受到过严厉的审查。和他同队的晏甬——那个队里唯一的共产党负责人,有整整两年时间都被当作"特务"关在监狱里接受审查。但最终,他们都坚持下来了。1947年,马可加入共产党。

从1938年投身于战争烽火,马可在追逐理想的道路上经历了多少困难和波折,又有多少种理由可以使他中途离开。精神上的孤独,战争的残酷,政治的丑陋……就连团体同伴们之间也需要磨合和相互体谅。性格不同,信仰不同,并非一个"同志"就能够把所有问题都解决掉。马可有时候觉得自己和大家"格格不入","他们是惟'实'论,惟'物'论,我是惟'心'论者的一个基督徒"。也有人不认同他"独善其身"的人生态度,有时候,同志间也会因为一些小事情发生争吵。马可苦恼过,矛盾过,但他对自己比对别人更严苛,"我过去的生活太偏重自己了,心目中就没有别人的存在……我将怎么办呢?无论如何我必须不能再继续着这样下去。"改变是极其艰难的,然而面对整个民族的灾难,马可想到的是:"多少人遭受损害,遭受比我能忍受的更大的创伤!""大时代和非常的生活,应该使我陶冶成一个真正的战斗士","不怨天,不求人……是汉子,就该自己创造自己!"他检讨自己的性格缺陷,要求自己要"先做好"。他批评自己有时对人过于苛求,因为一点事情看不顺眼就"不放松的争吵"。他就这样在历练中成熟起来,越来越多地爱着那些争吵后又好起来的伙伴们,也离不开和自己一起经历着生死考验的战友们。在延安,马可终于不再祈祷,也彻底放弃了从事自然科学研究的想法,全身心地投入到革命文艺事业中。几年前,当他离开学校走向战场时,曾经在日记中抒发豪情:"我们歌颂我们之再生"。如今,他知道,经过时代的冲刷,他已经不是旧时的自己。然而这永无止境的再生之路,每一步都有着滴血的艰辛。

很多年后,因着马可的日记,我和马可的三个女儿坐在一间她们称之为"马可工作室"的房子里。屋内的摆设很简单,除了书,最引人注

55

意的就是柜橱上摆着的大幅马可照片了。这是我第一次近距离地面对马可。我凝望着他,黑白照片中的人鬓染风霜,笑容凝重,深邃的目光穿过漫长的时间隧道凝视着远方。正午明媚的阳光透过窗户上的玻璃在照片上折射出耀眼的光芒,使我不能不眯起眼睛……这是那个日记中的马可吗?这是另一个马可,一个经历了千锤百炼功成名就的马可,只是在他那双眼睛里,我还是看到了没有燃尽的热情……那天的谈话十分热烈,马可的女儿们告诉我,虽然从小生活在父亲身边,后来又相继进入音乐领域,从事着和父亲同样的事业,但对父亲的真正理解却是近些年,当她们为了出版父亲的全集,开始整理父亲的文章和日记的时候。和我一样,她们同样为马可的年轻时代而惊叹和感动,同样敬佩他那种不屈不挠的热情和力量,这力量究竟来自哪里呢?在我发出询问之后,她们其中的一位拿出马可的《言志》读给我听。

这是一篇真诚地表述自己理想的文章,写于1939年6月至8月间,那正是马可和伙伴们经历着硝烟弥漫的炮火,处于最艰难最动荡最矛盾的一段日子,马可这样写道:

算来,东漂西荡,也就快两年了。

有好多朋友替我惋惜,说我不该抛掉用功的好学生不做,居然唱了两年戏……我十分明白这个,而且我也承认,这两年之间不独我没有一点学业上的进步,反而忘掉了许多,我和从前的同班比,是落伍了,退步了,可是我更明白,这两年我毕竟不是白跑了的,我有一件重要的收获,这收获足以补偿这两年的损失而有余,那就是——

我认识了那些真正的国家主人翁,但同时却是被压榨着的劳苦大众。

(马可《言志》)

## 五

在人生曲折的道路上,马可是幸运的。他遇到了一些充满阳光的人,他们身上散发出来的感情和智慧的光芒给马可黯淡的生活带来了光明和希望。

1937年秋天,刚从法国回国一年的冼星海率上海演剧二队来到开封,住在河南大学礼堂里。此时,十九岁的马可只是一个热爱音乐的化学系大学生,他担任指挥的河大"怒吼歌咏队"正高唱着冼星海创作的《救国军歌》《热血》《青年进行曲》投入到抗日宣传的洪流中。可以想象,以冼星海、洪深为首的艺术家们的到来,给这座"终年不闻丝竹声"的老城和年轻的大学生们带来了什么样的惊喜。很多年后,马可还清晰地记得自己第一次见到冼星海时的兴奋心情。

他是什么样子?头发很长么?身上背着竖琴么?……我们早就等待着见到这位大音乐家的到来。但见到他时,一切竟是这

1937年9月冼星海和"怒吼歌咏队"合影。前坐者为冼星海,一排右起第五人为马可

样出人意外：他不过是个和我们差不多的普通青年人。只是从黑红的脸孔和眼角的皱纹显示出比我们多经受过一些生活的磨炼。他用平易的语言对我们讲音乐，讲作曲，顺手拣起一根柴棒来教我们怎样指挥歌咏队。短短五天相处，我们和他已是无所不谈的知心朋友了。他走了，他的歌曲像春风野火般地燃烧起来。

（马可《冼星海传》，人民文学出版社1980年出版）

马可正处在人生的十字路口。他充满激情地写歌，几乎每天一首，并编辑了自己的第一部歌集《牙牙集》——寓意牙牙学语的意思。然而，动荡的社会现实，对音乐的粗浅理解和渴望都使他在探索中感到茫然，处在混沌状态中的他太需要有人给予点拨。冼星海的到来无疑为马可的生活开启了一个新篇章。短短的几天时间里，马可听星海讲音乐，在星海的指导下学习指挥和创作，把自己的习作送给星海并向星海述说自己的苦闷和追求……他们成为无话不谈的朋友，他满怀崇敬地称冼星海为"星师"，而冼星海也记住了这个对音乐有着超常天分又异常勤奋的青年。

冼星海走后，马可带着从星师那里学到的东西开始了漂泊。第二年夏末，当十个抗敌演剧队聚集于武汉时，他再次见到星师。马可在日记中记述了他两次过江到政治部找冼星海，请他为演剧队讲授音乐知识的情景。长江畔的短暂相遇，经过一年磨砺的马可开始变得沉稳起来，他悉心阅读了冼星海的《声乐研究法》，在音乐理论方面有了明显的长进。冼星海的授课依然生动有趣，看似随意讲出来的创作经验在马可听来"字字珠玑"。马可知道，星师的生动活泼来源于他的知识渊博和各方面的素养陶冶。他越发意识到自己的孤陋寡闻。他发觉原来上帝对自己是如此厚爱，在这样一个混乱动荡的年代，却有这么一个好老师出现在自己的身边。他不能不感慨："多么好的时代，多么好的环境",自己必须牢牢地抓住!

此后,马可一直和冼星海保持着联系。冼星海去了延安,时常有信来。他在信中指点马可音乐方面的问题,鼓励马可继续努力。他关注着马可的每一点成绩,希望马可到延安鲁艺去,那里会有更多的学习机会。事实上,马可人还没有到延安,他的作品已经被冼星海以"鲁艺音乐丛刊"的方式在延安出版了。冼星海还亲自为专辑写了序言,表达了对马可的器重:"虽然不是专门音乐家,但比许多专门家或许更能负起救国的责任。而且在他工作经验当中不断学习,已经巩固了他自己的音乐修养了。他的作风极力趋向大众化、民族化的新形式,他的歌词也能配合现阶段的环境。因此我愿意诚恳地介绍给全国的抗战勇士和音乐工作者,希望他们也可以同样努力给大众写歌曲。"

1939年年末,马可终于到达延安。此时,冼星海这个众人眼里的"奇人""怪人"正处在创作的巅峰时期。马可后来这样描述自己的恩师:"很难用一句话说出我当时对他的印象"。

> 他变了,但又没有变。没有变的是两年前初见他时那种蓬勃朝气,那种只争朝夕的工作干劲以及平易近人的作风;但他又大大变了,不仅是穿着草鞋和质朴的延安干部服,而是更成熟了,更深刻了……
>
> (马可《冼星海传》)

马可深深地为冼星海旺盛的创作力和优秀的音乐作品所折服,并不负老师所望,以第一名的成绩考入鲁艺音乐系,被系主任冼星海直接分配到鲁艺音乐室。此后,马可和冼星海有了整整四个月的朝夕相处。或许正是这四个月的相伴相随深入骨髓地影响了马可的一生。如果说,此前的马可对自己的化学梦还怀着那么一些难舍和期盼的话,冼星海彻底地为他的梦想画了一个句号。他告诉二十二岁的马可,只有音乐才是你的前途。在冼星海耳提面命的引领下,马可这个曾经只是抱定救国之心开始创作抗战歌曲的大学生,义无反顾地确立了终生追求中国民间音乐和民族歌剧的艺术方向,并为之做出了辉煌的成绩。

让马可痛心的是,自己的老师过早地离开了人世。马可对冼星海始终怀着深沉的敬爱,自1955年纪念冼星海逝世十周年起,他每隔几年便写作一篇文章纪念冼星海,后又亲自动笔撰写《冼星海传》。由于"文革"的原因,马可生命的最后十年几乎没有留下什么作品,却写下了唯一的一篇怀念冼星海的文章。逆境中,他毫不掩饰自己对有人摒弃冼星海、聂耳的愤怒:"这是令人多么难过多么寒心的事。但他们终究是属于中国革命人民的。他们永远是我们的!什么势力也夺不走他们!"尽管经历多年政治斗争的波谲云诡,马可依然葆有青年时代的单纯和豪气,更无法抑制自己内心追求创作自由的渴望和对导师的深切怀念,文章在他去世后一年多才得以发表。

在马可1938年的日记中,还有一位经常出现的人物,这就是被称为一代戏剧宗师的洪深。此时,洪深正在郭沫若领导的三厅工作。由于他的作用,马可所在的演剧队被编为三厅属下的抗敌演剧队第十队,洪深还亲自率队,带领十队从武汉出发开赴第一战区。缘此,马可和洪深有了最近距离的接触。

日记对洪深的描述非常生动。这位戏剧家是严苛的。在武汉,无论是当集合时间已到,而马可所在的演剧队人员还没有聚齐,还是到达后的首次演出都受到洪深毫不客气的批评。这给马可们留下非同一般的印象。到达一战区后,洪深对这个新组建的队伍在工作上出现的问题更是备感焦虑,曾经禁不住大发脾气说:"上海演剧队来洛时,停十天,演了八天戏,而现在你们三四天了,还没有让人见到消息!"马可很委屈,他们毕竟是一支新组建的队伍,怎能和上海的明星队相比?但马可也知道,洪深是一位真正的艺术家,绝不会因为宣传工作的特殊性而降低艺术水准的要求。为了演出,他可以钻进道具柜里给年轻人提词,也可以毫不客气地指责挑剔,对这种深藏在严苛中的期望和厚爱,他们只能以加倍的努力给予回报。洪深不仅在艺术上高标准,对如何做一个对社会有担当的人,更有着自己的道德准则:"我可以不学做戏,但我一定要学做人。"他不止一次地告诉演剧队员们,青年人投入抗战不是唱唱歌演演戏就算完了,要躬身实践。他说自己在一次演讲时曾遇到农民站起来责问:"你们从汉口来,吃得舒服,穿得好,凭着两片嘴唇,就想说得叫我们都去上前线送死吗?"他认为这个问题的确不好答复,唯有亲自上前线参加实际工作,才能说得过去。正是这个原因,四十五岁的洪深在各方面都身先士卒,他指导队员们排戏,给大家上课,为民众讲演,在敌机的狂轰滥炸下指挥若定,即便重病在身也坚持工作……这让年轻的队员们既感动又担心。马可耳闻目染深感受益,他在日记中写道:

> 我们真荣幸。得和这一代戏剧宗师共同生活。当然,一个戏剧家的成就不仅止是限于"戏剧"这狭小的一面。戏剧家懂得人生,也知道人生中各部门的学问,……每句话对我们都是一

建国初期的马可与杨蔚

种新的知识。这样一个活的"百科全书",一部活的"做人辞典"跟着我们,怎么不使人觉得荣幸呢?

(马可日记,1938年9月3日)

马可得到的还不止这些,他恋爱了。那个脸蛋红扑扑的女孩杨蔚出现在演剧队时还是一个高中生。她戴着花围巾,骑着小毛驴,一路询问,风尘仆仆地追赶了八九百里路才找到大家。演剧队员们正在向老百姓宣传,她摘下围巾喝了两口水便教起歌来。她以自己的出色表现成功地加入了演剧队。开始,大家戏称她"小豆子",后来叫她"山里红"。她歌唱得好,嗓子亮,且有着过目不忘的本领,几乎不费力就能把所有演出剧目的台词背下来。她还喜欢跟在马可身旁当帮手。夜深人静的时候,马可刻蜡版杨蔚油印歌页,一口气可以印几百页。行军的时候,马可帮生病的杨蔚背东西。演出的时候,杨蔚独唱,马可二胡伴奏,两人配合默契情琴交融……爱情就这样自然而然地产生了。马可的日记中没有对爱情的详细描写。相反,这个一向严于律己的人,最初对个人感情是排斥的。他在日记中写道:

近来对于恋爱是那样的不感兴趣,原因是我参加战斗了。战斗会把一个柔软的人磨炼成钢铁。

很难得,我能够在刚脱离风花雪月时代遇见这伟大的战斗,我要在战斗中养成一个强壮的斗士,却不愿在花月中养成一个贾宝玉,真正爱我的,必能知我谅我,我何必痛惜以往,又何必急切期待将来。

(马可日记,1938年10月2日)

然而,即便在最残酷的战争环境里,年轻的心也充满浪漫,也有着对美好生活的憧憬。马可的日记中常有这样的抒情:"倦倦地走上归途,翻山越岭,转一个圈又一个圈,朦胧月斜挂在枝芽上,泉声淙淙,树啸嘘嘘,原是一个很有诗意的夜呢。"演剧队员王麦的回忆录中有这样的场景:"在那迷人的初夏,麦子已经拔穗,发出幽香,月光如银,遍撒大地。我们走着、走着,忽然前面麦田里飘来像'仙乐'一样悠扬的二胡声。原来是马可早已奔到前面在奏乐迎接我们呢!"对这样一个魁梧健壮的青年,一个对生活和艺术充满热爱的人,怎么可能没有人生出爱意,他又怎么可能抵挡得了爱情的袭击。杨蔚单纯炙热的爱打动着他。杨蔚面对父亲的阻拦毫不犹豫,终又流下眼泪让马可看在眼里感动在心。一往情深的杨蔚终于赢得了马可的感情。这个出身"世代书香"的小姑娘最终和马可结成夫妻,并在此后人生的各种关口坚定地站在马可身边,支持呵护着马可。新中国成立后,马可走上领导岗位。"文革"期间他被关押批斗,再次因为演剧队的历史被认定为"特务"而饱受摧残,身心受到极大伤害。同样担任着领导工作的杨蔚,"文革"中也受到迫害,终于身染重病瘫痪在床基本失去了意识。1976年,五十八岁的马可凄然离世。对于父亲的死,孩子们谁都没有在杨蔚的病床前说起过。可是有一天,迷迷糊糊的杨蔚突然睁开了眼,她哆哆嗦嗦地大声嚷道:"海星,爸爸去世的事情……告诉我!"女儿惊呆了,她抱住母亲,再也无法抑制心中的悲痛,禁不住嚎啕大哭。

  我常想,一个人在生命中付出多少爱就会得到多少回报。马可的战友们爱他,当年他们在延安生下第一个孩子时,伙伴们纷纷解囊相助,哪怕谁有一件花衣服也要改给孩子穿。马可的小家成了同伴们聚会的地方。后来,晏甬和王麦也结成夫妻,他们和马可、杨蔚成为终生好友,两家的孩子对大人互以舅舅姑姑相称,即便在人人难以自保的"文革"中他们也彼此拥有信任和支持。马可的学生们爱他。他们唱着他谱写的歌,在他的教诲下成长,他们对他的感情就像当年马可对自己的星师一样,在他们的灿烂成就中,马可也收获着更多的喜悦和欣慰。

很长一段时间里,马可的日记都放在我的手边。在清晨,在无眠的寂静夜里,我一次次地翻看,一次次地放下又拿起。在发黄翻卷的纸页行间,我看见那个曾经不喜欢什么主义,也不会为了一些漂亮口号而激动的年轻人,在炸弹落下房屋坍塌烟尘弥漫的街区上悲恸;在巍峨的太行咆哮的黄河边激情澎湃;在新年来临之时,被战争折磨得无比冷落的街头,迎着那些打着国旗提上灯笼去过可能是最后一个新年的人群而泪流满面……这就是那个举着队旗大步奔跑在行军路上的马可,那个挥舞着拳头高声吟咏"守黄河"的马可,那个在黎明与黑暗之间顽强地唱响自己的生命之歌的马可。有时候,我觉得离他很近很近;有时候,我又觉得离他很远,很渺茫……

往事苍茫,岁月悠悠,如今,当我真的想要走近马可,叩响他心灵的窗户时,却发现那扇青春的窗户已然默默关闭,陪伴着我们的只有这尘封的日记。

然而,当那些充满激情的优美歌声唱起的时候,我知道,马可就活在那些歌里,活在永远不会消逝的岁月中,永远……

2015冬至2016夏,写于宁波　定稿北京

# 火　炼

1938年11月13日，长沙。

即便是七十多年后，当我在键盘上敲下这一行字的时候，我的手还会禁不住颤抖，我的心仍会被悲哀包裹着紧缩在一起，渐渐漫上来的泪水使视力变得模糊起来……

12日那天，正值孙中山先生诞辰纪念日。尽管一个月前日本军队已经占领了武汉，整座长沙城开始陷入战争的混乱和恐慌之中，一些地方还是仓促地举办了纪念活动。晚上，在市长的带领下甚至还举行了人数不多的火炬游行。那一支支点亮的火把穿过城市的黑暗，给忙乱和焦虑中的人们带来了些许的温暖和希望。然而，这一点点希望很快就被更大的恐惧所打破。

入夜，城市终于陷入一片寂静中。凌晨两点，南门方向突然燃起大火，紧接着，整个长沙都开始起火。无数条火舌腾空而起，冲向夜空，很快就把大地照得通亮，并在顷刻间吞灭了一排排的房屋楼阁，使得这座具有几千年历史的古城变成了一片火海。人们在睡梦中惊醒仓皇而逃，很多人还没有来得及弄明白发生了什么便葬身于浓烟烈火之中。跑出来的人奔上街头，争先恐后地拥向湘江边，企图渡江逃命。然而，江面上只有为数不多的小木船在摆渡。人们推搡着大呼小叫地爬上船，有的被挤到江里，有的随超重的船只一起卷入汹涌的漩涡,很快,江面上便漂浮起一具具尸体……几十年后,老人们述说起发生在这座古老城市里惨烈的一幕幕,听者还会被昔日的情景惊得目瞪口呆:

一位六十多岁的老奶奶,从大火中惊醒,无路可逃,只好跳进一个大水缸里,结果熊熊烈火使得缸里的冷水变成开水,老人被煮死了;

一个伤兵收容所,十多名从前线下来的伤兵在大火中钻进了一口废弃的井里,结果一堵高墙倒塌将枯井填埋,枯井成了他们的坟墓;

一列待发的火车停靠在站台上,急着疏散和转移的人们把站台和车厢挤得水泄不通,当严重超载的列车开出车站后,一股巨大的火焰横扫过来,列车出轨,许多人被抛了出来……

关于这一天,时任长沙市长的席楚霖后来在回忆录里写道:"大火发生时,市民从梦中惊醒,面对熊熊烈火,上天无路,入地无门,老少妇孺的哭喊声和火烧房屋发出的爆炸声汇成一片,构成一幅极端悲惨的景象。"

在长沙失陷的情况下将全城焚毁,是蒋介石"焦土抗战"思想指导下预定的军事计划。所谓"免资敌用"。史料披露,此举事前已有具体部署,且明确"须在我军自汨罗撤退后,先放空袭警报,使人民逃避,再开始行动"。然而,十三日凌晨的大火,却是在平江汨罗以北阵线稳固、老百姓毫无准备的情况下突发的灾变。很多年后,人们仍在各执己见地讨论着这场震惊世界的大火。对蒋介石面对日本人的疯狂侵略和敌我之间悬殊的兵力所采取的焦土策略毁誉不一;对计划执行中因误信谣言导致的重大失误愤慨不已;对那个不解的谜团——第一把火究竟是怎么点起来的更有着种种分析和推测……在这纷纷的议论和猜测中,最使人们刻骨铭心难以忘怀的仍旧是那场大火带给长沙无数老百姓的灾难、痛苦和伤害。

我是在整理抗敌演剧队的材料时重新翻开这沉重的一页。那时候,国民政府军事委员会三厅领导下的十个演剧队刚刚成立两个多月,年轻的演剧队员们结束了在武昌的短期集训即将奔赴各个战区。有的演剧队已经启程远赴前线,有的队就活动在长沙附近,也有的队随三厅从武汉撤到长沙在形势的逼迫下正准备再次撤离。

大火燃起时,周恩来和叶剑英刚从武汉抵达长沙不久。那夜,周恩来才入睡就被叫醒,他和叶剑英跟着警卫员冲出燃烧的房屋,踏过残墙断壁跑到街上,又沿湘江向南,直到走上通往湘潭的路,才搭上三厅的车到达湘潭下摄司。第二天,周恩来在写给妻子邓颖超的信中说:"昨夜长沙火起,全城一炬,仓促出火城,衣被尽失,步行二十余里,始遇卡车转来湘潭。"

当夜,担任三厅厅长的郭沫若也在长沙。大火起前,他正和三厅的同志们把档案和行李装在车上开始撤离,一行人随卡车冲出火海,跌跌撞撞地走了大半夜,才在天亮时开到湘江边。后来他在《洪波曲》中写道:"沿途的情景真是惨目。公路上拥塞着逃难的人,拖儿带女,扛箱抬柜,哭的,叫的,骂的,裹着被条的,背着老年人的,负着伤的,怀着胎的,士兵,难民,杂乱成一片,喇叭不断地在叫,车子不断地在撞,狼狈的情形真是没有方法可以形容。"

13日下午,冲出大火的周恩来和叶剑英返回长沙。城是进不去了,他们站在城外高处向里瞭望,只见全城一片火海,火势随风蔓延。周恩来当即做出决定,要在最快的时间里组织救灾。隔日,周恩来再次冒险进入城里,并向三厅发出命令:"调政治部第三厅所属各部人员,包括分配在西南各地的四个演出队和抗宣一队等到长沙救灾……"就这样,几支刚刚撤离这座城市的抗敌演剧队,在第一时间里返回火城,迅速投入到救灾工作中,他们成为历史上这场巨大灾难的见证者。那场熊熊烈火也成了对这些刚刚走出校门、走向战场的年轻演剧队员们的严酷考验,成为他们人生路途上的一所大课堂。

一

南方的初冬,阴冷。

身着将军服的田汉率领着三厅二百多人的撤离队伍,迈着整齐的步伐行进在嘈杂的街市上。他们过天心阁,出浏阳门,走上通往湘潭方向的公路。

两天前,岳阳失守,三厅接到城防部门要求三厅及所属团体紧急撤退衡阳的通知。市面上已经一片混乱,谣言纷纷,政府和老百姓都忙着转移撤离,街上连警察也不见了踪影,时而有军车飞驰而过,有士兵从车上甩下来,死在街心,也无人理会。整个长沙城就好像一只在狂风巨浪中颠簸的破船,摇摇欲坠。12日,三厅举行了纪念孙中山诞辰大会。接着,周恩来给撤离的各队做了动员。国民党方面答应拨给三厅的火车汽车全部落空,周恩来要求除了公物和一部分行李集中在仅有的几部汽车上,其余人员一律开动自己的"十一号汽车"撤离:"红军能走二万五千里,我们就走不到湘潭?我们要学习红军,脚磨起泡也要坚持走下去!"会上,周恩来还宣布了田汉为撤离总指挥。

岁月无痕,即便多年后人们对逝去的往事都变得淡漠起来,经历了那场大火的演剧队员们还是能清晰地记起撤离时田汉的样子:"戎装齐整,武装带、马靴、白手套、佩戴少将军衔领章,俨然一个将军的形象。"这位生于长沙,长于长沙,早年留学日本的诗人、戏剧家此时有了一个新的身份:国民政府军事委员会三厅六处处长,负责文艺宣传。这个时期,他戎装不离身。我曾在一张照片上看到他英武的样子。魁梧的身材,肩上挎着武装带和手枪,腰间紧紧地束着一条宽皮带,脚上的马靴锃亮。对他的这套装束,有些人不以为然——似乎有吸引人眼球之嫌,但一向有着真性情的田汉却很洒脱。抗日的烽火激发了他无限的勇敢和热情,四年前,他在上海写出了《义勇军进行曲》歌词,经聂耳谱曲后迅速轰动全国。当千千万万的人们唱着"我们万众一心冒着敌人的炮火,前进!"时,田汉内心的激动更是不可抑制,他恨不得把自己的每一滴热血都洒在为祖国而战的疆场上。然而,战争的失利摧残着每一个人的心,武汉弃守,长沙危在旦夕……所有的一切,都使田汉对历史赋予自己的新角色有种发自内心的自豪和责任感。在他看来,在这紧急的时刻,即便是通过一身将军服也能传递给人们一种力量的信息。此外,他也有着不便示人的隐情,除了这身衣服,他早已穷得没有钱去买其他衣服了。更何况穿上这套衣服,当遇到麻烦和军方交涉时,也就有了最好的保护屏障,他必须好好地穿着它。

那天下午,田汉率领的撤离队伍一出城便遇到了麻烦。路上,逃难的人群扶老携幼蜂拥急奔,大人叫孩子哭,很快就和这支由作家、艺术家和大学生组成的队伍裹挟在一起,把他们冲得零零散散。到了黄昏时分,阴云密布,寒风阵阵袭来,队伍已经前前后后拉开了十几里路。原本情绪高昂地走在前面的田汉也因为脚上那双锃亮的马靴吃尽了苦头。他的双脚磨出了好几个血泡,只能强忍着疼痛,瘸着腿跑前跑后,尽管费劲气力一时也很难召集起队伍。好不容易到了夜色降临时,路上逃难的人群渐渐散去,演剧队的队伍却仍然前不见头后不见尾。寒风里,大家的心情分外压抑。无奈,田汉也只能决定由各队自行解决住宿了。

演剧一队行走在通往湘潭的路上。夜晚,他们终于在公路旁的一个村子里找到了两间可以落脚的房子。可是,放下行李谁也没有困意。这支队伍的前身是明星云集的上海救亡演剧队,他们曾经在左翼戏剧运动中演出过轰动整个社会的戏剧。"八一三"事变后,他们乘小木船离开上海,深入农村、工厂和乡镇,开展抗日宣传。陈鲤庭的《放下你的鞭子》就是这个时期创作并很快成为演遍全国的街头剧。几经颠簸,他们终于集合在三厅的麾下,希望能为抗战宣传继续贡献自己的一份力量,而眼下,每个人都不能不为长沙的局势而感到担忧。

夜深了,一队的队员们昏昏欲睡。突然,外面有阵阵喊叫声,他们跑出去,看到了令人惊讶的一幕。隔着十来里路途,长沙方向夜空通明,火光一片,听不到一点枪炮声,但那情景却比有枪炮声更让人揪心。大家默默地站立在小山坡上,揣测着长沙发生的情况。好不容易捱到天亮,只见长沙上空浓烟弥漫,公路上的难民更加络绎不绝。他们向老乡买了些红薯,草草地吃下,按原定计划继续向湘潭前进。走出数十里,忽然有卡车从后面开来,卡车停下,里面跳出满身尘土的洪深,他是押送行李最后一批离开长沙的,大家纷纷把他围住,方知长沙城昨夜已付之一炬。

凶猛的火势直烧了三天三夜,三天后,一队接到紧急命令立

长沙大火后

即返回长沙。

走进刚刚离开几天的长沙城,所有的人都被眼前的情景惊呆了——这或许是他们一生都难以忘记的。时隔多年,已经成为著名戏剧家的一队队员李超在回忆录中写道:

> 距长沙城还有十几里,就闻到阵阵扑鼻的焦糊气味。走进城池,长沙的制高点——巍峨秀丽的天心阁已经荡然无存了。古老、美丽、安宁的长沙城曾给从战区撤回的我们多少慰藉与美好的记忆啊!如今,它在哪里?
>
> (李超《硝烟剧魂》,中国广播电视出版社,1995年12月)

他们走进的是一座人间炼狱……站在一片片残墙断壁焦尸灰烬面前,每一个人都禁不住黯然泪下。

大火燃起的时候,出身于官宦人家曾经就读于清华留学日本、归国后又参加了"反帝同盟"和"左翼剧联"的刘斐章正担任着抗敌演剧八队的队长。他所领导的演剧队九月即从武汉撤退到湖南南岳转抵衡阳,任务是慰问后方的伤病员。衡阳的空袭频繁,有时一夜多达六七次,他们常常与死神擦肩而过。一次遭遇大轰炸,周围没有防空设施,他们刚刚来得及就近趴下,炸弹就带着"咝咝"的恐怖声呼啸着斜插地面,气浪把他们震得离地好几尺高,掀起的泥土瞬间就把他们掩埋了。幸运的是炸弹大死角也大,危情中全队竟没有一人伤亡。还有一次,演出时遭到轰炸,他们还没有来得及卸装就冲进防空洞,有的人扮演国民党军官,守卫防空洞的宪兵以为来了许多高级将领,立刻加强了警卫……

在衡阳的十三天里,八队演出了十六场戏。此时,恰遇吕复率领的演剧二队在赴江西十九集团军的途中滞留衡阳,两队便同时住在含章中学。他们同起居同排练同演出,还联合开展慰问和募捐活动。大火燃起的时候,两队的人并不知情,只是长沙方向浓烟滚滚火光烛天,门外公路上骤然增多的嘈杂人流,和由人群携带而来的种种消息使他们知道长沙出大事了。

16日傍晚,一辆敞篷大卡车突然停在含章中学门口。郭沫若从驾驶室里跳出来,见到刘斐章立刻命令道:"赶紧通知大家上车,要轻装,不要带演剧用品。生病的不要去。车子马上就开,周副部长在长沙等着我们呢!"刘斐章看到,平日里总带着和蔼亲切微笑的厅长,此刻表情严峻,脸上一丝笑容都没有。他立刻跑去通知大家,队员们都争着说自己没有病,不到十分钟,两个队的人就都上了车。人多车少,实在挤不下,只好留下少数同志留守。

卡车一路全速前进,和撤离长沙的路相反,回去的路夜静风寒空旷无人。

几十年后,刘斐章还清楚地记得那番情景:

> 汽车驶进了长沙市区,只见到处是断壁残垣,满街瓦砾。有的地方还在冒着烟,有时还可以嗅到烧焦了的谷物和尸体的臭气。南门口正街和八角亭一带,原来是最热闹的地区,此时两侧大商店高高的风火墙虽还耸立着,但所有的门窗都已烧尽,满目疮痍,余烟熏壁。同志们看到省会这面目全非的惨景,心情都感沉重!有的同志心疼得眼泪都掉下来了。
>
> (刘斐章《岁月》,湖南文艺出版社,2001年7月)

与二队八队同时赶到长沙的还有演剧九队。

那天,九队在撤离长沙的路上摸黑行军,他们背后长沙方向漫起的竟是通天红光,望着那罕见的景象,每一个人的心都揪得紧紧的。

第二天,他们到达湘江下摄司摆渡口,那里的场面更加拥挤混乱。撤下来的伤残士兵、难民、车辆都堵塞在一起,无法过河,很多人疲惫不堪地躺在公路两侧和渡口的空地上。在那里,队长徐桑楚见到了周恩来,才知道长沙燃起了大火,八路军办事处的房子被包围在熊熊烈火中,幸亏警卫员熟悉周围地形,才带领着周恩来等人摸索到一些空旷的地方冲了出来。周恩来询问撤离队伍的情况,得知三厅的作家艺术家们没有黑夜行军的经验,走散了不少,便要徐桑楚传达他的命令,要求所有队伍集中渡河后在下摄司住宿。当晚,在一个车站旁布满灰尘的小房子里,周恩来召集了由郭沫若、田汉等人参加的会议,介绍了长沙大火的情况,以及日军与国军对峙的形势,并要求大家克服文人的散漫习气,严明纪律,准备迎接战斗。那晚,徐桑楚就站在门口担任通信员,屋子里昏黄的煤油灯光在人们的脸上闪动,他觉得自己心中涌动的是一种难以抑制的悲壮情感。

14日晚,九队接到命令:全体返回长沙,开展救灾工作。

回到长沙的感觉是极其陌生和恐怖的。短短的几天里,那座古老的名城已经在烈火的吞噬下消失殆尽,"到处断垣危壁,余烬残骸,空气浑浊得使人几乎窒息"。

同时接到返回长沙命令的还有三厅所属四个抗宣队中的一队。12日晚,夜幕降临时,他们完成了散发传单和刷写日文标语的任务,背着公物最后撤离。一路上大家都沉默不语,只听到嚓嚓的脚步声。半夜,行走在通往湘潭的公路上,长沙方向已是一片红光。次日,他们赶到下摄司渡口见到三厅的人,才知道长沙陷入大火,负责押运行李的队友只身逃离火海,全队所有的私人物品都被烧光了。闻讯,有的队员哭了起来,洪深叹气道:"要哭,该我先哭啊,我多少年心血写下的东西都烧毁了,不比你们的那些纪念品更重要?……"16日夜,宣传队住宿在衡山附近的一个村子里,队员们合着干草和单薄的衣衫刚刚入睡又被唤醒,他们紧急出发返回渡口搭车,当夜回到长沙,住进全城唯一没有被点燃的财政厅。此时,人去楼空的财政厅成了演剧队的营地,周恩来已经在那里了,他凝望着风尘仆仆的队员们,和大家打招呼。这是大火过后的第五天,废墟中的长沙处处飘浮着浓烟和灼人的热浪,放眼望去,街上空无一人,满目凄凉。

## 二

踏进火城长沙的那一刻,田汉的心就禁不住被痛苦撕扯着。那些天,他的马靴一遍遍地蹚过散发着热气的残墙碎瓦,他的眼睛一次次地停留在那些从废墟中露出边角似乎还带着昔日温暖痕迹的物件上:一个做饭的铁锅,一只没有烧尽的皮鞋,一把熏黑的镜子在阳光的照射下还闪出光亮……他的将军服被风吹动,敞开衣襟,却怎么也抑制不住心中的愤懑和悲伤,就在那一片焦土上,饱含着对家乡的爱与痛,他写道:

长驱尘雾过湘潭,乡国重归忍细谈。
市烬无灯添黑夜,野烧飞焰破天蓝。
街枚荷重人千百,整瓦完垣户二三。
犹有不磨雄杰气,再从焦土建湖南。

然而,战乱年代,何以再建?!直到十年后,田汉路过长沙,将自己的这首诗送给一位当年的演剧队员时,还在诗后写道:"录火后归长沙旧句,鼻中尤有焦味也。"十年一个轮回,颓砖依旧,断瓦仍存。

1938年11月17日,三厅所属一、二、八、九四个抗敌演剧队和抗宣一队先后抵达长沙,在周恩来的领导下立即成立了"长沙大火善后突击工作队"。由洪深担任总指挥,各队队长任副总指挥。

突击队分宣传、救济、调查三个组。宣传组负责办墙报,报道湘北前线战事,宣传救济细则等。墙报的很多稿件都是周恩来亲自审查过的,他要求负责宣传的人,写字要工整,让人一看就懂,不要搞什么花哨的东西。大灾时期,人心惶惶。

1942年桂林,田汉(后左)、洪深(后右)、夏衍(前左)、欧阳予倩(前右)

市民们关心战事,想要弄明白究竟是谁燃起这场大火,更迫切地想要知道政府如何救济灾民。墙报一贴出去,立刻就引来众多市民围观,有不认字的急得向人追问,有人就主动地当起了宣讲员,高声地朗读起来。

一天,有队员在废墟中发现了一台没有完全烧毁的印刷机,田汉大喜,如获至宝,马上找人抢修。这位书生气十足的艺术家在指挥队伍撤离时并不高明,这会儿却以惊人的效率,出版了大火后第一张铅印《新长沙报》,并在报纸的头版上发表了自己含泪为家乡名城毁于一旦而写的诗句。报纸发出后引起轰动,田汉夜以继日地工作连续出版报纸。宣传组又召集了一些流浪儿做报童,免费分给他们报纸,卖的钱给孩子们作救济。就这样,财政厅的院子里,每天都会有一些衣衫褴褛的孩子们等着取报纸,年轻的音乐家任光,便借机拉起一架手风琴,教孩子们学唱

《卖报歌》。当稚嫩的歌声在古城废墟上响起来的时候,人们的眼睛再次湿润了。

突击队的另外两个组负责清理火灾现场。"将瓦砾、砖头、石块都按原来的住家、商店的房基堆放整齐。把街道清出来,以便通行。同时还要清查各家各户是否还有尸体压在残砖碎瓦下面,如有就做出记号,以便掩埋队能迅速运走埋掉。还要查清各处粮食、被服仓库,把未烧光的粮食拿来在各区办施粥站,未被烧毁的军用被服仍留归军用。"演剧队员们每人都戴着盖有八路军驻湘办事处印章的臂章,早出晚归出没在大街小巷里。他们踩着遍地的残砖碎石,闻着烧焦尸体散发出的令人作呕的气味,抢救伤残、清理尸体,搬运还在冒烟的粮食物资。

最难的是统计被烧死的人数。大火起时来势凶猛,多数死者全都烧为灰烬,根本无法清理和计算。后来,人们想出一个办法:以人的胃包来计数——火灾发生在夜里,人前一天吃进去的食物和水一时还烧不掉。做这样的事情是残忍的,队员们要把胃包一个个清理出来,记数。在伤亡集中的地方,甚至需要用箩筐把胃包装满抬走。一些刚刚离开学校的女队员何曾见过这种场面,她们边做边流泪,就连那些身强体壮的男队员也常常忍不住呕吐起来,但只能强忍着悲痛和不适,擦干脸上的污迹继续工作。

晚年的刘斐章在回忆录《岁月》中曾描述那场景:

已经是寒风习习的季节,但每个同志每天都干得汗流浃背。望着这烧焦的城市,望着那些被火焚毁得失去人形,或被断墙等砸得肢体断裂的同胞尸体,有的同志禁不住掩面哭泣。大家含悲忍痛地工作着,把仇恨埋入心底,埋入这劫后的大地!

然而,这仇恨究竟应该记在谁的头上呢?火,是计划中的事情,尽管点火的时机是个错误,但使"焦土"变"焦人"却是事实。刘斐章提到一位民间艺人对他说的话:那晚,这人出门,忽然发现在附近巷子口转角处放有一桶煤油。见左右无人,坦白说他当时动了念头,很想把这桶煤油偷走。可是再走几步,却远远看见前面巷口转弯处还有一桶,于是他不敢偷了。他当时还碰上一些巡逻人员,事后想就是专门管放火的。大火燃起后,这个民间艺人还来得及奔回家,扛了床被子就跑。街上人群乱窜,方向难辨,凭着他多年居住此地,熟悉通往江边的石板路,便随着人流沿着石板路,一路狂奔逃到江边。尽管路上散落着许多比他的棉被好多少倍的东西,但他根本顾不上捎带,只想赶紧逃命。

所闻所见让演剧队员们的心里充满愤怒。夜晚,烛光下,他们聆听着周恩来对国民党的怒斥。刚刚刮过胡子的周恩来面色疲惫声音却依然洪亮:根本不该放的火他们已放了,根本不应该烧的长沙城,已经烧成了一片焦土。怎么办呢?首先我们要忍着悲愤,热情地对待受灾人民,一定要把安置人民、救济受灾群众当作重要工作做好。他们(指国民党)不要人民,我们要。顾及着统一战线的大局,周恩来还是留了面子:一定要向受灾人民讲清楚,长沙大火是国民党的错误,是某些当权者的犯罪行为,但这一切又都是由于日本帝国主义对我国疯狂侵略所引起的。没有日本强盗的侵略,也不会有长沙大火,我们要把仇恨记在日本侵略者身上,要鼓舞人民振作起来,重建家园。

演剧队员们废寝忘食,拼命工作。他们清晨出门,晚上回到驻地随便吃点东西,常常来不及洗净脸上的污垢就倒地睡了。他们累了,实在太累了!整日和腐尸、焦尸、残肢断臂打交道,每个人都感到难以承受。刘斐章看在眼里十分心痛。一天值班时,他实在忍不住,悄悄把起床的哨子晚吹了半个小时,想让大家多休息一会,谁知被检查工作的总指挥洪深发现了,毫不留情地狠狠批评了他:组织上一再强调一切行动军事化,你怎么擅自改变起床时间呢?虽然你是好意,出于对同志们身体的爱护,但却违反了纪律,以后绝不允许!受到批评的刘斐章有些委屈,他爱自己的队员们,看到队员们被沉重的工作和巨大的精神痛苦压迫得几乎崩溃他于心不忍。他自己也实在太累了。作为队长,一值班就是七天,每天工作的布置与检查,发生的大大小小所有事情都要仔细过问,不能有丝毫疏忽,基本上是七天七夜不睡觉,即便是铁打的也很难顶得住……但尽管觉着委屈,刘斐章还是检讨了自己。他知道,洪深的严苛是对的。灾难面前,更需要严明的纪律。只有每个人咬紧牙关克服困难,才能齐心协力渡过难关。他也知道,洪深不仅对别人严格,自己更是身先士卒。这些日子里,周恩来、叶剑英、郭沫若、田汉……又有哪一个人不是通宵达旦呕心沥血地工作呢!

和田汉一样,作为知名教授和戏剧家的洪深,几个月前被郭沫若邀请到三厅当了戏剧科科长。有人觉得他当这个科长真是委屈了,也有人讥讽"一个响当当的大学名教授,还热衷一个科长的官位"。洪深却坦然回答:"这是抗战的需要!"从武汉出发时,三厅决定派洪深带演剧队奔赴战区,阳翰笙对他说:"洪老,郭老的意思让你到前线去,你觉得怎样?"他毫不犹豫地答道:"没有问题。只要抗战一天我就干下去,一天不抗战了,我第二天就滚蛋。你跟郭老说,我一定尽全力干!"他就是这样一个人,演剧队里的很多青年人很快就尝到了他的厉害。和刘斐章一样,几十年后,另一个卓有成就的队员还记得洪深对自己的教诲。那是一次演出,自己因为台下来了不少明星和记者而紧张得走神了,不仅说错了台词,之后又用过火的表演去弥补。演出后,洪深来到后台劈头就责问:"你今天怎么了,你不进戏,老走神……台下坐的什么观众,与你有什么相干?你是演员,演员的天职就是向观众负责,你不应该让观众失望!"洪深的训斥让他终生难忘,在以后的演剧生涯中他永远记住了"演员的天职是向观众负责"。

那次救灾中,洪深也有自己的"天职",那就是:向受苦受难的灾民负责,也向每一个演剧队员负责。

三

七十多年前的那场灾难中,没有什么比向灾民发放救济款更难实施的事情了。时至今日,当我翻看演剧队员们留下的笔记,仍然会有一种惊心动魄的感受。透过岁月厚重的尘埃,那跌宕起伏扣人心弦的一幕幕又在眼前重现……

废墟上的硝烟还没有散尽,市民们的衣食住行已经成为迫在眉睫的问题,到处是无家可归的人,到处是嗷嗷待哺的孩子,民怨沸腾民心浮动……大火三天后,蒋介石率部视察长沙,立即下令将三个责任官员处决以平民愤。随后,政府成立了救济委员会,尹任先任主任,田汉担任副主任。救济委员会在长沙附近征募大批民工组成自卫团、义勇队,和"突击队"一起清理街道废墟、掩埋尸体、拆除危墙断壁、收集砖石木料、建屋搭棚……在此期间,周恩来和陈诚就赈灾问题进行了反复商谈,政府终于决定发放救济款五十万元。

最初,钱是由

大火后,废墟中无家可归的孩子

救济委员会出面发放的。方法是:登记灾民,加以收容,发放贷款。十二岁以上不愿被收容的人愿意做小买卖,贷款十元,十二岁以下发保育费五元。官员们觉得钱是政府出的,理当他们出面发放。孰料,当民政、财政、教育几位厅长出现在市民中间时,很快就引起了骚动。人们把他们包围起来,有的质问、责骂,有的哭诉,有老年妇女甚至直接扑上去撕咬,一时竟弄得狼狈不堪,突击队员们只好尽力劝解维持秩序,以保证发放工作顺利进行。

城里的市民还没有得到安抚,逃亡四乡的灾民听到发钱的消息又源源不断地赶回来,救济委员会只能决定再发一次。这次,简化手续不登记,男女老少每人五元。为了使每一分钱都交到灾民手中不在中途流失,周恩来征得张治中同意,决定把全部救济款从银行直接运到发放现场,交由"突击队"发放。

战时,大灾后,要发钱还要避免酿成新的灾难。谁也没有经历过这种情况。不知道当天会有多少灾民前来,不知道日本人的飞机会不会赶来轰炸,更不知道还会发生什么突如其来的状况……洪深带领各队队长通宵达旦地讨论,将所有环节一一梳理,做出缜密安排。发放的前一天晚上,周恩来召集指挥部成员开会,检查工作,进一步分析各种可能发生的情况。最令人担心的就是敌机的袭击了。在人员高度密集的情形下,不要说是投弹,只要遇到机枪扫射,就会引起混乱、踩踏,后果不堪设想。大火后长沙城里没有防空设施,没有可容纳万人的防空洞,唯一的办法只有尽量不让敌机发现目标……最后,周恩来要洪深向全体队员传达他的命令:发放救济款时如遇敌机,将不发警报,因为警报只能扰乱自己。所有突击队员在敌机到来的时候都不准动,工作人员不动,群众就不会动,几万人密密麻麻站在一起不动,敌人就不容易发觉。

12月9日凌晨,全体突击队员集中在操场上,队伍排列整齐,全场鸦雀无声。那天,洪深胸前佩戴着"总指挥"的红色绸带,镜片后一双瞪得大大的眼睛因通宵未眠充满了血丝。他先是传达了周恩来的命令:一切行动听指挥,敌机临空,大家不准动。动者,军法从事。接着,又挥舞着拳头斩钉截铁地补充道:"今天,我们这里就是一场战斗,在思想上,男的要准备尽忠,女的要准备尽节!"哄的一声,肃穆而立的队员们都忍不住笑了,笑声冲破了紧张的空气,似乎预示着好兆头的到来。队伍前面,洪深凝视着大家,脸上依旧一丝笑容都没有。队员们很快收敛住了笑声,他们知道严峻的考验正等待着他们,所有的人都早已下定决心,做好了以身殉职的准备。

依照计划,当天发放救济款的地点有两个,其中一个就设在财政厅前面的教育会坪,那是一个可容纳好几万人面积很大的广场。突击队员们事先把广场分为几个区域,每个区域都有专人负责,不准随便走动,并严格规定,发放前只准进不准出,发放时只准出不准进。进出的路线都用绳子拦死有人看管,确保每一个人不可能走重复路线。因条件限制,在场的人就连大小便也只能就地解决,男人还好办,妇女们就只能由女队员组织大家互相遮挡了。

五点钟,市民们便在突击队员的引导下进场,来的人远比预计的人数多很多,黑压压的很快就挤满了整个广场。刚开始,秩序井然。但是,一个新的情况却出人意料地发生了。由于长沙的几家银行都被烧毁,救济款需要从益阳提取运到长沙,虽然事前各方面都已经协商落实,但人们进场后却迟迟不见运款汽车的踪影。时间一点一点地过去,一个小时、两个小时……人们开始从安静变得疑虑又变得躁动不安起来。广场上,大人嚷嚷,孩子哭闹,乱成一片。尽管突击队员们一再劝说抚慰,也无法平息人们的烦躁情绪。有人开始骂娘了,有人扯着嗓门嚷嚷:政府还在骗人啊!人群中不断积攒的愤怒膨胀着像是一颗随时都会引爆的炸弹。突击队员们顾头不顾尾按下葫芦浮起瓢,每个人的心都提到了嗓子眼上。多年以后,徐桑楚还能详细地描绘出那个混乱的场景:"一人高呼,四方召应,哭的哭,闹得闹,最后,'找他们算账去'的吼声此起彼伏,局面眼看难以控制了。到了上午8点钟,汽车仍不见来!群众已忍无可忍,在饥饿、困顿以及被戏弄的愤怒的促动下,谁也不能预测下一分钟将会发生什么可怕的事情!"

局面眼看就要失控。在这千钧一发的时刻,总指挥洪深异常冷静。他把演剧队的几位队长召集到指挥台上,自己拿起纸筒做的喇叭,高声地向人们喊着:"同胞们!我是洪深,大学教授,政治部第三厅戏剧科长。今天发放赈灾款,我是总指挥!"他用手指着身后的演剧队长,"这四位是副总指挥。现在我们五个人,自动来当人质!如果我们今天不是真心真意地来发救济款,而是哄你们骗你们,那么,我们五个人质就交到大家手里,随你们怎么处置,即便粉身碎骨,绝无半句怨言!好不好——"洪深的喊声一遍遍地响起,广场上出现了奇迹。人们望着这位书生模样的教授总指挥,还有他的那几个年轻的学生样的同伴,愤怒的火焰渐渐削弱。随即,这五个"人质"又走下指挥台,走到人群中去。他们反复地向大家解释救济款发放的规定,频频叮嘱人们遇到突发情况应该注意的事项,在他们的一再安抚下,一场危机总算平息下来。

八点半,运款的汽车终于到达,发款工作立即开始。队员们依次把一队队的人领到窗口,每人五元,连刚出生的婴儿也有份。救济是极其微薄的,灾民们虽然拿到了这一点钱,但想到房屋倒塌,辛辛苦苦积存的一点家产荡然无存,很多人不禁流下辛酸的眼泪。突击队员们看在眼里心中十分难过,只能对他们进行耐心劝导。那天,发放工作一直持续到深夜,下午有一次施粥,因为米少,只能发给每个孩子一碗,突击队员和灾民们一样硬是饿着肚子粒米未进。

第二天,发放继续进行,广场上依然人山人海。突击队总结前一日经验教训,在现场增设了全天供应开水和两顿稀饭,还腾出几间空房,供远道而来的灾民使用。然而,发放还是遇到了突如其来的险情。正发着,日本飞机突然出现在冬日阴郁的天空上。由于事前有了充分准备并一再把措施向灾民们说明,广场上的人们没有慌乱,他们的眼睛都看着指挥台。台上,洪深泰然处之,其他指挥员也安然不动,场上所有的突击队员都停止了工作,站立不动。顷刻间,黑压压的人群鸦雀无声,人们屏住呼吸好像都凝结住了。敌机在天空盘旋了几次,果然没有发现目标,胡乱在周围投了几颗炸弹后飞走了。广场上所有的人都大大地松了一口气。

经过两天不懈的努力,发放救灾款工作终于完成,发放灾民九万多人,五十多万救济款全部发到灾民手里(因为准备不足,最后又赶印了兑换券,加上贷款保育费共十一万余人)。整个工作就靠着两百多位二十来岁的演剧队员们。人们禁不住称赞,这是中国赈灾史上一个廉洁的范例。一位刚从美国留学归来在长沙青年会工作的先生连连感叹:真想不到,这些看起来很普通的青年,办事既负责又认真,井井有条,在两天之内发放九万人的救济款,不出差错地把钱直接送到受灾人民手中,简直是奇迹!突击队员们个个兴高采烈回味无穷:"洪老夫子导演了一出几万人演出的空前壮丽的史诗!"又有人补充说:"洪老夫子是执行导演,周副部长运筹帷幄起了决定性作用。"事实上,他们每一个人都是这场大戏中的重要一员。长沙血与火的灾难席卷着他们,让他们痛苦也使他们坚强,让他们备受煎熬也让他们历练成长。

四

长沙五十多天的烈火在冷风中终于熄灭了。12月中旬,演剧队各自开赴前线。他们谁也没有料到,两年后,四支队伍又再次回到长沙。

这是1941年春天,国民党第四战区为了宣传自己的战绩,决定组织宣访团到衡阳、桂林、长沙等地进行宣传演出。一队和九队立刻报名并获批准。皖南事变后,他们面临着诸多困境,希望能借此机会和长沙附近的二队八队会合,沟通情况交流思想共渡难关。

一队九队一路演出,克服重重困难,终于到达长沙这座对他们来说有着不同一般意义的城市。当他们和二队八队会合在一起的时候,大家禁不住欢笑、拥抱、热泪盈眶。两年前的大火中,他们匆匆而来,匆匆而去,似乎没有留下什么。这一次,他们切磋演技,探讨抗战戏剧的发展,并举行了联合公演,把自己最好的节目献给这座城市。

隆重的演出一连进行了十天。二队的《花烛之夜》、二八队合演的《保卫大湖南》、一九队合演的《一年间》,还有八队派生的铁血剧团的《明末遗恨》都给观众留下了深刻印象。最后一场是几个队联合举行的规模盛大的音乐会。一百多人的合唱队唱响了《黄河大合唱》,之后是独唱、二重唱、小合唱……整个演出阵容宏大,气势雄壮,歌声美妙动人,轰动了整个长沙城。

那些天,所有的队员都全力以赴。一队的李超在《一年间》(夏衍作)扮演重要角色。在开往长沙的闷罐车上他负责押运器材。连日的颠簸加上食宿不保使他染上急性肠炎,腹泻不止,一到长沙就住进了医院。当汇演进行到第八天轮到《一年间》上演时,他还被病痛困扰着,队友们只能咬牙把他从病床上抬到剧场后台。李超心悸腿软,整个人摇摇晃晃连站立起来都很困难,大家都为他捏了一把汗。但当大幕拉开时,李超就好像通了电一般,立刻来了精神。他忘记了病痛全身心地投入演出,不仅没出一点差错,他苍白的脸色,略带沙哑的嗓音还给角色增加了几分忧郁,同伴们称赞说真是恰到好处。

那些日子,长沙的人们一睹演剧队的风采,而九战区的官员们也借此热闹一番。此时,正值三厅改组,以郭沫若为首的进步力量受到

1940年抗敌演剧二队、八队于岳麓山爱晚亭

排挤,厅长易人。新任厅长为了扩大个人影响专程亲临长沙,召集第九战区军队和地方的各路官员前来看戏,并专门举行宴会招待演剧队员们。四个演剧队的中共党组织则充分利用这次会合的机会举行了秘密会议,传达周恩来指示,对如何在政治低谷的情况下坚持斗争争取生存空间,交流思想,商讨对策。

这是一次在最困难的时候举行的会师。在度过了紧张而有意义的一个月后,他们再次告别正逐步摆脱大火带来的灾害、重建生活的长沙。演剧队员们漫步在古城的每一个角落,旧地重游,依依不舍。为了纪念这次团聚,他们设计了一枚精美的小纪念章。纪念章的上半部有1289四个字,代表四支队伍,下面是紧握着的两只手。分手前,他们还举行了联欢,拍了合影。一百多人密密麻麻地站了好几排,最后一排有四个队员把右手高高地举起,分别用手指做出一、二、八、九的字样,高举的手臂代表着四个演剧队,也预示着友谊、信心和胜利。在整理演剧队材料的时候,我没有找到这幅极有纪念意义的照片,但那场景却时时浮现在我的面前。我想象着春天里他们那些充满热情和喜悦的脸庞,那些彼此紧紧依靠着的臂膀和身影,并为此感到激动和骄傲。其实,他们照片里的姿态和今天的许多场景多少有些相似,如今的年轻人在拍照时也喜欢把手臂高高举起,也喜欢摆出各种pose……同样的青春年少,同样的风华正茂,不同的是,他们的年轻正承受着战争的重负,他们的喜悦和欢乐正面临残酷现实的摧残,他们短暂的团聚后是生死别离……离开长沙,一队九队将要返回两广,八队开赴第六战区,二队仍赴湘北前线……等待着他们所有人的是前途未卜的战火硝烟。

很多年后,演剧队员们都还清楚地记得离开长沙的情景。那天,天空阴沉沉的,北风在江面上掀起阵阵波涛,八队的队员们要乘船顺湘江北下开赴地处湘鄂西及川东的第六战区。那里不仅偏僻,各方面的情况都很险恶,孤军深入,凶多吉少,战友们都深为他们担忧。一大早,二队的全体队员便赶来送行。大家三三两两散落在江边,说不完的离别话,道不完的难舍情,很多人都流下了眼泪,久久不愿分开。

最后,二队队长吕复做出决定,让两支队伍分别列队,一支队伍从头走到尾,这样,每个人就可以和大家一一握手告别了。但是,当队伍排好,队员们依次在伙伴们面前走过时,行进依然非常艰难。每一个人都紧紧地握手,每一个人都长时间地拥抱,泪流满面,挪不动脚步。那场景引得偶尔经过的赶路人驻足观望。

八队的队员们终于登船了,那一刻,离别的镜头深深地嵌入每个人的心底:

木船终于启航了,迎着凛冽的北风,顺湘江缓缓而下。

我们的女高音歌唱家冯熙,披着一头秀发,依靠着桅杆,以她那柔美、甜润、动听的嗓音深情地唱出了:"……微风吹动了我的头发,叫我如何不想他……"

(《壮绝神州戏剧兵》,湖南文史杂志社,1990年)

刻骨铭心,即使时光匆匆流逝,岁月的蹉跎也很难将他们心中的影像磨损。然而,火一样的赤诚和荣耀却在"文革"的摧残、吞噬中难逃凋零的命运。

谁也没有想到,最先倒下的竟是他们的老师田汉,那个充满豪气的诗人戏剧家,那个善良率性的书生,那个恨不得把自己的每一滴血都洒在战场上的"将军"。从1964年文艺界整风起,田汉就不断受到批判,身心疲惫。"文革"中,他作为"四条汉子"之一更是遭受到无休止的批斗和残酷的人身折磨,直至被捕入狱。1968年12月,北京一个寒冷的飘着雪花的日子,备受摧残的田汉再也无法支撑下去,在被监禁的医院中悲惨地死去。同一个时间里,外面知识青年上山下乡正搞得轰轰烈烈。据说,就在他离开这个世界的时候,广播里鬼使神差一般播送出了他和聂耳几十年前创作的《毕业歌》:

> 同学们,大家起来,
> 担负起天下的兴亡!
> 听吧,满耳是大众的嗟伤!
> 看吧,一年年国土的沦丧!
> ……
> 我们今天是桃李芬芳,
> 明天是社会的栋梁;
> ……

不知弥留中的田汉有没有听到那歌声,那歌声曾经唤起无数热血青年奔赴疆场;那歌声荡涤着昨日的风尘也憧憬着未来,既是今日的吟咏,也是送别与远行……彼时,周恩来领导的抗敌演剧队已经被打成"反革命别动队",而田汉的学生们,那些曾经和他一起高唱着救亡之歌投身抗日烽火的演剧队员们,也深陷苦难中。他们无一例外地被打成"特务"、"反革命"……遭受着无尽的凌辱和折磨。或许,在他们最痛不欲生的日子里,唯有那昔日的歌声能够唤起他们内心深处没有泯灭的希望。

1976年早春,熬过了将近十年批斗审查还没有完全获得"解放"的刘斐章,和演剧队的几位老战友聚集在长沙,劫后余生百感交集。面对黑白颠倒妖孽横行的十年,面对老师和一个个同伴的无辜死去,面对他们所敬爱的周恩来的去世,他们只有无限的悲愤。怀着满腔诉不尽的情怀,他们决定要创作一部电影剧本,并将名字定为《火城记》,希望通过电影重现几十年前浴血的历史场景,重现他们这一代人为民主自由而奋斗的不屈精神。这个决定把他们重新带回到过去,带到那场惊心动魄的大火中。他们不顾老迈之躯和没有摆脱的精神枷锁,凭着自己微薄的工资,克服生活上的重重困难,开始在长沙收集资料,采访当事人,整理回忆录,废寝忘食地投入创作……遗憾的是,尽管做了很多努力,但终因种种条件限制没能成功。

他们回到长沙的时候,正是全国人民自发地纪念周恩来的日子。长沙和许多城市一样,街头树枝上缀满朵朵白色小花,广场建筑物上悬挂着横幅标语,高墙上贴满人们自创的诗篇,有人高声朗诵,有人肃立低吟……而年老的他们无数次地走在这座古城里,仿佛又回到了青春的年代,刚刚剃过胡子的周恩来,总着一身戎装的田汉,充满活力的洪深,还有昔日战友的那一张张年轻的面孔……在火光中闪现。他们知道,昔日的大火已然化作灰烬烟消云散,但灵魂的呼喊却永远都不会平息……

2016年初冬

# 沙滩上再不见女郎

一

1938年春,汉口。

十七岁的范元甄站在日租界(此时日本人已撤离)侨民小剧场的舞台上,深情地朗诵道:"天空中飘着白云,你驾着银灰色的雄鹰飞向蓝天……"

这是田汉《血洒晴空》中的台词,范元甄在剧中扮演一位英勇杀敌的飞行员未婚妻。她的手臂轻轻扬起,一双明亮的眼睛凝望着远方,深情的语调中充满了对自己爱人的真切怀念。剧场内静静的,观众们都屏住了呼吸,注视着台上那个身材修长、长着一张白净圆脸的女中学生,被她的表演所深深地打动。

范元甄是武汉人,学校组建"青救"的创始人之一、"星海歌咏队"的骨干。她不仅能唱会演,而且才思敏捷,口齿伶俐,特别善于讲演。5月间,武汉各界隆重举行欢迎世界学联代表团招待会,参加招待会的有多国记者和美国作家史沫特莱等。周恩来和世界学联代表在会上作了报告,全国学联代表讲话,而代表武汉学生和"青救"走上讲演台的正是范元甄。那天的场面十分盛大,气氛分外热烈,范元甄身着朴素的学生装,脸上因兴奋而泛起了红润,她的讲话热情豪迈,抑扬顿挫,铿锵有力,博得了全场热烈的掌声……

对这个场景我一点都不陌生。这不仅因为母亲不止一次地用赞扬的口吻向我说起她的这位延安同学"小范"的才华;也不仅因为几十年后当我在家中第一次见到"小范"阿姨时,立刻就从她那依旧白皙的脸庞和机敏的目光里看到了她昔日的风采……更重要的是,这样的镜头总是频繁地出现在那些泛黄的老照片里。我曾经见过母亲的一张照片,也是在抗日的演讲台上,也是身着朴素的学生装,那是国共合作时期,她身后的幕布上还挂着国民党党旗——这张照片因而在"文革"初起时很快被销毁。照片上看不到台下的人,只看见年轻的母亲目光坚定,正沉浸在慷慨激昂的讲演中,她单薄的身体向前倾着,好像要在瞬间冲进惊涛骇浪里。其实,和这张照片相比,母亲的另外一张照片更让我喜欢,那是在海边,阳光照在依栏杆站立的女学生身上,旗袍的边角被风吹得飘动起来,母亲微微侧过的脸上闪现着纯净的笑容……或许,这两张照片叠加在一起便显示出她们那一代人曾经走过的道路,而前一张照片却很快就占据了主导地位,成为那个时代革命青年的经典镜头——似乎,她(他)们走向战场的脚步都是从这里迈出的。仔细端详,在这些镜头中,女学生和男青年几乎没有什么不同,同样的场景,同样的姿态,同样的奋不顾身,可能还有着同样的语言……但尽管如此,她们仍旧显示出一种与男人不同的感人力量,让人不由得产生很多遐想。或许正是这个原因,在那些勇敢地走出家门和学校投身抗日烽火的青年队伍中,女学生的身影总是让我更加难以忘怀。

那天,范元甄在台上演出时,同样十七岁的徐炜就坐在台下的观众中,这是她第一次看范元甄的演出。这个有着一副好嗓子的女孩很快就成为范元甄的好朋友,并在几个月后和范元甄一起加入了三厅抗敌演剧队第九队。组队时,三厅推荐范元甄担任队长,孰料,报到政治部部长陈诚那里却遭到断然否定:"演剧队要到军队中去,女人当队长不合适,女人怎能当队长呢!"队长没当上,大家推举她当了总干事,具有组织能力的范元甄虽然心里有些不快,但还是接受了大家的信任,并很快胜任了新的角色。

九队活跃在武汉,除了演戏、到电台演播抗日歌曲,还在街头农村教唱抗战歌曲。10月,为了给前方战士募捐寒衣和防毒面具,他们在汉口青年会礼堂举行义演。此时,武汉已经开始撤退,市面陷入一片萧条,入场券本来就不好卖,为募捐定制的一部分较贵的门票就更难销售。全队紧急动员大家想办法。那天,范元甄和徐炜跑进一家大饭店里,直接上了楼上的贵宾厅。推开华丽厚重的大门,璀璨的灯光如流水般地泻了出来,餐桌旁宾主推杯换盏谈笑风生,一位国民党高官的夫人正在宴请外国朋友,看到身着军装的她们风尘仆仆地闯进来大家都愣住了。范元甄和徐炜镇定地走向前去,向众人敬礼,然后说明了来意。一时不明就里的外国人脸上露出惊讶的表情,优雅的女主人笑着担任了翻译……于是,外国人点头大加赞赏,在场的人纷纷掏钱买票。初战告捷,范元甄和徐炜高兴极了,她们又想到了拦车卖票的办法。那以后一连好几天,她们都在江汉关十字路口拦截过往的车辆。从喧闹的白天到人稀车少的夜晚。深夜里,江风袭来,寒意逼人,她们迎着那些马路上的车子奔跑,从每一个打开的窗口递进票子。一天夜里,一辆车开来,车窗打开,里面坐着的竟是周恩来,他认出了她们,听着她们的讲述并给予鼓励,还让警卫员付了钱。汽车开走了,望着夜色中远去的车子,范元甄和徐炜心里既高兴又有些后悔,觉得不该让周恩来掏钱,她们知道,周恩来把担任国民党军事委员会政治部副部长的薪水都用来贴补八路军办事处了……

几十年后,我听"小范"阿姨说起这些事情,她坐在藤椅里,面带微笑地望着我,缓缓道来,好像沉浸在自己的回忆里。在那个民族危亡的时刻,一些年轻人走出家门会聚在一起,宣传演出、学习争论。他们遇到的问题很多,有苦恼,有麻烦,也有因性格不同而起的小摩擦——她自己就曾因为不喜欢团体里的某些人而产生矛盾的心情甚至一度想离开……然而,那是一个大时代,年轻人抗战的决心不会变,追求理想的热情终会压倒一切,就像无数条小河曲曲弯弯穿过平原越过山川汇入大江大海一样……我听着那遥远的故事,很多细节并不惊心动魄,但我还是被感动了。我知道小范阿姨和徐炜都出身富裕家庭,从小过着安逸的日子,既用不着为生计发愁也无须看人眼色,不顺心时还会发点小姐脾气。然而,为了前线那些普通的士兵,她们坦然地走进贵夫人的客厅,冒着危险在寒冷的深夜去拦截富人们的车辆。或许,她们早已把自己的身份丢到九霄云外,她们既不是养尊处优的小姐,也不是温文尔雅的女学生,她们是战士,和男生们肩并肩地站在同一条战壕里,学着在艰苦的环境中生存和战斗。

我在另外一个材料中看到这样一件有趣的事情:

文燕所在的新中国剧社(抗战后期由演剧队衍生的剧社)决定在昆明排演巴金的《家》。这个刚刚走出校门不久的女学生除了在剧中饰演沈氏一角外,还承担了筹备全剧二十多个人物一百多套服装的任务。时间紧迫,剧团

1945年,剧宣七队的女队员们

既没有服装更没有购买服装的钱,而文燕对五四时期大户人家不同人物不同季节的服装更是连见都没有见过。愁云满腹的她想到了去"借"。文燕站在街头四处寻找"债主",看见穿戴差不多的人,就追上去和人商议,孰料此法收效甚微。细心的她又想到了去当铺借。当她走进一家当铺时,正看见店员在柜台上折叠一件绣花锦缎的百褶裙。文燕大喜,这不就是瑞珏身上的衣服吗!更让她惊喜的是那个整理衣裙的人正是当铺老板,还是一个读过《家》的人。她和老板攀谈起来,讲述了自己的需要,不知怎的,老板很快就产生了对文燕的信任。他让伙计拿来两个大包袱,都是到期不来赎的"死当"。包袱打开,里面有五六十件老式衣服,无论样式、色彩、质地都是《家》所需要的。文燕高兴极了,可她马上又为掏不出押金发起愁来。出人意料的是,那老板微笑着把衣服交给了她,除了请她写下姓名和地址竟然连一个借据都不要。文燕兴高采烈地分两次把衣服背走,告别时,老板只有一句话:"到时候莫忘了请我看戏哟!"后来,文燕又在这位老板的热情指点下"借"到了本地最大的世家龙云家里。那是一所深宅大院,文燕只身前往,向门卫说明了来意,并做好了向贵夫人们作"持久"动员的准备。没有想到的是,一位衣着华贵的夫人接待了她,在认真地听她说明了来意后便一口答应下来,说演《家》的服装都有,不过压在箱子底下翻起来很麻烦,她让文燕把需要的服装都写下来,第二天再来取。就这样,第二天,文燕成功地扛走了许多华丽的服装。接着,她从另外一个世家借到了冬衣,从又一家借到了素色衣裙……不到一周,文燕一个人竟然把筹集服装的任务圆满完成了。导演章泯素来以一丝不苟闻名,当他检查服装时,越看越惊讶,终于,脸上流露出赞赏的表情,禁不住连连夸奖。忐忑不安的文燕高兴地笑了,她知道能得到导演的夸奖多么不容易。她也知道,任务的顺利完成和人们的抗日热情分不开,和巴金《家》的影响分不开。但慷慨热情的当铺老板和夫人们对文燕的信任是否还包含着更多的东西呢？在抗敌演剧队中，女学生们不仅在演出方面担当重要角色，在很多工作中都成为不可或缺的骨干力量，女性特有的亲和力和她们不凡的表现更多地赢得了人们的尊重和喜爱。

范元甄在演剧队工作了不到一年被调往重庆《新华日报》。徐炜把妹妹送上奔赴延安的路，自己却跟着演剧队一直活动在国统区。她在张曙的传授下演唱他所创作的《丈夫当兵去》，她的嗓音、乐感和充满感情的演唱都得到任光、田汉等人的赞扬。她跟着演剧队在湖北一带宣传、救助伤员；跟着演剧队登上撤离武汉的小火轮，在落日的余晖中遥望即将落入敌手的城市，心情沉重地唱起歌来；她和同伴们一起出没于长沙大火中，就在四处弥漫着烟气的夜行卡车上，张曙还教给她唱田汉的《卢沟月》和自己新创作的歌曲……她怎么也没有想到，那竟然是和张曙、任光的最后一次相聚。半个月后，张曙在桂林死于日本飞机的轰炸，两年后任光在皖南事变中和新四军军部一起突围时牺牲。血淋淋的现实给年轻的徐炜带来巨大的震动。张曙在牺牲前几个小时还跑来探望刚刚抵达桂林的演剧九队，帮助解决各种困难，并关切地问起临时出门的徐炜。徐炜为错过和老师的会面感到惋惜，原打算空袭过后即去看望，未料，此生再也不能相见。张曙出殡的那天，阴云密布寒风阵阵，灵柩前，徐炜和同伴们一遍又一遍地唱着挽歌："安眠吧，勇士！用你的血写成一首悲壮的歌，……千万行的眼泪，洗着你墓上的花枝。四万万同胞的手，支持着你的遗志……"歌声中，徐炜泪流满面，目送棺木缓缓入土。以后的日子，徐炜仍旧唱着老师的歌在军队、在农村、在学校、在街头……每当这时候，她的眼前便浮现张曙的身影，听到张曙用他那浑厚的男中音演唱："用血腥的战斗，做我们的回答！"这句张曙喜欢唱的《莫提起》中的歌词，已经成为徐炜和同伴们的誓言。

张曙走了,徐炜这个活泼又有点任性的女孩却变得愈发成熟起来。初到队里时,她曾经在执行任务时为了要回住地换鞋而和队长发脾气,如今已经成长为演剧队担当重任的女中音独唱演员了。1940年,经过两年多转战的徐炜跟随演剧队重返桂林,在第一场演出中她演唱了舒模创作的《孩子你去吧》,台下坐着许多老观众,他们曾经多次听过她演唱《丈夫去当兵》,时隔多日再听徐炜的演唱,他们感叹道:"小徐长大了,以前送丈夫去当兵,现在又送孩子上前线了!"

二

轻轻地,李露玲觉得有什么东西在自己的手背上爬,是虫子……她想伸出另一只手把它们拂开,手却一点力气也没有,她想努力睁开双眼,眼皮沉得好像需要用什么东西才能把它撑开。四周静极了,蒙眬中,她听到一种声音,那竟然好像是自己细微的鼾声……她多么想就这么沉沉地睡去,好好地睡去啊……但是,有另一种声音在告诉她,不行,不行……

十八岁的李露玲昏倒在贵州一座大山的小路旁。这是1944年夏秋之交,长沙弃守,衡阳告急,国民党军队节节溃退,桂林宣布紧急疏散,很快就开始了十万人的黔桂大流亡。李露玲跟着新中国剧社从桂林出发,一路向贵阳撤离。行军至独山时,日本军队已经逼近贵州,大家决定舍弃个人的物品尽量多带公家的东西,特别是那些布景和道具,每一件都是演戏时必需用的,都浸透着同志们的心血。

撤离的路途极其艰难,刚出发就有队友在日本飞机的轰炸中遇难。尾随在逃亡的人流中,演剧队员们每天翻山越岭要走几十里甚至上百里的路。身上背着的服装道具越来越沉,渐渐地,由背着变成抱着,变成披挂着,再变成不得不精简,扔掉那些实在拿不动的东西……

即便如此,也总觉得好像有座山压在身上喘不过气来。行至黔南高原大雪山时,逃亡的人群渐渐变得稀少起来,路边常见到被抛弃的婴儿和躺在地上奄奄一息的行人。剧团里,也时而有人昏倒又被旁人救起。

李露玲除了背着道具,还背着团里唯一的宝贝——一块盐巴。贵州一带缺盐,流行大脖子病。队员们每天忍饥挨饿,爬山行军体力已经很难支撑,却一点盐也弄不到,偶尔搞到一小块盐巴,也只能把它放到碗里加上水,每人用筷子蘸一点就算是一顿美餐了。那天,翻山前,领队郑重地把剩下的一块盐巴交给露玲保管,虽然是体质弱小的女生,但露玲信心十足,觉着仗着自己年轻,翻过山顶那道死亡线应该没有问题。谁知,当她一步一个脚印,眼看就要接近山顶时,却忽然觉得浑身发软,双脚不听使唤,眼前一阵阵天旋地转就瘫倒在路旁再也站不起来了……

迷迷糊糊的,李露玲觉得四肢没有一点力气,整个人好像瘫痪了一样……无意中,她的手碰到了包里的那块盐巴,几乎是在瞬间,她立刻就清醒过来想到了身上的重任。不行,我不能睡,不能停,我要向前走,大家还等着吃盐……她咬着牙,用手撑着地面想要站起来,可怎么努力都站不起来。她急得要哭了,突然想到了爬,爬上去总要省不少力气吧。她伸出双手,抠住路边的一块石头,再用双腿拱起自己瘫软的身体,总算挪动了一步。就这样,她一步一挪,一步一挪,双手抠出了血,腿上磨破了,仍旧坚持着,终于爬到了山顶。当她到达山顶时,领队紧紧抓住她的双手:"你这小鬼,体质这么弱,是怎么上来的?!"露玲说不出话来,只是双手颤抖着掏出那块盐巴交到领队的手里,领队望着她,两行热泪夺眶而出。

李露玲出生于繁华的大上海,是新中国剧社里年轻的团员。我看到她那个时期的照片,弯眉大眼尖下巴,一张瓜子脸上笑容灿烂,很难想象一个这么稚嫩的女孩子怎么能够承受如此严酷生活的考验。她后来在表演方面颇有成就,抗战胜利后曾在许多著名影片中担任重要角色,还在香港上演的歌剧《白毛女》中饰演喜儿,轰动一时。她在新中国剧社的另一个收获是感情方面的,她与团里英俊潇洒的小伙子巴鸿恋爱结婚,解放后一起调入北京。五十年代,已经成为著名演员的巴鸿被打成"右派",他们再次经历了巨大的磨难,但始终相濡以沫忠贞不渝。

回忆当年往事,李露玲说自己是跟着剧社的老大哥老大姐们才挺过了最艰苦的日子,坚持到抗战胜利。被李露玲口口声声地称为大姐的石联星此时也只有二十七岁,却已经是中国革命史上具有传奇色彩的女性了。1932年,她还是中学生的时候,就跟随中央苏区的交通员携带两箱红旗,穿越红色地下通道,从上海、汕头、潮州……一路跋山涉水到达瑞金。那真是一个扣人心弦的故事,其艰难曲折的程度令人惊叹。她和同行的女伴原本是满怀理想和奉献精神想去苏区当护士的,却意外地接受了要把装在两个木箱里的红旗送到苏区的任务。红旗是上海的工人们亲手绣制送给红军的礼物——时隔八十多年,我有些想象不出这两箱红旗的非凡意义,是远在苏区的红军急需这些红旗?还是上海的工人们一定要把自己的忠诚和热爱送往苏区?或许,这本身就是一种信念……因而,那两个女孩子也毫不犹豫地把自己对理想的追求甚至生命都交付给了这两箱红旗。她们在交通员的带领下,经过水上、陆地的颠簸,闯过一次次风险,有时灰头土脸地混迹于人群中,有时旗袍盛装堂而皇之地出现在旅馆里,有时又忍饥挨饿藏匿在交通站的夹墙间。一路上,她们最担心的不是自己的安危,而是这两木箱红旗能否顺利到达苏区。当她们终于费尽周折到达福建地界,在一个静悄悄的黎明登船渡河踏上苏区的土地时,她们的心就好像冲破重重迷雾看见了光明。她们不必再伪装和藏匿,修整三天后,

石联星

怀着无比兴奋的心情骑上枣红马,在交通员的带领下翻越崇山峻岭,最终和红旗一起到达瑞金。不知是不是和这充满惊险曲折的旅途有关,那奇异的经历,红色交通员的坚定和智慧似乎给刚刚离开学校的女学生贯注了一种一生都难以消磨的力量,让她们生命中潜在的能量释放出来。石联星后来并没有当上护士,却成为苏区红色戏剧运动的开拓者之一,她因主演话剧《武装起来》《海上十月》《沈阳号炮》而活跃在瑞金,与李伯钊、刘月华等被人们誉为苏区"三大赤色红星之一"。

当李露玲亲切地叫着大姐的时候,石联星已经是老革命了。在武汉,她参加了抗敌演剧二队,和郑君里、沙蒙等同台演戏,出没于江西十九集团军抗敌前线。1941年皖南事变后,西南大后方充满了阴森恐怖的杀机,为了使分散于各处的演剧队在桂林能有一个据点,中共决定组建一个民办职业剧社,新中国剧社应运而生。剧社从创立的那一天起,就面临着政治和经济的双重压力,困难重重。作为剧社最早的创业人之一,石联星以她坚强的臂膀挑起重担,影响着周围年轻的伙伴们,不论是在舞台上还是生活中都成为一个坚强的支柱。李露玲熟悉石大姐爽朗的笑容,喜欢她那种在任何困难面前都无所畏惧的劲头,更忘不了当自己最困难的时候,石大姐对自己的无私帮助。那年,二十岁的李露玲遇到了参加革命的女人最害怕的问题——她有了孩子。面对颠簸不定的生活,毫无经验的她根本就不知道该怎么把孩子带大。石联星也拖着自己四五岁的孩子,白天她们一起演戏工作,晚上大家打地铺休息,每当露玲的孩子哭闹时,石联星就抱着,一直把孩子哄睡着了,自己才休息。行军时,石联星总是想尽办法到处找车安顿孩子们,实在没有车就背着走……就这样,她硬是帮李露玲把孩子带到了一岁。很多年后,李露玲还会感叹:"没有石大姐,我的孩子只有死在路上。"新中国成立后,石联星主演和导演了多部话剧和电影,她在影片《赵一曼》中塑造的生动感人的英雄形象,影响巨大,并因此荣获国际电影节最佳女主角奖,而演艺界的许多人都感叹说:这个角色非她莫属,因为她无愧于那个时代。

和李露玲差不多年龄、差不多时间,从演剧二队来到新中国剧社的,是后来被誉为中国人艺"第一青衣"的著名话剧演员朱琳。在此后享有辉煌成就的一生中,她永远难忘抗敌演剧的艰难岁月。忘不了漓江旁竹林中,新中国剧社那与一家皮件厂共用的简陋竹楼;忘不了清晨,做饭师傅在竹楼下的叫喊:"没有米下锅喽!"也忘不了大撤退中,田汉置自己的家人于不顾,把费尽周折才拿到的两张开往重庆的车票塞进她和石联星的手中;更忘不了瞿白音在艺术上对她的谆谆教诲,一次次地排练,一次次地单兵教正,一次次地鼓励与叮咛……三年后她重回二队,和同伴们一直坚持到新中国成立。抗敌演剧社是她艺术成长的摇篮,也是她从一个单纯的女孩子蜕变为成熟女性的母校,她对艺术的理解,对人生的理解,都在那里磨砺提升……

不知道陈诚不同意范元甄当队长是不是对女性的歧视,似乎国民党的官员们都持这种传统观念。我曾经听母亲说起,当年,她们在阎锡山部队中搞宣传,一日碰到阎锡山到部队视察,他看见女学生们站在队伍里很不满意,下令妇女出来另外站一队。于是,女学生们只好离开队伍另成一排。母亲很生气,觉得阎锡山真是封建军阀,歧视女性。战争让女人们走开,而革命却使女性意识觉醒,她们不觉得自己和男人们有什么不同,为了理想甘愿献出自己的青春和一切。或许,无论是范元甄、徐炜,还是石联星、朱琳、李露玲……她们都属于幸运者。她们在战争的惊涛骇浪中活了下来,度过最初的小资产阶级浪漫阶段,磨砺了自己脆弱的心性,练就出坚实的脚步。当她们经受住苦难的洗涤,取得骄人的成就时,人们看到的往往是荣耀和掌声,却很容易忽视这其中的泪水、艰辛和痛苦。更容易忘却那些在追求理想的路途中,颓然倒下的女性的柔弱身影……

1941年冬,桂林最危急的时刻,田汉创作的《秋声赋》登上了舞台,这是新中国剧社给予桂林观众的最早亮相。该剧讲述的是知识分子在漫长的战争风云和艰苦的生活磨难中的苦闷、挣扎和奋斗,十八岁的朱琳成功地饰演了剧中的女主角——一个逐渐成熟起来的女知识分子形象(另一个女主角由石联星扮演),并演唱了该剧的主题歌《落叶之歌》:

  草木无情,
  为什么落了丹枫?
  像飘零的儿女,悄悄地随着秋风。
  相思河畔,
  为什么又有漓江?
  夹着两行清泪,脉脉地流向湘东。

这首歌经朱琳演唱后曾在大西南的年轻人中广为传唱……从那情意切切的歌声中,人们能够感受到,那些义无反顾地献身于理想的女性们所面临的悲欢离合以及种种严酷的人生考验。歌声里,人们应该能听出她们在热情、坚强的外表下所包裹着的深深的伤感、无奈和悲壮……

## 三

乔玉秀是抗敌演剧十队初创时期的成员,大家喜欢叫她乔大姐,实际上那时候她也只有二十二岁。她的舅舅是著名考古学家董作宾,幼年的乔玉秀曾经跟随这位舅舅在北平度过一段平静美好的日子。那时,舅舅的书房里常响起她银铃般的笑声;春天,四合院里开着繁花的树下总有她活泼的身影。后来,她就读一所女中,再后来中国历史研究所南迁,她又随舅舅转学到开封河南大学生物系,在那里结识了一群志同道合的伙伴。

或许是受舅舅的影响,长大的乔玉秀性格直率耿介,爱憎分明,疾恶如仇,被同学们赞为颇有男风。她对新鲜事物非常敏感,对集体的事情充满热情,是学校里各科活动的组织者。她还喜欢和谈得来的同学聚在一起,议论家国大事批评政府腐败。有同学回忆说,就是在那些个难忘的夜晚,乔玉秀教会了大家唱《国际歌》。她后来的男友,同是演剧队的演员兼导演的贺煌喜欢在夜深人静时苦读艾思奇、马克思的书,感叹"深夜闭门读禁书"一乐也,而乔玉秀则自称"光天街头唱'战歌'大乐也"。

一个豪爽热情的女孩子加入了演剧队,为同伴们增添了许多活力。她喜欢唱,是队里歌咏方面的主力;她也会演,在演剧队上演的剧目中担任角色最多,且总能深入人物内心,贯注感情,为此,大家送给她一个绰号"逢剧上"。一次,演剧队上演街头剧。正演着,有汉奸从中捣乱,现场一下子骚动起来,看戏的人四下逃散,人推人,人挤人,一片混乱。台上的乔玉秀非常镇定,她没有停止演出。直到骚乱被制止,观众很快聚拢过来,乔玉秀又从头演起,她的表现连一向对工作要求严格轻易不夸人的洪深也连连称好。

然而，年轻的她实在太投入了。每一次的歌唱都倾尽全力，每一次的表演都达到"忘我"的境界。她还没有学会控制，总以自己的本色投入角色，呕心沥血；她也没有学会容忍和淡漠，对社会的黑暗战争的前途总是无比焦虑和烦恼；她坚强的外表和豪爽的性情被内心的脆弱和抑郁所挤压……终于崩溃了！就像是一只刚刚启航的小船在暴风雨的袭击下骤然折断了桅杆。一次演出后，乔玉秀突然表现得晕晕乎乎，继而又神情焦虑很难控制，在那之后，她几度精神失常，打碎东西，撕毁衣物，高歌狂舞，哭笑无常，几次被送往精神病院治疗，平稳后又回到队里。

看着乔玉秀的变化，队友们着急又心疼，他们开始对乔玉秀主演的戏给予暂时的回避。然而，乔玉秀却总是主动要求出演，并且包揽了好几个戏中受苦受难的女性角色。荒煤创作的独幕剧《打鬼子去》是演剧队主演的节目之一，该剧描写一个妇女在丈夫被抓孩子死去后，自己也被逼成疯妇的悲惨故事。这样的事情在被侵略者践踏的中国农村比比皆是，因而每逢上演观众反响都非常强烈。在十队上演的《打鬼子去》中，乔玉秀一直饰演女主角，她发病后队里决定暂停演出，但乔玉秀只要病情稍稳定就要求上戏。夜晚，燃起的煤气灯下，她随着剧情的发展时而慷慨激昂，时而如泣如诉，痴呆的目光、流泪的双颊、发自内心的悲泣和撕心裂肺的喊叫，都给人一种强大的震慑力，让看过的人不能忘记。而她在每一次演出之后，都情绪激动得很长时间难以平复。偶尔，她不能上场，角色由别人代替，演出的人一场戏下来，竟然也和她一样伏在桌子上好久缓不过劲来。后来成为著名演员的张瑞芳是最早饰演这个角色的，第一次演出结束，她连跪带爬地冲下场后竟然倒在后台的苇席上，浑身上下一个劲地颤抖，连记者对她的询问都听不明白……战争是残酷的，把战争的残酷表现出来或许又要承受更多的残酷，那些撕裂开的伤口在心里滴着血，表演者们就像是孤独的勇士与灵魂进行着殊死的搏斗,既被造就也被伤害……她们中间,有人挺过来了,成熟了,学会了自我控制,也有些人却在还没有历练成熟时,就被悲伤所深深击中,遽尔夭折……

乔玉秀后来的经历十分蹉跎。随着形势的变化,国民党军队中的顽固派加紧了对进步青年的迫害,上面派来"管辖"演剧队的人,竟然是当年在开封镇压学生运动的头目,她和贺煌立刻就被盯上了,不得不借故离开团队。临别时,队里开了一个"欢送会",明知他们此去再也不会回来,大家内心悲痛,当着特务们的面却还要佯装不知强作欢笑,有同伴写了一个"赠别歌",年轻的作曲家马可即席谱好唱出来竟"悲痛几不能自抑"。

离队的他们就好像断线的风筝,被吹得七零八落。他们被捕过,连正在哺乳的婴儿也未能幸免,跟母亲一起饱尝了三年铁窗的滋味。一个偶然的机会,他们逃了出来,结果又再次入狱……直到他们满含热泪地迎来1949年。然而,无论是身体还是其他方面的情况,都决定了乔玉秀已经不可能回到她所热爱的演剧事业和她的那些同伴们身边。她最后的工作岗位是在一个教育用品社(商店)里,她不像她的那些功成名就的伙伴们,即便是很多年后,人们也可以毫不费力地在浩瀚的人群中寻觅到她们的踪影。乔玉秀默默无闻地生活,或许很平静,或许伤痛仍旧难复,或许往事早已淡忘,亦或许硝烟烈火中的一切永远缠绕在心间挥之不去……

1941年初,正在浙江龙游巡回演出的抗敌演剧七队接到第三战区政治部急电,命令他们立即返回上饶。全队紧急出发,行军至一个车站,经过反复交涉,终于登上了一列开往上饶的平板列车。那是正月里,天气异常阴冷,平板车既没车厢更没顶棚,途中时而寒风,时而冷雨,浇得人直打哆嗦,七队的队员们挤坐在硬车板上,任凭风吹雨打,默然地跟着咣当当的列车行驶在郊外荒野中。

陆滨也在"平板车"上。这个性格开朗活泼的南方姑娘一年前加入演剧队,已经参加了好几部戏的演出,很快就显露出自己的艺术才华。然而此时,她和同伴们一样心情异常沉重,刚刚发生的皖南事变震惊了每一个人的心,他们不能不为抗战的前途、为整个民族的前途感到忧虑重重。让她更加揪心的是,从登上列车起,她和同伴们就发现自己所坐的"板车"前后两节都是铁笼车厢,一样的硬车板,只是上面焊接了密密的铁栏杆,栏杆里或躺或坐的竟然是被俘的新四军女战士。她们衣衫褴褛,脸上身上都带着伤,看情形一定是经过了激烈的搏斗。望着铁笼四周那些全副武装的押车宪兵,演剧队的队员们不由得暗中攥紧了拳头。陆滨心绪难平,她不知道用什么方法来表达对这些姐妹的问候和支持,只能默默地凝视着铁笼中的女战士,偶尔和她们有一点眼神的交流。

车过玉山时,风雨更加猛烈了。忽然,铁笼中的女战士们唱起了抗日救亡歌曲,歌声开始十分微弱,演剧队员们很快就和了上来。女战士们唱《渡长江》,演剧队也唱《渡长江》,女战士们唱《义勇军进行曲》,演剧队也唱《义勇军进行曲》,歌声越来越大,此起彼伏,宪兵们惶惑不安也无可奈何。他们就这样一直唱下去,一首接着一首,一直唱到了上饶。上饶车站里军警林立,戒备森严,第三战区"专员室"的张超(后来任上饶集中营主任)正荷枪在站台上走来走去。演剧队员们下了车,女战士们也在宪兵的押解中下了车,演剧队员们卸下行装离开车站,仓促中,陆滨没有忘记回头凝望,或许就是那一瞥之间,女战士踉跄的身影永远地刻在了她的心里。

陆滨的心好悲凉,一路上她都和大家一起用力地唱着,眼泪却含在眼眶中打转。原以为加入演剧队就走上了光明的路,未想,面临的局面竟如此复杂。演剧队回到上饶后,因拒绝上演丑化新四军的戏与战区政治部搞得很僵。与此同时,军事委员会政治部大改组,周恩来不再担任副部长,演剧队也按所属战区重改番号,七队队员们不满之下相继离去,陆滨也和几个同伴一起离开江西到达广东韶关,参加了剧宣七队。

她又在新的团体中找到了自己的位置。在该队上演的《塞上风云》《家》《重庆24小时》中饰演主要角色,因为具有较好的音乐修养,她还在声乐演出中担任重要角色。她是快乐的,这个队有好几个和她年龄相仿的女队员:白桦、陈友治、孙慕新……她们彼此有着很多共同语言,相处甚好。

然而,大约两年后,陆滨又离开了。国民党中统特务盯上了她,不得不离开。这一次,她的男友承诺和她一起去延安,谁知到了重庆,那男友却推托说找不到联系人,一直拖延着。她被搁置在一个阴暗的小屋子里,没有工作,精神沮丧,整日陷入苦闷和彷徨之中。一日,她茫然地徘徊于街头,忽听有人呼喊自己的名字,猛回头,竟是队友白桦。战友相见感慨万分,她们拥抱在一起,流着欣喜的眼泪,倾诉着说不完的心里话。通过白桦的关系,陆滨终于和八路军办事处取得了联系,在她的坚决要求下,办事处批准她到解放区去。陆滨和白桦匆忙分手,各自奔赴新的岗位。

陆滨再次踏上新的征途。像是一只不懈地追逐着波涛的海鸟,迎风展翅。这一次,她参加了新四军,分配到了中原军区第五师文工团。昔日的队友们虽然不在一起,但总有消息从各种渠道传来。人们知道,陆滨变得越来越能干;还知道她成了一名出色的演员,在很多重大场合的演出中,都有她的独唱《黄河怨》,那时而温婉、时而高亢的歌声,如泣如诉,既唱出了劳苦大众心中的悲愤,也表达着她自己对新生活的憧憬和期盼……可是,没有多久,大家又失去了她的消息,这一次的沉寂很长很彻底,就好像陆滨整个人都从这个世界上消失了一样……

白桦得知陆滨牺牲的消息是在1949年,在人们欢庆胜利的一次大会中,有人告诉她,陆滨在一次突围中牺牲了……那消息来得如此突然,白桦被惊呆了,泪流满面地坐在会场上,听不清人们说的是什么,连告诉她消息的人是谁都没有弄清楚。她只是模模糊糊地想到,胜利了,而她的朋友却再也听不到欢庆的消息,人们再也无法欣赏陆滨那美妙的歌声,看不到她昔日娇好的身影……直到若干年后,几经周折,白桦才打听到陆滨牺牲的情况。那是1946年夏天,国民党围攻中原军区,陆滨随团从湖北宣化突围,战斗中不幸被俘,关在老河口集中营。8月,她和同志们一起遭到枪杀(又一说法是被活埋了),陆滨临危不惧,带头高呼口号,从容就义,她死得和那些铁笼中的新四军女战士们一样悲壮!

还有许多这样的故事:三队那个像男孩子般豪爽的蒋旨暇,八队温柔多情的陈佩琪,九队善良的史玲,还有十八岁的毛俊湘、总为别人着想的梁士……她们的血洒在祖国的土地上,她们的名字消失在历史汹涌的洪流中。我揣测着她们,也曾经在梦里看到她们年轻的身影,就是朱琳在回忆时描述的那个样子:身穿演剧队自制的服装,双排扣上衣,蓝色的裙子,齐颈的短发,右边发上梳一条小辫,或一边一条小辫,爱美的她们笑得那么灿烂,站起来,一排排,时而清晰,时而模糊……

演剧九队《丽人行》剧照,左起田野饰金妹、于因饰新群、朱琳饰若英

1938年末,年轻的徐炜和同伴在桂林参加了"广西合唱团"的演出,他们除了排演《我所爱的大中华》、《旗正飘飘》,还排练了赵元任的《海韵》。那是根据徐志摩的诗所谱曲,整部曲子优美动人,节奏、调式、音色和情绪都不断地随着歌词的变化而变化,缈缈的歌声,吟咏着一个向往自由眷恋大海勇于搏击风浪的女性的命运……

女郎,散发的女郎,
你为什么彷徨
在这冷清的海上?
女郎,回家吧,女郎!
……
女郎,胆大的女郎!
那天边扯起了黑幕,
这顷刻间有恶风波——
女郎,回家吧,女郎!
……
啊不,你看我凌空舞,
学一个海鸥没海波——
……

他们唱着,在硝烟弥漫的战争时刻,这歌和那些充满战斗呐喊的歌曲相比似乎有些不合时宜,但徐炜回忆说,他们仍旧唱着,而且,总有人低吟曼咏不绝如缕。

时光如白驹过隙,几十年后,在"文革"的风暴中,演剧队的队员们无一例外地受到了残酷的批斗和迫害,当不断有队友的噩耗传来时,

备受煎熬的徐炜和老伴竟不约而同地想起了这首歌,伴随着凭吊和哀思之情,他们不觉地在心中默默地吟唱:

"女郎,回家吧,女郎!……"

四

对于走向战场的女人来说,或许,还有比死更让人痛彻心骨的事情。牺牲,是早有准备的,但伴随着爱情突然降临的另一份血肉之情的失去,却给她们身体和精神带来更大的痛苦和伤害。

左峋发现自己怀孕了。一时间,心里竟像是打翻的调味瓶五味杂陈。这是在曼谷的日子,中国歌舞剧社走过一个乡镇又一个乡镇,演出一场接着一场,所有的人都忙得团团转。谁也没有注意到,一向开朗活泼而忙碌的左峋突然变得沉默了,她面色憔悴,神情焦虑,时而烦躁,时而欲言又止……

左峋是中国歌舞剧艺社的主要演员,除了参加演出还承担着帮助当地人培训排练等工作。她1940年参加抗敌演剧五队,于烽火连天中转战各地。抗战胜利后,为了躲避国民党的迫害,五队和七队从广东撤离到香港,组成中国歌舞剧艺社,左峋又随"中艺"走出国门奔赴南洋,开始了漂泊于异国他乡的生活。"中艺"虽然暂时离开了那片正被战争蹂躏着的土地,但一切生存只能靠自己,且肩负着向华人宣传祖国文化和抗战胜利的艰巨任务,可以说处境艰难任务繁重。为此,剧社在出发前特别和大家订立了出国公约,从各个方面对团员提出严格要求,包括个人生活。

然而,爱情是任何时候都挡不住的。这群少男少女们,一起从战火中走来,朝夕相处,生死与共,有几对早已彼此相爱,只是因为生活的颠沛流离而无法结婚。到达南洋后,生活相对稳定,岳野与左峋、史

进与潘予、李文治与唐波这三对青年便向剧社提出结婚申请。理事会斟酌再三后觉得没有理由拒绝,但也很为以后的事情担忧:既怕他们因生儿育女影响演出,又怕由于条件所限不能为夫妻提供住房引起矛盾,更怕回国后战争

演剧三队的集体婚礼

环境下孩子无法安顿……热恋中的情人们深明大义,主动提出对自己的约束,经过集体讨论,形成了"约法三章":在海外期间不准生孩子;在没有条件的情况下不提供房子;违反规定要接受批评处分,送返国内。

婚礼在极其热烈的气氛中举行。用景片围成的小隔断成了新房,大红喜字贴在幕布制作的"墙上",借来的床找来了桌子,还买来了糖果糕点和酒……那一夜,年轻人的笑声冲破了房顶,抢着发言的人几度哽咽;那一夜,他们尽情地嬉闹,痛饮到深夜,还迟迟不肯离开。他们说:我们年轻嘛,战争耽误了青春,还不让狂欢吗,等战争结束了,我们都要当新娘新郎,到那时候,还要尽情地闹……

左岫感到了从未有的幸福,然而,这幸福却很快就被怀孕的现实所惊走。

她陷入了极度的矛盾中,思绪变得纷乱无绪。她是一个有才华的演员,无论在五队还是"中艺"她的女高音独唱,都是演出中重要的节目;她是一个热情活泼也能吃苦的女孩,喜欢这个虽然苦但充满理想和追求的团体;她是一个经历了几年战争考验的战士,知道集体的利益应该放在第一位……然而,她也是一个普通的女人,对自己孕育的生命有着深深的爱和柔情……她不知道该怎么面对这生不逢时的小生命,又怎样面对自己的责任和承诺,她一面照常工作和演出,一面左思右想,在煎熬中度过一天又一天……

春天,吉隆坡一个平静的夜晚,接连演出了几日,已经入睡的同伴们突然被左岫的呻吟声惊醒。只见她手捂肚子,口吐白沫,浑身抽搐,神志已经模糊不清。面对这突如其来的情况大家都惊呆了,急忙把人送到医院抢救,检查后医生说是奎宁中毒,病情非常严重。同伴们十分惊慌,轮流守候在病房,恳求医生无论如何也要救活自己的战友,身为丈夫的岳野更是焦急万分。第二天,左岫的病情更加危重,整天昏迷不醒,瞳孔已经没有什么反应,看着她惨白的面孔,微弱的呼吸,悲痛的情绪笼罩了大家,许多人心疼得流下了眼泪。

一个星期后,在医生的全力抢救下,左岫终于脱离了危险,眼睛能够模模糊糊地看到同伴的面孔了。大家这才知道她怀孕的事情。她连自己的爱人也没有告诉,一个人悄悄地吞下了大把奎宁,原本只是为了顺利地把孩子打掉,结果差点丢掉了性命。左岫望着大家,泪流满面:我违反了自己亲自保证执行的"约法三章",更不能因此增加社里的负担,如果离开剧团我能怎么办?再说,回国打仗,孩子又怎么办呢?……听到她的述说,在场的女同胞们都伤心地哭了。

左岫出院后经过一段时间的调理终于恢复了健康,重新回到舞台,但心里的创痛却长久地伴随着她很难愈合。

新中国剧社的胡重华站在竹楼的窗口,望着天空中飘浮的朵朵云彩发呆。她是演剧队的老队员了,从1938年参加抗敌一队,经历了鄂北突围、长沙救灾等很多次出生入死颠沛流离,原以为自己早已历练得十分强大,没有想到还有更痛苦的事情在等待着她。

很长一段时间里,新中国剧社是和饥饿联在一起的。独立经营,生活上毫无保障,社会动荡物价飞涨,都决定了剧社的断炊是常有的事情。大家熟悉了做饭师傅无米下锅的呼喊,也习惯了饿着肚子去工作演戏。

胡重华有几天都吃不饱了。这天,当午饭又没有开出来的时候,她已经饿得浑身发软,没有一点力气了。她身上并不是没有一点儿钱,但她不敢动,因为她是两个孩子的母亲,那唯一的一点儿钱是要留给孩子用的。一连几天没有东西吃,两个孩子嗷嗷待哺,大孩子正病着,她除了要想办法给两个孩子弄点食物,还要给大孩子买药治病。

虽然并不情愿,当幼小的生命降临到这个世界上时,胡重华好像才知道对女人来说人生的重要意义是什么。孩子的一颦一笑,孩子摆动着小手一步步迈出自己的脚步,每一个变化都牵动着她的心,都给她和周围的伙伴们带来无尽的喜悦。但她也知道,孩子来得太不是时候了。在这样的战乱年代,大人活下来都很不容易,稚嫩的生命又怎么能经得起那么多磨难。有时候,她甚至觉得,作为一个战士,是没有做母亲的权利的!

胡重华陷入深深的痛苦中。她告诉自己,必须忍耐,必须坚持工作,因为所有的人都和她一样在忍饥挨饿。虽然大家都知道,离开剧社凭着自己的本事去谋取别的生路,日子或许能过得好一些,但每个人都为了理想不肯放弃,胡重华也不能放弃。即便到了山穷水尽的时刻,她也要忍耐。她不想惊动剧社的头儿们。他们正千方百计四处奔走到处借钱,不仅要解决大家的吃饭问题,重要的是搞到演出执照争取演出机会,使剧社渡过最困难的时期。

可是,胡重华仍旧被痛苦和无助撕扯着,她是一个母亲啊,就这样眼看自己的孩子一天天病得越来越厉害,奄奄一息。终于一天深夜,孩子突然睁大眼睛,喉咙深处哼了一声"妈……"就再也发不出声音来。胡重华浑身战栗却哭不出来,同志们劳累了一天,正在睡梦中,她怕惊动大家,更不愿惊动已经安静下来的孩子。她只是紧紧地把孩子瘦小的身体搂在怀里,痴呆呆地坐着,直到天蒙蒙亮,孩子在她的胸前渐渐地冷却,她颤抖着手轻轻地一遍遍地抚摸着孩子,终于,再也抑制不住满腔的悲痛嚎啕大哭起来,当同伴们赶来的时候,她已经昏死了过去。

那一天,全社都笼罩在哀伤的气氛中,他们把孩子洗干净埋葬在一片小树林里,瞿白音为孩子立了一块小小的墓碑,上面写着"新中国的女儿"六个大字。

孩子,究竟意味着什么呢?他们是希望,是未来,但为了实现希望和未来,他们却可能先要被牺牲掉,这就是残酷的现实。在那充满血与火的战场上,女人们献出的不仅仅是自己的青春,还有深切的爱和孩子……

曹珉和丈夫费克是在新中国剧社初创时加入的。那是剧社最艰难的时刻,他们毫不犹豫地把自己和孩子的命运融进这个充满理想却时时面临危险的集体中。在新中国剧社撤离桂林的几千里路上,他们克服重重困难坚持下来了,剧社好不容易到达贵阳仍然找不到安身之处,又步行至安顺。初冬,阴雨绵绵,他们睡在一所教室的地上,铺的盖的都是稻草,很快,大家的身上和草堆里都爬满了虱子,不少人生病了。曹珉和费克的两个孩子,一个患上伤寒,一个染上天花,竟在几天之内相继死去。曹珉眼睁睁地看着自己一对可爱的儿女离开人世,悲痛的心情宛如刀割一般。世上哪一个母亲不渴望给自己的孩子一个安逸幸福的生长环境,她们宁肯牺牲自己也要保全孩子的性命,但已经把自己交给了革命的人却没有选择。带着嵌入心底的痛,依靠着丈夫的坚定臂膀曹珉还是挺过来了。这个时期,费克已经从一个追求真理的热血青年成长为一名优秀的作曲家。他开朗幽默,即便再苦再难也决不低头。他创作的《茶馆小调》,很快成为家喻户晓的名曲,同时也激怒了国民党,为自己惹来了麻烦。在一个宁静的夜晚,当费克握着曹珉的手告诉她,要时刻做好准备,万一有不测发生时怎么办……曹珉再也抑制不住自己的感情,眼泪夺眶而出,"我已经失去了两个孩子,再也不能失去你……"

在新中国剧社撤离桂林的流亡路上,熊伟背着孩子走着,她患有严重的肺病,经常吐血,加上时常饿肚子,有好多次都可能倒下再也站不起来了,但她咬紧牙关挣扎着爬起来,硬是背着孩子尾随着无头无尾的难民群,一步步挪到了贵阳。不管多难,她从来没有想到要放弃孩子,那漫长路上的每一步都是从九死一生中挺过来的,都浸透着一个母亲深深的爱。

一位经历了战争的老人曾经告诉我,说她的母亲很早就冒着生命危险帮助中共地下党工作,但当组织上要发展她入党时,她却犹豫了。她说:"我可以为了革命献出我的生命,但如果要牺牲我孩子生命,我还不知道我是否能经受住考验……"这或许是一个女人最诚实的内心,是一个心怀挚爱的母亲最真切的感受了。后来,那位母亲真的加入了组织,并在战场上经受了残酷的考验,而她十七岁的小儿子在跟随她穿越日本人的封锁时不幸死去。临死时,儿子对母亲说:"妈妈,别难过,哪次战斗牺牲的都是他母亲的儿啊……"

我无法再讲述太多这样的故事。那些花季女孩,她们在战争的血泊中变成战士、变成真正的女人、变成母亲……战争也使她们变得越来越粗粝和强大,她们原本不是特殊材料制成的人,却要用最顽强的毅力最坚韧的力量抵御人世间最难抵御的痛。挺过来的她们,之后又如何呢?当往事苍茫,一切都消失在时间的隧道中;当她们白发苍苍只有与孤独衰老相伴的时候,她们怎样面对自己人生中所作的抉择?她们在品味自己的执著与骄傲时是否还有说不出的伤痛和遗憾……有谁能够说得清楚,她们得到了多少,失去了多少,如果一切重新来过,她们是否仍旧一如既往……

我不知道……

我好像又听到了那歌声:

黑夜吞没了星辉,这海边再没有光芒;
海潮没了沙滩,沙滩上再不见女郎,
再不见女郎!

2016年11月22日
小雪之夜

# 埋　伏

## ——一支潜入国民党心脏的特殊队伍

### 一

1938年8月,炎炎烈日的武汉。

所有和肖吟莪一样参加了武昌昙华林集训的演剧队员们,都不会忘记那个特殊的日子。在三厅的领导下,十个"抗敌演剧队"、四个"抗敌宣传队"(原计划成立十个,因时间仓促只成立了四个)和一个"孩子剧团"成立了。他们集合在操场上,排列整齐的队伍,飘扬的红旗,嘹亮的歌声……这一切改变了他们此后的人生,也注定成为他们永久的记忆。

刻在记忆中的还有周恩来的讲话。在八队的团体日记上有这样的记载:

> 在大家的热望中,田汉先生陪着众人仰慕的周副部长出现在礼堂外面了,掌声一直把他送到台上,还继续了五分钟。真不愧为二万五千里长征的斗士,讲了一百四十分钟的话,这样的大热天,他没喝一口茶,没擦一下汗,他的声音始终没有低落过。
>
> (《壮绝神州戏剧兵》,湖南文史杂志社,1990年)

周恩来在为演剧队所作的《形式与任务》的报告中指出:演剧是你们的主要工作,但不是唯一的工作,你们是演剧队、工作队,也是战斗队。并通过各队党支部下达命令:到国民党军队中去,深入前线,随军行动。后来又进一步加以阐释:就是坚持"隐蔽精干,长期埋伏,积蓄力量,以待时机"的白区工作方针,"用他们的钱,演我们的戏,唱我们的歌"。

演剧队的党员们认真领会上级的意图,认识到这是抗战的需要、统一战线的需要,也是中共在新形势下利用合法手段突破国民党禁区,打入国民党心脏的战略部署。为了达到这一目的,周恩来事前曾一再给政治部部长陈诚做工作,强调利用文艺这个武器宣传民众团结抗战的重要性。由于国民党对抗敌宣传工作一直较为忽视,国共两党又处于合作时期,陈诚最终对三厅的做法表示首肯,并亲自参加了成立大会,向各队授旗,配发军装、证章。还充满热情地讲出了"拿你们这几个队当十个师来使用"的话。

短期训练结束后,演剧队立即在三厅的部署下向各个战区出发。然而,国民党是不会坐视自己队伍里存在异己力量的。第二年春天,当反共攻势发起时,各战区的演剧队都遭受到沉重打击,所面临的局面也越来越复杂。

抗敌演剧八队结束了湘北前线的巡回演出后被调往南岳"游击干部训练班",配合那里的训练进行文艺宣传。"游干班"是蒋介石训练中级军官的地方,班主任由陈诚担任。八队在这里遇到的顶头上司很不一般。政治部主任陈烈是陈诚的亲信,中将军衔,还是一个曾经加入过共产党的人。他谈吐随和,没有什么架子,很热情,和队里不少人都谈得来,也能满足年轻人的要求。队员们喜欢打靶,他就带着大家去搞实战演习。在接触中,他会有意识地宣传国民党的希望在青年身上,重要的是把"三青团"办好,担负起国家的未来。开始,八队党支部对他没有太多警觉,直到随着形势变化陈烈步步紧逼,由初时只是探询大家对"三青团"的态度,到明确要求八队集体加入"三青团",才弄清楚这位主任的真实意图。他们只能把问题摆到桌面上让大家讨论。队员们一致反对,并明确表示:如果强迫加入,宁肯以自行解散的方式加以抵制。八队面临着消亡的危险,队长和地下党的几位同志不知如何是好,忧心忡忡。

正在焦虑时,三厅中共特支书记冯乃超陪同日本反侵略作家来到南岳,在八队地下党组织的要求下与大家进行了座谈。在得知八队所面临的难题时,他表示:演剧队在各战区都遇到要求参加国民党的问题,这是国民党的一个策略。如果不参加,演剧队势必难以生存,队员分散后会失去合法保护,以至于各个击破。为了保存力量,保护演剧队的合法存在,保证能继续工作,我们认为,可以考虑集体参加。会上,队员们议论纷纷,有人提出:为什么郭老不参加?冯乃超回答:郭老的影响太大,会在政治上造成很大损失,和你们不一样。还有人问,参加了"三青团",以后会不会影响参加共产党?冯乃超说:"我相信将来进步的组织,会考虑到当时历史的具体情况来处理的。"

五月的一天,阳光灿烂,漫山开着野花。八队以游山为借口,组织全队在后山举行民主大会,继续讨论加入"三青团"问题,一面商量对策,一面仍旧尽可能拖延时间。到了八月,二队队长吕复从桂林归来,秘密地带回中共南方局精神:演剧队如遇到被强迫入国民党时,能拖则拖,拖不下去可以集体加入。但有三点必须注意:一、必须向全队讲清楚,使大家有思想准备,取得队内的意见一致;二、个别队员坚决不愿参加和已被国民党监视有危险的人,应设法保护他们安全离队;三、最重要的一点,不要"弄假成真"。南方局要求吕复设法把上级的精神传达给其他演剧队地下党组织,吕复返湘后即向八队队长刘斐章进行了传达。

秋天,八队在实在无法拖延的情况下,集体加入了"三青团"。加入后要定期举行"纪念周"活动,并要上报会议记录。第一次活动由刘斐章作时事报告,报告后,编造了一个记录让大家看过统一口径后上报。此后,国民党方面对入党事情一直抓得很紧。1941年春,军事委员会改组三厅,将仅存的几个演剧队和宣传队改编为"抗日演剧宣传队"(简称"剧宣"),一律按照战区编号。改编后,八队调配到六战区湖北恩施一带改番号为剧宣六队,他们很快接到六战区特别党部来函,说有八名队员系在恩施参队,尚未加入国民党,应当立即加入。尽管当时这几名队员都在外面演出,仍然由留守队员代按八个手印,算是履行了入党手续。

抗敌演剧二队随十九集团军活跃在江西南昌一带。由于该队拥有沙蒙、水华、舒强、刁光覃、洪遒、朱琳等一批实力雄厚的演员,所到之处,备受欢迎,即便如此,他们也很快就受到党派问题的困扰。

1941年,抗敌演剧二、八队在长沙联合演出话剧《湘北大捷》剧照

政治部特派员找吕复去谈话,要求演剧队集体加入国民党。吕复一听,忙说:"我们这些队员都是搞艺术的。他们为了抗战来到前线,对党派活动不感兴趣。"特派员说:"这我知道,不过现在是十九集团军全军都要参加,连伙夫、马夫也在内,你们能例外吗?"吕复只好表示回队后向大家传达上面的精神,和大家商量。

吕复回到队部就找地下党负责人史民商量,并召开了秘密支部会。史民说,国民党强迫入党的事情,组织上在演剧队下部队前已经有所预料,为了坚持在这个地区的工作,保持合法工作条件,党员可以加入。对群众要耐心解释,说明理由,愿意的可以参加,不愿意的要保护他们离开,避免遭到迫害。支部会上,也有人想不通,后听史民说这是冯乃超传达的周恩来的指示,便表示服从组织决定。

在二队的全体会议上,大家听说上面强迫加入国民党,果然非常激动,纷纷反对,甚至表示宁肯离队也不参加。几个地下党员非常为难,他们既不便把组织的意思明讲,也不能随意附和大家的意见,只能尽可能找出一些加入的理由,把组织精神暗示给大家。同时,吕复等人找到特派员以种种理由加以推托。就这样,来来回回推拖了几次。特派员不耐烦了,终于表示:为了不让大家太为难,只要有半数以上的人参加就行。不过,他要求在司令部举行全体党员宣誓大会时,无论参加与否,大家都必须到会去举一下手。过后,不同意参加的不算数。就这样,经过一番讨价还价,总算达成了协议。

二队避免了被解散的危机,后来,吕复到桂林面见夏衍、李克农等汇报情况,组织上对他们的做法给予肯定,并要他回去后把三点注意事项传达给其他演剧队。尽管如此,二队还是有八个队员离队了。虽然他们有着各自不同的离队理由,但国民党强迫集体入党确是主要的原因。

水华走了,他不是党员,无法清楚地知晓党的意图,又绝不愿意参加那个腐败的国民党,所以毅然离队去了延安——在延安整风中也还是受到了审查和监禁。在以后的日子里,他时常想起二队的同志们。抗日烽火初起的时候,他们一起从上海出发,经历了两年多朝夕相处情同手足的战斗生活。他看着朱琳从一个腼腆的姑娘,脱颖为一个才华出众的演员,为她塑造的渔家大姐形象而赞叹;他为刁光覃在《烟苇港》中的出色表演所折服;为查强麟(夏淳)的聪慧热情而感动;为舒强的刻苦勤勉而钦佩……他喜欢演剧队里那种浓厚的学习空气,团结忘我的奋斗热情,还有对艺术的真诚追求,他真是很舍不得他们,但他还是走了。在此后漫长的人生路上,每当想起他们在国民党几次反共高潮中经受的严酷考验,他都感到发自内心的敬重。

留下来的人必须坚强。道路曲折而漫长,他们必须本着"隐蔽精干,长期埋伏"的原则,冲破重重险阻奋力前行。牺牲是不怕的,这在他们离开学校、离开家庭的时候就早已做好了准备,甘愿把自己的每一滴热血都洒在反抗侵略者的战场上——然而,他们要面对的却绝不止侵略者。

## 二

那是一个和往常没有什么不同的日子。清晨,出操后,刘斐章和剧宣六队的同志们正在吃早饭,队员李虹走了进来。谁也没有感觉到有什么异常,大家照常边吃边谈论着当天要做的事情,李虹却突然走到房子的一头,一手掏枪指着自己的太阳穴,同时大声喊着:"同志们,对不起,再见了!"人们还没有反应过来时,只听得枪声起,血花喷溅,李虹应声倒地。所有的人都惊呆了,几秒钟后,大家才喊出声来扑了上去,血泊中的李虹已经奄奄一息,没等送到医院就去世了。

这一幕发生在1942年的湖北恩施。皖南事变后,国民党发动了第二次反共高潮,加紧排除"异党"力量,作为战时湖北省会的恩施笼罩在白色恐怖之中。身为共产党员的李虹不慎暴露身份受到了特务追踪,一度被捕,又被演剧队保释出狱。特务们威逼诱惑,千方百计想要通过李虹搜集演剧队地下党组织的情况。李虹"宁愿死也不干这无耻的勾当"。他不能留在队里,也不能逃走——那样会给保释自己的同志们带来更大的危险。万般无奈之下,性情刚烈的他竟用一颗本该射向侵略者的子弹,射向了自己的血肉之躯。那随枪声飞溅起的血花,正是他对国民党政治迫害的强烈控诉和抗议。

演剧队的人都被眼前残酷的一幕震惊了,年轻的心和热情受到了深深的伤害,生存环境也变得更加艰难。六战区政治部不仅从政治上对他们进行监视限制,还一度停发了经费。新任政治部主任自称是英国大学政治学博士,行为却越发专横。在一次谈话会上,队员们曾向这位博士、中央大学的教授提出质问:"为什么真正从事抗日救亡工作的青年,总是被扣上'红帽子'?难道说抗日救国犯了什么罪吗?"一时间,群情激愤,声泪俱下,让这位主任甚为窘迫,一旁的专员急忙出面加以解释,善言抚慰,过后又绝不放松对他们在政治上的甄别和彻查。

要摆脱特务们的监视只有上前线。他们怀着悲愤的心情再次赴前线演出。前线的士兵对他们的到来充满了期待,说:"不希望中央来十个慰问团,只希望能来一个演剧队!"前线是艰苦的,除了敌人的轰炸,还经常遭遇暴风骤雨和山洪的袭击。一次,在鄂西前线江防司令部演出,开演前突起的大风摧垮了舞台,压坏了景片,砸伤了演员,江防司令亲自指挥,只用半个小时就把舞台搭起来了,演出照常进行。另一次在河边演出时山洪袭来,瞬间,土台子上的布景道具就卷入滚滚洪水之中。演剧队员和战士们身系绳索,投入水中抢救器材,次日清晨起来土台子踪影全无,只留下一片白茫茫的河滩卵石。最让他们难忘和感动的是演出《烟苇港》。开场时还只是小雨淅沥,演到第三幕时倾盆大雨从天而降,冲掉了演员的妆容,熄灭了台上的木油灯,只剩下一盏被斗笠遮住的灯在狂泻的雨幕中闪着微弱的光亮。台下,上千的官兵仍旧席地而坐岿然不动,在大雨中一直把戏看完。后来有文章报道：

> 木油(当地一种野生植物油)灯熄了又点,熄了又点,我们忘了头上的雨淋,身上的寒冷,狂风暴雨像眼看着我们不屈于它的威力,更加恼怒起来,以雷霆万钧之力,向着地下扑来,木油灯为倾盆大雨打熄,演员的化妆为大雨洗净,但戏也快演完了。

他们经常遇到这种情况。有时候,雨中的士兵们会跑上台子为演员打伞,他们擦着满脸的雨水喊着："只要你们演,我们就看！"演员们回应道："只要你们看,雨再大我们也演……"那时候,他们的心和前线将士们的心紧紧地连在一起,什么党派,什么暴风骤雨电闪雷鸣都无法把他们分开。或许,也只有在这些为国捐躯的将士们中间,他们受伤的心才能够得到抚慰。

李虹的悲剧并不是唯一的。在当年狼烟滚滚马革裹尸的战场上,随着形势的发展,国共两党从联手对付外域侵略者,到越来越多地进行着同一个民族内部的厮杀,这在第二次世界大战的各个战场上都似乎罕见。几十年后,演剧队活下来的老队员们在回忆抗日往事时,其中的一个主要内容竟然是如何应对国民党的迫害,如何在斗争中求得生存和扩大……不知为什么,每当我看到这些,总有一种说不出的悲哀和遗憾,也为了那些在这场内部厮杀中死去的生命感到莫名的伤感,然而,历史就是这么残酷。

吕复领导的抗敌演剧二队配属于九战区后改编为剧宣九队,"皖南事变"后也再次遇到强迫入党问题,他们坚守"可以加入,但不要弄假成真"的原则行事,虽然不可避免地在年轻队员们中引起情绪上的波动,但总算又一次渡过了难关。事实上,自1939年后,由于国民党中的顽固派不断推行"限制异党"、"防共限共"政策,他们的处境也就日益恶化。演剧队的上司们变着法地对他们施加压力。先是采取"政治测验"、"甄别谈话"等突然袭击的方式在演剧队中寻找"异党分子",后又索性派自己的人进入演剧队进行长期监视,对演剧队的一举一动都毫不放松。一次,演剧队在舞蹈家吴晓邦的指导下排练了一场精彩的歌舞。演出后政治部立刻提出质问,说其中的一个节目从头到尾舞着红绸,像是一面红旗,这摆明了是宣传赤化。又说外面闲言碎语很多,二八两队加在一起是个"共"字。你们幕布是红的,两队的证章上的"二"、"八"字也是红的,值得注意啊……警告虽然还算缓和,却处处透露出杀机。后来,在排演夏衍的《一年间》时,又有人说剧中主要人物是中共地下党员……他们不得不把剧名改为《花烛之夜》。谁料,九战区参谋长不高兴了:"前线在打仗,你们演什么《花烛之夜》?"于是,又改为《精忠报国》。因为九战区司令长官崇尚岳飞,这个剧名便无可挑剔了。演出虽然受到观众的热烈欢迎,但整个过程却让人倍感压抑。为了能够在国统区坚持下去,演剧队一方面要旗帜鲜明地宣传抗日,一方面又不得不处处谨慎行事。他们就好像行走在悬崖边缘,不能不时刻小心脚下,而头上似乎还悬着一把刀子随时都会掉下来。

1939年初春,陕北的风依旧像冬天一样刮得脸上生疼,抗敌演剧三队的年轻人却好像沐浴在温暖之中。他们从永和关渡过黄河,踏上陕甘宁边区的土地,向着延安进发。他们一路走一路唱,越走越快,当在黄土飞扬的路上远远地望到宝塔山的影子时,大家都禁不住高兴地流下泪来。

十个抗敌演剧队谁也没有三队这么幸运。半年多前,他们于武汉集训后出发,被分配到西北战场的第二战区。当时,那里的统一战线形势较好,各路友军能够公开来往。演剧队深入到胡宗南和阎锡山的部队中进行宣传,也同八路军和游击队频繁接触。他们两渡黄河,为黄河雄伟的气势所震撼,也目睹了两岸民众与日军展开的一场场生死搏斗。新年来临之际,他们随抗日决死纵队在灵石、汾西、隰县等交界的地方同日本军队周旋,当战事稍显平静时,便按计划前往榆林傅作义部队去劳军,到达榆林前可以先经过延安,那正是他们从武汉出发时就一直在悄悄筹划着的事情。

三队终于到达了延安,在那个到处洋溢着歌声的地方,他们的演出受到了延安青年热烈欢迎,也得到党中央毛主席的高度赞扬。很多单位邀请他们去演出,他们还到抗大、鲁艺、陕公去听课、学习。正是这个时候,作为三厅视察员和三队一起经历了半年前线生活且身体负伤的张光年写出了《黄河大合唱》,冼星海日夜突击将八个乐章和全部伴奏曲谱一气呵成,经过一次次的修改排练,在鲁艺音乐系协助伴奏下,他们在陕北公学大礼堂的首次公演轰动了整个延安城。

三队的每一个人都清楚地知道,自己再也不想走了。似乎这里就是理想追求的所在,而为了这一天的到来,大家已经付出了太多。队伍出发不久,他

1939年春,抗敌演剧三队在延安

们就不幸失去了自己的队友充满才华的周德佑。当团队在一个又一个战场之间奔走时,也有同伴自行离队前往革命圣地延安。现在,他们来到了这里,好像经过了太多的压抑恐惧和黑暗,终于可以畅快地笑,尽情地歌唱,自由地做自己想做的事情了。然而,沉浸在欢乐中的他们并不知道的是,与此同时,三队的行踪早已引起了国民党特务机构的注意,远在国统区的三厅一连接到政治部转来的三十多张状纸,戏剧科长洪深不得不编出许多假话才勉强搪塞过去。

几个月后,三队接到中央通知,要求演剧队立刻返回二战区。队员们在没有思想准备的情况下感到很失望,一致提出要求留在延安,或者派别的同志去。意见汇报上去后几天都没有回音。

四月下旬的一天,天气温暖,正在排练的三队,突然接到通知,毛主席要马上接见大家。就在枣园的那所窑洞里,毛主席与他们进行了一场亲切而风趣的交谈。主席分析了抗日形势,告诉演剧队员们要抗战到底就要宣传群众,你们应该回到国统区去,占领那里的宣传阵地。"穿着国民党的衣服,吃着国民党的饭,给共产党和人民工作,这多么好啊。你们有合法的身份,比派别的同志去方便得多。"那次接见彻底转变了大家的想法。与此同时,演剧队党支部接到指示,将该支部隶属于中央组织部特别支部,代号为"济生堂",并规定支部不能在队外发展党员,不能和地方党组织发生关系,必要时,可以集体加入国民党。

五月的陕北艳阳高照,三队怀着依依不舍的心情离开延安,回到了第二战区。此时,国民党军队各派之间的矛盾日益表面化,妥协投降的阴谋和抗战到底的主张展开了尖锐的斗争。演剧队到达晋东南前线,再次面临战争和政治环境的严酷考验,也再次为此付出沉重代价。在连续不断的前线慰问中,不少同志生病了。队长徐世津患肺病,咳血,仍旧坚持工作,直到再也无法支撑下去,不得不离队后很快病逝。被大家亲切地称为"小弟弟"的只有十七岁的庄玄,也在行军中得了伤寒高烧不退,队友们在暴雨中用担架抬着他奔跑,当终于把人送进中央军医院时,他已经结束了年轻的生命。还有那个开朗活泼一向被同伴们称为有"男人之风"的女高音蒋旨暇,因为缺医少药,一场小病就将她击垮,不幸辞世。演剧队到达晋西后,又有两个队员相继牺牲。每一次告别自己亲密的战友,他们都悲痛欲绝,但也只能擦干眼泪再次踏上新的征途。

1941年7月,抗敌演剧三队按照所在战区改编为剧宣二队,战区政治部要求他们集体加入国民党。尽管此前中共对此事已经有了明确指示,但党内机密不便泄露,党外的队员们仍旧不愿意加入。最后,只好召开队委会一再讨论,并由队长王负图向大家做出说明:集体加入是为了便于工作。入国民党是队上的决定,可以自成一个小组,有什么事情由队上出面应付,将来由队上负责,个人对此事不负责任。这样,经过耐心疏导,大家终于同意加入国民党。

即便入了党,演剧队也还是要受到怀疑和监视。不断有人佯装亲热找上门来聊天约打球,目的是为了探询他们读些什么书,看看他们褥子下面藏着什么东西。他们的节目也还是受到审查和挑剔,甚至连他们为什么出门总是两个人以上,女队员为什么不在队外找对象也都成了问题。面对来自上方的种种猜忌和指责,王负图一概给予回复:我们队里没有共产党,都是国民党员。

形势一天天恶化,阎锡山与日本军队频繁接触,做着投降的准备。演剧队能否坚持下去?是否应该撤回延安?大家意见不一心绪不宁,队里派人秘密前往延安汇报情况,带回来的指示说:延安是一块光明的地方,你们回来固然可以增加一份力量,国统区是一片黑暗,你们在那里是黑暗中的一点火光,能给人们带来希望。……要作长期打算,准备十年八年埋伏在那里,坚持在那里。必要时,可以独立作战,没有紧要事,少和办事处联系,避免暴露。并再次明确,以后如有重要问题和中央联系,支部代号仍是"济生堂",支书代号是"唐学诗"。

他们必须坚持,他们只有坚持,在黑暗中砥砺前行。

## 三

1945年1月,正当抗日战争逐渐接近胜利的时候,剧宣二队的十几名队员被逮捕入狱。

事情发生得很突然。那天清晨,二战区政治部主任梁化之忽然派人来叫队长王负图和队副赵辛生(赵寻),因为时间太早,来人神色急促,大家感觉有些不同寻常,便决定多去两个人,以防有什么不测。

穿过一个狭窄的只能两个人通过的隧道,他们到了另一个山沟,那里是特务机关——"真理辩证处"的所在地,关押政治犯的地方。山坡上、沟底、隧道里到处布有上着刺刀的武装警卫,戒备森严。王负图等人在一间窑洞里等了好一会儿,梁化之才从套间里出来。他差走了两个同来的队员后铁青着脸说:"你们已经被人告发,队里有共产党组织。重庆来电,要逮捕你们,押送重庆。中央要我来查办,你们看是在我这里处理,还是送往重庆?"停顿了一下,他又说:"是共产党也不要紧,承认了把你们送往延安。"王负图回答:"队里确实没有共产党,全队都参加了国民党,主任是知道的。我可以回去问问大家,看谁是共产党,愿意到延安去的……"梁化之忽地站起来拍着桌子说:"不要演戏了!你们内部有人告发,我有真凭实据!你们交待了没事,不交待今天就不要走了!"说着进了套间。随后,就有特务队的人走进来,对两人进行搜身,将他们衣袋里所有的东西统统拿出来摆在桌子上。

就在王负图等被叫走一小时后,队里其他人忽然又接到通知,要全体都去见梁主任。有队员立刻提醒大家:"要准备回不来了。"匆忙中,他们尽可能地销毁了一些有可能暴露的东西,支部的同志把一份秘密文件交给留守看家的高来、胡志涛夫妇,叮嘱他们注意保存。一行人随士兵来到"真理辩证处"时,正看见队长和队副被搜身。特务们向梁化之报告人都来了,梁化之板着脸从套间里走出来,纵身上炕,拿出一个纸条大声宣布,演剧队里有汉奸嫌疑——又说,对外说是汉奸嫌疑其实是共产党组织,要逮送重庆。接着,他读出一些人的名字,要念到名字的人站出来。等人们站出来后,梁化之发现名单中的高来、胡志涛没有到,便立刻令人去找。高来正在家中着急琢磨,见山上又下来两个持枪的士兵,知道情况不好,急忙挡在门口向妻子说:"快,有人来,把文件吞了!"胡志涛刚刚处理了文件,特务们就进了门,随即他们也被押到"真理辩证处"。梁化之见人到齐后再次宣布对名单上的十三人实行关押,其他的人可以离开了。特务们开始对关押的人一一搜身,张帆突然想到口袋里还放着一张讨论在阎管区如何执行党的文艺政策的记录,趁人不注意,悄悄地掏出来塞进了正在燃烧的火炉里。此时,已到晌午,特务们催没有念到名字的队员赶紧离开,大家都不愿走,王负图焦急地向已经宣布为代理队长的田冲示意,一行人才心情沉重地离开了。

扣押的十几个人被分别关进三个窑洞,受到了轮流审讯。对王负图的审问使用的是软硬兼施的办法。梁化之亲自上阵,先是和颜悦色地说了些自己从抗战起就和共产党打交道、交朋友之类的话,诱骗说:"你们只要把关系交待清楚,想去哪里就去哪里,我一定负责送你们走,绝不为难大家……"在遭到拒绝得不到任何有价值的东西后,他恼羞成怒地叫嚷:"人证俱在,不交待就只有加重处理!"

对赵辛生的审问有些不同,上来就很严厉——事后得知,半年前,梁化之抓捕了政治部一名干事,用刑后,那人编造出赵辛生是二队地下党负责人,还编出一个地下党员的名单。梁化之原本就是一个刁钻多疑的人,表面上时常到队里表示对大家的关心,暗地里对演剧队的行动一直心存戒备,对演剧队的节目也爱挑剔指责。他还有意把演剧队的住处安排在"真理辩证处"附近的地方,便于监视其行踪。一直以来,疑心重重的梁化之苦于抓不到把柄,又碍着军事委员会的面子不敢轻举妄动,这一次,他终于得着了机会,便下决心不惜一切手段将演剧队一举拿下。

那天晚上的审讯,赵辛生面对梁化之的一再威逼,表现得十分镇定。他坚决否认队里有地下党组织,并提出与证人对质。情急中,梁化之说出了一两个人的名字,赵辛生一听心里反倒踏实了——按照上级的指示,支部是从不与队外的人发生关系的,梁化之提到的人根本不可能掌握情况。于是,他更加理直气壮地要求对质。梁化之见状,露出了凶相。他转身问身边的特务:"坑挖好了没有?"特务说:"已经挖好了。"梁化之恶狠狠地对赵辛生说:"现在,两条路由你选,愿意活埋还是交出关系?限你三分钟考虑!"赵辛生沉默片刻,要来纸,提笔写道"昨日座上客,今日阶下囚。若问因何故?罪名莫须有"。梁化之一看,气急败坏地叫道:"拉出去活埋!"几个士兵就用绳子把赵辛生捆起来推了出去。赵辛生被押着出了窑洞,走向昏暗的山坡,冷风吹过来,一时间他竟显得十分平静,心想:不能和同志们告别了。牺牲是有所准备的,但此刻,让他难以决定的是,死前要不要喊口号,如果喊"共产党万岁"恐怕会暴露了别的同志,如果不喊,又不像想象中那么英勇。正在踌躇不定的时候,陪审的一个特务追出来说:"今天梁主任给了我点面子,可以让你去考虑考虑,明天再来交待!"说完,让几个人把赵辛生又押回了牢房。

审讯一连进行了三天。面对紧急情况,同一号子里的王负图、史鉴、彭后嵘等趁看守不注意时秘密交换情况分析形势。被捕的十三个人中有的是党员,有的不是党员,也有的党员没有被捕,而真正的支部书记史鉴并没有引起他们的注意,由此可以认定,对手来势汹汹实际虚张声势,没有掌握真实情况。因此,只要在被捕期间队内外不发生问题,敌人就无可奈何,争取全体无条件释放不是没有可能的。思路理清后,史鉴借队里来人送被子的机会,把准备好的纸条塞在帽子里,用互换帽子的办法把信息传递出去,纸条上写着:狱内外同志要互相信任。

田冲接到从狱中传递出的条子后,连日来焦虑的心情总算有所缓解。那天,他带领着其他队员回到住地时,宿舍里已经被翻得乱七八糟,十几个队友的床铺空落落的,只有几个失去了父母的婴儿躺在杂乱的物件中不停地啼哭。田冲的心绪乱极了。他是这个队最早的党员,第一任支部书记,当眼见同志们被捕而自己却被梁化之宣布为代理队长继续工作时,他真想当场拒绝,但他知道不能那么做。梁化之是在用分化瓦解的手段对付演剧队,在这种困难的时刻,必须稳住阵脚,即便有千斤担子也要担起来,才能设法营救被捕的同志们。在和狱中取得联系之后,田冲很快就和张僖、龚映琏等组成了临时支部,坚定起团结斗争的信心。不久,当得知狱中的第一轮审讯已经结束,梁化之什么情报也没有得到时,田冲代表全队提出与梁化之面谈的要求。

梁化之在特务们的陪同下来到演剧队,那天的场面是他没有料到的。先是入队不久的新队员向他发问:"我们来时,是您介绍我们到这里来的,您说这个演剧队是抗日的进步的,怎么今儿个,您一变脸,他们都成了汉奸啦……"老队员更是情绪激动得难以控制,他们回忆1938年秋来到二战区,梁化之代表阎长官欢迎时所说的那些共同抗战、牺牲救国的话,历数几年来牺牲了的七位同志,他们有的就埋在山脚下,怎么其他的人转眼就变成"汉奸"了……说起那些熟悉的名字,他们声泪俱下泣不成声,不由得纷纷喊道:"你说,我们谁是汉奸?谁是汉奸?"梁化之没有想到大家会跟他辩论起来,很不高兴,又不便发作,渐渐地从默然处之变得焦躁不安起来,不过狡猾的他很快就控制住情绪,望着大家接连地问:"那你们说,先放谁,先放谁啊?"屋子里一下安静了,事前,田冲就再三叮嘱大家,如果问先放谁,一定不能说出名字,于是"全部释放!全部释放!"的喊声响成了一片,让梁化之吃了一惊。最后出来收场的是田冲,他用缓和的口吻述说了自己只会演戏,没有领导一个演剧队的能力,目前这种情况,没有导演、没有编剧,实在无法继续工作。在大家的一再逼迫下,梁化之终于同意先放出三个人,家属可以定期探监。

春节就要到了,监狱里的人打通关节不断将消息传出来,外面的人也利用各种关系展开了合法斗争。他们逢机会便宣传,演剧队是军事委员会派来的,却无故遭此迫害。不久,从军内秘密渠道传出消息,此次抓捕行动是梁化之报阎锡山批准后实施的,他们这才意识到营救没有最初估计的那么容易,于是,决定派史民前往重庆向各方面求助。史民是刚刚被放出来的三人之一,他去重庆只能以病重住院为由秘密绕道前往。出发的那天,新婚的妻子把他送出山沟,握着他的手热泪盈眶,又强忍着惜别的情绪叮嘱说:"路上小心,等你胜利回来。""好啦,回去吧!"史民紧紧地拥抱过妻子后,挥手告别。他无论如何也想不到,一年后,当他们终于迎来了抗战的胜利,并把狱中的战友们营救出来的时候,妻子却因病不幸逝去……

史民经过十几天的颠簸平安到达重庆,秘密地和中共取得了联系。组织上对二队开展合法斗争的做法给予肯定,并指示他们要利用国民党中央和阎锡山的矛盾,通过军事委员会政治部部长张治中给阎锡山施加压力。此外,还决定通过新闻界、文艺界在报刊上发出呼吁,引起社会各界的关注,以利于营救被捕的同志。史民一方面在新闻界奔走呼号,一方面又通过各种关系面见三厅厅长,状告梁化之假借中央名义,诬陷演剧队是汉奸,要求政治部出面解决问题。很快,《新华日报》《大公报》等就刊登了演剧队被迫害的消息,一时间在社会上造成了很大声势。然而,梁化之是不肯轻易罢休的,面对越来越大的舆论压力,他反而更加坚定了自己的怀疑,同时更加疯狂地采取严酷的手段想要获取真相。在他的布置下,王负图、赵辛生被单独押往别处,原本集中在三个号子里的人被分别关进其他窑洞,并切断了牢里和外面的一切联系。他们对王负图赵辛生采取严刑逼供。赵辛生仍然是审讯的重点,"坐老虎凳"和"夹筷子"等都用上了,每次都被打得昏死过去,再用冷水喷醒继续审问。开始,赵辛生咬紧牙关不发一声。一次,有个特务拍着桌子喊:"看你这样,就像个共产党!"那人曾经和赵辛生有过来往,也一度表现进步,说这话是否是一种提醒呢?后来,赵辛生改变了策略,稍一受刑就大叫"冤枉啊——""陷害好人……"撕心裂肺的喊声连外面都听得见。而喊声一大,用刑好像就松一点。就这样,每隔一天审一次,反复用刑,把赵辛生和王负图折磨得死去活来。到了这个时候,赵辛生觉得自己恐怕是很难活着走出去了,决心一死。他把被子衣服托给看管犯人的士兵,请他在自己死后交给队友们。

　　七月的时候,田冲等终于得知王负图、赵辛生已被转移,为了防止梁化之下毒手,他们再次通过社会舆论把战友失踪的消息发布出去。监狱外面的队员无时无刻不牵挂着里面的战友,大家一次次凭借各种理由要求探监都没有成功。监狱加派了岗哨,人们只能远远地看着那一排排黑糊糊的窑洞,和号子门前的哨兵来回走动。后来,有的队员想出一个办法,他们扛着开荒的锄头从山顶走到山沟,一路大声吆喝高声唱歌,想引起被关押战友的注意。终于有一次,夕阳照耀在山坡上,远远地,他们看到了正站在窑洞口放风的两个女队员,一时间,悠扬的歌声好像从天而降:"在那遥远的地方,有位好姑娘……"歌声终于引起了窑洞口女队员的注意,她们向着远处凝望,拼命挥手,虽然彼此看不清脸,但知道战友们就在自己身旁。过了一会儿,窑洞里面的人也听到了歌声,他们一起唱起了《囚徒歌》。

半年多的时间过去了,事态变得越来越胶着。一方面梁化之的行刑逼供始终没有奏效。由于拿不到确凿证据,又迫于社会舆论的压力,他对关押的人杀也杀不得,放又不愿放,几乎到了黔驴技穷的窘境。另一方面,演剧队的形势也日趋严峻。关着的人救不出来,活动经费又被上方扣压,宣传工作难以开展。在险恶的生存环境中,队里五个婴儿已经死了两个,剩下的三个也命悬一线。队员们情绪不好,新来的队员目光中时而透出疑虑,有的悄悄打探:"无风不起浪,队里到底有没有地下组织?"尽管田冲一再地告知他们,队里没有任何组织。然而,焦虑和凄楚的情绪没有一刻不缠绕着大家。田冲心里清楚,事情已经到了最艰难的时候,就看谁能坚持到最后了。

终于,梁化之离开"真理辩证处",回司令部去了。那里还有更多事情等着他,他只能走,把事情移交别人。接管的人似乎没有那么凶残,不大愿意过问演剧队的事情。过了些日子,王负图和赵辛生又被押回了原处。1945年8月,日本人投降了,全国民众都欢呼振奋,然而,为了这场战争而浴血奋斗数载的二队队员们,却还背负着"汉奸"的罪名关押在监狱中。直到翌年初,国共两党签订了停战协议,政治空气有所缓和,梁化之发觉演剧队的事情真的成了一个烫手的山药,才在社会舆论的逼迫下又释放了部分关押的人,但是对三个主要人物却依然不肯松手。田冲等人在各方协助下再次奋力一搏,他们利用所有的机会呼吁放人。甚至抓住军调处三人小组(张治中、周恩来、马歇尔)到太原视察的机会,身着美式军装,按照内线提供的消息,抢先来到长官部停车场,登上迎候的汽车,闯入机场,闯进三人小组下榻的宾馆,向张治中面呈诉状……终于,事情有了结果。一天,梁化之在他的办公室召见田冲,他阴沉着脸,半天才从鼻子里哼出一句:"你到第一监狱把他们领回去吧——"田冲克制着内心的激动,故作困惑地问:"如果有人问起,梁主任扣押二队同志那么长时间到底为什么,我们该怎么回答呢?"梁化之像是触了电般地吼道:"难道上级就不能处分下级吗?"这时候的梁化之就好像吞了苍蝇一样,有口难言无处发泄。最让他窝火的是,他明明非常清楚,演剧队里肯定有共产党组织,这些人中一定有共产党员,仅凭报纸上发表的那些声援就让他对自己的判断确信无疑,但是,他只能望洋兴叹——一个看似松散的演剧队竟然如此固若金汤。事后,他曾经对人叹息,他这一生中有两次大的失败,演剧队就是其中之一。

狱中的队员们是陆续被放出来的,最后无条件释放的是王负图、赵辛生和彭后嵘。得到消息的队员们,奔跑着来到监狱,众星捧月似的把三个战友抬了出来,并在监狱门前拍照留念。

此时,已经是1946年3月。演剧队员们经历了一年零两个月的监禁,经受了严酷的考验,没有一个人暴露身份。

1946年3月,剧宣二队的队员们与最后出狱的三位战友一起在山西第一监狱门前合影留念

所有的一切都并非虚构,当历史的车轮碾过无数个平凡的日子,

曾经的风华少年已经离开这个世界的时候,我整理着他们断断续续的回忆,那里面的刀光剑影使得许多文学作品都显逊色。很难想象,在当年腥风血雨的战场上,这些年轻的充满着才艺的演剧队员又是另一条战线的"别动队员"。他们默默地蛰伏在那里,等待着时机。为了组织赋予的使命甚至甘愿献出生命,完全不去考虑一旦真的倒下,自己的尸骨会埋在哪里,又有多少人知道自己的名字。他们就是靠着这样的坚韧和决绝渡过一道道难关,闯过一次次风险。甚至同在一队、同为夫妻的两个人,全然不清楚对方的身份。有的人直到解放的那天,才流着眼泪告诉自己的爱人:我是共产党员。

我为这传奇般的经历而感动,也相信在承受了那么多痛苦和磨难之后,当他们付出青春和生命所追求的理想得以实现、他们终于可以在红色政权下自由地呼吸、工作和生活时,这些经历将永远是他们的骄傲、自豪和欣慰。

然而,生活的风云变幻总是会超出人们的想象。

## 四

来自自己阵营的怀疑,很自然地就出现在面前。

剧宣二队在国统区一直坚持到1948年夏天。抗战胜利后,他们通过各种关系向南京主管部门打报告从山西调往北平,并在北平演戏的同时将一部分人悄悄转移至解放区。正当他们准备全部撤往解放区时,得到了中共的指示:国统区工作需要你们,要利用合法身份,坚持工作,"只要有一分条件,也要利用这点条件坚持下去,除非到了无法待下去的时候,才考虑放弃这块阵地"。队员们心里揣着的期待和喜悦又一次被突如其来的变化打消了,一些人不可避免地产生了思想上的波动,但长期以来地下工作的磨炼,已经使他们养成了执行上级命令不打折扣的习惯,除了少数已经撤离的人,更多的队员依然遵照组织的指示埋伏下去,他们的身份仍旧是隶属于国民党的宣传队。

二队在北平的活动,很快就引起了北平地下党的注意,在向上级递交的报告中出现了这样的描述:"他们穿的是国民党的军装,领的是国民党的薪饷,演的是有进步倾向的戏,他们一到北平就很活跃,和大后方的艺术界人士有许多联系,他们到底受谁的领导?现在的政治态度到底怎样?需要赶快摸摸底……如果是敌人,那可是个相当难应付的对手。"于是,北平地下党组织迅速做出决定,借二队招收新队员的机会,派人打入演剧队进行摸底。

一切都变得更加富有戏剧性。新中国成立之初,不止一支演剧队受到怀疑,在后来历次政治运动中,他们的身份也变得越来越模糊和可疑,许多问题都需要说清楚:关于加入国民党、关于军阶、军服、证章和活动……当初承诺不由个人负责而由支部负责的一切,也都变得越来越微妙和难以解释……或许,当他们走上这条路时就决定了此后命运的多舛。

噩梦高潮的到来是那场史无前例的"文化大革命"。

1968年元旦,晚饭刚刚上桌,田冲就被破门而入的红卫兵揪走了,他被押到人艺剧院三楼的一间暗室里,勒令写出演剧队的"反革命"历史和全体人员名单。

对此,他已经有了思想准备。半个月前《文汇报》上的那些文章,已经把他们这些隐藏的"特务"暴露在光天化日之下,自建院起就会集了诸多演剧队骨干的人艺,自然也就成了"反革命大本营"。一顶顶帽子耸人听闻,接踵而来的批斗也更加猛烈。一个老队员在路上碰到另一个队员,就被说成是反革命串联;剧团外的一个老队员到人艺来看大字报,见到老战友时打了个招呼就被扣留……这样的事情比比皆是。批斗会上,造反派勒令"牛鬼蛇神"自报家门,轮到田冲时,他报到:"国民政府军事委员会政治部抗敌演剧队队员,中共党员……"周围立刻就响起一片驳斥声:"你是叛徒!是特务!"一切莫须有的皆成了铁的罪证,解释就是抵赖。田冲从困惑而变得无奈,由愤怒转为只能低头认罪,还要甘愿让人再踏上一只脚,永世不得翻身。在那间只有七平米的冰冷潮湿没有窗户的暗室里,田冲写着材料,努力地回忆着一切,不由得想到了当年赵辛生写的那两句诗:"昨日座上客,今日阶下囚"。

同一个时间里,在湖南,身为省文化局副局长的刘斐章已经数不清自己被批斗了多少次,其中要交待的一个重要问题就是演剧队那段"假革命真反共"的"罪恶勾当"。《文汇报》的文章发表后,全国各地都忙着抓演剧队员,不断有人找上门来调查。一次,上海戏剧学院来人要他写田稼在演剧队担任什么官,刘斐章告诉他们:"演剧队没有什么官,拿的都是平均生活费,田稼年龄很小……"话还没说完,一个人忽地站起来,狠狠地打了他一耳光,"你这个反革命别动队队长不老实,袒护你的别动队员。田稼现在是教授,在你们队里起码是校官!"刘斐章哭笑不得,现在是教授那时候就一定是校官吗?他回忆自己的队友,那时,哪一个不是舍身忘利一心报国的热血青年!热情活泼的肖吟莪,创造了许多动人形象、在任何困难面前都不低头的叶向云,从不计较个人得失的鲍训端,刻苦钻研业务的刘高林,默默奉献的胡杨,成为知名导演却从不居功自傲的朱启穗……他们何罪之有?然而,他们被抄家、被剃头、被毒打、被挂上"反革命别动队"的牌子游街示众。"写不完的交待,开不完的批斗会,花样翻新,凌辱之至。有时要我们这些'牛鬼蛇神'列一横排,按顺序'啪啪啪啪'每人给你一耳光,什么原因不知道,就是为了打人而打人。"最让他难过的是,到了后来,演剧队的个别人也挺不住了,对自己和这支队伍到底是不是革命的产生了怀疑……刘斐章觉得,这个世界已经疯狂得无法辨认了。

在上海,曾经身为演剧队长的吕复也被折磨得死去活来。多年以后,他都无法忘记老战友高重实的惨死。"文革"开始时,高重实作为上海人艺一团团长受到了批斗。尽管挨打罚跪受尽凌辱但他还挺得住。1967年,江青、张春桥一再发话"上海人艺还是老家伙霸占舞台","演剧队是反共的","别看他们是演员,他们是中统军统控制的"。高重实受到了严刑逼供,硬要他交待莫须有的特务关系。一日,他被打得皮开肉绽浑身是伤,神情恍惚地回了家,哭着跪倒在孩子们的床前,"爸爸讲不清楚了,没有的事情我不能承认,我死也不能承认自己是特务……"第二天起来,孩子们发现他已经自缢身亡。消息传来时,吕复只能仰天长叹,高重实说不清的事情自己作为队长能说清楚吗?自己当年的上级能说清楚吗?身为三厅领导的田汉能说清楚吗?他甚至连说话的资格都被剥夺了……不仅如此,吕复昔日的战友们还蒙受着更大的灾难……"文革"后,吕复在文章中愤怒地控诉:"仅仅是参加过演剧队,就被打瞎了眼睛,被打断手指和腰骨的,被打伤后留有后遗症的,被逼成疯子的,被赶出文艺队伍后放逐到农村山区的……不计其数……至于这些同志的子女,有条件入党的不能入党,有条件入团的不能入团,有条件参军的不能参军,有条件升学的不能升学。遭受的各种歧视,一言难尽……"

演剧队成立五十年后,老队员们聚集在一起高唱抗战歌曲

1978年春天,随着"文革"的结束,饱受摧残的演剧队员们不约而同地聚集到北京,他们怀着激动的心情一致要求上书中央,为演剧队平反。吕复、刘斐章、吴荻舟等人责无旁贷地承当了执笔人,丁波、王负图、李超、彭后嵘等赶来相助。他们废寝忘食地赶写,一次次地回忆、讨论、修改、定稿……灯光下,深夜里,一次次激动得热泪盈眶夜不能寐,就像很多年前,他们彼此紧紧地靠在一起,商讨着如何对付敌人、想象着未来的日子一样……报告终于写好后,他们首先想到的是三厅厅长郭沫若,但是,当他们想方设法把报告递交到郭沫若秘书的手中时,同样经历了"文革"身心疲惫不堪的郭老已经病入膏肓,离告别这个世界没有多长时间了。

这年夏天,经过一次次的申述和许多个日日夜夜的焦急等待,演剧队员们的努力终于有了结果。中组部向各地下发了《中共中央组织部关于抗敌演剧队的性质及其他几个问题的通知》,明确指出:抗敌演剧队"是党直接领导下在国民党统治区的特殊斗争环境中进行抗日宣传活动的革命文艺队伍,不是什么反动团体,更不是反革命组织。"关于集体参加国民党的问题,通知指出:"这一行动是党的决定,不能定为个人政治历史问题。"

演剧队员们终于拿到了日思夜想的这一纸平反书,甩掉了压在头上沉重的政治帽子,他们奔走相告欢呼流泪重振信心开始新的生活。然而,并不是所有的人都等到了这个日子,当这一天来临时,肖吟我们的坟前早已荒草萋萋,还有的人甚至连尸骨都不知被丢弃在何处。

在南方,一家精神病医院里。有一位老演剧队员每天坐在床上,痴呆地望着窗外。他曾经在战争年代写过独幕剧,当过导演,做过舞台设计……曾经冒着生命危险呕心沥血把艺术奉献给苦难中的人们。不幸的是,在经历了"文革"一次次批斗后,他的精神再也无法支撑，他疯了，只好被家人送进医院。当云开雾散，昔日的战友们满怀欣喜前去看望他的时候，他神情恍惚，完全辨认不出来者。只是嘟嘟囔囔地说着："谢谢首长来看我……"

老战友转身离去，泪水盈满了眼眶，无声地从苍老的脸上滚落。

2017年，春

# 谁与你同行

1940年初,身为国民党第四战区司令长官张发奎机要秘书的左洪涛,从柳州前往桂林,和中共南方局驻西南地区负责人李克农秘密会面。四十年多后,八十多岁的左洪涛老人撰文回忆了其中的一个重要细节:

> ……克农郑重地叮嘱我说:1938年8月,周恩来同志在郭沫若同志主持的武汉国民政府军事委员会政治部三厅组成十个抗敌演剧队、四个抗敌宣传队,并亲自向他们作了形势与任务的报告……上述十四个队,现在还存在六个。有一个在华北,五个在西南,其中有三个在四战区。恩来同志很重视和关心他们,要我在政治上、工作上尽可能给西南地区几个队以照顾和帮助。
>
> (《南天艺华录》,《广东党史资料丛刊》,1989年12月)

左洪涛毕业于黄埔军校,1927年加入中国共产党开始从事地下工作。1937年抗战爆发,驻守在上海浦东的国民党第八集团军总司令张发奎亲自拜访北伐时期的老友郭沫若,请求襄助。张发奎不属于蒋介石亲信,北伐开始时曾经与共产党人保持过良好关系。郭沫若在与张发奎接触后,会同周恩来、潘汉年等很快组织起一个三十多人的大型文化机构——战地服务团(后改名战地服务队)介绍给张发奎,并在服务队中成立了由10名中共党员组成的特别支部(简称"特支")。该支部直属中共中央长江局领导,左洪涛担任书记。1939年初,张发奎改任第四战区司令长官,率部队开抵广东韶关,左洪涛被委任为机要秘书随同前往。之后,虽然由于国民党顽固派的破坏战地服务队被撤销,但左洪涛却利用自己的有利条件,将战地服务队成员安插到第四战区司令长官部各部门工作。从此,"特支"便开始了在国民党军队中的长期潜伏。

　　左洪涛对演剧队一点都不陌生。1938年初,国民党正式恢复政治部,三厅成立,是时,战地服务队正从苏浙一代转移到武昌。在八路军办事处,周恩来亲自召集"特支"会议,做了如何在国统区坚持工作的重要讲话,嘱咐他们,要设法取得合法身份掩护自己。会后,左洪涛等人走访昙华林,从三厅厅长郭沫若那里听到了马上要成立演剧队的喜讯,郭沫若还承诺优先派一支演剧队到他们所属的战区去工作。很快,抗敌演剧一队就带着勃勃的朝气来了。见到他们,战地服务队的同志们兴奋得手舞足蹈,他们一起唱着:我们是兄弟队,我们是一家人,同心协力,甘苦与共,并肩作战,携手前进! 也正是这个时候,三厅麾下的十四支队伍肩负着宣传抗战的使命奔赴各个战区,投入到烽火连天的战场。

　　然而,短短的两年时间里,曾经英姿勃发的十四支队伍只剩下了六支! 四十多年后,当左洪涛清楚地回忆起李克农转达的周恩来指示时,没有提起自己在听到这一消息时的心情。战争的环境是如此残酷,左洪涛早已久经沙场看淡生死,而他所领导"特支"每时每刻都如同行走在刀刃上,步步惊心,有时,一个猝然降临的事件就可能改变一个同志甚至整个团队的命运……在他面前已经没有什么是不可能发生的,又何况那些刚走出学校不久的演剧队员,那些赤手空拳的青年们,从他们选择了走向战场的那一刻,他们就把自己命运的航船驶进了凶险未知的汪洋大海。

左洪涛像往常一样平静地接受指示,在他的秘密工作生涯中,有过许多临危受命的时刻,承担过不少需要付出全部智慧甚至以命相搏才能完成的特殊任务。尽管这一次,周恩来对演剧队"尽可能给以照顾和帮助"的指示听起来没有那么急迫,但是,左洪涛仍然清醒地掂量出这其中的分量,体会到周恩来嘱托的意味深长。他知道这些队伍、这些年轻人对于三厅、对于这场战争甚至对于国家未来的意义。虽然他自己也只有三十多岁,但对这些满怀抱负的年轻人却怀着大哥哥一样的感情。他喜欢他们,就像当初一见到他们就不由自主地充满欣喜一样,他小心地把他们放在了自己内心最温暖的地方,在那条布满荆棘的路上,他虽然不能与演剧队员们并肩同行,但却要拼尽一切力量"尽可能"地给他们遮风挡雨。

一

在距离左洪涛接受指示七十多年后的那段日子里,我在仅存的故纸堆中费力地爬梳,想要找到当年三厅成立的十四支队伍中,那些仅在两年多时间就被迫解散的队伍的踪迹,理清造成他们无法生存下去的原因。寻找很不容易。从现有的材料看,1940年初,除了抗敌演剧第十队在经过两年的颠簸后到达延安自行解散外,其他几支队伍正处于和组织失去联系勉强维持的境地,他们最终被迫解散多是在"皖南事变"前后。夭折的团队多数没有完整记载,而演剧队的名称番号一变再变也为后来人梳理历史造成了诸多困难:各队原本都有自己的名称,在三厅编队时被授予统一番号,到达国民党各战区后又被重新按战区编号,有的还不止调整过一两次,之后,坚持到抗战后期的队伍又

1938年，抗敌演剧六队在武汉街头演唱抗战歌曲

衍生出新的团体……时隔多年，活下来的人们追忆往事时，叙事都不在一个时间点上……这种种情况使我最终放弃了想要一一描述的渴望。在他们不同的遭遇中有着共同的东西，周恩来的一段话为他们的生存状态做了精辟的总结："演剧队是在日寇的炮火、国民党的迫害和生活上的贫病三者夹攻下坚持工作，坚持斗争的。"这三者中，对付日寇的炮火和生活的贫病或许较为简单，而"国民党的迫害"竟成为他们生存下去的最大问题。

抗敌演剧六队前身是由平津流亡学生组成的"战区学生移动剧团"，经三厅收编集训后派往李宗仁的第五战区，后又随东北军于学忠部前往鲁苏战区。第五战区辖地较广，既有国民党军队，又有共产党领导的新四军，在国民党军队内还有中央军和杂牌军之分，矛盾重重，错综复杂。六队一年多的时间里来往于革命根据地和国民党地区之间。他们到过新四军江北指挥部所属的几个支队，见过敬仰已久的叶挺将军，也和勇猛善战治军有方的传奇人物罗炳辉司令员亲切交谈。每一次经过根据地他们都觉着温暖和兴奋，都渴望能留下来，但每一次又都克制住内心的矛盾，遵照组织长期深入敌后的指示继续前进。在长途的巡

回演出中,他们常以走遍祖国山河而自许,就如同那首自己创作的队歌:

> 我们带着救亡的火种,走遍广大的城乡山村,冒着急雨、狂雪、霜冰,不怕暗夜、风沙、泥泞。我们从敌人屠刀下冲出,痛尝够亡国的残害耻辱,遍身被同胞热血染红,满怀牺牲决心和最大的忿怒!……神圣的抗战全国掀起,誓死反抗残暴无理……

1939年的冬天特别寒冷。六队到达鲁苏战区后,便被告以取消演剧队番号归属战区政治部,和政工队一起执行任务的命令。这显然是个下马威,演剧队立即调动所有力量,拜访总部各级军官,利用军方与政治部之间的矛盾争取同情,把政治部试图同化演剧队的做法拖延了下来。

第一个下马威刚应付过去,第二个回合的较量就来了。新年快到的时候,政治部把队长陆万美叫去,告知凡在东北军工作的人,一律要加入国民党。此时,六队远离中共党组织,不知晓上级为了长期隐蔽,在无法拖延的情况下可以集体加入国民党的方针,只能做出"一定不能参加"的决定。为了防止政治部对集体实施分化,在做好内部工作之后,由队长出面以"我们是搞艺术的,无意参加党派活动"给予回答。拒绝后,气氛一下子就紧张起来了。

几十年后,六队活着的老人们还能记得1940年的元旦。那天,天空是铅灰色的,他们排着队,冒着冷冽的北风到总部参加"新年团拜"。政治部主任先是说了几句恭贺新年的话,突然宣布集体宣誓加入国民党。毫无准备的演剧队员们都惊呆了,周围的官兵都举起了手。他们急忙低声地互相传话"不要举手、不要举手",一排排的队伍中只有他们二十多人肃然站立,没有举手。

事情过去的第三天,六队就被派往地处胶济路沿线的地方部队。那是一个环境十分恶劣的地方,驻扎在那里的厉文礼部队表面上是国军,实际上和土匪、伪军相互勾结,行动诡异狡诈。听说演剧队被派往这种地方,东北军的一些军官都感到气愤,一边责骂政治部,一边写信给那边认识的人希望对演剧队给予保护和帮助。

尽管谁都明白,政治部此举完全是为了达到制服演剧队的目的,但同志们还是大义凛然地去了。他们尽可能地深入到部队底层,充满热情的慰问和演出使得普通士兵们耳目一新,对他们的态度也渐渐地从冷漠转为欢迎。那之后,六队又被派往情况更为复杂的江苏韩德勤部队。在那里,他们遇到了五十七军——一师师长常恩多和旅长万毅,得到他们的帮助。"皖南事变"发生时,一向主张团结抗战反对内部摩擦的常恩多受到蒋介石的斥责被软禁,英勇善战威震敌胆的万毅被关押,演剧队也以"保证安全"为由被部队禁闭起来。

那是1941年2月的一个下午,太阳落山了,没有生火的屋子里分外寒冷,演剧队员们被困在里面,他们一再表示强烈抗议,但是没有人理睬,枪被收走了,屋外站着持枪的哨兵,和外面的一切联系都被切断了。

大约一周后,队长陆万美被两个持枪的士兵押到师部,新任代理"师座"手持一纸电文,宣布总部政治部命令:抗敌演剧六队就地解散,所在部队无权处理。于是,一个骑兵连荷枪实弹地把他们"护送"到总部,关在山脚下的一个小村子里。他们等待着最坏的结果,知道任何一个莫须有的理由都可以置人于死地。这时,外面的形势起了变化,中共打退了国民党的第二次反共高潮。不久,政治部又宣布他们的罪名是"煽惑暴动,图谋不轨,着令将全队驱逐出鲁苏战区"。

六队结束了两年多的历史。团队解散后,他们化整为零辗转绕道奔赴根据地。他们不能就近加入八路军,因为有人受他们牵连被关押在监狱里,政治部还以工作为由留下了三名队员——实际上是"人质",走的人稍有不慎就会给留下的人带来更大危险。他们静静地收拾起队旗,怀着百感交集的心情离开,曾经面对任何艰难险阻都决不屈服的六队,在抗战的洪流中悲壮地画上了句号。

在十几支队伍里,抗敌演剧四队也属于中途折损的一支。四队的前身,是由上海留日同学会组成的"上海救亡演剧第十一队",武汉整编后,他们同样被派往李宗仁的第五战区。四队生存的时间只有两年零九个月。这段时间里,有着被他们称为"朝气蓬勃的第一年",这年的前几个月,基本上是和三厅一起度过的。冬天,他们离开三厅到达第五战区宜昌。此时,全国正处于团结抗战的沸腾气氛中,四队发挥自己的优势,在演出中用雄壮的大合唱取代开场锣鼓,用男女独唱代替幕间休息,他们还"一专多能""一人多用",创办了灵活快捷的油印小报、图文并茂的大型壁报、揭露日军暴行的图片展览等,在多个救亡团体和学生剧团中显示出独树一帜的风格。四队在出发前建立了党支部,形成了团队的领导力量。正是这个核心,团结着大家支撑起四队最活跃的"黄金时期"。

然而,进入1939年夏天,国民党反共高潮兴起,形势开始逆转。一向较为开明的李宗仁,撤销了由大批进步文化人士组成的文化工作委员会,对暴露的中共党员"礼送出境"。四队一到达襄樊,就被种种问题所困扰。他们同样被要求集体参加国民党,也同样以"为艺术而艺术"的理由加以拒绝。最初,政治部控制在桂系手中,对他们的搪塞还未加深究。但是不久后,当他们二度拒绝加入国民党时,改组后的政治部就已经把他们视为眼中钉了。1939年冬天,与四队保有联系的中共地方区党委因形势的恶化而转移,之后的一年,队里的党员也纷纷疏散离去,团队失去了核心,党外的队员不了解内情惶然不知所措,又有队员不幸牺牲和受伤……这时的四队"犹如一只在惊涛骇浪中突然失去舵手的航船,彷徨无依地在海上漂流……"形势的恶变,组织关系的失去,已经使他们很难准确把握政策和策略。几十年后,当一些老队员回首往事时意识到:"我们当时还不认识统一战线是法宝","我们的朋友多限于文化圈和中下层,而很少注意在上层人士中交朋友。……不懂得争取团结桂系广大抗日军官抵制破坏抗日救亡的蒋系特务……"这可能正是压垮他们,造成他们被迫解散的最后一根稻草。

终于,他们在经历了"风雨飘摇的第二年"后进入了"最后的岁月"。1941年春天,当"皖南事变"的恶浪袭来时,四队在演出中接到战区政治部"就地解散"的命令。这支"在黄浦江畔诞生,在汉水两岸燃烧了近三年的火炬"熄灭了。而在其他战区,剩下的几支演剧队也处于岌岌可危的境地。远离组织独立作战的他们太需要依靠和在关键时刻给予的支持了!这支持来自于哪里?三厅已被改组,根据地显然鞭长莫及——只能来自于他们身处险境的内部,或许,这正是足智多谋的周恩来在危难时刻把演剧队交付给处于隐蔽战线的左洪涛的缘由。

二

事实上,在左洪涛从李克农那里获知周恩来指示之前,他已经和抗宣一队(武昌成立的四支抗敌宣传队之一)有了联系。

那是1939年夏天,左洪涛随张发奎到桂南视察,抵达宾阳时,适逢桂林戏剧界劳军团在当地劳军,一队队长吴荻舟参与其中。三十年代初,左洪涛和吴荻舟曾经在上海、南京一起坐牢,老友重逢,惊喜交集。在不久后的又一次相遇中,他们有了一次长谈,往事历历在目,也让他们敞开心扉。左洪涛在上海从事地下工作时,曾经两度被捕。第一次入狱两年,刑满释放后,继续投入地下工作。不久,由于叛徒出卖,全国互济总会书记邓中夏惨遭杀害,左洪涛代替邓中夏担负起组织负责人,继而也被叛徒出卖二次入狱。这一次,左洪涛受到严刑拷打,但始终对组织秘密守口如瓶。面对非人的待遇,他还在狱中写出了《沉痛的呼声》一文,通过看守送出去在杂志上发表,文章如同一枚重磅炸弹在国统区炸开,引起了巨大反响……曾经发生过的一切,使吴荻舟对左洪涛充满敬意,即便在分手的几年里音信全无也很难动摇当初的印象。同样,左洪涛也深知吴荻舟当年入狱后的表现,对吴荻舟率领演剧队投入抗日的英勇行为更是十分赞赏。吴荻舟告诉他演剧队离开武汉后发生的一切,他们一路巡回演出,经历了战火的洗礼,也经历了强迫加入国民党的事件,还经历了痛失战友的悲伤——队里的一名队员在流动中染上肺病,无药医治死在驻地,身体因痛苦而扭曲得无法入殓,只能由吴荻舟含泪抚平才送进棺木……尽管吴荻舟也坦率地告诉他"七七事变"后,自己获无条件释放,由于没有找到党的联系人,失去了组织关系,至今十分苦恼,但左洪涛还是对他深信不疑。

吴荻舟遭遇左洪涛纯属偶然。但这件事情对整个演剧队却有着不同一般的意义。二十世纪八十年代他们整理一队历史时,在1939年至1940年纪事中,有这样一条:

队长吴荻舟参加桂林劳军团(团长为京剧演员刘箫衡)去宾阳劳军,在那里他遇到30年代初与他一同坐牢的左洪涛同志。

即便事隔多年记述也仍旧很平淡,对左洪涛的身份除"同志"二字没有任何表述,这正是当时真实情景的再现。尽管曾经一起蹲过监狱,都在敌人的严刑拷打下保持了一个共产党员的忠贞不屈,但两人相遇时,左洪涛还没有接到李克农的指示,即使在接到指示后因为吴获舟失去了组织关系,他们也无法建立正常的组织程序。然而,他们却在一种心照不宣的微妙的"同志"关系下达成了默契。此后,一队遇到什么问题和难处,吴获舟总是想办法找左洪涛商量对策,而左洪涛每当关键时刻,也总是毫不犹豫地伸出援手,利用自己的公开身份给予一队有力的支持。

1941年"皖南事变"发生,一时间乌云翻滚,阴霾密布,虽然张发奎对事变采取了中立态度,但西南的形势依然变得十分严峻。左洪涛在事变后几天从柳州赶到桂林,发现八路军办事处已撤离,李克农转移,他只从国际新闻社那里得到一份油印的毛主席在"皖南事变"后发表的讲话。他将讲话逐字逐句地记住后立即毁掉。回到柳州后,马上向"特支"的同志们做了传达,并提醒大家要做好遭到突袭逮捕的最坏准备。从那以后,左洪涛就再也没有接到上级的指示。

几个月后的一天,剧宣四队的地下党支部书记舒模突然出现在左洪涛办公室,悄悄地对他说:"周副主席那边来人了。"左洪涛对舒模虽有些了解但并没有直接关系,他半信半疑地说:"真的吗?"舒模说:"是来找你的。"左洪涛追问:"你认得他吗?"舒模肯定地点点头,"认得。"左洪涛随即跟着舒模来到演剧队驻地,在一个僻静的小屋子里,见到了一位穿浅色西装的人,细看,那人竟是原剧宣五队队员胡家瑞。一年前胡家瑞以普通队员身份加入演剧队,实际上是受中共所派负责四队、五队的组织工作。"皖南事变"后,胡家瑞即撤离演剧队隐蔽到桂林,后又转辗回到重庆,这次是担负着组织交给的重要任务重返演剧队。几十年后,胡家瑞在《柳州党史资料》中记述了他所经历的重庆往事:

> 我在重庆办事处没住几天,组织通知我说周恩来同志找我谈话。我按时来到红岩南方局的办公楼。周恩来同志已经在办公

室里(邓颖超同志也住在那里),谈话的时候只有我们两人。周恩来同志亲切地对我说,你得回广西一趟,去传达党中央、南方局的指示。他和我整整谈了两个多小时,主要内容就是当时党的白区工作方针,即是"勤学、勤业、勤交友"。恩来同志要我将两个演剧队的组织关系交给左洪涛,并将中央的指示精神向左洪涛传达。当时真使我有点吃惊。因为左洪涛是四战区司令长官张发奎的上校侍从秘书,真没想到在张发奎身边还有我党的同志,这是非常秘密的,所以恩来同志单独和我交待了这个工作。恩来同志讲的话,我聚精会神地听,牢牢记住。……

(《抗日烽火文艺兵》,中共柳州市委党史研究室编)

舒模事前并不清楚左洪涛的身份,直到胡家瑞要他前去联系才悟出其中的秘密,他把左洪涛带到约定地点就离开了。在那间小屋子里,胡家瑞压低了嗓音向左洪涛介绍了自己的身份和来历,然后郑重其事地说:"周副主席决定把西南地区几个演剧队党的领导关系交给你。"他们进行了详细交谈,又确定了交接的具体程序:四队支书舒模和五队支书丁波的关系由胡家瑞负责当面转交;九队支书吕复以及由吕复联系的新中国剧社的关系待吕复到达柳州时,由舒模负责介绍给左

1988年,在武汉召开抗敌演剧队成立五十周年纪念会,右四为左洪涛

洪涛。

第二天,是左洪涛和演剧队地下党负责人正式接关系的日子。在左洪涛的回忆中,那天永远是阳光明媚的。柳江河南岸江水蜿蜒碧波荡漾,远处山峦叠翠群峰竞险。胡家瑞、左洪涛、舒模、丁波、徐桑楚等漫步于江边,坐立于奇山秀水之间,全神贯注地听着胡家瑞传达周恩来关于如何发挥独立作战的能力在国统区坚持工作的指示,隔着山山水水,好像敬爱的周副主席就在他们身边。那天,左洪涛觉得自己的整个身心都沐浴在阳光里,他卸下了沉重的盔甲和伪装,与同志们促膝交谈,这种日子对他来说实在是太宝贵了。那天,演剧队支部的同志们更是异常兴奋。他们谁也没有想到,原本就认识还是上峰长官的左洪涛竟然是新派来的地下党领导,他的公开身份和地下身份都将使演剧队在困难的时刻有所依靠。一段时间以来,因为失去组织联系而备感焦虑的心情总算有所缓解,他们觉得脚下的土地重新变得坚实起来⋯⋯很快,吕复也和左洪涛接上了关系。由于七队(此时抗宣一队已改剧宣七队)的吴荻舟没有组织关系,剧宣六队的情况相仿,队长刘斐章的组织关系也始终没有接上,左洪涛只好趁他们到柳州的时候,以同志的身份和他们交流,用分析形势的方式,为他们阐述中央的精神。新中国建立后,面对种种疑问,左洪涛一再强调说:这两个队虽然都没有正式成立党组织,但他们对党的精神是积极领会自觉执行的,自己也始终根据中央的指示,在政治上、工作上尽可能给他们以照顾和帮助。他们实际上同其他兄弟队一样,是在党和周恩来的领导下工作和战斗的。

胡家瑞到达柳州的第三天,左洪涛一个人跟着他来到柳州河南交通旅馆,见到了南方局派来正式联系的李亚群。当左洪涛紧紧地握住对方的手时,只觉得一股暖流从心底涌起。"皖南事变"发生时,李克农匆匆撤离,没有来得及留下任何联系方式,如果派李亚群前来单独接头,一定会遭到拒绝。只有派左洪涛熟悉的胡家瑞同来,一方面可以正式把演剧队的关系交到手上,另一方面还可以与南方局的李亚群建立单线联系,避免演剧队党支部和四战区"特支"发生横向关系。他觉得这正是周恩来的良苦用心和缜密部署。

左洪涛就这样重新接上关系并正式担负起演剧队党的领导责任,在那个风云变幻恶浪翻滚的低潮时期,他却从以往的单线联系单头负责一下子变得多头起来,无疑,这是冒了极大风险的,稍有不慎,个人的安危会受到威胁,"特支"多年的潜伏还可能毁于一旦,但最终历史的事实证明,冒这个风险是值得的。

## 三

和左洪涛接上关系的西南几个演剧队,真正属于四战区的其实只有剧宣四队,其余几支队伍则属于别的战区。左洪涛当然清楚这一点,但是他还是无条件地接受了组织上的重托。他知道这些孤军作战的演剧队有多么不容易,或许,依着张发奎在西南的地位和自己的公开身份,给他们以"照顾和帮助"是可能的。他做到了。几十年后,当这些演剧队回忆起当年的风雨征程时,都不约而同地谈到左洪涛在关键时刻给予他们的支持。那些帮助,就像是黑夜里点燃的一支火把,引导着他们穿越迷雾跨过一道道险阻走向坦途。

"皖南事变"后,桂林八路军办事处撤销,而此前一直与办事处联系的吴荻舟队也陷于困境,左洪涛得知这些情况,要吴荻舟把队伍带到柳州与兄弟队同住,暂避风险。在柳州期间,他们参加了对四战区长官部和所属部队的慰问,吴荻舟还在左洪涛的陪同下拜会了张发奎,邀请他观看本队演出。此时,主管两广的张发奎虽然执行着蒋介石"攘外安内"的政策,但内心却是极其复杂的,会见时,他对"皖南事变"只字未提,对观看演出倒是欣然允诺。演出后,张发奎还宴请了演剧队全体人员,席间也只是按蒋介石的调子对新四军不服从调动草草做了个表态。

抗宣一队在柳州休整几个月后,恰逢七战区政治部主任李熙寰请求张发奎调一个演剧队配属给本战区,左洪涛得知后立刻和吴荻舟等商量,认为七战区与四战区都属于地方势利,对于演剧队来说生存空间较大,在征得张发奎的同意后,左洪涛把一队调往七战区韶关正式改为剧宣七队。出发前,左洪涛一再交代:到达韶关后,不要急于开展演出活动,首先要摸清七战区情况,熟悉周围环境。要争取时间,发挥自身优势,力求一炮打响,取得当地的支持;要广交朋友,开展统战工作,打开局面;同时要清醒地认识七战区与四战区的不同,在政治上必须随时窥测气候,提高警惕,严防国民党顽固派突然袭击,保存自己。他还叮嘱吴荻舟如遇风险立刻设法和自己取得联系,商量对策,必要时可采取外出巡回演出的办法躲避风险。

此后一年多的时间里,七队正是照着这个指示去做的。他们从粤汉、桂柳到西江,进行着巡回流动,演出两百多场次。他们经常跨省、跨战区的游走,成功地利用地方势利躲避国民党顽固派的迫害。1944年,他们在桂林演出期间,参加了西南戏剧展览会,发挥了主力军的作用。同年8月,在湘桂战局日益紧张的情况下,吴荻

剧宣七队在韶关演出话剧《刑》

舟突然接到左洪涛的通知:日寇即将打通粤汉线,进攻湘南、桂柳,我方为了阻止敌人西侵,准备炸毁湘江大桥,七队应立即返回韶关,否则,便回不去了。并叮嘱,联系随时可能中断,要准备独立作战,最后的底线是"不演反共戏,不唱反共歌、不写反共标语"。七队接到指示,立即开拔返回七战区,他们从柳州出发,不顾道路崎岖,不畏艰险,长途跋涉,一路巡回演出返回粤北,直到1945年8月日寇投降,回到韶关。

剧宣四队(前抗敌演剧一队)是最早来到第四战区的演剧队。"皖南事变"后虽然政治环境恶劣,他们却因直属四战区,似乎比其他演剧队有着"得天独厚"的条件:张发奎和蒋介石有一定矛盾,左洪涛又可以用自己公开的身份到四队传达命令布置任务,演剧队遇到战区政治部刁难时可以直接向左洪涛告状,由他向张发奎报告……处在这些夹缝中间,演剧队正好利用矛盾摆脱了政治部的控制。

1941年春天,张发奎要左洪涛传达自己的命令,调四队去干部训练团受训。队里的一些同志因为已经受过训,认为没有必要去。左洪涛告诉支部的同志们:在目前形势下,演剧队要保存下来首先要得到张发奎的信任和支持。演剧队演的戏、唱的歌张发奎一直是称赞的,让你们去受训,实际上正好通过你们的演出对学员们进行教育。支部依照左洪涛的意思对大家进行了说服,除有病的同志外全队立即启程赴干训团。受训期间,四队积极开展活动,用抗战戏剧和歌曲教育国民党官兵,取得了较好的效果。受训结束,左洪涛告诉他们,张发奎对该队在干训团的工作和学习很满意,这对今后争取张发奎的支持很有利。年底,西南边陲吃紧,四战区为了防御日军入境,在靖西一代部署兵力,设立边区指挥部,由副参谋长陈宝仓将军亲自指挥。陈宝仓是一个政治开明的军人,一向与演剧队关系不错,到达靖西后深感当地经济落后,文化生活贫乏,便向张发奎提出将四队派往靖西开展抗日宣传,此要求得到张发奎的批准。左洪涛告诉四队支部:此去既然是陈宝仓提出来的,到靖西后就多向他请示,他是我们较可靠的统战对象。四队经过二十多天的行军到达边陲重镇靖西,他们不但把抗日的歌声带到古城,还宣传群众,组织妇女识字班,帮助海关检查走私,获得了各界的好评和信赖。一年后,张发奎前往靖西视察时对四队给予嘉奖。

四队在靖西完成任务后,顺利返回柳州。此时政治气氛有所缓和,"皖南事变"发生时撤往香港的大批进步文化人士因香港沦陷又回到广西,聚居在桂林,受到中共地下党的保护。演剧队来往于柳州和桂林,演出自己新创作的剧目,并和其他队一起遵照周恩来"勤学、勤业、勤交友"的精神,积极开展活动,广交朋友,为这座文化名城增添了生机。1943年,抗战进入第五个年头,国民党发动第三次反共高潮,政治空气再度陷入低迷,四队也因政治部的刁难再次遭遇困境。夏天,演剧队成立五周年之际,他们和左洪涛商量,想邀请张发奎参加队庆,借机缓解紧张气氛。队庆那天,陪同塔斯社记者访问柳州的田汉也赶来了,田汉和张发奎是老朋友,两人相遇谈笑风生。酒过三巡,田汉站起来向张发奎祝酒说:"向华(张发奎号)兄,四队成立五年了,在你的指挥下也近五年了,承你的关心和爱护能够工作得较顺利,应该感谢你!我个人也代表演剧队全体同志敬你一杯!"张发奎高兴极了,"田老大,你放心,我对演剧队会一如既往,今后如果有什么问题,直接找我好了!"两年前,在五队成立三周年的庆典上,田汉也对张发奎说过这样一番情真意切的话,张发奎慨然允诺:"田老大,放心吧,我不会辜负你的委托!"这一次,当着在场众多高级军官、政府官员和新闻记者的面,张发奎再次拍着胸脯表态,为演剧队在危难时刻坚守阵地起到了保护作用。那日,张发奎和田汉讲话后,四队表演了歌咏、诗朗诵,最后是活报剧《五年了》,该剧生动地表现了演剧队五年来经历的风风雨雨和广大官兵结下的战斗友谊,充满真情的演出,使观众们为之感动,表演结束时,全场报以长时间热烈的掌声。

几十年后,四队的人在回忆中说:四队从武汉出发到调驻柳州的五年间,在南方局的领导下,特别在柳州第四战区"特支"的直接指导下,通过自身的工作实践,取得了显著的成绩,队伍逐渐走向成熟。1944年春天,广西已成抗日前哨,桂林危在旦夕进入临战状态,四队也在巡回途中与部队失去联系卷入黔桂大流亡中,到了年底依然举步维艰。此时,左洪涛已随张发奎去了百色,支部书记舒模千方百计与他通了电话请示何去何从,左洪涛说:四战区已经撤销,张发奎自己也还不知道蒋介石怎么安排他呢。他让四队立即去重庆,找政治部三厅汇报情况,争取在贵州指定一个配属单位,解决给养问题,同时也找夏衍、阳翰笙听取南方局的意见。这是四队最后一次与左洪涛联系。

即便是最困难的时刻,左洪涛也凭借着自己的身份和手中的权力,尽可能地把触角伸向力所能及的地方。

配属九战区的剧宣九队(原抗敌演剧二队)在黔桂大撤离中与战区失去联系陷入困境,经左洪涛向张发奎请示后,将九队和新中国剧社留在四战区解决给养问题;剧宣六队(原抗敌演剧八队)虽然没有正式恢复党组织,左洪涛却通过各种途径在关键时刻给他们以指点和帮助;配属昆明第五战区的剧宣五队(原抗敌演剧九队)拒绝上反共前线,同样由左洪涛经张发奎批准,调往广东,配属广州行营……二十世纪八十年代,五队的老队员们在回首往事时说:"左洪涛对外是我们队的良师益友,对内则是上级党组织的领导人。后来无论我们辗转到哪里,这条线一直连续不断,使我们在困难时得到支援,在彷徨时得到指导,在受挫时得到鼓舞。假如说我们队自1941年10月同左洪涛接上关系后,直到1946年在广州复员,之间曾经为党的文艺事业做出了一点工作,渡过了多次灾难,那么,必须充分地指出,这是和左洪涛作为上级党组织领导人具体的领导分不开的。"这或许正是周恩来所期望的,左洪涛没有辜负组织的托付。

　　左洪涛领导着"特支",一面秘密为中共获取军事情报,一面积极援助演剧队活动,然而,这所有的一切都是要以九死一生为代价的。做过的事情不可能不留下痕迹,尽管他们严守保密纪律,但还是引起了特务们的注意。中统驻柳州通讯处负责人陆树珊早就对左洪涛等心存疑虑,他们密电蒋介石侍从室,称左洪涛、麦朝枢、何家槐、黄中廑四人思想左倾,行动可疑,请求下令查办。侍从室即以蒋介石的名义密电张发奎,命令他立即对四人进行控制审查。幸运的是,这封电报在没有送到张发奎手里之前,就被左洪涛利用技术手段截获。读到电文的那一刻,左洪涛异常冷静。遭遇这种情况不止一次了,不过前几次都发生在"特支"其他成员身上,也都凭着自己的机智和胆略利用矛盾将危险化解,而这一次,矛头直接指向自己,难道真的是什么地方出了问题吗?……他仔细分析情况,反复推敲,密电中所说的四人虽然都是"特支"成员,但平日里自己只和何家槐接触密切,与另外两人很少往来,中统不加区分地称四人"思想左倾""行动可疑",很可能只是猜疑并没有掌握真凭实据。更重要的是,自己与何家槐同为张发奎秘书都住张发奎办公室楼下,每日与张发奎不离左右,被其视为"心腹",若张发奎轻而易举就以共党分子的罪名将"心腹"查办,他自己很可能也会陷入被动难堪的局面……在理清了头绪之后,左洪涛知道眼下要闯过难关最重要的是稳住阵脚,不露声色,以静制动。当张发奎召见时,他一副若无其事的样子。果然,张发奎并不相信左洪涛是共产党员,他把蒋介石侍从室的密电交给左洪涛看,一面"语重心长"地说:"你们的言行要注意哟,千万不要授人以柄啊!"左洪涛接过电报,故作惊讶地对张发奎说:"司令,别人不说,您不可能不相信我和何家槐。我们两人一直跟在您身边,什么时候有过可疑行动,您心里绝对清楚。"左洪涛的话正说在张发奎的要害上,他沉吟了片刻,说:"委员长听信谗言,委员长糊涂呀。"他指示左洪涛立即拟电回复蒋介石,只十几分钟工夫,一封"左、麦、何、黄跟随我工作多年,经考查,思想纯正"的电报就飞回了蒋介石侍从室。

四

1946年,当人们经历了漫长的战争磨难,终于迎来抗战胜利后,另一场残酷的厮杀却拉开了帷幕。

年初,在广州任受降主官的张发奎任广州行营主任,左洪涛任副官处代理处长。此时,正在韶关的七队为了避免随七战区前往华东反共前线,向左洪涛提出要求调广州行营。从缅甸回到昆明的五队,也因拒绝随五战区调往华中反共前线而失去了后勤供给,陷入山穷水尽的境地。左洪涛找到了他们,告诉他们:形势可能恶化,将会有一场更严峻的斗争。演剧队的任务也从宣传抗战向宣传反内战的方向转移,进入更加困难的时期。要尽最大可能保住团队,到广州去是上策。很快,左洪涛就通过张发奎将七队和五队先后调往广州。

1946年,剧宣五队、七队在广州联合演出《黄河大合唱》

形势果然急转直下。春天,张发奎以广州行营主任兼第二方面军司令的身份发表了首次反共演说,这是他鉴于和谈破裂已成定局,内战即将爆发,而美国支持蒋介石所作出的选择。很快,广州学生市民反内战反饥饿的示威游行就遭到了镇压。刚刚来到广州的七队和五队也遇到了更难对付的上司——蒋介石为了监视地方势力,派复兴社头子黄珍吾担任广州行营政治部主任。他一上任就把两位演剧队长叫到办公室训话。那天,诡计多端的黄珍吾穿了一件白衬衫,胸前绣有"黄埔"二字,见了吴荻舟和徐桑楚,先不打招呼,沉默了片刻,突然发话说:"你们是共产党,你们自己知道,我也知道。现在,只要你们当着我的面承认了,就什么事都没有,我照样让你们当队长。不说,我可就不客气了!"面对黄珍吾的突然袭击,吴荻舟和徐桑楚拒不承认,但也不能老是沉默不语,于是就摆出一副诚恳的样子说起演剧队的历史,和张发奎对演剧队的关心和支持等等。黄珍吾没听一会儿就不耐烦地打断了他们的陈述:"黄埔军校创办时政治部主任是你们的周恩来,知道他走后是谁做了这个职务吗?是我,黄珍吾!讲到做政治宣传工作,我是你们的老祖宗……"他还滔滔不绝地说了些连威胁带吹牛的话,便让两位队长回去了。吴荻舟、徐桑楚原以为事情过去了,没想到几天后,黄珍吾又突然把两队队员集中到政治部,采取"各个击破"的办法逐个审讯,问题集中在两个方面:"你们队上有多少共产党员?哪些人是?""你们的队长是共产党员吗?"

左洪涛比任何时候都清醒地意识到,无论是"特支"还是演剧队都到了处境最危急的时刻。两个演剧队共七十多人,既有经受过斗争考验的老同志,也有经验不足的年轻队员,只要一个人出了问题,后果就不堪设想。更危险的还有"特支"的同志们,这些年的情报工作,不可能不留下蛛丝马迹,倘若阴险狡猾的黄珍吾细捋旧账查找破绽,谁都无法保护这些为了党的事业做出重大贡献的同志……正在焦虑中,恰逢廖承志作为中共谈判代表来到广州,机不可失,左洪涛利用工作便利秘密前往廖承志处汇报情况,请示何去何从。廖承志认为,这些事情必须向周恩来请示。周恩来正率领着中共代表团驻扎在上海,派谁去向他请示呢?这成了一个难题。左洪涛经过反复斟酌终于想到了一个人:广州行营执法总监吴仲禧中将,他是专管军中法律的高级将领,谁也不知道他是中共地下党员,派他去不会引起任何人怀疑。于是,左洪涛委托吴仲禧携带自己用隐性字迹书写的报告飞往上海。很快,吴仲禧就在神不知鬼不觉的情况下带回了周恩来的指示"相机撤退"。

接到周恩来的指示,左洪涛立刻着手部署。两年前,他也组织过一次撤退。那是日军侵犯全州、逼进桂林的时候,田汉等一大批文化人士滞留桂林,周恩来命令左洪涛全力以赴帮助他们撤到柳州去。国民党部队正在纷纷溃退,所有的交通工具都被军队和政府控制,火车站、汽车站一片混乱,要离开桂林谈何容易?左洪涛紧急通知"特支"成员,要大家以转送各自家属为名,想尽一切办法购买火车票。仅一天多时间,他们就弄到了几十张火车票、汽车票,在指定的时间内,成功地将一大批爱国民主人士转移到了后方……然而,这一次的撤退和上次不同,人数更多,情况更加隐蔽复杂,而且只有让演剧队先行撤离,"特支"才能安全离开,整个计划必须步步为营,既要小心谨慎又要机智果断,不能出一点差错,左洪涛深感责任重大。

正在踌躇中,演剧队忽然得到消息,一部分人上了黑名单,其他人也在嫌疑之列,首先要逮捕队长……吴荻舟、徐桑楚等聚在一起紧急商量对策,经过分析,认为此消息很可能是敌人故意放出来试探虚实的,如果仓促撤离很可能正中对手下怀。于是,第二天,两个队长便大模大样地跑到政治部几个部门办理演出和供给等杂事,连交涉带算账足足泡了一天,静观其动向,并没有什么事情发生,这一天就在内紧外松中过去了。

黄珍吾一招不成又来一招。他向演剧队下达了死命令,必须排练反共剧目,并在最快的时间内举行演出。演剧队被逼进了死角,再也没有退路。演,是绝对不可能的;不演,特务们正张开血盆大口等着吞吃他们。事不宜迟,只能加快撤离速度。左洪涛和吴荻舟、徐桑楚商量,自动解散显然不行,偷偷离开也不现实,唯一的办法是争取"合法撤离"——利用张发奎和黄珍吾之间的矛盾,绕过黄珍吾直接向张发奎提出复员请求。问题是,张发奎的态度已经不似以往,他看不出演剧队的真实意图吗?能同意吗?一切都难以预料,但也只有豁出去一搏。

主意一定,吴荻舟、徐桑楚立即提出要面见张发奎汇报工作,经左洪涛安排,张发奎在百忙中接见了他们。这是一个决定命运的关键时刻,很多年后,吴荻舟还能回忆起那天的情景:

  他和过去一样,很客气,静静地听两位队长陈述胜利后的种种思想:战争胜利了,人长大了,要回去寻找父母家人的下落,要赡养父母,要继续上学深造,要成家立业等等。他听着,似乎也很感动。有时点头,有时沉思。两队队长还借机诉苦,说黄珍吾不理解我们,对我们不公平。最后,我们一再请他批准我们复员。他抬起头来望望我们和左秘书,说:"我明白了,让我考虑一下。"他这句既不肯定、也不否定的话,使我们不安,还是左秘书比我们更了解他,送我们出来时,告诉我们这是他的习惯,决定问题,总要听听高级幕僚的意见。"我已和高若愚、陈宝昌(仓)、吴仲禧等打了招呼,他们会做工作的,你们还是积极准备吧。"

(《南天艺华录》)

他们在焦急的等待中度过了三天。三天后,忽然接到行营主任办公厅送来的一张印刷精美的请柬。请柬上写着,为欢送军委会政治部演剧第五、第七队复员,定于某月某日举行欢宴酒会,签名是张发奎。演剧队的人拿到请柬都高兴极了。

过去的三天是张发奎颇费思考的时间,谁也不知道他都想了些什么,是什么最终使他做出了这样的决定。是想到多年来自己对演剧队的支持、对年轻人才艺的偏爱,还是自己曾经承诺过的对演剧队的关照?抑或是他身边那些怀有正义感的高级幕僚们的说词起了作用?他不可能猜不到演剧队离开的真实意图,但选择放手又似乎符合了他在那个战乱年代生存的不二法门,重要时刻手下留情,不把事情做绝……那三天,最焦虑的还是左洪涛,他必须做好最坏的准备,也必须通过暗地里的工作争取最好的结果。当他得知张发奎做出的决定后,立即在第一时间以迅雷不及掩耳的速度让副官处向政治部、各部门高级将领,以及省、市各级官员发出欢送酒宴的请柬,大造声势,将既成事实呈现给各方人士……

黄珍吾接到请柬后大发雷霆,马上把两个队长叫来拍桌子大骂:"你们胆子真大,居然不请示我,直接去找主任。主任批准了也不行,和我对着干,没你们好下场……"

这又是一个凶兆,黄珍吾仗着他"帷幄上奏"的权力,完全可能让演剧队的撤离计划毁于一旦。吴荻舟、徐桑楚焦虑万分,左洪涛分析认为,论地位黄拗不过张,张决定的事情黄是推不倒的,张也不会因为黄的叫嚣改变主意。不过黄这个人也是什么事情都干得出来的。因此,一方面要小心行事,另一方面索性积极拜客,向那些和演剧队有着良好关系的高级将领告别,进一步争取他们的同情,同时准备举行隆重的告别演出。左洪涛还向吴荻舟、徐桑楚传达了更重要的事情,中共香港工委要在复员后的两个队中抽调几十人组成一个民间职业剧社,赴南洋宣传演出,为了实施这个计划,演剧队应该把一些多年经营积攒下来的重要设备,化整为零悄悄地向外转移。

几天后,张发奎主持的欢送宴会如期举行。所有接到请柬的官员们都准时到场,并热情地与演剧队的队员们寒暄告别,只有黄珍吾的位子一直空着,张发奎的脸色越来越不好看,副官们急忙前去催请,黄珍吾终于一脸阴沉地来了。席上,张发奎发表了简短致辞,赞扬演剧队在八年抗战中做出的成绩,并说:抗战胜利了,他们希望复员去升学、工作、成家立业、赡养父母……这些都可以理解,我已经批准他们复员。张发奎请黄珍吾以政治部主任的身份讲话,黄珍吾张口一句"我本来不同意他们复员"让全场人都为之震惊,接着,他又狡猾地把话锋一转说:"不过,我是个军人,军人以服从为天职,我服从。"张发奎没有理会黄珍吾的阴阳怪气,他把酒杯举了起来说了声"请",欢送宴会便正式开始了,只是原本欢乐的气氛变得有些沉闷起来。

宴会之后是联欢会。七队表演大联唱《千山万水忆八年》,五队集体朗诵长诗《面幕颂》,长达三百多行的诗歌忆及当年初到战区时,张发奎曾送给他们一套紫红色双层幕布,上面有"唤起民众,反对侵略"八个大字。几年来,演剧队带着这幅幕布走遍湘、粤、桂、黔、滇,和成千上万的士兵、民众一起经历了战争的暴风骤雨。长诗真切地描述了发生在幕布前后可歌可泣的故事,朗诵者回首往事积蓄在内心的激情喷涌而出,难以抑制,引得观众席上不时地传来唏嘘的声音,张发奎更是老泪纵横,他激动地说:"大家不要哭了,这个幕布就送给你们做纪念吧……"正当大家都沉浸在难舍的感情中时,一旁如坐针毡的黄珍吾突然喃喃发声:"不能放虎归山啊……"张发奎再也忍不住了,狠狠地瞪了他一眼训斥道:"你还在胡说八道些什么!"黄珍吾急忙站起身说:"我服从,绝对服从!"

一场历时三个月的撤离风暴总算落下了帷幕。在演剧队成立整八年的日子里,两支队伍撤销建制,正式复员。他们一部分人将悄悄前往香港,参加"中国歌舞剧艺社"赴南洋演出;另一部分人则化整为

1946年，剧宣七队在广州复员时合影，前排中坐者为张发奎

零秘密地奔赴中共领导下的各条战线。正在此时，机要室接到南京急电：奉委座谕召见黄珍吾。情况来得突然，左洪涛分析，黄珍吾此行最主要的问题是要汇报在张发奎部队中如何抓共产党，演剧队也免不了涉嫌其中。有关系好的将领则悄悄提醒他们："复员的事情可以说了结了，也可以说没有了结——冤家宜解不宜结啊……"吴荻舟、徐桑楚心领神会，为了缓解黄珍吾的怒气免生岔子，他们在黄珍吾飞南京前赶到机场热情送行。几天后，当黄珍吾带着蒋介石"改编演剧队"的尚方宝剑回到广州时，他们已经全部撤离，留给黄珍吾的只是一堆破烂的瓶瓶罐罐。

左洪涛终于送走了演剧队，当最后一批队员离去时，他心里悬着的一块大石头也落了下来。一个月后，左洪涛领导的"特支"成员按计划利用各种合法手段相继撤离,左洪涛也成功地离开张发奎的司令部,安全撤至香港。这支已有二十二名党员的特殊队伍,潜伏十年,搜集了大量秘密情报,没有一个人暴露身份,堪称中共秘密战线上的一个传奇。

## 五

1947年夏天,担任着中共香港工委党派组总负责人的左洪涛按照组织命令回到粤桂边。他从隐蔽战线转为第一线,直接参与指挥了东江南岸武装斗争、解放老隆等战役。两年后,左洪涛和战友们一起迎来了新中国的成立,他担任了中共华南分局统战部副部长(部长叶剑英)、广东省人民政府副秘书长兼办公厅主任。左洪涛四十出头,锐气未泯,能文能武,既睿智又干练,一切都预示着将要有一个大展宏图的前景,然而,后来的道路却并不顺畅。仅仅两年后的"三反五反"运动中,他被打成"全国最大的老虎",开除党籍降职使用,受到全国范围的批判,所幸运动后期的核实定案中又予以纠错落实政策。尽管在后来的岁月中,他小心翼翼,运动的棍子没有再落在头上,但仕途却似乎就停止在了开始的那个节点上。

史无前例的"文革"让左洪涛在劫难逃。很快,他就锒铛入狱。这是他一生中第三次入狱,也是最让人匪夷所思的一次。第一次是1930年春,左洪涛因为指挥上海工人大罢工示威游行而被捕;第二次被捕是由于叛徒的出卖。前两次被捕时他大义凛然,充满了为理想而献身的正义感,而这第三次被捕的感觉,连他自己都不知道应该用什么语言来形容。一切都被颠倒了过来。几十年前的出狱明明是在国共建立统一战线的形势下,蒋介石无条件释放政治犯的结果,却被肆意污蔑为是"黑司令部"把他们"从狗洞里牵出来的"……更为可怕的是,整个广东地下党都被说成"招降纳叛"的"特务组织"、"叛徒支部"、"国民党支部";地下党领导的人民武装被指为"土匪部队";抗敌演剧队、新中国剧社和长期坚持在国统区从事民主运动的文化人士则成了"美蒋别动队";连周恩来对地下党提出的"勤学、勤业、勤交友"也成了"反动口号"。他还能说什么呢,他已经成了解决广东地下党问题的突破口,纵然有一百张嘴也无从辩解。

第三次入狱是最残酷的一次。左洪涛除了接受上千人的批判,被打得遍体鳞伤死去活来,还受到了日夜轮番审讯和非人的酷刑,目的在于强迫他承认,以他为首的"特支"集体自首叛变,加入军统,破坏革命。左洪涛不服,抓他的人见屈打成招不行又设置陷阱。一天深夜,他被拉到郊外一个事先挖好的深坑边,限定几分钟考虑。左洪涛早已横下一条心,为了保护大批无辜的战友宁肯去死。他高呼口号,打手们堵住他的嘴,对他拳打脚踢,打累了又将他拖到车上拉回去继续审问。在那些被关押的日子里,来找他外调的人很多,有因为"特支"来的,有因为演剧队来的,还有其他……有时候,前来外调的造反派得不到想要的东西,便更加凶狠蛮横。尽管经受着种种残忍的折磨,但左洪涛始终坚守实事求是的原则,从来没有说过不负责任的话。

第三次入狱也是最孤独难忍的一次。整整十一年的时间,他在无望中独自面对。没错,对于一个地下工作者来说,他习惯孤独,也能够在最紧张危急的时刻以坚如磐石的心智克服孤独和恐惧。但在秘密战线工作的日子里,他被信仰的力量支撑和温暖着,知道在通往理想的道路上,有许多人和自己一样披荆斩棘前赴后继……而这一次呢,当自己被"组织"彻底抛弃,被无数人挥舞着拳头用最恶毒的语言唾骂,当自己最亲近的人也会怒目相向,当年复一年日复一日的孤独和恐惧将一个人死死地捆绑起来的时候,你会沮丧、会发疯、会崩溃……你不知道,在充满黑暗的漫长路上,有谁与你同行!!

1980年12月,闯过"文革"劫难的左洪涛终于站到了审判"林彪、江青反革命集团"的法庭上,他作为广东省代表出席公审大会并出庭做证。在庭上,他列举了大量广东地下党惨遭迫害的事实。林锵云:原广东省副省长,1926年入党,被刑讯逼供致死,妻子也惨遭毒手;冯燊:省政协副主席,老红军,江西特委书记,非法关押在监狱达四年之久,含冤去世;方方:中共华南党的领导人,被迫害致死;饶彰风:地下党广东省委宣传部长,遭迫害死于狱中。连中共早期著名的农民革命运动领袖彭湃烈士的母亲、儿子以及烈士的侄儿、堂弟、堂侄也遭到令人发指的折磨和屠杀……更不用说当年那些年轻的演剧队员和他们的亲人们,有多少惨死在这史无前例的千古奇冤之中……他的证词极大地震动了出席审判大会的代表们,随后被新华社播发,在全国引起强烈反响。

那一天,对于历史,对于左洪涛和中国千千万万的人们来说都是极不寻常的一天。在法庭上,他这个身经百战的老战士几度哽咽,悲愤难抑。他站在那里,努力控制着自己,他知道,在自己的身后是战友们,是无数死去了的受难者……他们没有等到这一天就跌倒在罪恶的泥潭里,满身污秽充满冤屈,孤独的魂魄飘荡在荒野中……他必须代表他们,将多年积压于心底的愤怒和斥责倾泻而出,还历史以真实,还正义给人间,让英烈们安息,让历史的悲剧再也不要重演!

那一天,左洪涛迈步走出审判庭时,往日的一切仍旧历历在目,如同汹涌的波涛翻滚拍打着他的胸口。似乎,他已经记不清自己到底经历了多少……有些是有准备的,有些却无论如何也想不到会发生,有些在经历过后才让人醍醐灌顶,也有些,或许直到死,都让他和他的战友们感到困惑和痛惜!

他微低着头,迎着北方料峭的寒风,发出深深的叹息……

2017年5月,北京

# 异域征尘

1946年广州夏日的一个清晨,太阳刚刚升起,淡淡的晨雾还没有消散,剧宣五队、七队的一部分同志便动身了。出发前,他们和将要分散到各地去的队友紧紧地握手、拥抱,互道"珍重",然后各自拿着最简单的行李,悄悄地从米市街、仓前街走向广九火车站,汇入嘈杂的旅客人流中。当开往香港的火车终于发出一声鸣叫,车头吐出阵阵白气拖着沉重的身子缓缓向前蠕动起来的时候,他们禁不住长长地出了一口气,眼眶湿润了:再见,广州!再见了,战友们!那一刻,充溢于他们心头的是抗战八年来走过的风雨路途;是一个个战友的生离死别;还有最后从眼前掠过的繁华与贫穷混杂、奢靡与无助交织在一起的城市街景……

火车像负重的老牛一样慢吞吞地向前行驶。对于年轻的演剧队员们来说,长途跋涉,从一个地方奔赴另一个完全不可知的地方早已是家常便饭,但这次不同以往,他们将要前往香港、南洋……远离多灾多难的祖国,远离水深火热中的同胞们,也远离自己日思夜想久未相见的家人,一种复杂的心情油然而生……

在这南去列车的人群中,就有我所认识的程季华先生。几十年后,当我见到他时,他已是一位耄耋老人,慈眉善眼,言语从容和缓却并不含糊。他更想和我谈的是当年演剧队远征的事迹。他自豪地告诉我,抗日战争中,他们曾经加入远征军走出国门奔赴缅甸战场,后来还到了香港、曼谷、新加坡、马来西亚……我听着他的讲述,对那些悲壮又带有神秘异域色彩的故事感到新奇。当我在他拿给我的那些泛黄的材料中,追寻年轻的演剧队员们走向异国他乡的脚步时,便不知不觉地被牵引着,真的把自己原本想要和他谈的问题搁置在一旁了。

一

1942年,日军席卷中南半岛长驱入缅,声言要与希特勒军队会师中东。为了应付战争的严峻局面,同盟国开辟了"中国战场"将重兵集聚印缅一线。中国远征军应同盟军要求誓师入缅,在异国的莽林中和敌人展开了殊死搏斗。1943年初夏,剧宣五队接到国民党军事委员会政治部下达的命令,将其配属给远征军司令部。

接到命令时,五队刚刚结束了黔桂铁路的巡回演出。黔桂铁路是衔接西南大后方与东南亚运输的一个重要环节,打通这一环节可以将世界各国支援中国的抗战物资运往前线。为了这条关系到抗战大局的生命线早日开通,许多建设者牺牲在开山架桥的工程中,沿线居住的原本世代为仇的汉瑶两族也在施工中逐步交融渗透,共同用血汗建造着奇迹。演剧队沿着铺好的铁轨一路向前推进,十六个工程段每段演出一两场。工程局给他们拨了两节车厢供住宿和装载演出器材。舞台是枕木架搭起来的,车厢就是后台,一节节摆放整齐的枕木是观众席。演出时,掌声欢呼声不停地从那些坐在枕木上被太阳晒得黝黑的人群中爆发出来。入夜,村寨里,劳累了一天的人们还在对歌,婉转的歌声此起彼伏连绵不绝,山坡草坪上,演剧队员和瑶胞们围在燃起的篝火旁手拉着手唱歌跳舞……

配属远征军,让队员们感到既新奇又有些不安,这意味着演剧队不仅要和国民党打交道还要和盟军打交道,全队进行了热烈的讨论。

左洪涛鼓励他们到远征军去工作,陌生的环境虽然面临许多难以预料的风险,但只要广交朋友,努力演好每一场戏,就一定能战胜困难。大家开始满怀信心地做准备,有的队员还翻箱倒柜地重拾搁置多年的英语。此时,著名舞蹈家吴晓邦恰好来到柳州,在同处的日子里每天为他们上舞蹈课,指导形体训练,还帮助他们编排节目,这对一向以歌咏、话剧为主的五队好比雪中送炭,后来他们能够演出许多深受欢迎的舞蹈节目和吴晓邦的热心指导是分不开的。

他们举行了联合会,唱着自己创作的《远征军进行曲》,向柳州各界朋友和第四战区的官兵们告别:

> 记得当年歌汉水,渡长江,
> 跨洞庭、过湘江,百粤八桂两头忙。
> 无分寒暑,万重关山,如今又要远征滇阳。
> 看呀,旗鼓伸张,歌声震响,
> 进军多勇气,离别少悲伤,
> 说什么儿女情长,快快整好行装,再赴战场。
> 回头来相见,再叙衷肠,再叙衷肠!

黔桂铁路工程局的朋友伸出了援手,在施工紧设备不全的情况下,破例调配了列车,火车再次把他们送到铁轨铺好的尽头——独山,之后他们又坐上卡车经贵阳、安顺、昆明,一路长途跋涉到达远征军司令部所在地滇西重镇楚雄。

这是他们第一次接触到盟军。几十年后他们回忆说:"新来乍到,最令我们触目惊心的是,美国军人的奢侈,中国将领的阔绰与汉彝同胞的赤贫之间,形成那强烈的对照。大街小巷,举目望去,几乎到处皆是面有菜色、衣不遮体的人,有的甚至向美军士兵乞讨。我们在这里看到了鲁迅先生曾经痛苦地指出的那种'辗转而麻木的人民'!"痛苦令人觉醒,学习会上大家取得共识,我们是要为反抗侵略者牺牲一切,但民族的解放并不是最终目标,如何振奋民族精神,脱离剥削制度,恢复人的尊严才是我们终生的事业。不具备这种胸怀,就算不上是一个名副其实的演剧队员。

他们选定《胜利进行曲》作首场演出。这是抗敌演剧二队的名作,题材取自湘北战场一个真实的故事,女主角何大嫂由石联星扮演,她紧抱着一个日本兵跳下悬崖的照片被美国著名画报《生活》的记者摄入镜头刊登在杂志上,被人们广为传颂。五队上演该剧,由颇具艺术才华的雷梅青扮演女主角,雷梅青原本体弱多病,长途劳顿中又染上疟疾,只能带病演出。首演时大家都非常紧张,不得不在后台做好准备。当演到何大嫂与日本兵搏斗、翻滚,最后同归于尽跳入滔滔江水中时,幕布落下,台下观众拼命鼓掌高呼口号,而舞台的天幕下布景后,雷梅青早已休克过去,医生护士都奔过去抢救。

首演成功,《胜利进行曲》一连演出多场。带病上场的雷梅青几乎每次都累得休克过去,有位军医每场都坚守在后台,当演到最后一幕时,就手提药箱严阵以待——他后来成了演剧队的朋友和"队医"。观众被演员的表演所打动,连看不懂话剧的美国人也大加赞扬说,我们虽然听不懂台词,只能根据故事情节和演员的表情来推断,但是却感受到了一个民族顽强不屈的精神,知道了中国人为什么能够抵抗侵略者这么久!演剧队很快就在远征军司令部打开了局面,正值陈诚调走新任司令卫立煌接任,演剧队适时举办了音乐会,五队原本歌咏班底深厚,这次又加入了用英语演唱美军流行的《炮兵进行曲》等,常常一曲唱毕,美国人大喊大叫:"Wonderful! Wonderful!"全场的人欢呼跳跃一片沸腾。

一切都很顺利,但几个月后,演剧队准备随司令部西移至离缅甸更近的保山县时,却遇到了麻烦。女主角雷梅青提出离队留在楚雄养病,她的要求让大家感到既意外又惋惜。队长徐桑楚极力说服和挽留,这时候,设在总部的美军联络处负责人G.白尔斯上校出面了,他表示可以负责雷梅青的治疗和生活。大家对这位半路杀出来的"程咬金"感到莫名其妙,徐桑楚婉言拒绝。G.白尔斯上校急了,说:"你们中国人不尊重妇女的生命!"一句话让全队的人都感到愤怒和警觉,徐桑楚当即反驳道:"这里不存在你的那种指责,我们和雷小姐同生死共患难,是长达六年的兄弟姐妹,我们知道怎么去尊重自己姐妹的生命!"

事情陷入了僵局,全队人都把目光投向了雷梅青。或许,直到这时候,他们才发现自己的这位姐妹真的支撑不下去了。雷梅青是武汉建队时的老队员,几年来在战火的磨砺中艺术造诣不断提升,成为脱颖而出的好演员。然而,这位在舞台上无比刚强的女性内心却十分柔弱,她可以塑造出一个个叱咤风云的女性形象,在生活中却很难抵御缕缕袭来的打击。她先是在恋爱问题上受挫,后又患上难以治愈的肺结核,长期超负荷的工作和营养不良也使她的身体和情绪备受影响,她实在太累了……雷梅青的态度让大家感到失望,然而,队友们还是很不舍。大家希望她能够振作精神坚持到底。演剧队需要她,这一点,那位上校是不能理解的,而G.白尔斯的身份和异国格调也加重了大家的担忧……问题拖延着,没有想到,最后出面解决的是黄琪翔副司令。在演剧队临出发的前一天晚上,徐桑楚奉召来到黄琪翔住处,G.白尔斯上校已经等在那里了,两人又是一番激烈的争论,最后黄琪翔说:"这样吧,你们把雷梅青交给我,我负责她的医疗问题。"面对这样的局面,徐桑楚即使再不认同也很难拒绝,白尔斯颔首微笑……雷梅青终于离队了,后来又随白尔斯上校去了美国,渺无音讯。很多年后,队友们都没有忘记她那既活泼又忧伤的样子,忘不了她饰演的那些动人的角色,也感叹一个聪慧而有才华的女性就这样离开了舞台,离开了祖国和同伴们,远赴异国他乡。

雷梅青的事情使他们对美国人的骄傲感到不快,不过,他们很快就接触到了不同的美国人。那是在前往保山的途中,过大理——那个有着一千多年灿烂历史文化的古城,当他们坐着蹄声嘚嘚的小马车,行驶在葱茏的苍山和碧蓝的洱海之间的时候,觉得自己被战争熏陶得粗粝的灵性又复苏了,疲惫焦虑忧思被神秘的大自然所洗涤净化……在那里,他们遇到了一位默默无闻的美国老人——植物学家H.萨森顿教授。"他头戴草帽,一身唐装,乍看背影,准会把他错当做一个中国庄稼老头儿。"然而,就是这位老头儿告诉他们,他已经在大理生活了三十多年,这里的茶花拴住了他的心,他数年如一日地工作着,写出了许多著作,把大理美丽的茶花介绍给世界,也成为世界著名的茶花专家。

这一切似乎离战争很遥远,很难想象在战乱年代还有如此宁静和美丽的地方,还有如此专注于自然和人类的科学家。他们不由得沉醉其中,但正当他们欣然接受老人的建议,要去远离县城的村子做客的时候,"限三天内到保山报到"的紧急电文又把他们无情地拉回到现实中来。他们赶往保山,还要面临的现实是,在封闭的环境中,偶尔读到的重庆文艺

1944年冬,五队部分队员在保山远征军司令部

界关于"正规化"的讨论,引发了队员之间又一次激烈的辩论。这其实正是一直以来困扰着他们让他们倍感矛盾的问题:伴随着战争的无休止是同样无休止的"草台班子",前途究竟在哪里?他们是战士,但也是怀有艺术抱负的知识青年。辩论中,一些人情绪偏激,语言很有些伤人,结果又有少数队员离队了。

在保山,他们接到赴缅甸演出的命令。减员的队伍需要补充,演剧队赴缅也需要听取中共党组织的意见。支部研究后,徐桑楚以向军委会"述职"为由搭机飞往重庆,在重庆他听取了周恩来的重要指示,并为演剧队招兵买马。

我所认识的程季华先生就是这时候加入五队的。他高高的个头,英俊帅气,能唱能演还会写,虽然年仅二十五岁,却已是一个经历过生死考验的老战士了。十六岁那年,他就加入了宜昌抗战剧团并加入了共产党,满怀救国热情投入抗日宣传。他还受组织委派,和战友一起把一批批因战争而离散的难童从鄂西转送至宜昌、重庆。就在那段日子里,他与后来我们这一代人都熟知的《红岩》的烈士原型陈然有了一段生死交情。他们一起冒着枪林弹雨穿越生死线。一次,在护送孩子的途中程季华病得很重,陈然一路都背着他,每当有日本飞机轰炸时,陈然就背着程季华冲向隐蔽的地方,还不顾一切地扑倒在程季华的身上用自己的身体进行掩护,直到把程季华安全地护送回宜昌。陈然后来在重庆主持《挺进报》工作,被叛徒出卖在渣滓洞受尽酷刑壮烈牺牲,程季华解放后才获知一切。作为陈然生死与共的战友和入党介绍人之一,他感到无比心痛,陈然永远地铭刻在他的心里,我也由此知道,他为什么一生都对那个年代,对演剧队的生活和战友之情念念不忘……程季华在重庆接到通知参加五队时,还和陈然有过将来在北平相聚的约定,他们匆匆分手,奔向各自的岗位。这正是五队亟须补充人员的时候,程季华和其他新招的队员跟着徐桑楚来到保山,立刻就

175

投入到紧张的赴缅准备工作中。到远征军去,让程季华和他年轻的同伴们感到无比光荣和振奋,同时也充满了天真的幻想。

1945年初春的一个早上,演剧队乘坐两部十轮大卡车从保山出发,冒着大雨行驶在蜿蜒颠簸的滇缅公路上。这条刚打通不久的国际通道记载着战争的进程,每次走都有新的感受。几个月前,当我方攻下松山,日军由龙陵、芒市撤向边境畹町时,演剧队的一个小组曾乘坐吉普车一路疾驰,从怒江东岸的山头盘旋而下,过江,再沿公路爬上西岸的山头深入部队去采访。那时,暮色苍茫的黄昏里,硝烟未尽的战场上,到处都是碉堡、壕堑、弹坑和烧焦的树木,还有遍地的空罐头盒和布满弹孔的钢盔。采访中,有军官送给他们一本从战场上捡到的日本士兵日记,夹杂在断断续续的日文中,还有用汉语写的文字,里面充满着思乡和厌战的情绪……此番再次踏上这条公路,他们觉得离胜利又近了一步。从畹町过境进入缅甸,许多刚刚进行过殊死战斗的地方,日军败迹历历在目,甚至有日本人逃跑时在公路两旁竖起战败的牌子以示众人。每当看到这些,演剧队员们就备受鼓舞。这是经过了多少人的浴血厮杀才获得的啊!这些年,他们看惯了山河破碎家园被毁,同胞离散血流成河。忘不了那年到达刚刚被日本人洗劫后的岳阳城,"日军退去才两天,只见河水混着血污无声地流去,一个个被害同胞的尸体倒在泥泞的河滩上;一棵棵树上,悬挂着的勒死同胞的绳索仍在冷风中摇晃,许多房屋被炸毁烧毁,余烬仍在那里散着缕缕浊烟……小小县城,满目疮痍。"然而,他们看到,就在县城一所曾被日军占为兵营的中学墙壁上,有日本人用歪歪扭扭的汉字写下了:

山川草木转凄凉,十里腥风新战场。
征马不前人不语,岳阳城外立斜阳。

这是日本士兵对前人诗句的模仿。血腥的屠杀无法掩盖侵略者内心的空虚，笨拙的字体间流露出的是对战争的无奈和厌倦。那时候，战争的前景还依然难测，而此时，在缅甸战场，在战争无情洗涤过的地方，到处展露着战败者的恐惧和沮丧：被俘的士兵、丢弃的装备、路旁的树上时而挂着用汉字写的字条"中国兄弟不要追吧""这一次，我们打败了……"日本人终于意识到，他们的颓败之势已经到了无可挽回的境地，战争正向着正义的方向发展，人们期待的胜利已经露出了曙光，这怎能不让每一个演剧队员感到激动和骄傲！

在刚刚攻占的腊戍，他们见到了赫赫有名的孙立人将军。那天，将军在军部的花园草坪上用冷餐招待了演剧队员们，轻松畅快地和大家交谈。他不到四十的样子，身材魁梧，两眼炯炯有神，只是头发有些斑白了，让人不禁想到那句"将军白发征夫泪"。在过去的几年里，这位毕业于清华大学、美国维吉尼亚军校的中国军人，指挥着部队征战于丛林莽野中，因仁安羌一战大胜十倍于己的敌人，救出弹尽粮缺陷于绝境的英军步兵第一师而世界闻名……据说，在缅甸的许多日本兵都知道孙立人的威名，对他的相貌也默记在心，日本部队不断地告诉他们的属下，要利用各种手段，多派狙击手射杀那个"高个子，白头发，穿黄马靴的人"。然而，孙立人却率领着部队在蛮荒的野人山，在洪水泛滥的胡康盆地，在泥泞过膝的萌拱河谷，在利守不利攻的八莫、南坎、新维、腊戍……一路斩将搴旗讨伐仇敌。孙立人将军的英勇自信和卓越的指挥才能给演剧队员留下了很深的印象，此外，队员们还觉得他"不像一般高级将领那样存有政治偏见，对八路军的战绩尚能较为公允地加以赞赏"。

在异国的土地上，他们看到的一切都是真实而残酷的，"美丽的古城已经变得肢体破碎，皇宫被毁了，珍贵的贝叶经随风飘散，和枯枝败叶一道，毁于路边沟渠之中"。经历了血腥杀戮的士兵在战争的间歇中尽可能地喘息,一些部队存在着赌博风气,有人孤注一掷把自己所有的财产都押上……他们感到担忧,但并不妨碍他们对这些在战场上苦拼恶斗的勇士们的尊敬。而无论是远征军的将士们还是盟军的官兵们都把演剧队的到来视为最大的喜讯。演出几乎场场轰动,《黄河大合唱》、《丈夫去当兵》、《青春歌舞》这些具有浓郁民族风情的节目不仅让中国官兵热泪盈眶,也让美国人赞不绝口;精心准备的英文歌曲,中英文报幕等更是让盟军的官兵们大为兴奋;还有那些话剧,经过英文介绍也让盟军的伙伴们看得津津有味。演出结束后,中国士兵们常常围在舞台周围久久不肯散去,很多外国士兵则高高地向他们伸出两个指头,做出英文"V"的形状,当演剧队的同志们知道那就是"胜利"的意思,也好像懂得了他们的千言万语,他们同样报以"V"的手势。台上台下,不分国籍不分肤色的官兵们在一起开怀地大笑,亲切地握手,紧紧地拥抱,一切都让人热血沸腾……

这是些多么宝贵和令人震撼的记忆,岁月的风尘永远无法将它们掩埋。几十年后,程季华先生作为著名电影史学家赴美讲学,接待他的美国著名导演居然是当年盟军的战友,还曾多次观看过他们的演出,兄弟间惊人的巧遇让他们激动不已彻夜长谈……遗憾的是,翻看演剧队的回忆,他们关于这段历史的记载并不详细,而且习惯了强调集体荣誉的他们在记述中更少提及个人的经历——我曾经追问程季华先生,说说在缅甸时你的事情,他听了慌忙笑着摆手说,你不要写我……我理解他的意思,

年轻的程季华在演剧队

比起那些出没于荒无人迹的原始森林、驰骋于山岭沟壑荆棘之中、长眠于血迹斑斑沙场的远征军将士们,他们毕竟是活下来享有胜利果实的幸运者,他们不愿多谈自己,因为有无数的将士永远默默无闻。

2009年初冬,北京已经下了第二场雪,南方依旧温暖如春,我和同事们一起走进安葬着数千远征军烈士的腾冲国殇墓园,看见了山坡上一排排密密麻麻的墓碑。那一个个用火山石铸成的墓碑已被岁月的风尘染成了黑灰色,很多碑上没有名字,冰冷的碑下埋着的是装有无名将士骨灰的瓦罐——他们沉默在风里,融化在阳光下……那一刻,我感觉阳光灼伤了我的眼睛,心在平静中猛地激荡起一种难以抑制的情感……在写这篇文章的时候,我偶然读到当年孙立人的亲随孙克刚所著《缅甸荡寇志》,书中讲述了作者在缅甸战场的亲身见闻,还提到远征军里不少部队拥有自己的剧社,而政治工作中最活跃、对部队最起作用的"要算剧运的推动,尤其是平(评)剧"。他这样描述:"剧团也是紧随着部队前进的……每一次胜利之后都有大规模的战地劳军演出。有时剧场或竟在敌人的重炮射程以内,炮声阵阵,锣鼓声声,英雄们走下战场,跨入剧场,看完了三天或五天戏,又走出剧场,重上战场……"虽然只是简单提及,却也十分生动,"每次演出,总是座无虚席,后来向隅,开演通知还没有发出去,消息便不胫自走,即便遇着滂沱大雨,观众依然心神俱往,屹立不动,掌声如雷……"我为这些描述所吸引,尽管由于历史和政治的缘故,很少能看到那些剧团的材料,但我还是禁不住一次次地想象,他们是怎样的,他们和我所记述的这十个中共秘密领导下的演剧队有着哪些同与不同?他们是否和程季华们一样年轻充满热情和幻想,同样在战争的洗涤中磨砺和铸造着自己……那腾冲烈士陵园的石碑下是否也有他们年轻的遗骸?他们是否也在那青草覆盖的山坡上默默地仰望祖国的天空,在轻轻掠过的家乡的风中,低声地吟唱着昔日的悲壮和美丽……

## 二

1946年年末的一天,天空格外晴朗,微风拂面,香港启德机场的跑道上,一架载有四十人的飞机缓缓滑过,然后开足马力呼啸着冲向辽阔的蓝天。机舱里坐着的乘客一多半是演剧队的队员们,且大多数人都是第一次乘坐飞机。他们怀着好奇的心情四下张望,当飞机终于由颠簸变得平稳起来,像一只大鸟般地翱翔在宁静的天空,他们也从紧张中松弛下来。一时间,年轻人的笑声、话语声充满了机舱。有人还即兴做了一副对联:中艺社去曼谷,菩萨保佑;穷小子坐飞机,上帝赐福。

眼前发生的一切似乎有些不可思议。几个月前,剧宣五队、七队的部分队员按照周恩来"相机撤退"的指示从广州乘火车前往香港,在香港工委文化委员会的领导下组成了一个职业剧团。夏衍根据该剧团的特点,提议将名字定为"中国歌舞剧艺社"(简称"中艺")。"中艺"成立后,在香港试演了一些节目,效果并不理想。夏衍对他们说:"节目形式上多姿多彩,会受到喜欢,但是内容上值得斟酌,口号提得太高了,会脱离中间层的观众,说不定还可能引起不必要的麻烦。这样带到南洋去,恐怕不行。"他们立即将节目重新编排,创作了歌舞剧《中国人民悲欢曲》,包括《新年大合唱》、《黄河大合唱》、舞剧《五里亭》、《卢沟问答》等,既多姿多彩,表现中国人民勤劳奋进渴望团结和平的精神,又不涉及敏感的政治问题,调整后的演出受到华侨和外国人的欢迎。不久,组织派吴荻舟以赴曼谷任教的身份先行,和当地公司签下了连演八十场的合同,"中艺"在克服了种种困难、签订了内部严格纪律的《出国公约》后,终于飞往曼谷。

这是他们中间的一些人第二次走出国门了,但却是和赴缅甸远征军完全不同的全新体验。一切都发生了巨大改变——从战争环境到战后异国他乡,从军事供给制到生存全靠演出。他们能够经得起这新的考验吗?飞机经过五个小时的飞行,平安地降落在曼谷机场,迎接他们的是当地演出公司的负责人、文教界人士和新闻记者。过境后,汽车把他们载入曼谷市区,一路上"远山近林,苍翠夺目,树木花草,郁郁葱葱"……兴奋中他们不由得想到那些分手的战友——此刻,正为了自由浴血战斗在祖国的各个地方,而自己却真的好像是来到仙境了。

几十年后,我在程季华先生交给我的材料中看到一本《风雨南洋行》,作者丁波是剧宣五队队副、"中艺"社长。八十年代末,这位耄耋之年的老战士曾几赴广州收集材料,将当年"中艺"在南洋演出的经历梳理出来。十来万字的书虽然只印了一千多册,却留下了珍贵的资料,让我们有可能了解到七十多年前发生的许多故事。

"中艺"的首场演出在新年举行。元旦那天,曼谷"东舞台"剧场张灯结彩,"中国歌舞剧艺社"的招牌出现在门前高高搭起的牌楼上,正门两侧是主要演员的大幅剧照和演

1947年1月,"中艺"在曼谷首场演出后留影

出剧目,门里迎面立着巨幅屏风,上有中国驻暹罗(泰国)大使李铁铮先生题词:"行万里路,宣扬祖国文化"。一早,熙熙攘攘的观众便不断地拥进剧场。九点整,大幕徐徐拉开。红色幕帷上高悬着中艺社徽章,圆形边框里是英文"中国歌舞剧艺社",圆环的中心是汉字"中国",两个金色大字下面是一只金鸡,象征着在祖国的长夜中,"中艺"像雄鸡一样振翅高歌,迎接黎明。舞台上,三十位演员整齐排列,男生身着白色西服系紫红色领带、女生一律白色旗袍,红色的舞台灯光照在他们身上,展现出一种庄重大气的格调。在全场观众的注视中,《我们爱的大中华》响起来了,三十位演员的不同声部此起彼伏,热烈绵长,好像用他们的心向人们述说着那个遥远的还处于战火中的祖国,述说着每一个人深沉的爱和想念。观众们屏住呼吸,全神贯注于台上的一切,当指挥奋力地高扬起手臂猛地收起指挥棒,歌声戛然而止,全场静默了几秒,接着雷鸣般的掌声响了起来,在剧院里足足持续了几分钟,几乎使报幕员无法介绍下一个节目。

演出以喜庆开场,和平、民主、团结是主调,观众们感受着吉祥的气氛也个个喜气洋洋。但随后的节目并没有忘记告诉人们战争带给祖国的苦难。当演唱到八年抗战中国人民遭受的流血牺牲时,许多华侨流下了眼泪,当表演到欢庆胜利时,台上演员载歌载舞,台下观众手舞足蹈,掌声笑声欢呼声合成一片在剧场里回响。演出结束后,许多华侨边退场边频频回头,有的人索性留在座位上不愿离开。

新年的三天里"中艺"连续演出七场,平均卖座率超过百分之八十,晚场全满。剧社的每个人都身兼数职,好像投入战斗一般。演出公司经理看到演员如此卖力,观众反应如此热烈,禁不住喜笑颜开。反应同样热烈的还有大使馆的人,李大使热情邀请"中艺"参加新年酒会。酒会设在大使馆的草坪上,绿色的草坪周围装点着五彩缤纷的彩带,铺着雪白桌布的长餐桌上摆放着丰富可口的食品和红酒,各国使节们西装革履,携雍容华贵的夫人缓缓而来,频频举杯……初始,刚刚摆脱战争环境的他们对这种场面还不免有些拘谨,但很快就加入到轻松的气氛中去,精彩的节目也让来宾们赞叹不已。酒会后,大使又邀请"中艺"在中国的传统节日春节专场演出招待暹罗皇室和各国贵宾,且演出什么节目"由你们定"。除夕之夜,耀华力大街灯火辉煌,"东舞台"门前车水马龙,李大使偕夫人身着华贵礼服,满面春风地在剧场门口迎接客人。暹罗九世皇、王妃,还有宫廷贵族、政府官员、各国贵宾、侨界名人都来了,整条大街上的人争先恐后夹道追随,一睹皇室风采。"中艺"拿出了最有特色的节目:表现新疆青年爱情的舞蹈《青春舞曲》,表现勤劳淳朴的渔民生活的《渔光曲》,最有趣的还是延安的大型歌剧《农村曲》(李伯钊编剧,向隅作曲)被他们改编为《儿女英雄》,大幕在民族音乐中拉开,舞台上五谷飘香鸡犬相逐的景象让全场惊喜,兴奋不已。整场演出始终充满着欢娱气息,演出结束后,掌声经久不息。九世皇握着大使的手连连赞扬和感谢,而大使则一再对"中艺"的演员们说"你们为国增光了"。

局面就是这样打开的。皇室的出现、各国使节的赞誉好像给报界注入了兴奋剂,各类文章照片连续不断地刊登在报纸上;原本诞生在解放区的新歌剧在南洋上演,还吸引了整个社会的上层,

"中艺"演出歌剧《儿女英雄》剧照

这个奇迹也让年轻的演员们欣喜若狂。一时间"中艺"出名了。他们借机在《曼谷商报》上开辟专栏,介绍中国传统文化,许多学校都邀请他们前去授课、辅导、举办训练班,他们演唱的歌曲也迅速地流传开来……短短四个月的时间里,他们不仅顺利地完成了连续八十场的演出合同,还加演四场,后又续约四十场,真可谓旗开得胜一帆风顺。

然而,困难和危机也接踵而来。

曼谷的春天,正值旱季,天气闷热,动辄大汗淋漓。有人提醒他们,每天需"冲凉"三次,才能避免"新唐病"的发生。但是,他们一到此地就立即投入排练演出,每天工作十几个小时,常常累得人一停下来就打瞌睡,根本没时间顾及其他。当演出进行到四十场时,"新唐病"就悄悄地在他们中间蔓延开来。开始是一两个人发低烧,后来十几个人高烧不退,全身干燥无汗四肢无力茶饭不思,严重的甚至虚脱送进医院抢救。演出是有合同的,不能停下来。他们只好硬撑着:"过去在演剧队时,我们不是靠打强心针上场的吗,现在为什么不可以?""只要我们能站起来走,就能演出!"有关心他们的华侨朋友每天赶到剧场为他们诊治、打针,依靠着年轻的体质和战场上磨炼出来的意志,他们总算打退了"新唐病","可以算是南洋人了"。

与疾病同时袭来的还有内部争执。或许,在战争环境中,同志间的分歧能够被大敌当前所掩盖,当环境改变后问题就突出起来。观点不同而又年轻气盛的人不再迁就对方,五队和七队的老队员之间也出现了摩擦,甚至发展到彼此不相容的地步。第一轮演出结束后,"中艺"开展了批评与自我批评,首先是理事会内部检查,然后扩展到同志之间,并在此基础上改选了理事会,选举产生了监事会。成立大会上,群众代表向新任理事会监事会授权,特别强调监事会对理事会的监督作用。程季华代表监事会表态:"成立监事会是社员群众的意见,社员要求监事会监督理事会是否按照《出国公约》和会议决定办事,是否团结一致,是否能听取群众意见。这是新鲜事,我们一定坚决执行。"他说得很激动,每一位监事都禁不住热泪盈眶,有女社员走出来给理事和监事们戴上大红花,掌声欢呼声随之响起。

让他们真正从成功的喜悦中惊醒的是突发情况。第二轮演出有五套节目,其中大型歌舞剧《生产三部曲》根据田汉、冼星海的《生产大合唱》改编,有生产抗战、胜利风暴、农村的哀伤、觉醒的呼声等多幕。既表现了中国人民的抗战历程,也唱出了内战带给人民的伤痛。演到第三场时,贴在剧场门口的海报突然被人改成了《共产三部曲》。一时间引起众人围观议论纷纷,并很快在当地传开了。当晚演出时,剧场的一个青年工人悄悄告诉剧社的周围,前一天下班后,他看见有人在涂改海报,这人竟然就是剧院经理的弟弟。周围立刻将情况告诉了马经理,并找来他的弟弟询问,经过一番工作,他承认是"三青团"指使干的。事情并没有结束,几乎在同时,几家报纸开始以读者来信的名义指责该剧宣传共产党的主张,"反对内战就是反对戡乱政策……"大使馆内一个原本就对他们冷眼相看的武官也借机蛊惑人心。突发的情况让大家感到担忧,但有趣的是,消息传出后,不少人想来看个究竟,票反而卖得更快了,接下来的十四场几乎场场满座。不久,他们结束了在曼谷的演出。当"告别"二字出现在海报上时,当地的华侨们表现出非常不舍,每次散场后,总有青年人流连在场内外等待演员签名或说上几句心里话。李大使告诉他们,侨胞们还要送一幅幕布给他们做纪念,但最终,幕布没有拿到。据说还是那位武官趁大使回国时从中破坏,侨领们怕惹麻烦,幕布的事情也就作罢了。

从曼谷到新加坡,"中艺"首场演出便走进了东方文艺团体难得入门的维多利亚大会堂。新加坡伍总领事也表现出对他们的热情欢迎,演出前,专程偕夫人在剧院门口迎接前来观看演出的英殖民当局总督和官员们。他们的身旁还站着一位气质优雅的女子,后来知道那正是年轻的中国女音乐家周小燕。演出是成功的,闭幕时全场掌声雷动。散场后,总领事夫妇还留下来向社长丁波转达了英总督夫人的赞许:"中国真是一个文明古国,有这么好的艺术表演。"而从法国留学归国途经新加坡的周小燕更是激动地说:"离开祖国多年了,没想到祖国有这么好的表演艺术,作为一个中国人,我感到骄傲!"她还到后台去看望演员们,紧紧地拥抱饰演凤姑的女主角左岫,并告诉左岫:自己观看表演时流了很多眼泪,不仅是为剧中人流泪,更多的是为祖国的艺术在战火中成长而流泪……演员们围着领事夫妇和周小燕问这问那,周小燕不厌其烦地回答,直到伍总领事提醒她演员们还没有卸妆呢,才恋恋不舍地告别离开。后来,大家知道这位年轻的女音乐家,在侵略者的铁蹄踏入祖国领土时,曾经和他们一样奋不顾身地投入到抗敌宣传中,抗日名曲《长城谣》就是最先由她唱起,"万里长城万里长,长城外面是故乡……"在武汉街头临时搭起的简易台子上,她如泣如诉的歌声使得许多人流下了悲恸的眼泪。而她那充满才华的只有十八岁的弟弟周德佑,在抗日烽火燃起时毅然留下一封家书,离开富裕的家庭慈爱的双亲,和同学们组织起演剧队奔向硝烟弥漫的战场,不幸在前往武汉的途中牺牲,他所在的演剧队不久后即被编为三厅领导下的第三演剧队……都是同一个战壕的战友啊,在异国他乡见到这些和自己弟弟同龄又有着同样经历的年轻演剧队员们,周小燕怎能不浮想联翩依依不舍,流下激动的眼泪!

维多利亚大会堂后,他们接连与其他剧场签订了几十场演出合同,还创作出一批反映华侨生活的节目受到当地观众欢迎。当"中艺"的小船似乎又走在顺风顺水的航道上时,危机再次袭来。十月,新加坡的天气依旧酷热难耐,长时间超负荷的工作使大家备感疲乏和焦虑,不少队员再次病倒了。"双十节"演出中,主要演员岳庄昏倒在台上,观众看得入神还以为是剧中情节,直到工作人员把人抬下去才恍然大悟。第二天的演出,每人身兼数职,没有人能够顶替,岳庄只能服下最大剂量的药支撑着,以至于整个人都昏沉沉的。上台前,他对着自己大喊一声:"我已经好了!"鼓足力气走上台去……病号们还没有复原,讽刺剧《糊涂县长》又引起了风波。或许是不断从国内传来的解放战争的消息和"打倒蒋介石,解放全中国"的口号让他们的头脑有些发热,上演《糊涂县长》时,竟把腐败昏庸的县长化装成了蒋介石模样,演员恰好是浙江人,偶尔带出几句浙江口音的台词,竟有些惟妙惟肖。一时间,台下观众哗然,有鼓掌喝倒彩的,也有起身退场的……次日,消息不胫而走,整个侨界议论纷纷,有的叫好,有的责骂"侮辱领袖",连中间人士也觉得有失妥当。有朋友则恳切地告诉他们,侨胞们多数传统观念很深,这样做会脱离观众的。面对此种情况,团体内部再次出现了不同意见。身为社长的丁波去见新华社驻新加坡社长饶彰风,他对此事已有耳闻,见面就批评他们失策,忘了自己身在何处,犯了"左派幼稚病",剧社立即停止了该剧的演出。

《糊涂县长》的风波虽然过去,却埋下了危机的种子。国民党新加坡总部照会英殖民当局,抗议舞台上出现侮辱总统的戏,并通令所属单位,不准任何人再看"中艺"演出。麻烦接踵而来。"中艺"在曼谷曾创办歌咏和舞蹈训练班,学生们毕业后成立了"华夏合唱团"、"暹华舞蹈艺术研究会",成功地举行多次公演,获得社会好评。在新加坡侨界人士的请求下,他们也准备联合"爱华音乐社"开办一个艺术学校。"爱华音乐社"是华侨中颇具影响的团体,理事长吴盛育也是一个真心爱国又有威望的华领,但与他的接触却忽冷忽热,几次谈下来都没有进展,这让丁波们很是困惑。后来,吴董事长终于吐露了真情:不是我不想和你们合作,只是我们社里的一些董事对你们不了解,怕你们太红了,你们演的《糊涂县长》外面有很多议论。他们终于知道了"左派幼稚病"的后果有多么严重。后来,经过细致的工作,吴盛育先生的态度有了改变,他说服了董事会,终于以"爱华音乐社"、"中艺"和"香港中华音乐学院"三个团体的名义办起了"中华艺术专科学校"。学校报当地教育司备案批准,有系统的组织章程、课程标准、训练计划。消息刊出后,报名人很踊跃,经考试招收了戏剧班、音乐班九十名学员。程季华担任了戏剧班主任,为学生们开设了《戏剧概论》、《名戏选读》、《戏剧史》、《导演论》等课程,开展了排练实习……很多年后,他都忘不了充满在学校里的那种浓郁的学习气氛和学生们的刻苦学习精神,忘不了建立在师生之间的融融感情,更忘不了华侨青年们生气勃勃的面容和翩翩起舞的身影,他说:"中艺"是祖国文化的播种机,不论多么困难,播下的种子发芽了,开花了!"雄鸡"生蛋了……

尽管如此,危机并没有到此结束。1947年末,"中艺"到达马来亚的吉隆坡时,像以往一样首先拜会当地总领事。这位领事表面客气,满口答应出席首演,还表示乐意在开幕时讲话,但临到开演那天,却突然在《中国日报》上登出消息,说"本人前接'中国歌舞剧艺社'来访,本国家至上,艺术第一之旨,请本人主持开幕。顷忽发觉该社马来亚公演封皮背后,刊有组织中国文化企业缘起之告白,内有叛党宣传文字,诋毁政府。本人责任所在,不得已取消主持公演……"事情发生得如此突然,后来才知道在抵达吉隆坡的第二天,国民党新加坡总部即电告马来亚总部"中艺"上演《糊涂县长》一事和演出特刊上有"叛党"宣传文字等。"中艺"在突发情况面前保持了冷静,侨界的朋友也告诉他们不必惊慌,这种事情在南洋并不少见,只要及时反击,可能就缩回去了。于是,丁波等立刻前往领事馆要求总领事对登在报纸上的消息做出解释,质问他为什么抓住客户登在特刊广告中的个别文字大做文章。那位领事没想到一个刚刚到达吉隆坡的小艺术团体会上门问罪,一时间竟支支吾吾十分尴尬。"中艺"又紧急召开了记者招待会,大讲"中艺"和抗敌演剧队的历史,"中艺"在曼谷、新加坡取得的成绩等,媒体前后两次的不同报道引起了社会的广泛关注,演出非但没有受到影响,卖座率反而一场高于一场,终于顺利地完成了在吉隆坡的四十二场演出,那位领事也只好表示发生的一切只是"误会",而领事馆的一些人则在背地里偷偷地嘲笑总领事"是个笨蛋"了。

然而,恶浪还在蔓延,形势不断地向着坏的方向发展。此后,在其他城市的演出中他们不断遇到骚扰,还有人公然用石头袭击后台。6月20日,他们正在马来亚西北的一个小镇——太平进行演出。清晨,"街上突然警车鸣叫,军车飞驰",从窗口看出去,只见"一辆辆军车上载着被捆绑双手的青年男子,四边是手持长枪的军警"。原来是英殖民政府宣布实施"紧急法令",剥夺人民自由、民主和结社的权利,严厉限制政治活动和反殖民运动。有朋友冒险赶来告诉他们,马来亚共产党和马来亚抗日退伍军人同志会已被宣布为"非法"组织,与这些组织有关的一些进步团体都被勒令取缔。一时间,整个太平城被乌云笼罩,战后的和平景象荡然无存。面对形势恶变,丁波紧急启程赶赴新加坡,下了火车直奔新华社驻新加坡分社,但从深夜等到天明,都见不到人影,只有一把大铁锁挂在门上——分社也被勒令封闭了。后来他好不容易联系到社长饶彰风,请示是否回国,得到的指示是要坚持,但也要有所准备。

槟城是他们在马来亚的最后一站,在当地华侨的支持下,演出依然获得成功。然而,"紧急法令"像妖雾一样笼罩着整个城市,也追逐着他们。"中艺"在吉隆坡吸收的五名舞台工人已被盯梢,不得不让他们悄悄离开。人刚走,警察就气势汹汹地赶来追问这几个人的下落,虽然搪塞之下,警察也无可奈何,但不久,"中艺"就接到限期离开槟城的逐客令。他们回到了新加坡,那里的情况与离开时已大不相同,一些进步团体被封,一些熟悉的朋友不知去向,刚刚开办四个多月的"中华艺术专科学校"时常遭受扰乱。一些进步学生不得不离开学校隐蔽起来,离开前,他们怀着难舍难分的心情与程季华等道别,含着眼泪相约在祖国见面。他们走后,剩下的学生在朝不保夕的情况下仍然坚持到了最后结业。

形势一天比一天紧张。在新、马吸收的两名团员也成了当局的目标。女团员苏文是印尼华侨,多才多艺且颇具语言天分,她在表现底层侨胞生活的《风雨牛车水》中饰演房东太太,能对着广东房客说广东话,对着潮州房客说潮州话,还有福建话、客家话、马来语、普通话……每次出场都搞得全场掌声不断笑语连连,但这一次却在演出前突然被抓走。苏文到新、马的时间不长,不可能有什么社会活动,谁都明白,当局这么做的目的是对着"中艺"的。果然,在对苏文的审问中,他们一会拍桌子、砸板凳,一会又假装同情,千方百计地逼迫她承认自己和马共的关系,"中艺"与马共的关系。审问没有结果,"中艺"疏通关系,终于把苏文接了出来。但是,很快,他们就再次接到通知,告知签证期即满,请如期离开新加坡。焦虑万分的他们立即电告香港饶彰风,三天后,香港方面回电"同意返港待命"。

接到来自香港的电报时,他们不由得感慨万分。离开已经两年了,祖国怎么样了,亲人们和战友们是否安好……平日里压抑在内心的思念之情竟不可抑制地喷涌出来!

## 三

七十多年前,"中艺"离开香港时,夏衍曾叮嘱他们:华侨是你们的衣食父母,一切必须依靠他们。"中艺"是这样做的。很多年后,当昔日生龙活虎的演剧队员已成白发苍颜的老人,他们依然无法忘记,异国征尘中和华侨们结下的深厚友情。从踏上那片陌生的土地,他们就每每感受到华侨们赤诚的心。演出时有人主动帮忙搬东西;演出结束时有人等在门口慰问;生病累倒时有人赶来送药诊治;恶势力袭来时有人通风报信,甚至为他们站岗;经费困窘无法添置服装道具时有人打开自己家的箱笼请他们随意挑选……那一张张淳朴热情的笑脸,一个个挥泪相送的父老兄弟姐妹,在"中艺"艰难奋进的路途中像一朵朵绽放的美丽花朵,温暖着大家的心,也为他们的生活增添光彩。

  陈嘉庚先生是新加坡著名爱国侨领,抗战时曾募集大量外汇物资支援祖国。他一贯主张国共两党团结抗战,为此还曾不辞辛苦远赴重庆、延安进行考察。他对国内来的艺术团体也总是热情关怀倾力相助。抗战初期,著名表演艺术家夏云秋、金山等率团到新加坡募捐演出,就是在他的支持下获得成功。为了表示对这位爱国侨领的尊重,"中艺"一到新加坡就拜访了陈嘉庚先生。那天,丁波率全体社员前往陈嘉庚担任主席的"南洋华侨筹赈祖国难民总会"(简称"南侨总会")。一见面,陈老先生就热情地用闽南话对他们表示欢迎,关切地询问他们的工作和生活情况,并告诉他们:现在是战后刚刚开始复兴,靠演出维持生计恐怕很不容易,如果有困难,欢迎随时来找我,我当尽力而为。告别时,陈老先生还亲自把大家送到楼下,并与大家合影留念。时隔两年,"中艺"第二次拜见陈老先生却是在他们接到新加坡当局发出的"限期离境"通知时。饶彰风来信要他们做好去东江游击区的准备,并希望他们筹集一笔钱,购买一批药品和电影放映器材带回祖国。时间紧迫,要筹到这样一大笔钱不是容易的事情,他们想到了陈老先生"有困难来找我"的许诺,丁波等人再次前往"南侨总会"拜访陈嘉庚先生。见到他们,陈老先生十分感慨地说,两年前我还担心你们靠演出难以维持,想不到两年后你们人财两旺,不容易啊!他仔细地听了他们的请求并慨然答允:"你们要去东江游击区,我支持,你们需要一笔钱,放心,我来想办法,我虽是个穷光蛋,但这里有许多爱国侨胞,他们会支持你们的!"斟酌后,他要"中艺"举办一次演出,并送四百张前排票来,其余自有他安排。演出那天,观众坐得满满的,当陈嘉庚先生出现在剧场时,人们纷纷起身欢迎,孩子们喊着"陈公公!陈爷爷——"全场充满了祥和的气氛。据说陈老先生一生很少看戏,此番光临,不仅是对"中艺"的厚爱,更是要表达对侨胞们捐款的感谢。演出后第二天,在陈老先生的叮嘱下,"南侨总会"设便宴欢送"中艺"。席间,陈老先生和蔼地和每一个人握手问候,并亲自将一张支票交到丁波的手上。掌声长时间地响了起来,许多人含着热泪,丁波接过支票的手竟有些颤抖。饭后,大家孩子般地围拢在陈老先生身边依依不舍地和他告别,陈老先生的眼里也不由得噙着泪花。

离"中艺"限期离境的时间只有八天了,他们比任何时候都深切地体会到,自己已经和这片土地建立了难以割舍的血肉联系。两年的时间里,他们在这里宣传、演出,也在这里生活、恋爱,尽管有《出国公约》的管束,但谁又能阻挡得了年轻人瓜熟蒂

1948年8月,"中艺"全体社员在槟城合影

落的感情,更何况他们中间的许多人已经历了八年抗战的漫长等待。终于,理事会同意三对年龄稍大的恋人结婚了。很多年后,当程季华回忆往事,说起自己因为做派较为沉稳,幸运地被大家推举为主婚人时,还禁不住喜上眉梢。社长做了证婚人,一个大嗓门有着"楚声洪"绰号的同伴被推为司仪,而几对平日里英姿飒爽的演剧队员作为新郎新娘出现在大家面前时竟是那么腼腆,甚至还有些语无伦次……那是多么快乐的日子,他似乎还听得到婚礼上自己一板一眼、庄重又带有诙谐的语调和同伴们几乎冲破屋顶的欢声笑语。一年多后,又有几对新人成婚。然而,接下来的问题就复杂了,结了婚的人开始为生孩子的事情而苦恼,甚至出现了自己私下服药堕胎险些失去性命的事情。

周围和庞娥加入"中艺"前已经有一个女儿,在槟城又生下了小女儿明媚。这不但违反了《出国公约》,经济上也难以承受。为了不给集体增加负担,两人经过几天的纠结,没有和任何人商量,便狠下心来把襁褓中的婴儿送给了当地一个卖豆腐的小商贩。当周围把消息告诉丁波时,这个在任何困难面前都不肯低头的汉子,脸上的笑容扭曲了,话没说完,夫妻两人就呜呜地哭了起来。

孩子被送走的消息让全社的人感到震惊,也很快就传到了"中艺"的朋友、"明德学校"校长周曼沙那里。周校长大为吃惊,连连埋怨丁波这么大的事情也不和朋友商量。丁波对他解释,社里有约法三章在国外巡回演出期间不能生儿育女。周校长很不以为然地反驳道:"自己的亲生骨肉,不能因为工作、经济负担重就送给别人,革命也要对后代负责嘛,槟城这么多朋友还养活不了你一个千金小姐!你们没有办法,我来帮忙。"他想到了当地的侨领周国钧。周老板经济实力雄厚,真诚爱国,经周校长介绍还曾经对"中艺"的工作给过热情帮助,而且他们早就想要认领一个干女儿,若能把小明媚寄养在周老板那里岂不是最好的事情。主意拿定后,周校长赶到剧社把想法对周围夫妇一说,两人立刻破涕为笑。事不宜迟,周校长随即带着他们前去拜见周国钧,周老板听了一口答应。细心的周校长又叮嘱周老板准备一笔赔偿费,自己一个人先去见卖豆腐老板——那恰好是他一个学生的亲戚。善良的豆腐老板听说要把孩子领回去,默默低着头一句话都不说,经过周校长耐心的说服,最后只好万般无奈地同意了,"周校长,你是明白人,就照你说的办吧。"说完,眼泪就流了下来。第二天,周围夫妇欣喜若狂地跟在周校长身后,捧着礼物去领孩子,他们把红绸子挂在豆腐老板的门口,鞭炮燃得震天响,一进门就拱手作揖赔礼道歉,豆腐老板十分不舍地把看护了四天的孩子从屋里抱了出来,他们一把接过来紧紧地搂在怀里。

小明媚回来了,全社人都争先恐后地跑出来迎接。之后,周围夫妇和女队员们跟着周校长浩浩荡荡地来到周老板家,周老板说:"孩子放心交给我吧,我一定好好抚养,让她上大学,成为有用的人,将来你们随时可以带回去!"庞娥夫妇握着周老板的手,激动得半天才说出一句:"太感谢您了!"

孩子就这样留在了周家,在周家人的呵护培养下长大。后来,她读完了大学,成为一名优秀的中学教师。在她结婚前夕,年迈的养父把她叫到床前,拿出一张陈旧的照片告诉她:"孩子,我们不是你的亲生父母,你的亲生父母在中国广东,他们是作家、演员……"明媚惊呆了,她目不转睛地盯着父亲,听他讲述一切,此时,离开那个骨肉分离的日子已经过去了二十多年,远隔千山万水,音信断绝,她只能一次次地在梦里追寻自己的双亲。

1949年1月2日,"中艺"一行人在紧张的气氛中登上了一艘开往香港的海轮。许多华侨闻讯前来送行,更有警察紧随左右,对团员们施行严格检查和盘问。程季华是在开船前的最后一刻匆匆赶到的,气喘吁吁的他拉着同伴的手说:"我是'中艺'人,一同来,能不一同回去吗!"他所在的"中华艺术专科学校"坚持到了最后一天,不少学生也准备离开家庭前往祖国。

轮船终于启航了,汽笛发出呜呜的鸣叫声,船上的人拥向船舷一侧,船身缓缓离岸,浓雾拉成了一块帐幔,把他们和码头上送行的人们分开,隔着那轻纱般的屏障,已经看不清彼此的面孔,只看见送行人不断晃动的围巾和手帕,只听见"再见!再见——"的呼喊在远处缠绵飘荡,只觉得泪水一次次模糊了视线……

周围和同伴们站在甲板上。几个月前,当剧社被要求限期离开槟城时,他和庞娥一起向周国钧先生告别,庞娥紧紧地抱着女儿,眼泪像雨水一样滴落,打湿了女儿娇嫩的脸颊,"明媚,我的女儿,母亲快回祖国去了……"那夜,周围彻夜不眠,写下了《留给女儿明媚的诗》。此刻,海风拂面,翻卷的浪花拍打着船身,码头在浓雾中渐行渐远,他又一次在心中默咏着留给女儿的诗:

啊,女儿,你睡得这样香甜,
在梦中还不断地微笑。
你紧闭着明朗的眼睛。
你根本就不知道,
我们就要永远分离……

我和你妈妈泪眼看着泪眼,
手指搭着手指,
我和你妈妈紧紧偎依,
我们的心啊!碎片似的撕裂。

不是怕负抚养的责任,

而是为了比你更重要的原因……
祖国对我们的号召,
比你的微笑更加有力。

也许刺刀会戳穿你父亲的胸膛,
也许枪弹会夺去你母亲的生命,
但什么都不能剥夺——
父母亲对你的深深的怀念。

女儿啊女儿!
也许我们不再相见,
也许你此后对这段历史一无所知,
但我们还是给你写下这深情的诗篇。
……

　　轮船载着他们在茫茫的大海上航行,向着远方那个魂牵梦想的地方,年轻的演剧队员们张开双臂,大声地呼喊:
　　祖国,您的儿女们回来了!

2017年,立秋之日

# 一朵奇花的绽放与凋残

——宜昌抗战剧团纪事

写在前面的话：

岁月如白驹过隙转眼即逝，在距那场战争过去了半个多世纪的日子里，我看到了程季华先生收藏的宜昌抗战剧团资料册。

宜昌抗战剧团不属于国民政府军委会政治部三厅属下的演剧队，它和当时的一些演剧队一样属于国民党县党部，而内部又有共产党的组织起着主导作用。它的历史不长，只有两年时间，或许正是这个原因，当程老对我忆起三厅十个演剧队的往事时，并没有过多地说起这个他曾经生死与共的团体，然而，当我看到他所珍存着的资料时，却被深深地震动了。

这是一部陈旧泛黄，经过磨损几乎稍一翻动就簌簌掉出碎纸屑的资料册。封面是由粗布和硬纸糊成的——已经弄不清它最初的颜色是白色、黄色还是褐色。原本被浆糊和针线粘连到一起的两寸多厚的纸张早已散开，又薄又脆近乎透明的纸页上，打着皱褶的老照片好像浸泡在岁月的水渍中，而那些精心地按照日期排列剪贴的文稿也已变得模糊不清……，我几乎不敢翻动它们，每一次小心地掀动纸页发出的沙沙声响都让我感到揪心。

这是一部记录着宜昌抗战剧团从成立到结束的完整资料册。它在战争的炮火中，在漫长的行军路上，在昏暗的煤油灯下，经过许多人的手一点点收集整理起来，辗转保存，又逃过了和平时期一次次政治运动的洗劫，能够珍藏至今实属奇迹。

没有什么比原始材料更能重现历史了，资料册里的一幅幅图片，一篇篇旧报纸上的文章，一份份油印或手写的诗稿，还有一张张小小的门票、为前线将士募捐的哪怕是几元几角钱的收据……没有一样不生动地述说着昔日投身抗战的年轻人，为了祖国和民族所付出的努力和奉献；没有一样不让今天的人们清晰地触摸到那个过去了的大时代跳动着的脉搏……徜徉在这浩瀚的史料中，我激动不已，用了几个月的时间，在细读资料的基础上我尽可能地把剧团两年间的大事梳理出来，再附上原始资料加以佐证，我更看重这些原始资料，相信这些史料的呈现，比亲历者后来的回忆还要准确和真实，更相信它的呈现将远远超过我等后辈人的讲述与想象。

在那个黑暗与光明交织博弈的年代里，只存在了两年的宜昌抗战剧团就像是一朵"奇花"绽放又凋残，战争中青年人的生命也如同晨星升起又坠落，但是，他们留下的印迹却永远值得我们怀念。

珍藏至今的宜昌抗战剧团资料册

梅安里话剧组

## 一、早期活动

宜昌抗战剧团的前身是"梅安里话剧组"。

1936年暑假的一天,以冷善远为首的七位进步年轻人在宜昌圣母堂附近一座古墓前野餐,讨论如何投身抗日救亡运动。大家一致认为,话剧是一种接近民众宣传抗战的有效方式。随即,他们在云集路梅安里成立了话剧组,并邀请陈穆做导演,以"宜昌民众教育馆话剧组"的名义开始了演出活动。不久,国民党成立湖北第六区党务指导专员公署、宜昌抗敌后援委员会,将"宜昌民众教育馆话剧组"收编,因"梅安里话剧组"没有正式名义,只好用"抗敌后援会宣传工作团"的名义开展活动。"七七事变"后,"梅安里话剧组"里建立了"民先"、"青救",1938年春成立了共产党特别支部,他们团结一切可以争取的社会力量,在抗日救亡运动中发挥出自己的作用。两年后,冷善远在自己撰写的《宜昌剧运史略》中这样描述当时的情景:

像在暴风雨袭来的前夕,宜昌青年在弥漫着乌云的社会中生活着,谁也免不了感到苦闷和窒息,没有精神的食粮,没有文化上的滋润,甚至存在着打了左脸迎上右脸的基督精神和屈辱的人生哲学,在这种环境中,话剧的上演是不允许的。

可是竟有一般人干起来了……

## 二、宜昌抗战剧团成立

1938年春,"梅安里话剧组"为了取得合法身份,向第六区党务专员公署和国民党宜昌县党部申请,将其改为"宜昌抗战剧团"。交涉中,县党部干事刘绍安提出自己担任团长,经费、人事都不管。中共地下党组织研究认为"剧团灰色一点有利于开展救亡工作",于是同意其条件。1938年5月,"宜昌抗战剧团"正式成立,剧团成员五十多人,团长刘绍安,副团长冷善远。

1985年,中共宜昌县委党史资料办公室编辑的宜昌抗战剧团史料专辑《艺壮山河》这样记载:

一九三八年五月,遵照地下党的指示,以较早建立的"梅安里话剧组"(后改为戏剧工作团)为基础,团结进步青年,成立了"宜昌抗战剧团"。由于当时处于国共合

宜昌抗战剧团团徽

作时期,政治环境复杂,为了便于掩护活动,这个文艺团体表面上是属于国民党宜昌县党部,但实际上是我地下党领导的,保留了剧团本身的工作独立性。

　　剧团在近两年的时间里……行程三千三百多里,在三峡两岸和荆当山脉中播下了抗日救亡的火种,回荡着慷慨激昂的战斗歌声。演出的剧目有《保卫卢沟桥》、《故乡》、《突击》、《中华民族的子孙》、《古城的怒吼》、《凤凰城》、《民族至上》、《出征》等六十余种,公演七十二次,各种演出八百零二场,收到宣传影响的约十一万人。在报刊上发表的消息、剧情介绍、杂文、通讯等文章一百四十多篇。公演献金二千多元,征集慰问信二千多封,征募寒衣三百多件。在沙洋前线抢救难童一百多名。一九四〇年春,国民党当局对剧团的压力加剧,剧团人员拟议移到四川筹建益州剧场,由于种种原因,计划未能实现,于是就宣告结束了剧团的活动。

1938年5月29日,《武汉日报》开辟专刊报道宜昌抗战剧团的成立:

<h3 style="text-align:center">抗战剧团今日成立<br>上次公演收入作为慰劳之费</h3>

　　(本报消息)此间抗战剧团首次公演成绩良佳、颇得各方面好评、各情已志前报、兹悉该团现已决定、将此次票价收入、除提出一小部分弥补演出开支外、其余全数捐出、作为救济或慰劳之用、所有一切账项、该团正在造册结算中、并闻该团负责人云、该团奉县党部令定于今日(二十九日)晚七时在该团团部正式成立大会上,党部及指导专员公署均将派员届时前往指导云

**抗战剧团团歌**

黑暗的时代快尽,
光明的世界将临。
同志们,莫放松,
站在我们的戏剧岗位上,
作英勇的冲锋。
我们要抗战到底,
收复所有的失地;
我们要血拼到底,
争取最后的胜利。

## 三、第一次公演

1938年5月20日至24日,宜昌抗战剧团在城区怀远路新生戏院首次公演由萧红、端木蕻良、塞克、绀弩创作的三幕救亡剧《突击》。

(本市消息)国防三幕剧《突击》,由抗战剧团首次公演,已于前晚如期举行,斯晚计到受伤将士约千余人,成绩异常良好,昨晚虽大雨滂沱,观众仍很拥挤,当剧情紧张时,全场抗战空气,亦趋浓厚,咸生敌忾同仇之心,该团今明两晚,仍继续公演,所发出之票,不论过期与否,一律通用云

《国民日报》5月20日刊登"首次公演特刊",介绍《突击》剧情及导演演员阵容等,冷善远以"艾绥"的笔名发表了题为《为什么要上演突击》的文章:

### 为什么要上演《突击》 艾绥

我们选择了这个剧本是经过一番考虑的。

有人说,在内地上演的剧本,顶好选择那些故事曲折,内容香艳,穿插奇特的剧本,要不然就讨不了观众的欢迎。

可是,恰恰相反,《突击》并不具备这些条件。这却不是我们忽视了观众的心理,换一句话说,正是为了要把观众的心理改变一下,我们就毫不迟疑地把《突击》搬上宜昌的舞台。

在这个剧本里,朴实代替了香艳,平凡代替了奇特,也就是在这些地方,《突击》反映了生活的现实性而与一般的角本比较上表现了另一个特殊的作风。明白的说来:鬼子打来,或是汉奸捣乱,因而激起爱国分子的抗日除奸的那一套公式主义的写法,已经不得不在此受到"突击"了。

应该要认识:"抗日"并不是一件公式,而是法西斯强盗疯狂侵略的必然的结果!中华民族的儿女们,不论是属于哪一个阶层,不论是哪一个党派,也不论在哪一个地域,除了"突击"就没有生路,除了予打击者以打击外,谁也没有自救的好办法。因此,全民族精诚的团结,力量的巩固与扩大的迫切需要,已由日寇对我们的残酷和加紧侵略的行动上给我们明白地指出来了。

《突击》是这一个正确理论的实践,是中华民族千百万被压迫者反抗和斗争的呼声。每个人的生活、信仰尽管不同,可是杀敌的心初无二致,男的,女的,老的,小的,都被残酷的现实教训得坚强起来,团结起来和鬼子们战斗。这战斗是一种悠长的艰苦的工程,在一个信心——被压迫民族的翻身——的号召下的中国人民,正准备用自己的鲜血,来完成这一个神圣伟大的工程。

《突击》不但是这一个斗争的剪影,而且也提供了这一斗争的经验,所以,把这个剧本搬上我们宜昌的舞台,在事实上看来不但是有益的,而且也是必需的。敌人的屠刀已经放在我们的脖子上了,再也不容许我们的生活趋于荒唐、糜乱,和朦朦的途径上去!我们要接受《突击》给我们的斗争经验,我们要在中国每一个角落里发动这一个斗争的洪流,掀起无限热力的捍卫祖国的怒潮。

看了"突击"以后的观众,将得怎样的感想,我们不能预料,可是我将说,如果看见了自己的弟兄的斗争而不奋起,看见自己的姐妹之被蹂躏而不震怒,那是不会有的事吧?同时,我们应该特别指出的:《突击》也带来了胜利的预兆,我们也将发出带泪的欢笑。

起来,全中国的同胞们,胜利已到了我们眼前,我们以英勇的"突击"姿态去迎接它吧!

"首次公演特刊"还刊登了观众意见书,就以下几点征求意见:

一、对于《突击》角本的一般意见
二、演员的优点和缺点
三、舞台装置的优点和缺点
四、你喜欢哪一种剧本?
五、你对本团有什么意见?
六、你愿意做救亡的戏剧工作吗?

《突击》首演成功后,艾绥发表文章,详细介绍《突击》排练公演的经过。

### 《突击》公演经过　宜昌抗战剧团首次公演

五月七日那天我们出发到平善坝,红溪一带去演戏,准备演的是《疯了的母亲》《当兵去》和《放下你的鞭子》。全体队员共十人,这十人之中,担任饰《突击》中的角色的演员占大多数。于是我们就决定了在路程的闲暇中,对诵《突击》的台词,平善坝和红溪,在宜昌上游的山峡中,那是有名的彝陵峡,来往都是坐木船,因此使我们有着充分对词的机会。最使我不能忘记的,要算五月八日那天早晨,我们一群七八个人,坐在我们所住的茶馆门口的石阶上对词,虽然每个人都感到头天夜里睡眠不足的疲劳,可是晨风的和畅,峡景的绮丽反使我们各各精神勃发,对起词来,都很起劲,而且把感情动作和语气,都配合着剧中人物的个性念诵出来。表现得异常美满。

　　同志们的努力,勤于学习,真是可喜的一件事,在内地干戏剧工作困难的人很多,只有积极的苦干,侥幸我们这一群都能这样苦干,才能克服它,毫不自夸的说,也就是凭着

《突击》全体演职员

这点苦干的精神,于十天之内就把《突击》搬上宜昌的舞台了。

在这十天中,我们的工作大约分三方面进行。第一是向党政军各当局做事务上的接洽,第二是排戏,第三是舞台的设计照明工具等等装备。我们感到最困难的要算第三点;本来在抗战期间只要能够达到宣传的效率,这些物质的设备是可以不必讲究的,但是许多必不少的东西,势非制备不可,这样一来,就叫我们这一般穷小子们大大的为难了。

"这一次制齐全了。以后就不愁了!"

基于这一个理由,我们就决定分头去借钱。经过两天的奔走,才算把经济问题解决了,有了钱就好办事,于是什么门幕,天幕,灯光器具等物,都快马加鞭似的赶做起来。这时候在排戏的方面却又发生了一点小问题,第一我们发现了饰李二嫂的一位女团员,不合于剧中人的身份,第二饰福生的一个小朋友,因学校的月考,不能常来排练,这种情形,使大家都很焦急,虽曾经尽量地牵就,但仍与事无济。

于是经过导演团的商议,决定把这两个演员换了,好在我们是为救亡而演剧,团员之间,皆能互相谅解,所以并没有因这小事而生意见,这是很可喜的,到了五月十七八日那两天,我们的工作已经紧张到了白热化的程度,十九日又把服装,小道具,化装品都准备妥当,二十日的白天,装置舞台,当晚,我们的《突击》就在一千余负伤的将士之前上演了。

自五月二十日起,我们连续的演了五天,除第一天慰劳受伤将士外,其余的四天,都是满座,平均计算,每天的观众,约有一千余人,据我们的估计,家庭妇女,学生,和商人各占百分之二十五,公务员约有百分之二十,工人和其他市民约有百分之十,我们票价每位三角,虽然略见高昂,但因为所有的收入,除了偿还我们因此次演出本剧所负担的借款以外,一律都捐出作为慰劳杀敌将士。

《中华全国戏剧界抗敌协会会报》民国廿七年六月十二日

各类报纸纷纷报道,有署名尼宁的记者写道:

在艾绥陈穆黄朴诸君领导下的抗战剧团,在宜昌,救亡线上,已经做过了首次的突击,这就是萧红等四位作家的集体作品《突击》。……我记得泰戈尔的诗句中,有这样的两句:"绳结得愈紧,离断的时期愈近;咆哮之声愈高,被压迫者的觉醒亦愈快。"……《突击》正合乎发动广大群众的抗敌力量的要求,他用尖锐技巧,显露出敌人的残暴凶恶,用朴实的作风,描写出民众的流离颠沛,更用正确的意义指导出广大的群众的抗敌动向,《突击》抓住了时代的重心,《突击》适应了抗战的要求,抗战剧团在现在演出《突击》,可说是在抗战中,作出了很重要的贡献,这是值得我们赞美的。

报纸接连刊发群众在观看话剧后送来的意见书。有对剧本和演出的赞扬,也有严肃的批评和建议,不仅表达了民众受《突击》鼓舞所激发的抗战热

《突击》剧照、门票

情,还表现出对抗战戏剧的关注和期待。

## 四、第二次公演

1938年7月7日至7月11日,适逢"七七事变"周年纪念日,宜昌抗战剧团在新生剧院进行第二次公演,演出三幕国防剧《中华民族的子孙》。《国民日报》发表特刊详细介绍该剧剧情、导演和演员阵容等:

**抗战剧团慰劳伤兵,演《中华民族的子孙》孩子队昨慰劳难胞**

(本市消息)此间抗战剧团,于前日在新生剧院公演《中华民族的子孙》三幕国防剧,慰劳驻宜各医院受伤将士。到武装将士,两千余人,秩序良好,全场抗敌空气,异常浓厚,深信"抗战必胜,建国必成"之信念,昨日虽因天雨,观众仍极拥挤,闻该团拟续演五天云。

(又讯)该团孩子队,昨在灵友□慰劳受难小朋友,公演五个独幕儿童剧《血祭卢沟桥》、《反攻》、《敌人打退了》、《捉汉奸》、《胜利的前夜》,计到受难小朋友有一千多人,因系小朋友们演戏小朋友们看,全场空气,异常亲切云。

有署名何剑魂的记者对第二次公演做了详细报道:

**中华民族的子孙**
**抗战剧团演出**

(本报特写)抗战剧团这次公演《中华民族的子孙》结果是成功了。

全面抗战展开后,各地热血青年,纷纷抛弃了自己骄奢舒服的环境,参加到救亡工作队伍里去,尤其是"戏剧工作者"他所负的使命相比任何一种宣传工作者来得重要,因为他能接近民众!

在宜昌,话剧界已走上蓬勃的道途。不过,在过去抗敌剧团(指县党部的另一个剧团——编者注)的几次演出因为取材方面的不适合于观众们的需要,因此,虽然技术方面成功,还讨不到一般人的好。因为每一次的结果,几乎全是使人失望的故事——汉奸得意的微笑着,干抗敌工作的青年遭了厄运——而此次抗战剧团□弥补了这个缺陷,而满足了一般人的需要和痛快!

《中华民族的子孙》在编剧上说,作者的技巧是成功的。用徐州失陷后第二天汉奸还在武汉做寿,这题材是牢牢地抓住了现实,而结果,汉奸的下场如此,确实可以使准汉奸们警惕!

抗战剧团在第一次公演《突击》后,已得到了社会间的好誉,所以这次《中华民族的子孙》公演成绩的圆满,早在一般人意料中。结果,他们成功了。

《中华民族的子孙》第二幕剧照

## 五、第三次公演

8月13日到14日,为纪念"八一三"一周年,宜昌抗战剧团在土门垭举行第三次公演,演出《难民》《敌人打退了》《捉汉奸》《失地上的人们》《张家店》等农村剧(为了体谅农民们的艰辛,一律实行义演,均未售票)。艾绥在8月15日《武汉日报》上发表文章报道演出情景。

### 抗战剧团在土门垭

"八·一三"的黎明,全体走上了征途。队员中有几个还是小孩,但都很英勇,在碎石磷立的公路上,迈进矫健的步子。一批队员因为有职业的牵制,留到下午骑脚踏车赶来,可是下午乌云密布了满天,倾盆的大雨落起来了。先到土门垭的人们为他们担心,结果,几架脚踏车终于骑进场来。

"机械化部队到了!"

大家开心地跳起来,欢呼声在同志们的队伍中。雨不但住了,而且耀灼的太阳推开了云翳,照在八月的乡村上。

区公署的同志们冒暑协助我们的工作,教育馆的馆长,当地的绅士和民众,以及土门垭小学的校长,都热心地为我们奔走,给我们不少的方便,我们深为感谢。

这儿是一个仍保存原始姿态的村市。在单日,附近的村民,都在这里集合贸易;双日则休业。今天恰是双日,市场上显得非常的冷落。但因为在事前曾经号召过,到了傍晚,来看我们演出的人,仍就有五百左右。

救亡的宣传在这一带的农村里,仍未见深入,虽然人们知道祖国现在在抗战,可是要他们起来积极地参加抗战,协助抗战,似乎还不愿意干。这个极待克服的危机,正需要广大的青年宣传员的下乡。如果能够立刻做到这一点,是与目前保卫大武汉的抗战有益的。

村市有横直的小街各一条,除村口便是一片田原,环绕在村的周遭还有无数的山丘,拥在碧绿的溪畔。这是农忙的秋天,庄稼人没有一天空暇,好多田里的稻都割了。据说,今年还是丰收。

初秋农村晚景的绮丽,横陈在青年们的眼前,更坚定了我们对于祖国保卫的决心。人们在夕阳里涌到搭有戏台的田坪上,在极严肃的氛围和极朴素的装置中,开始了我们的工作。

我们演了四个剧:(一)难民,(二)敌人打退了,(三)捉汉奸,(四)顺民。配合剧的演出,还有十余个歌咏的节目。

在土门垭小学的教室里,躺下了二十几个疲乏的身体,已是半夜的时候了。领队说:"工作检讨会明天再开",这句话对于愈极辛苦了的人们,简直等于大赦。

清秋月夜的寂寥中,我听见了同志们的鼾声,树上和草间的虫吟。这一切,都象征着我们民族战士们的无间昼夜的活跃,掠遍在祖国辽阔的原野上。我们准备欢迎黎明的来临。

二十七年"八一三"周年祭的次日,在土门垭。

## 六、募捐慰问信和寒衣

1938年秋,《武汉日报》为支援前线发起征募慰问信和寒衣运动,社会各界积极响应,宜昌抗战剧团更是满怀热忱投身其中。8月29日,《武汉日报》发表特写《精神的礼物》,文中说"本报两天来收到慰问信,可真不少,在数量上已经是打破了以往的记录。""宜昌抗战剧团,对于征募慰问信的运动可说是极努力的了。除决定每位团员自动写一封至五封外,现正在发动他们的亲属朋友,努力书写。同时该团孩子剧队留宜队员,每晚七时,在沿街举行劝募,听说他们为缩短征募的时间,增加信件的数量起见,将已经募得之信,聚集起来,开一个展览会,并用歌咏讲演配合着扩大宣传,在展览会中,将设写信台,并备有信纸信封,以便观众们的临时书写,现在已经开始实行了。"文章还摘引了一些人的信:敏珊君在信中说:"我是后方的一个小职员,为了职务,为了工作,不能和你们在一道打日本心中很难过。"钱锦凤君在信末说"勇士,请你在看完了此信之后,杀死一个敌人,就是给了我一封最好的回信。"一个十二岁的女孩杨俐丽写到:"兵伯伯:我是一个十二岁的女孩子,我在六岁读幼稚园的时候,就知道日本鬼子,是我们大家不共戴天的仇人。我时常要我的伯伯去当兵,去杀日本鬼子,去为大家报仇,但是他只会拿笔杆,不会拿枪杆,我自己又只有这小的年纪,真气死我了。你是在前线为大家雪耻报仇的一位勇士,你是为民族生存一位英雄,我情愿称你作伯伯,你打胜了仗回来,我把你当我的亲伯伯一样尊敬,万一你光荣的殉了职,我在每年三月清明七月半,用很大的诚心祭悼你……"

9月5日《武汉日报》就征募一事再次发表特写:

### 抗战剧团征募慰问信一千封
### 昨送交本报代转前方
### 该团将演《古城的怒吼》

(本报特写)本报响应慰问信运动,其第一批共得两千余信,已托由本报总社经理主任邹碧痕君亲自带汉,转交武汉慰劳会收转前方。昨日又收到抗战剧团征募的一千封整!自本报发起响应运动以来,一次收到的,这是一个最大的数目。抗战剧团的团友及孩子剧队的小朋友们,在这次慰问信的征募中,算是最努力,而收获也是最大的了。

这一批信,我们公开的征求代运者,希望在今天或者明天到汉口去的读者,帮我们来完成这个义务。其实这也是一个很光荣的差事,我们简直可以说,和征募一千封信有同样的功劳,更具体地说,把这一千封信带到汉口去,这就是不折不扣的救亡工作!

最后还要声明一点,此次抗战剧团征募慰问信,同时还募得了捐款七元七角。这一笔捐款,他们将另行汇寄。又该团鉴于"九·一八"之纪念日将到,为表示沉痛纪念与扩大抗战救亡宣传起见,准自是日起,举行第四次公演,其剧本已选定马彦祥先生近编之五幕国防剧《古城的怒吼》云。

《武汉日报》征求代运者的消息发出后,次日即发表特写告知读者,一早已有读者前往报社接洽,愿担任送信任务,并保证"俟带至汉后,即交本报汉口总社转送慰劳会,并取得收条寄回。"接着,又有五六位读者前来联系,但那时,"一批信早已搭轮东下了"。

征募运动轰轰烈烈,9月10日《武汉日报》又刊登文章

街头征募慰问信

## 征募寒衣

### 抗战剧团昨函本报　全体动员扩大运动

本报前日揭载《秋风起兮，战士需寒衣》的新闻后，宜昌抗战剧团及孩子剧队，都非常感动，昨日特致函本报，愿为前线战士而做征募寒衣的工作。他们决定五项办法，都是很合实际的，兹发表如下。希望本报读者，闻风兴起，大家来发动寒衣——作棉背心的工作，最低的限度，希望每个读者都能制备一件，那末，我们差不多就可以收到一万件了！

**兹把抗战剧团的信揭露如下：**

\*　　\*　　\*

武汉日报：

在"秋风秋雨愁煞人"的今天（九月八日），阅读了贵报《战士需寒衣》的新闻以后，我们抗战剧团的全体团员们及孩子剧队的全体小朋友们，都觉得非常的感动，而愿意不顾任何艰苦，来完成征募寒衣的工作。

抗战剧团的团员们和孩子剧队的小朋友们，都深切地知道，我们不但不应该让前方浴血抗战的忠勇将士们挨冷受饿，我们自身更不应该在这时候安居享乐，因此，我们在这一次征募寒衣的运动中，应以突击的敏捷姿态，为我们的工作努力，为我们的忠勇的将士尽心，抗战剧团的全体团员和全体孩子队员们，将要如像前不久征募慰问信时的努力一样，将要发动我们的父母、兄弟、姐妹、妻子、儿女和朋友，宁愿节省自己的衣食，而要为我们的将士缝制一件棉衣。

具体的办法已经得到了集体的同意，现在我们决定即日开始进行,可是我们深深的知道:抗战的胜利是千百万个中国人的希望,也只有千百万个中国人的总动员,协助抗战,参加抗战,我们的希望才能够顺利的提早实现。所以,对于这次的征募寒衣运动,我们就要求贵报作更热烈的鼓动和更广泛的号召,如像贵报过去,现在还是一样的对于难民、难童和伤兵等工作努力的一样。

我们的办法是这样:

(一)每个团员捐一件,并动员自己的家庭和朋友认捐。

(二)动员街头演剧演讲,歌咏各队,广(扩)大征募棉衣的宣传。

(三)发行街头的墙报,作征募棉衣的文字宣传。

(四)团员中举行征募竞赛,最多者由团体给以荣誉的嘉奖。

(五)决自九月十八日起,举行第四次公演一周,收入除开支外,全数作为制缝寒衣之用(剧本已定五幕国防剧《古城的怒吼》,现正在赶排中)。

贵报不但是我们抗战剧团的良师,也是我们的益友,我们的团员和孩子队队员不但对于你们工作的努力,表示敬意,对于你们的指示,虚心接受,而且也愿意追随贵报之后,怀着"抗战必胜,

征募寒衣

215

建国必成"的信心,走上自由、平等和幸福的道路上去。因此,我们要求你们的指示,协助和批评对于我们的工作。热烈的握手!

宜昌抗战剧团启<br>九月八日

## 七、纪念"九·一八"

1938年9月21日,《武汉日报》发表署名陈徐的文章,记述宜昌抗战剧团在"九·一八"纪念日的活动。

### 抗战剧团演剧琐记——在"九·一八"那天

(特写稿)我与忠祺走到盐局码头的时候,雨正下大了。在大雨中,伞与草帽织成了一个人圈,老冷正秃着头在向群众演讲。

一阵紧一阵的雨,非但不能减低救亡工作者和群众的热情,反一步一步地被提高了。

《捉汉奸》在雨地里演出了。

孩子们是天真的,热诚的,在泥泞的地上,一阵紧一阵的雨中,孩子们努力悲壮地表演着,在他们的脑海里明显地具有一个共同的念头:"为挽救中华民族的危亡而出力"。

剧情的紧张,在这一群英勇的孩子们面前,我简直感动得下泪了。

雨没有停,队伍移到了大公桥,在两百多码头工人的圈子里,工作又热烈地展开了,"九·一八"纪念歌声,在雨空中洋溢着,激昂的演讲,每一句都深中着听众的心坎而激起同仇敌忾的意念。

在马路上,《捉汉奸》又紧张地演出了。大约是工人们吃饭的时间了,工头在高声招呼工人去吃饭,结果没有一个肯离开场地。

是戏剧的力量感动了人么？也许是的,但主要的却是中国人民对汉奸的仇恨,不愿做亡国奴的表示!

雨稍小了,孩子队在微雨中歌唱着归来。

＊　＊　＊

七点多钟了,我踏进新生电影院,成千的人拥挤着,紧张的空气幻成了严肃而伟大的场面,台上正演出着《香姐》。

鞭子正打击在流亡的香姐的背上,不,是日本帝国主义的铁鞭打击在手无寸铁的中国的老百姓的背上!

"流亡曲"结束了《香姐》后,《最后的胜利是我们的》继续演出,欢愉的场面,活泼的动作,博得观众破涕为笑。但等到戏剧进行到严肃阶段,小汉奸被捉的时候,千百群众又以"打……打……"的激昂的呼喊代替了笑声。

群众的情绪,被勇敢的孩子们操纵着。

"七七剧团"在演出中插了两个短歌,雄壮轻快的歌声,观众"再来一个,再来一个!"的欢迎声,险些使他们不能下台。

另一个伟大的场面展开了,当老冷报告请受伤的同志萧毅武讲演的时候,群众以热烈的掌声欢迎着,萧同志在不断的掌声中挟着拐杖一步一步跛出后台,昂然地立在台中央。我深切地感觉到萧君的伟大,为了挽救中华民族的厄运,他牺牲了一条腿,现在又以后方工作者的姿态真诚的、热烈地面对着千百人民讲演,真不愧为新的中国军人。

群众的情愫被提到极热烈的时候,《活捉一条狗》上场了,最后伪军官被俘时,狂热的群众几次要冲上台来,老冷以极大的努力才制止了群众的热情。工作胜利地结束了。

当歌唱着的队伍在微雨中归来的时候,我深沉在一个思想里:"中华民族在奋斗着,光明的前途即将来临"。(陈徐)

## 八、第四次公演

1938年10月14日至18日,宜昌抗战剧团在新生剧院举行第四次公演,演出五幕国防剧《古城的怒吼》。《武汉日报》十月十一日消息报道:

> 宜昌抗战剧团及孩子剧队定于今晚七时起在怀远路新生剧院上演《国庆日》,《起来了中国》等独幕剧。闻不售门票,欢迎各界参观。又该团为征募将士棉衣所排五幕国防剧《古城的怒吼》,本拟双十节演出,则因演员生病,改期公演。兹悉该团决定于十四起,开始公演,地址仍在新生,连演五天,除第一日欢迎受伤将士外,其余四日照常售票。

### 抗战剧团

公演及捐募款项已交动员会查收

(本报消息)抗战剧团,前公演《古城的怒吼》,计共售出红色剧票六百八十三张,每张价六角,计得国币四百零九元八角,又售出绿色剧票七百九十九张,每张价三角,计得国币二百三十九元七角。该团除为剧务上、购

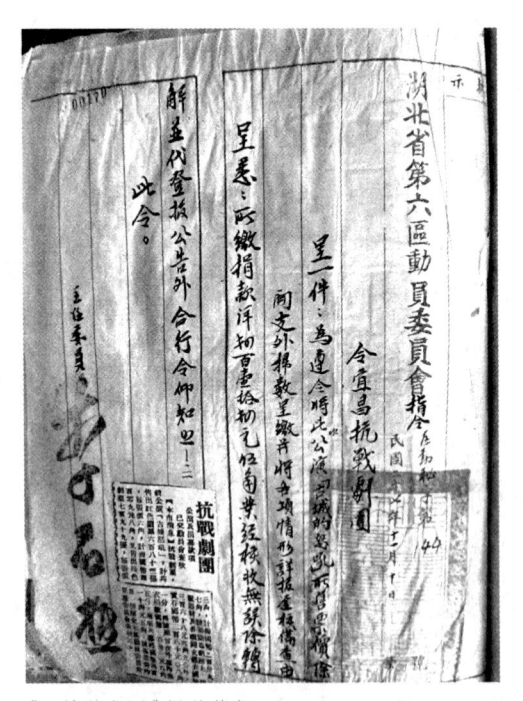

《古城的怒吼》捐款收据

置器材及各项开支应去国币三百六十八元六角九分外,实存国币二百三十三元六角五分,两项共募得国币四百一十四元五角,该团业于昨日,并解交本区动员委员会征募委员会查收云。

《武汉日报》1938年11月11日

**有文章描述公演当日的情景:**

### 两千将士在新生　永波
#### ——古城怒吼的第一天

有扶着拐杖的,有挂着三角布巾的,有的失去了手臂,有的断了一条腿。

这是光荣的铁流!

才五点钟啦!

像潮水一般的拥进了新生的大门。

他们交换地谈着战斗的经验! 生活的苦痛,有的闲情逸致的抽着烟卷!

等,等,等,

幕老不开,鼓掌了,这急促的声音像在前线开的机关枪。

银笛响了;《古城怒吼》摆在两千将士的面前。

一幕,二幕,……继续下去!

舞台上的汉奸出现了,他以他的奴才的阴谋,向志士们陷害着……

"打! 打! 打倒汉奸!"

如同晴空的霹雷,战士们怒吼了。

他们需要怒吼,需要重上前线去,需要为祖国的自由与幸福而流血,也需要制裁一般无耻的汉奸……

因此,当舞台上的刘亚明把对着一个做汉奸的女人底手枪放下时,他们的愤怒,使他们几乎叫骂起来!

"嘘!嘘!不行!没有用!"

这是千百万不愿做亡国奴的人们一致的心理。

场内始终是在严肃,兴奋的情绪中!

一个不顾民族利益盲目恋爱的女人终于死在救亡同志的手枪下。

一片狂叫声!剧完了!

这是深秋的夜、两千名战士,才慢慢地离开了新生,舞台的幕后,唱着"上前线去⋯⋯"

廿七,十,十五,晨记

## 九、日益扩大的影响

宜昌抗战剧团和所属孩子剧队以团结抗战为宗旨,举行多次公演,赢得了社会各界的赞誉和支持,影响越来越大,同时他们也受到了国民党顽固派的刁难和限制。为支持剧团的发展,老舍为剧团题词:"我们只知为抗战建国

老舍题词　　　　陶行知题词

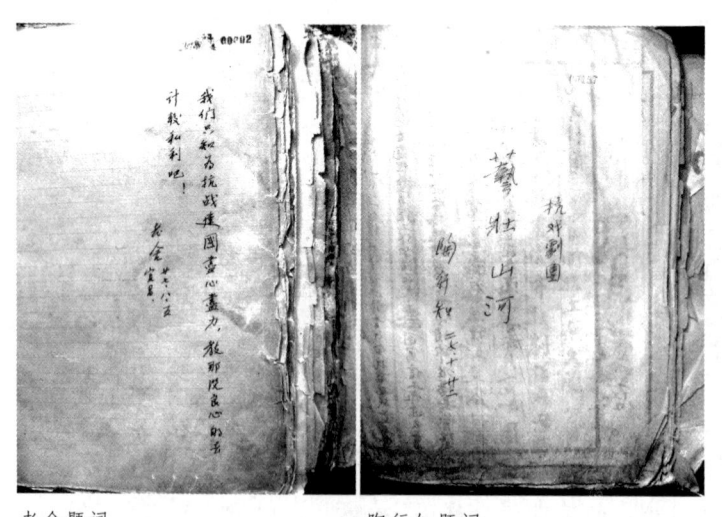

尽心尽力,教那没良心的去计较私利吧!"陶行知题:"艺壮山河"。朝鲜义勇军流动宣传队题词:"同志们,不要忘记,在白头山下,豆满江畔,也有一群同日本强调斗争着的人们!"文艺界著名人士陈波儿、宋之的、赵枫、吕剑和一些国际友人也都以各种形式表达了对剧团的热情支持。

## 在陶行知先生讲演会上　亦五

为着探望在沪战时一块儿伏在战壕里的同志,在宜昌附近的一个山凹里,逗留了两天,回来在抗战剧团门口,遇到范广志女士,她告诉我一个值得惊喜的消息:陶行知先生抵宜,今晚在学院街小学讲演,这我那能不去呢!虽然是肚子尚在瘪着,但终于我邀田凤磨、鲁丁跨进了学小(校)的大门,也许是学小(校)的职员早已预料到吧!会场移在校园的操场上,但当我们到时,已座无虚席了,人静悄悄的企待着,谁也有一个急于待解的问题,蕴在心头。

"来了!"不知谁这么一嚷,紧接着一阵掌声走近了露天讲台。但是在同行的三人中,胖的、瘦的、高的、矮的,到底是哪位,把人又塞进闷葫芦里去了。孩子剧队的歌声,暂时打破了这个沉寂的氛围,我们也真有眼福、耳福,于毅夫先生,程希孟先生,也一同来此,人们心头又加上一层喜悦。于毅夫先生,正如他自己所说:亡省亡得最早,痛苦受得最深……但一个东北人的气质体魄,是刚建沉毅而且机警。所以他对现局,是异常乐观,对奋斗图存的工作,也是努力不懈,因为光明的日子,他看得最清,而在这个当前的途中,他也指出了荆棘的所在。我们的力量逐渐伸张,他拿赵侗和吕正掺二位作例,我们抗战步骤,他举新华日报社论,叶剑英先生论目前抗战阶段,加以说明,以一个饱受敌人摧残的东北人来现身说法,谁也为他所感动了。

程希孟先生,是刚由屯溪瑞昌前线归来,他看到光明面不少,最值得赞扬的,是士兵的英勇,当看到士兵们裹创再战,带病驱敌时,他说他感动得不禁泪下。但退归后方时,依然是歌舞升平,灯红酒绿的无耻,难怪程先生要大声疾呼了。我们希望程先生,在这次参政会上,明确地指出这种病态现象与解除的方法。

陶行知先生上台的时候,我们立时感到,这是一个老伯伯,不！是我们一位最大最大的大哥,"老当益壮",所以他一跟头就是一万八千里,最近方由欧洲回来,材料丰富而且新颖。他首先拆了个字,用一个春字,他指出了抗战必胜,姑择两则于下："春"字拆开是"三""人""日",三人凑合,是一个"众"字,我们要以大众的力量把敌人"日"本帝国主义者压下去。台下听众报以极烈掌声！我们过去阶级界限划分的非常清楚,有上等人,中等人,下等人,但在抗战后,大家都抱在一起,为同一目标而奋斗。这日本不败,定无此理！又是一阵掌声！左派右派向来是对立的,中间派也是隔岸观火,图得渔人之利,可是这一次的剧变,这三派的人,像溶在炉的铁一样,这最有力的一个团结,日本不跑,更待何时！在掌声外并报以狂呼！最后他更举出了许多事实来说明国际间友人对我们国家的关怀,如艾登的赞扬,甘地的慰藉,印度派遣和他一同抵宜的医师,华侨在香港的义卖运动,新加坡救亡运动者的惩奸行为,八百壮士震惊了欧美人士,救亡歌音绕行于金字塔顶,这里他指出了一个原则,离祖国愈远愈可以看到国外同胞对祖国的热诚,而张伯伦之现实外交政,只可用之于捷克,不能拿在东亚,德、意之穷凶极恶,更给走德、意路线一当头棒喝。教育在后方在前线,更应伸入在敌人肚子里去。教育应当配合现实,读书死,死读书,读死书的木瓜教育,是永远走不通的。他爱讽刺,他极有热情,永远相信孩子们。他举出李宗仁将军所说一事,证明小先生倒收到极大的效力。而对年老的人,他希望多产生几个像赵老太太——赵洪文国——那样的来,连最严重的伤兵教育,他也指出一个正确的途径,最后,他在微笑中结束了话音。

当千百个人合唱着义勇军进行曲时,那时明时灭的电灯,也光耀的照示着,这正象征着,胜利的明天。

一九三八,十,二十三,宜昌伤兵医院
载于一九三八年十月二十四日《文学与戏剧》第四期

## 十、移动的队伍

1938年10月下旬武汉失守。宜昌抗战剧团改编为"宜昌移动演剧队第一队"(简称移动演剧队)赴荆门、当阳、远安一带宣传演出。十一月,队员们冒着严寒,每人背着三十多斤的行李,开始长途跋涉。演出所用的服装、道具,除笨重的物品用骡马托运外,其余都由队员们分别携带。

### 到祖国的原野上去

一百支的灯光,把屋子里照得过亮,四十多个男女青年,围着一张乒乓台子坐着谈笑,等待着开会。

这是一个欢送会,欢送宜昌抗战剧团移动演剧队的出征。

乒乓台上蒙了白衣,暂当作餐棹,摆下了川桔、花生和饼干,花生特别摆成了"最后胜利是我们的"字形,也就是这个欢送会的希望。

亲爱兴奋和愉快的情绪,交综在无拘束的谈笑中,一直到主席宣布开会的时候,屋里的空气才开始严肃起来。

仪式按照程序进行着，到了授旗的时候，全体队员庄严地起立，向他们精神所寄托的队旗致最(高)敬礼。

"同志们"刘绍安同志开始训话了。语多勉励，未了，他激昂地说：

"希望诸位同志，把鄂西几千万同胞都唤醒起来，……诸位出发后，将来的会面，我们希望不是在巴东、恩施或是四川，而是在武汉！"

这是多么感动人啊！武汉！我们祖国的心脏！自我军弃守后，我们没有一刻忘掉了它！我们希望我们能够实践这句预约。

副团长的训话，也提出汉伏波将军马援的名训：以马革裹尸还葬，共相勉励。

在鄂西，崇山纵横着，能把戏剧的游击战扩展开来，当是很有意义的事情。固然这工作的艰苦，自不待言，然而为了抗战，为了民族的解放，我相信，没有一个青年不愿意把这件光荣的工作担任下来。

张世定同志演讲了，他把他的宝贵的经验，提供了三点，给移动队：(一)要刻苦耐劳，有始有终。(二)要和农民的生活打成一片。(三)要注意自己的健康。

一片热烈的掌声之后，由余斌和陈徐两同志代表移动队致答词。接着风磨、鲁丁、吕剑的朗诵诗由王林和余斌两人当场朗读起来。

……

是的，广大的鄂西，这一片祖国的干净的原野，是不是可以不让暴寇来沾污呢？所以，诗人们开始了神圣的呐喊，提高了青年的热情，大家的血沸腾了，大家要和鄂西的同胞们牵起手来，和着脚步，举起拳头，拿起镰刀，去和鬼子们干！否则是不足以制止暴寇的凶焰的西进的！

到了余兴的时候,有的唱歌,有的唱评剧,有的玩口技,花生、桔子和饼干,自由的吃着,谈笑着,会场的空气,立见活泼了。到十一点二十分,在"黑暗的时代快尽,光明的世界将临……"的团歌声中散会,这一条队伍,今后便投到祖国的怀抱中去了。

廿七,十一,二十二。于欢送会后

### 我眼望着你们的雄姿　吕剑
### ——送抗战剧团诸位同志出征

打这古老的山城
像一股洪流样
你们就要出发了
我眼看着你们的雄姿
掀动那涌进的音响

没有送行的仪式
也没有送行的酒
干脆让
热情之火
来把各人急跳的心
　　　照亮

去吧
你们将多么幸福啊
在远方的异乡的村镇
当和平的兄弟姐妹们
提了水壶

携着干粮
在路旁
以纯真的微笑
迎迓着你们

想一想
你们和他们
他们和你们底
　　热烈的拥抱吧

在露天广场上
在简陋的戏台上
你们
唱出了战斗歌声
揭开战争的场面

能想像得到吗
当热血激动
觉醒的同胞
举拳怒吼的时候
那场面
也许比你们揭示的更雄壮

好趁时机
让举起的拳头
不再落下

怒吼的粗腔

响遍祖国的原野

划一条明晰的路

领他们

到解放的旗帜的底下

听呀

呀涌进的音响去远了

　　　　　去远了

我眼望着

你们的雄姿——

打这古老的山城

冲出去的一股洪流

二七，十一，二十一，于宜昌

## 到平静的乡村去　田风磨

山中是平静的

麦苗绿条子

画在山坡上

蓝的天空贴着枫树红斑点

鸟啄着枯藤上黄花

炊烟从茅屋里游出来

孩子在沟边放牛

有风在竹林里响

没有人闲着玩

太平

谁都觉得太平

这世外桃源能久吗

叫人担心呀

这许多不知有魏晋的人

同志们

披了乱世的衣衫

熏上火药味

染满壮士们的血

还有说不完的惨情

也得带了别忘掉说

到平静的乡村去吧

到平静的乡村去

今天到山中去了回来,听鲁丁说抗战诸同志就要出征,我觉的这是太合事实要求的行动,作此诗送行,请不要笑我秀才人情,祝诸君为国珍重!

廿七,十一,二十一,于宜昌军中

## 您一把熊熊的火炬　鲁丁
### ——给抗战剧团流动队

远了

远了

您一把熊熊的火炬

烧到原野里去了

烧呀
任意的烧大吧
烧起农家兄弟的心

捍卫国家
守住农村

遥远
遥远的招手
给您一个吻
您一大伙——
　　中华民族的儿女
　　冒着炮火
　　拿着您自个的武器
　　杀上战地去

　　去吧
　　别后退
　　几千万火炬跟着您

　　烧呀
　　您一把火炬
　　熊熊的烧大吧
　　烧着去

烧着去迎接胜利

廿七,十一,二十二

## 向着原野前进　移动演剧队第一队通讯

一　别矣,宜昌!

二十七年十一月二十六日,天刚亮,东方泛着金黄色,在伟大的黎明前,我们的队伍,向着祖国的原野,前进! 前进!

留宜的十多个团员,怀着凄切的离情高唱着"上前线去……"送别我们。

到了飞机场,移动队停下来,请送别者止步,陈副队长代表本队向他们致谢。

初冬的晴空,充塞着一片静肃,冷副团长带着凄切,肃穆,兴奋的心情,在大队前面沉默了一刹(霎),眼腔似乎充满了惜别的泪,嘴唇好像也在颤抖,可是他没有哭,反像火山爆发一般刚强地怒吼起来:

"打倒日本帝国主义"

"完成县党部及动员会付给移动队的使命!"

悲壮的口号,把早冬的静穆震动了,我们都知道,生活在中华民族的生死关头,我们应该把"离愁"变成"怒火",用这怒火来激动我们的抗战。

"起来,不愿做奴隶的人们……"

队伍随着歌声与宜昌告别了! 由东乡的角上,经过慈云寺,向前途进发。初冬的原野,令人陶醉,满山的枫叶正红,间杂着一丛丛的青松与翠柏,农夫们鞭着拖犁的牛,红色的土,清澄的水田,这美丽的中国的农村啊!

二　慰劳受伤将士

余斌,王思齐,萧汉昭三位女同志特别值得我们称道,在崎岖的山道间,她们以勇敢的精神随着队旗向前迈进,始终不馁,而且在她们每人的身上,扛着二三十斤重的一个包裹。

我们为了"行军"的便利,把大队变成三小队:(一)先行队,担任询路,接洽休息处,办理伙食茶水等工作,他们非常的负责,在每一个岔路口,他们都用白粉笔画着向左或向右的箭头做标记,并且在许多山坡上写:"爬呀!同志们!努力爬呀!"这给本队的队员不但忘了跋涉的痛苦,而且受到很大的鼓励,感到长征的兴趣。

第二小队即队员本部,第三是行李队。

中午时到了丰宝山,第一休息处,我们把队整好,唱着歌走进村庄去。

这里住满了受伤将士,我们不愿放松工作的机会,当时就由队务会决定,对他们慰劳。

一群英勇的将士围绕着我们,听我们歌咏,讲演,我们还买了几块钱的当地土产的食物散给他们,当为慰劳品。

但是没有人相信,他们是穿着褴褛不堪的衣裳,单的上衣,薄的短裤,甚至有的仅仅围着一条破麻布。没有洗过的脸,呻吟着的声音,断了的腿杆,……这使我们痛心,感动!

"同志们"一位受伤的将士从人丛中站出来致答词:"我们有两百人,才负伤不久,住×××后方医院,因为时局紧张,从仙桃镇奉命撤退,但我们的院长、管理员、军医都不知下落,只剩下我们这一群残手断脚的人,辗转奔跑!"

他略停了一下,继续着说,声调更悲哀了些:

"我们几天没有饭吃,还不要紧,可是我们的伤口,没有人看护,没有药换,现在已经开始在烂了!在发臭了!可是,同志们!"他忽然变得很坚强地:"我们沿途都保持着后方的秩序!"

全体都哭起来!但是:"这是流血的时候,不是流泪的时候",

我们的副队长陈穆当时就出来,把政府优待伤兵的办法,作了个简单的报告,并告诉他们,只要到了宜昌城,就可以得到援助的。

这时候,一个过路的旅客,也被感动得哭起来了,他脸上挂着晶莹的泪珠,走到场中拿了一张法币,献给受伤的同志,由于他的这种诚恳的表示,在这里,我们更要掀起我们坦白的呼吁,希望当局,给这批民族的英雄一个切实而迅速的救济。

### 三 驻扎龙泉铺

当日下午四点钟到龙泉铺,成群结队的妇女、孩子、成人围绕着我们,亲热的面孔,诚挚的语气,探询着抗战的动态。

我们住在龙泉铺小学内,在晚会上,规定了明天的工作步骤:晨六时起床,六时半至七时早操,七时至七时半歌咏。除此上午做一般的宣传工作,下午排戏、写标语、绘壁画、出壁报、举行抗敌漫画展览会。晚会在九点结束后,大家就睡,这是乡间第一天的第一次的甜梦!

(廿七,十一,廿七,通讯组寄自龙泉铺)

为士兵们书写家信

## 月夜话龙泉

圆圆的月,从山顶上,透过树梢,把她晶莹的银光,送到我们所住的野外寨村的一所破庙的戏台上来。虽然我们离开龙泉铺有了好几天,可是在那里还有许多值得记忆的事,经过了静寂月夜里的沉思,又都一一涌上我的心头来,于是我又提笔来写这篇通讯,作下述的报告,也可以说,这是本队在龙泉铺最后两天的工作的结束报告。

一  舞台剧

你们万不会想到我们舞台是怎样构造的,我们的舞台,也许是世界顶简单顶艺术的舞台之一,八块门板,十多条板凳,几根一丈多长的大木柱,便合成了我们的舞台。请不要轻视它,在这上面展开了抗战的故事教育了千百的人民。

下午两点多钟了,龙泉铺正是热闹的时候(今天是热场)龙泉寺的广场因此更见闹热起来,老少妇女,至少有七八百人吧!《最后胜利》就在这热烈的氛围中上了场。

思齐的自然而不十分活泼的态度,恰适宜于他所扮演的角色。土语、民歌是群众熟知的。《最后胜利》根本是鄂西民众所时常经验的事实,补衣服的女孩,打莲花落的□□化子,爱调皮的小伙子,组成了这一幕剧,它在舞台上所得的效果,是可以想见的,戏在舞台上活泼地进行,七八百人都张开了口在嘻笑着,空气是轻松的,欢愉的!

这欢愉是不平凡的,它使千百人群知道了汉奸,及汉奸的罪恶,这千百人群,就变成了日寇及汉奸的死对头。当群众的情绪提到最高度的时候,而戏也宣告完结了。杨容同志,抓着这适宜于演说的机会,把武汉转进,及目前战况好转,与最后胜利的把握加以解说。

太阳偏西了,在舞台上展开另外一篇故事,这故事它告诉了农民们,为了要保住自己的田地、房屋、粮食、牲畜、妻子、儿女,跟日本人当顺民是靠不住的,日本人对"顺民"决不因为他"顺"就讲客气,对于顺民,日本鬼还是一样的奸杀,一样的强占你的田地,在这里正明白的告诉农民们,要保持着自己的财产,身家性命,只有抵抗,只有起来同日本鬼拼!深深的□正确地印在七八百农民的脑中。

二 访问

这是最后一天了,明天我们便要继续前进,到宋家嘴去工作,在与龙泉铺告别之前,我们举行了一次访问:我们想在访问之中,(一)更多地知道当地的情形,(二)别人对我们的印象,及我们应该接受的教训。

在访问前几分钟,我们做了一个简短的,关于访问方式的讨论,接着,便出发了!

每个人都运用着不同的方式,有的同志找着他才认识的人家去辞行,有的到小食店去小吃,有的到菜铺包点必须的菜,以各种可能的方式,去接近群众,侧面地探讨我们所须知道的事情。

我们的女队员,因为演戏的机会而认识观戏的陈小姐。这一天,陈小姐请她们——女队员吃饭,她们便借着这机会首先访问了陈家,再由陈小姐领导她们去访问别家!

总结起来,我们访问龙泉铺的结果是(一)民情纯朴,(二)镇上户口二百三十多家,每家平均七八口人,则总数有一千八九百之谱,(三)有县立小学一所,现已停办,街上没有塾学,四乡有塾学二十多所,曾成立过一个塾学改进会,街上识字者,占百分之十八九,(四)农产以棉花为主,十年前产量曾达十九万多担,现已一落千丈,去年已减缩到九万余担,今年,则更不堪问了,现在街上有花行六家,逢热场(间日)仅可收棉花几十担。其他米麦杂粮,均可自给,很少出口,(五)煤油,镇上已绝迹,点灯均用木油,食料多用香油,香油有少许出口销宜昌,四乡食用的都多用棉油。街上有榨房四家,乡下六家,但都设备不完全,只有榨,而无白,故只能打出一种木油,木子□籽与壳则都运销宜昌榨房,再打出子油与皮油,(六)街上商业布疋为主,以青白洋布□□色花布为大宗,但销数均小,因土布可以自给,所必需由外贩运来者,仅盐一宗而已,消耗品,仅纸烟一项,也占少数,(七)送出壮丁,五六十名,对于壮丁的家属,没有什么优惠待遇,这一点是值得我们注意的,(八)对我们的印象还好,这正是我们给他们印象好的结果。

龙泉铺的工作,算暂时作了一个结束。

临行前,承当地士绅会子敬、□金鉴送了一幅"木铎声宜"四个大字的布匾!我们真有点"却之不恭 受之有愧"。

在这里我们更要特别感谢曾子敬先生,曾给了我们工作上不少的帮助。

廿七,十二,七,通讯组寄于宋家嘴

## 在三斗坪
### 移动演剧队第一队通讯

#### 一 在警报声中出发

二十七年最后一天的黎明。我们刚走出本队队部的大门外,就听到我们一向听惯了的警报声,悲惨地在清晨的上空中震荡。

"敌人来辞年的吧",留宜的队员们笑着说着,肩负起自己的背包和行李,急速地穿过马路,向江边走去。一叶小舟,载着我们这一群,向峡山里驶去。不久,山是愈来愈高,水也越流越急,大自然界的绮丽的美景,反映出我们祖国的辽阔与伟大,增长了我们钟爱它的情绪。

沿途木船很多,舟子和纤夫,或掌舵于逆流,或引(纤)于崇山,他们的劳苦和生活,我们万分的同情,尤其是在补助后方的交通这一点意义上来讲,更值得我们向之敬礼!

自川江轮船开航后,木船业者的生活完全破产了,十余年来,他们只是在饥寒和死亡的线上挣扎着。可是现在,因军需的繁多,木船又成了供不应求的现象。虽然他们的生活是暂时解决了,可是要使他们将来永远有饭吃,再不至于像以前一样被时代来淘汰,就必须要在这次伟大的抗战中,训练他们,增加他们科学的航行技术,更把他们组织起来,不然,他们在不久的将来,又会"不得了"的!

这念头澎湃于我的脑海中,每当我的耳鼓里传来了他们拉纤或摇橹的"依呀哟"的吆喝声的时候,我就想到,这是人和自然斗争的一幅电影,活生生地在扬子江上放映着。而同时又令我再想到,人要征服自然,如像征服北极的世界闻名的大英雄一样,才是真正值得我们敬仰的人!可是法西斯蒂的日寇和德意,却拼命地来杀人,来征服异己的民族,来侵略别的国家,这不是倒行逆施还是什么呢?

傍晚抵黄陵庙,步行十五里,即达三斗坪。这段傍山的路程尚称平坦。我们打着火炬和灯笼,与来欢迎我们的二十多个小朋友同行。黑的夜,也变成光明了,这是二十七年的除夕,度过今宵,不也就是我们新的曙光来临的日子么!

二　介绍三斗坪

在宜昌上游一百二十里,大江的南岸,好像一个天真的孩子睡在慈母的怀里一样,三斗坪是被巫峡的大脉把它拥抱着的。它包括"黄牛"、"建东"两乡,据说人口有二十联保,约两千人。

因为居住在山里,人民都很穷苦,但是当地的出产也足以自给。据我们的调查,花生、高粱、草纸、桐油,是当地主要的产物。民风很朴实,由纵横于高山崇岭上的田原看来,当地的民性,也很能够刻苦耐劳的。

关于壮丁,据说也出过五六百,不过对于壮丁家属,还没听说过什么优良的待遇。虽然地方民众的文化程度很落后,但一般的说来,对于抗战,还相当的热情。

仅有的一条大街,栉比着不少的店铺,大致可分为小食店十家,理发店两家,杂货店七家,米布店四家,织布厂和织袜厂各一家,做其他生意的也有十多户,由于这些商店,组织成了峡江中的一个小市场。街道尚称整洁,石卵铺成的路,还保存着古朴的风味!

除了湖北省教育人员动员工作服务团宜昌分团第一队的队部设在此地外,在教育方面还有两个学校,一是峡江小学,一是三斗坪小学。前者设在燕湾,离三斗坪约五里,系私立性质;后者在本地,系官办,学生颇多,校长陈子玉是一个很热心地方事业的青年,也可说是地方上的一位领导者。

四十九后方医院,也设在此地,分住中包、高家冲、建东乡三处,有伤兵七八百人,和地方的民众,也很融洽。据吕院长对我说,伤愈了的愿上前线的弟兄很多,他肯定表示着:"这是中华民族复兴的保证。"

尤须介绍的,是该院的朱监理员光华,他不但在他的职务上尽心尽力,由于地方的公益更热心的领导,该院组有俱乐部,使受伤将士和全院的同志们得有正当的娱乐,也是他努力的结果,他确实是我们中国的一个模范军人。

三　我们的工作

浓雾像纱似的掩着两岸峡峰,天气显得很阴沉,但这究竟是一年之首,是一切事业从新开始的元旦日。飘扬在家家户户门口的国旗和拥挤在街上的人流,给我们一种很好的印象。我们的内心,就如同滩前的激流一样,感到我们民族的"力量"和"气魄"的活跃。

我们在街头歌咏着,演讲着,并报告给他们演戏的消息。戏是在庆祝大会和游行之后才开始。可是河坝广场上的舞台,已经很早就被千百群众包围了,参加公演的单位,除本队外,还有峡江和三斗坪两小学,四九后方医院俱乐部。最难得的,是伤兵同志们,也粉墨登墨(场),自己干起来了。

联络处的高主任和朱监理员,还有许多热心的同志们,整天地在戏台上照料指挥,他们对于抗战宣传的热心,是值得敬佩的。本队只参加了四幕剧,元旦演了《秋阳》和《夜之歌》,二日除演《米》两幕外,复加演《献金》活报剧一幕,观众当场献出了共有二十七元八毛。这事实正表现了当地人民的爱国热忱光荣。

一九三九年一月七日《武汉日报》

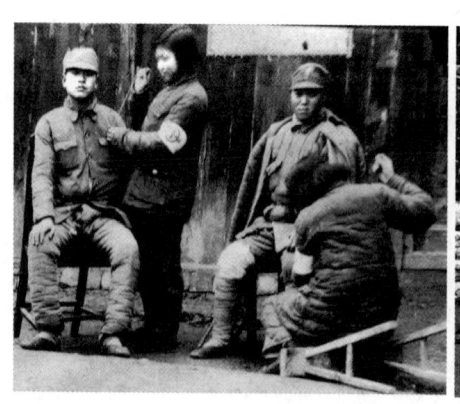

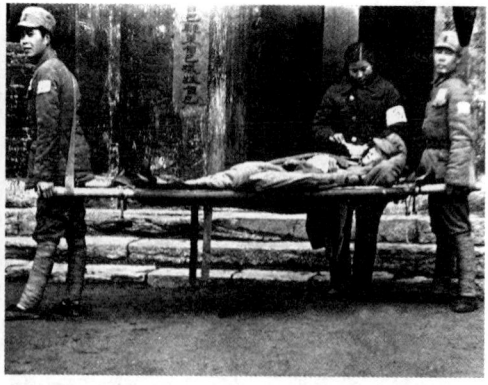

慰问伤员

## 在荆当山脉中
## 移动演剧队第一队通讯

一　在荆当山脉中

本队到当阳已经月余，这之间，我们全在荆当山脉中行军。经过的地点从当阳朱家祠堂出发起，计有罗家河、磁化寺、脚东港、育（此字应加三点水旁）溪河、河溶、清平河、玉泉寺、双莲寺等八大镇，其行程约共计三百里许，与我们接触的观众约在数万人以上。

每到一个地方，我们至少工作三天，多则七天。依地方的需要来说，即或是住了一周，也不够的。可是我们又不得不移动到我们没有到过的地方去拓荒，去播种，至于他的培植与长成，只有期之于将来了。

四个月的经验使我们对农村工作的兴趣更提高了。庄稼人的朴实、诚挚和辛劳，被我们学会了不少。我们深深的了解这一点：在民族国家遭难的时候，只有发挥我们这种淳厚的精神，才能肩负起时代赋予我们艰巨的工作和使命。因此，不仅在工作上，尤其在生活上，我们向农民学习了不少，而且还要继续地从他们去学习。

比方说，即或是顶小的一个女队员，她也会跑山路了，还要被一个背包。在行军中的挨饿是不可免的，即或在应吃的时候，也是很有秩序的很迅速的吃完一餐很简单的饭。队委会绝不容许"吊儿郎当"或你抢我夺的情事发生，即或自己肚子里已经拉了紧急警报，不然的话，负责生活的同志是不留情地批评你的。尤其是在农民面前，你要表现得和蔼、有礼，并且要切实地帮助他们，像这样纯朴的作风，在本队中是很浓厚的。

这一月来,我们是进步了,如同陌头的杨柳一样,春给它们带来了新的生命,也和我们带来了新的生命一样,艳阳的气候,绚烂的季节,交织在阡陌上的鲜美的桃李,尤其是在那春风中袅娜的垂杨,令我们体验到了民族复兴的伟大魄力,潜伏在荆当山脉一代的农村中,也将随着春的复苏,发扬到祖国的大地上去。

## 二 我们的工作

这是有计划的实行了,并不是"头痛医头,脚痛医脚"。当然缺点是有的,可是绝对不许"临时抱佛脚",队委会及各小组是应该负责的。即或有时工作不能按照我们预定的计划完成,检讨其原因是必要的,而且也不许马虎的讨论。

戏剧工作在这一月中做得最多,共计演出了四十八幕,因为行军的麻烦,这一月里,只排了两幕新剧,也没有创作什么新的剧本,这不能不算是个缺点,可是在演出上也有许多优点。(一)我们利用木油灯在夜晚演出了,比在白天演出还要收效。(二)在脚东港和清平河两处,每天演两场,日夜上演,这两地相距八里,队员们每天往返奔走,两地工作。(三)在玉泉,利用地形做天然的舞台。(四)许多不能演戏的队员,也试演了。(五)在装置、效果、提词、服装和化妆各方面的管理上,都更合理的进步了。这些优点,也正是过去的缺点,现在是被我们克服了。

在歌咏方面,这一月来,广泛地展开了,每到一处就派出固定的队员去教大家唱,儿童是我们主要的对象。民歌是我们主要的曲子,我们新学了"三盘鼓"和"送才郎"两歌,这里热烈的收到了大众的欢迎。在讲演方面,除了有系统的正式讲演外,访问和个别谈话是比较重视而且与漫画壁报有机地配合着,正确地提高了大众抗战的情绪。

沿途共计写了大字的壁上标语三十余处,有人说标语的制作太无意思了,每一个纪念或是每一个团体,只要写几个标语,便算在救亡了。这样说法,未免太主观太浅见了。我们认为:第一要适合标语所在地的环境;第二,标语的内容要配合军事政治的需要;第三步标语的文字要浅显清白,富于刺激性,警惕性,而且对于大众的生活上有一种感动性。在几种条件和认识之下,本队对于标语工作也和其他的工作一样重视,有队员专门负责。例如在玉泉寺的大门外,我们制成了这样的两大幅壁上标语:一幅是"以慈悲的心肠来挽救民族的灾难";一幅是"拿敬神的精神来帮助军队打敌人"。玉泉寺是闻名鄂西的佛门圣地,香客络绎于途,这两幅标语映入他们的眼帘中,不能说没能影响,如果在这里制一些破除迷信的标语,虽其用意很正确,但会得到相反的效果。

我们询问了每处的出征军人的家属,我们帮助各地的保甲正确的尽了他们的责任,尤其是在征兵方面,解释了"拉"壮丁的错误。常常有人说,乡下的保甲长顶坏,可是,我们如果宣传工作做得好,经常有人帮助他们,和他们解释,他们是会变好的。本队在协助和同情保甲的立场上,使许多保甲长都变好了,这一点经验我们从过去四个月的工作中得来的,愿在此供献出来。

访问的结果,知道上述各地的农产品最丰,尤以双莲寺的荸荠、火酒,清平河的烟煤,慈化寺的棉花、烟叶及罗家河的木棉为有名。各地除应征壮丁外,均有自卫队的组织,本队得各地自卫队的同志的帮助不少,应在此深致谢意。

三　义卖与献金

在穷乡僻壤里的义卖与献金能够收效,实出我们的意料之外。当那些同胞从他们的袋子里,拿钱给我们的时候,我们的快乐与兴奋,是非笔墨所能形容,都觉得"中国是有办法的",乡下人出一毛钱,比城里有钱的人出十块、百块还要可佩,这是一点也不假。

三月八日那天,为了纪念伟大的妇女节,为了纪念在日寇蹂躏下死难的同胞,为了发扬中国妇女英勇的抗战精神,我们在清平河举行了一个义卖,卖什么呢?在事前我们发动了一个宣传,请老百姓捐出他们所愿捐的东西给我们,当天就有人送了些麻饼、甘蔗、丝烟、豆腐、鸡蛋和鲜肉等物来,我们把这些东西布置在舞台上,在阐明了我们的用意之后,就开始义卖了。值一百钱一个的麻饼卖到五分钱;一分一包的丝烟,卖到一毛钱;这天共得八元五角,交给当地的青年行动团代收,转呈政府。

三月八日,当我们在双莲寺演出的时候,由于一幕"献金活报剧"的鼓动,角票和钞票从观众的手里飞上舞台来。这是群众的力量,这是中华民族复兴的具体表现。我们愉快的把这些钱点一点数,共有四十四元六角五分(已送呈宜昌县政府,作优待出征军人家属基金)。

有了这两次的经验,我们懂得了要民众做到有钱出钱的话,必须要有好的宣传与领导,光骂有钱的人不出钱,钱绝不会从他们袋子里飞出来;没钱的人很慷慨捐出了他们所有,正是他们接受为什么要出钱的意义的反映。这点理由,应当要了解的。

四 逼近前线

与第××集团军接洽好了,本队准备到河溶、沙洋、后港一代前线去工作。我们的先行也到了河溶,但在三月上旬间,鄂中的军事吃紧,由于军事当局的指示,我们不得不改向去荆门的路线,于是全队于三月四日到了脚东港。

可是那时钟祥已经失陷了,荆门的情况也很紧张,我们派人到育溪河去探信,也得不到要领,因此我们暂时决定了以脚东港及其附近八里远的清平河作为我们工作的据点。

这一带,工作了一周,一直到三月九日,我们才从脚东港又移到当阳玉泉寺来。三月八日的晚上,彻夜的听得见前线的炮声,虽然我们没有在火线上的经验,可是在紧张中我们深深的感到兴奋。但为了顾及队的安全,又派了两个队员冒着大雨,携着灯笼,出外去打听消息,那时大概半夜三时了,我们从收音机中收到了中央的报告,我们知道宜昌遭了敌机的狂炸,和沙洋前线正在激烈的隔河炮战中。因此负责的同志们,在这夜里竟至目不交睫,筹划着进退的问题。第(二)天一拂晓,虽然听不到隆隆的炮声了,可是当地的负责人及自卫队均走了,于是本队就开始撤退。

万幸得很,企图渡河的敌人是被歼灭了,本队也从这次的撤退中,得到两种大教训:(一)行李太多(如书籍、服装、道具等公物)不合于在前线工作的条件;(二)消息不灵,与军队的联系不够,因此我们决定到玉泉寺去休息,把许多不必要的东西都整顿一下,以便于携带为原则。

这次的撤退,同志们虽然很辛苦了,但是奋斗的精神却愈见强烈! 因为公务的繁多,夫子不易雇到,再加上路途雨后泥泞不堪,从脚东港到当阳北门六十里的路程,费了十个多钟头才走到,而且全队分散成了三批,等到大家集聚的时候,已经是半夜十二时了。

这天晚上,队员们虽然都很疲劳,但都没有睡,把被窝让给夫子们睡,次晨(三月十日)大家忍饿出发,把早饭又让给夫子们吃。在这样的感动中,他们很同情我们,把我们很笨重的公物很安全地挑到了玉泉,一点也没有损失。

五 生活与学习

在休息中的生活,仍是有纪律,同时也是不断学习的。上午二小时的讲习班依然要上,而且还要写作,弄饭,打柴,挑水,都是队员们自己下手。下午可以自由了，玉泉是有名的风景区，队员们常常带着自己爱看的书，优游于大自然的怀抱里，做个精神上的调剂，我们又藉这短时间的工作，出了我们的《联合组报》，检讨了四个月来的生活与工作，队员们并没有想到自己在休息或是享乐，而是在打算怎样恢复疲劳，再接再厉的奋斗下去。

生活是合青年性的，我们有康乐晚会，有篮球比赛，在双莲，我们曾与联中学生比赛篮球，与二十五与八之比占胜。在学习方面，同志们的写作能力，四月来，是加强了，并有几位队员学会了木刻，工作的方式是进步了，队的团结精神也更巩固了。我们所缺的是经费，我们感谢各方面同情的捐助，我们更呼吁于同胞们之前，请不断地给以援手。

六　队部被炸了

宜昌的队部设在环城南路三十九号，于三月八日被寇机炸了，我们非常愤慨，也为留宜的同志担心。但后来接到他们安全的消息，和他们在被炸后的二十四小时中，出了一幅巨型的《不怕轰炸专号》壁报的工作精神，我们深为感动，于是就由队委会派了两个队员回宜昌慰问，队又继续向双莲寺移动。

在双莲寺，我们一方面工作，一方面又派人把不需要的公私物件

为部队和老百姓演出

押运回宜,完成双莲寺工作后,本队又奉命移动到本县第二区鸦鹊岭来了。在这里一带,我们将作长时间的工作,工作的中心,将侧重于国民精神总动员,国民公约宣誓,以及国民月会的实施,以我们最大的努力播下抗战的种子,来奠定保卫鄂西的基石。

(三月廿九日通讯组寄自鸦鹊岭)

## 十一、万县演出

1939年4月中旬,移动演剧队回到宜昌,经过短暂休整由简化生、陈穆带队,六十多人分三批到达万县,在平平剧院公演四幕国防剧《凤凰城》。演出后,万县各界纷纷赞誉:"宜昌移动演剧队的演出,创万县话剧新纪元"、"演出与国立剧校媲美"。

### 从宜昌到万县

一  炸弹下的教育

在鄂中火线的后面,我们这一支人马,用戏剧的武器,配合着歌咏,讲演,绘画,壁报,访问……工作了五个多月,为了队员精神上的疲劳同物质上的补充,在四月十五日的晚上,我们全队人,由宜都的横店子赶回宜昌。

回到宜昌,虽然看见到处都是断砖残瓦,一堆一堆的瓦砾里,发现腐烂的死尸;许多被难的同胞,在自己仅有的一堆瓦砾上,观望,徘徊,收拣那些自己心爱的东西,那怕是炸得不堪的一件破衣服,都小心的翻出来收拾着。但我们也有点感激敌人,你们的炸弹,能摧毁我们的物质,却摧毁不了我们的精神,并且把许多顽固的人,八十岁的老太婆们教育了。从前,他们不相信敌人暴行是真的,还梦想着真命天子出世,才能太平。今天,他们觉醒了,相信了,他们不仅是成了宣传家,打倒日本鬼子,并且口口声声"要同鬼子们算血账!才有自己的生路!"

二 离开宜昌

三月八日在敌机二次狂炸下,我们全队人相聚一年多的队部(在环城南路),费了许多心血的布置,被炸了,除了一栋房子外,连两毛钱的肥皂都翻出来了,损失是有限的。所以我们这次回到宜昌,对这一堆残砖断瓦,并不感到怎样难过,我们只要更努力的工作,把敌人赶出中国去,我们就可重新建筑起新的队部来。

我们原打算在休息补充期间,在城市里做点工作,举行一个大的公演,筹募一笔移动经费,虽然党部方面同湖北省动员委员会有一部分津贴把我们。但是在困难期间,各机关的开支缩减,于是津贴我们的数目有限,大部分的费用,仍要靠我们自己筹划,我们除了私人捐助外,就要我们公演大剧募捐。

宜昌经过敌机接连几次的狂炸,市民早避到乡间,我们这个演剧募捐的打算,不仅是无法实现,并且整天在警报里奔跑躲避。我们住的古佛寺,又遭敌机在周围投了一次炸弹。因为这些原因,我们队委会决定,把公演的地点移在万县。同时,我们队内同志们的家庭多半避难在万县,利用这个公演,也可使同志们回到五个多月不见面的家庭看一看,将来出去更能安心的工作。

三 在新昌和轮上

行驶宜渝的轮船,受货运缺乏的影响,是一天减少一天,正因为船少的关系,避难的乘客,有事的乘客,愈现拥挤。我们全队人,为了节省一点钱,就不得不全靠着新昌和轮船买办热心协助,分两三批把我们送到万县。

队伍虽然是分三批走的,生活是一样的,白天有时看书报,有时讨论问题,有时与乘客们进行个别谈话,从川江的伟大,四川产业的丰富,谈到为什么逃难?逃难是不是办法?一般女乘客,对我们的女同志感到羡慕,而亲切攀谈起来,收的效力比男同志们更大。夜晚,我们人多铺位少,货舱里空气不大流动,孩子们哭哭啼啼,碳气使人发闷,又使人窒息,但睡眠是不能减少的,我们用轮流分班的睡法,才克服了这一个必经的痛苦和困难。

船在峡江里行走两天,两旁的山峰,插在云雾里,有时看见山顶,见不到山腰,特别是一百二十里的巫峡,牛肝马肺峡,夔峡,散布江中的险滩,不仅使乘客们感到惊奇,就是我们也觉得它的伟大和庄严。这些都是复兴民族根据地的天然堡垒,敌人如果进攻到这里,这里就是敌人最后的坟墓。

四 茶话会同公演

到了万县,一切又像是新鲜的,我们本身,在别人看来,也是一个新鲜的。当我们住在陈家坝的时候,男男女女围着我们看,有的还问长问短。

为了便利工作,请求党政军各界多的作指示,在五月六日的晨早,假西山公园县党部的礼堂举行了一个茶话会,邀请万县党政军各界参加。首先是我们队长的工作报告和来万公演的意义,继着就是来宾们的指示同意见。来宾们不仅是欢迎我们来万工作,还愿意尽可能的协助,同时向我们建议,在公演后,希望能多做点慰劳受伤将士同新兵的工作,更希望我们能在万县乡村移动演出一个时期。

我们住地是陈家坝,陈家坝小学的王仕玉先生,是我们一位队员的同事,他不但帮助我们解决住的问题,而且请我们在他们学校来一次公演。

陈家坝小学,位居于陈家坝上边的一个山头,就在茶话会的下午三点钟,利用躲警报的时间,在校内操场举行了在万的首次演出，节目除歌咏外，有"抗战双簧"、《夜之歌》、《父亲与孩子》、《没有祖国的孩子》。观众因为孩子们占多数，《没有祖国的孩子》这个儿童剧，使台下的孩子们怒吼起来，要打死那个压迫小朋友到日本去的汉奸。

四月八日，我们出席了抗战后援会茶话会回来，对于大公演的时期有一个决议：在五月二十二日左右，上演第一个大剧《凤凰城》，继着公演第二个大剧《一年间》。我们打算演出后，重回到鄂西鄂中去，我们不仅是挂念着宜昌，怀念着那些英勇的战士，天真朴实的农民，我们更想念那些未完成的工作啊！

一九三九年五月二十日《万州日报》

## 创万话剧新纪元
## 《凤凰城》演出成绩与剧校媲美

本市讯：针对着时代而伟大的国防四幕剧《凤凰城》，昨由宜昌移动演剧第一队在平平戏院演出。其剧中扮演各演员表情之技术纯熟及舞台装置纬大与照明之新颖，开万话剧新纪录，昨晚虽细雨朦朦中，但观众亦极踊跃，该队四幕演出成绩，与剧校今春在渝上演时，无何差异，今晚仍继续演出至廿六日晚。

《川东、川晚、民主联合报》，一九三九年五月廿二日

## 《凤凰城》　海克

凤凰城是我可爱的故乡，它在辽宁省的东南部。因为靠近安东县，所以商业很萧条，但是在军事上来讲占很重要地位，它的取名由于凤凰山——安奉铁路线八大名胜之一，在县城周围，都是崇山峻岭，民国以来土匪常□其间。十八年邓烈士铁梅身为本县警察局长，亲率士卒，下乡督剿，从此土匪望风而逃，呼之曰："邓

□霉",而邓烈士美名遂于是时传布民间。

民国二十年九月十八日,这惨痛的一天,我不能把当时情景整个的写出,只有几十个敌兵把县城占了,这时邓烈士早已去职,凤凰城从此遭受敌人铁蹄的蹂躏以直到现在。

九一八事变不久,到处义勇军纷纷起义,那时邓烈士部下六十余人,蟠踞在安奉一带,苗可秀是他的得意将领,其他闻名者很多,因限篇幅不能一一写出。

几年来义勇军艰苦奋斗,造出许多可歌可泣的事迹,但是意志不坚定的人也不在少数,或流落土匪,或被敌人利用,图享一时荣华,结果都无声无息地死了。邓军处在极困难的环境下,他们仍然不屈不挠作继续奋斗,这里是邓苗二烈士怀着远大的眼光和伟大的人格所感化。

在一个仲秋的朝上,金风吹动田野上的大豆哗哗作响,几名热血青年正坐在地上谈天,忽然听到汽车驶来的声音,他们机警的躲在高粱地里将子弹装好,这时汽车正好是(驶)到他们跟前停下,四支枪口一齐对准车门,里面的来客现出非常的惊慌,忙举起手来,一个身着军装发出颤动的声调:"兄弟们:饶命,我们是县里来的,这是两位指挥官,"(注)"混蛋,什么指挥官走狗,带队部去"一个青年这样的回答。于是两个人押着他们通过了田野,提进了一个茅屋里,这就是苗烈士办公的地方,他审问了几个人后,毫不迟疑地命令兄弟将他们活埋了,他痛恨日本人用欺骗的手段来说降的,他知道许多同志都灭亡在这条路上。

事件发生不久,消息传到整个的县城,百姓们都暗暗称快,可是顽昧的敌人,受了这次打击,老羞成怒,一面为死者立碑纪念,同时调动日伪军万余人将邓军游击区整个包围,将近一月血战,邓军在不利形势下,同时没有接济,结果崩溃了,我们的民族英雄

249

苗可秀不幸在这次被擒。

  一个恶劣消息不断的传来,我在一个清朝上正徘徊公园石子路上,忽然看见成千的同胞正在那里等待着,面孔是凄惨的,仿佛有什么痛苦事件发生。不久,我知道苗烈士就要在今天殉难了,我心里像刀刺一般,忍着痛在那里等候,约有一小时光景,远处驶来几辆汽车,千万人头都一齐向它注视,苗烈士同几个倭奴下车了,后面武装军警紧张的跟着,他们一直走到死者的碑前,倭奴宣布他的罪状,并要取出他的心脏来祭祀死者的灵魂,苗烈士慷慨的操着倭语:"我为国家民族而牺牲,决不能接受这种死刑"倭奴是残忍的,可是对于民族英雄向来是钦佩,敬服,结果,他答应了苗烈士的要求,共同走上公园到一个旷野地方,后面千万同胞也都紧紧跟着,一直等到苗烈士在一棵树上从容就难了,他们唉声叹气的走去,每个人心里是多么痛苦,只有忍在肚里,等到燃起民族解放的烽火,再为我们的志士报仇吧!

廿八,五,廿八,万州

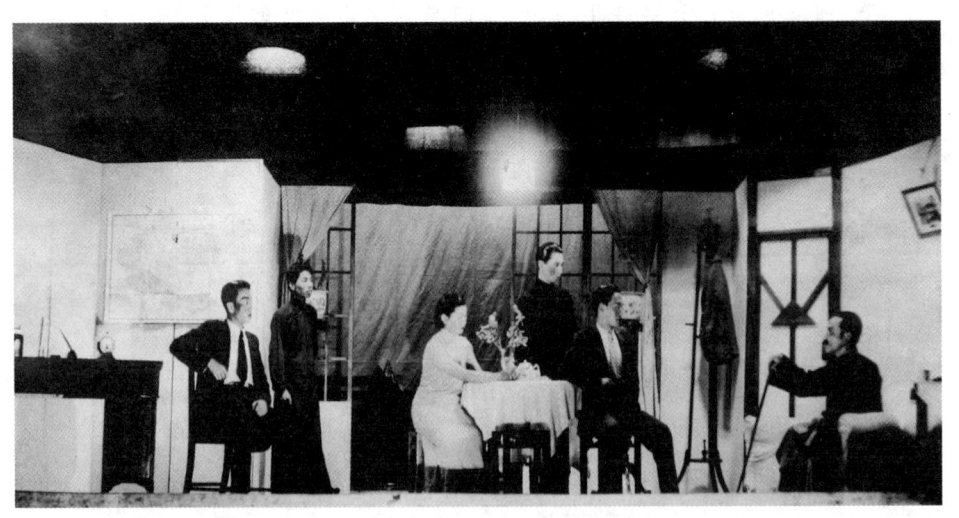

《凤凰城》剧照

## 十二、抢救逃难失散儿童

1939年7月,应当地一救济组织求助,程季华(程翰)、陈然(陈崇德)、肖志秀、郭自铭、梁容等五人被剧团派出,参加中华慈幼协会战地工作队,到襄江前线沙洋一带抢救逃难失散儿童。他们担负的工作是把鄂西战区内一些因战乱而失去父母、家庭的孩子收留下来,送到宜昌;之后,再由救济组织把难童从宜昌转送至重庆。

环境险恶,日军正加紧向鄂西进攻,抢救儿童的转接地点紧靠前线和战场,剧团五人和救济组织三人组成的战地工作队时常出没于日军飞机的轰炸和枪炮中。他们冒着生命危险多次往返于敌占区,分批护送出几十个孩子。孩子们大都年龄很小,战争的颠沛流离使他们变得既瘦弱又悲伤无助,战地工作队的同志们看了都心痛不已,更加奋不顾身地执行任务。正是在这个艰苦的工作中,陈然与程季华结下了生死与共的战斗友情,他们和同志们相约,胜利后在北平相聚。

战地工作队赴前线救助难童

## 十三、剧团部分成员

冷善远(钟纪明):宜昌抗战剧团副团长。

梅安里话剧组创办人,曾组织"猛醒社"、创办《海燕》半月刊等宣传抗日救亡思想。宜昌抗战剧团成立时,被选为副团长。主创团徽、团歌等,主持制定团章。并以"艾绥"为笔名在《武汉日报》、《国民日报》、《工商日报》发表杂文、通讯、剧评,创作剧本《保卫卢沟桥》、《没有祖国的孩子》等。

冷善远1906年出生于宜昌的一个小商家庭,靠着自己的苦干在洋行做到高级职员。剧团成立后,他节衣缩食,每月拿出工资的大部分用于剧团开支;还利用自己的地位和宜昌上层人士的关系,使剧团得到四川驻宜巨商何元平的大力资助,保证了剧团演出的经费。

冷善远1940年到达延安,在整风中受到长达三年的审查,主要理由是"你一个月两百大洋,还参加什么革命?一定是特务!"1945年春,冷善远给钱瑛(时任党支部复审委员会书记)写信,坚持实事求是地讲述宜昌抗战剧团的历史情况。

冷善远在解放区创作了《三勇士》、《放下你的包袱》、《解放发电厂》等,新中国成立后担任了首任西安电影制片厂厂长,创作电影剧本《雪海银山》等。

### 钟纪明写给钱瑛同志的有关情况和信

一九四五年六月四日钟纪明(即冷善远)向钱瑛同志写过一份材料,并附有信件。材料中谈到有关"宜昌移动演剧队"的问题,先将材料有关部分和信件抄录如下:

(一)、(二)……

(三)关于移动演剧队

1、此剧队是利用国民党的名义来工作的,因此也争取得"合法"的地位。

为什么可以利用"县党部"的名义呢？因为:

(1)当时县党部没有一个宣传队;(2)在经济上不要他们一文钱的负担;(3)这个队的工作实力强,艰苦作风,我们提出的:只要能救国,让我们演剧,名义上当时没有多大争执;(4)我利用央行买办势力争取这个队的存在。

2、这个剧队是采取的民主集中制,因此内部的团结比较好,行动步调都能一致,在工作作风上采取了会议批评与自我批评等方式,因此能长期的坚持工作,巩固了内部的团结。

3、这个剧队特别好的一点,是一开始就与群众结合,始终是走的群众路线(当时自然不了解为人民服务这一点)。我记得自它成立起便演了不少次数的街头剧,以后又不辞跋涉的下乡,在老百姓中演剧。说书、讲时事,回到城里又做伤兵工作,兼收棉衣与慰问金等都要占当时救亡团体中的第一位。成立最早,而坚持到(鄂西)宜昌沦陷的前夜,只有这一个队。

4、队内之另一个特点是,大多数队员都因家庭关系介绍来的,当时的风气,对年长者较负责者都以大哥称之,同时在大哥方面也能确实顾及他们的生活(衣食住),使他们安于工作。

5、队内有学习制度(当时其他团体没有这一点,有的也难坚持),学习政治、经济、文化等课,当时虽不免于教条主义,而在"启蒙"上打下基础。

6、有党的领导,当时队内有党的支部与小组。然而遗憾的是我当时虽是队长,却没有参加过队内的支部工作(后来听说组织决定不让我参加,不知确否?)

7、利用《国民日报》及《武汉日报》起了宣传鼓动作用,例如当剧队在农村移动时,所有的工作情况经常在报上发表,写成通讯。队内自己出版有"队讯"油印刊物,寄给各地同情本队的团体或个人。

8、帮助了其他团体,如"武汉学声剧社"、川小宣传队、宜昌宣传队、学院街小学等。虽然这一帮助还不够充分,但是在某些地方争得了同盟。

9、剧队与"县党部"的关系,仅在形式上给他们报告工作的经过,在主权上仍操在本队自己手中。有几次想要我们全队加入"三青团",被我们拒绝。

以上是我记得的大概情形,还有许多问题一时也想不起来了,自然值得检讨的缺点还很多,待以后有机会再写。

钟纪明

一九四五年六月四日

钱瑛同志:因迫于时间和工作,这份材料写得很简单,不具体。但因时间过久,许多事难以记起来,加上我过去又是个粗心人,所以只好勉力写出这样一点点,供参考。对与不对,让同志们研究讨论便了。

此致

布礼

钟纪明

1945年6月4日

(摘自湖北省档案馆革—34,5至20页)

载于宜昌抗战剧团史料专辑《艺壮山河》

陈沫潮：梅安里话剧组中共地下党负责人，宜昌抗战剧团首任党支部书记。

陈沫潮1911年12月6日出生于重庆一个中医家庭，其大哥陈有为大革命时期重庆最早的中共地下党员之一，在广州暴动中牺牲。受革命思想熏陶，陈沫潮十五岁加入了共青团，在中学教书期间就开始发表宣传抗日思想的文章。在宜昌抗战剧团中，他像兄长般地关心团员们的思想，照料他们的生活，团结大家奋不顾身地投入抗日救亡运动。1940年，陈沫潮和队员们一起在前往恩施的途中被国民党抓捕，在狱中承认了自己是共产党员，虽然没有任何出卖行为，但也不可避免地受到组织上的怀疑和冷落，"文革"中他被打成"叛徒"，"文革"后予以平反，得到公正评价。

陈沫潮热爱木刻，他的木刻作品《女战士》、《她不愿做亡国奴》曾于1945年代表中国赴莫斯科参加中苏文协展览受到高度评价。

简化生：宜昌抗战剧团第二任党支部书记。

简化生1938年入党，接任陈沫潮担任剧团党支部书记后，使团内的共产党员发展到三十余人。

简化生曾在小学做美术教师，他善于绘制舞台道具，熟悉话剧排练，还担任了孩子演剧队的导演，在他的组织领导下，孩子剧团排练出不少舞台剧和街头剧，在城市和农村开展演出，获得好评。

1940年秋天，简化生经重庆到延安。新中国成立后在中调部工作，曾作诗回忆抗战剧团的往事："西山养病读华章，总角之交未能忘；愧说当年雅气盛，自惭畴昔书生狂；抗日战友幸存几？救亡旧事怅渺茫。病起凝思生平事，唯看院外老松苍。"

陈穆：宜昌抗战剧团导演。

1936年暑假的一天，当冷善远等七位年轻人满怀热情决定组织一个话剧团体时，有人推荐当时在二马路一家公司当会计的艺专毕业生陈穆担任话剧组导演，第二天，这七位年轻人找到了陈穆，他爽快地答应了大家的要求。此后的两年间，他先后担当起"梅安里话剧组"、"宜昌抗战剧团"的导演重任，指导剧团排演了许多抗战剧目，并在《凤凰城》中成功地饰演主要人物——抗日英雄中国少年铁血军总司令苗可秀。陈穆曾在《我怎样演苗可秀》的文章中阐释自己作为导演和演员的心得。

> 一个演员能演一个角色恰到好处，这演员不但先认识角色是怎样一个历史产物，知道他是在怎样环境中产生的去体会角色的性格，应有的动作，表情等等，而且还要明白自己的性格经常的动作，把它们相互的比较一下，来决定自己的应该的性格，动作表情。
>
> 演员完成了以上的一步工作，还不能达到恰到好处的阶层，这里需要导演的帮助。就是说导演对一个剧应有一个总的计划，这计划是对每个演员的动作表情，及速率有一个恰当而正确的启发和限制，让每个演员的一切都一致而协调。

陈然（陈崇德）：宜昌抗战剧团团员，革命烈士，红色经典小说《红岩》中成岗的原型。

陈然出生于河北香河县，1938年夏，随父亲的工作调动来到宜昌，他抛弃优越的家庭生活，满怀理想和抱负投身抗日救亡运动，成为抗战剧团合唱队的一名歌手。陈然声音洪亮相貌英俊，初始在《黄河大合唱》节目中担任朗诵、报幕人等，后在《凤凰城》、《陈白露》(《日出》)

等剧中出演重要角色。

1939年7月,陈然和程季华等五人参加中华慈幼协会战地工作队到襄江前线抢救逃难失散儿童。同年,刚满16岁的陈然加入共产党,程季华是他的入党介绍人之一(另一介绍人后来叛变)。宜昌沦陷时,陈然因未随剧团入川,一度与组织失去联系,后转辗到重庆继续从事革命活动,重新加入组织。1947年,陈然担任重庆地下党机关报《挺进报》特支书记,并承担了秘密印刷工作。《挺进报》的发行在当时的白色恐怖中引起了极大反响,当局几次下令限期破案,叛徒的出卖使地下党组织遭到破坏。一日,陈然接到上级紧急转移的通知,他坚持印完最后一期报纸,布置好转移信号,正待撤离,特务们破门而入,将其逮捕。陈然关押在白公馆看守所,受尽严刑逼供,坚贞不屈,写下了大气磅礴的革命诗篇《我的自白书》。1949年10月28日,陈然于中华人民共和国成立之际英勇牺牲,年仅二十六岁。《我的自白书》成为鼓舞一代又一代人献身革命的壮丽诗篇:

陈然(左)与他的两个入党介绍人,程季华(右)、向长忠(中)。向长忠后来成了叛徒

　　任脚下响着沉重的铁镣,
　　任你把皮鞭举得高高,

我不需要什么"自白",
哪怕胸口对着带血的刺刀!

人,不能低下高贵的头,
只有怕死鬼才乞求"自由";
毒刑拷打算得了什么?
死亡也无法叫我开口!

对着死亡我放声大笑,
魔鬼的宫殿在笑声中动摇;
这就是我——一个共产党员的"自白",
高唱凯歌埋葬蒋家王朝!

何功伟:中共湘鄂西区特委书记,宜昌抗战剧团党组织联系人。

何功伟在复杂的政治环境中始终领导着剧团党的组织和国民党顽固派展开斗争。1940年春,剧团为了摆脱顽固派的控制,不得不结束活动,时值日寇进犯宜昌之际,剧团在何功伟的布置下西撤重庆。鄂西特委转移至湖北恩施,因叛徒告密组织遭到破坏,何功伟不幸被捕入狱。此时,已改编为赈济委员会第十救济区赈抚工作队的抗战剧团到达恩施,全体团员也遭逮捕。在狱中,何功伟暗中联系上剧团的同志,他高唱自己编的歌曲激励大家以"铁石的坚贞"、"誓为保卫真理而斗争"。尽管国民党顽固派采取行刑逼供封官许愿等各种手段,他始终严守党的机密,表现了"富贵不能淫,威武不能屈"的革命气节,最终与妇女部长刘惠馨一起惨遭杀害。

黄福康:宜昌抗战剧团团员。

黄福康是剧团中一名普通成员,却是一个积极投身抗日救亡工作,为宜昌舞台灯光照明做出了贡献的人。艰苦的工作环境使他身染重病不幸去世,就像一颗刚刚升起的星坠落天际。

## 悼一个救亡工作者的死　艾绥

黄福康死了!据说是在今天十七架敌机飞过宜昌上空的时候断的气!

他的死;是因为肺病,这病是怎样得的,我不详知,不过,他告诉我:"这是从演《没有祖国的孩子》时起。"

从别处又听得人说:他因为思想过多,而且所想的全是由于本人的主观,以致成了幻想,而使他感到虚空的忧虑,得下了心病!

他的个性很强,觉得自己样样都行,因此,常常瞧不起别人,这是他的一个大缺点。

他是学电气的,父亲是一个工程师,所以他的生活相当的优裕,因为如此,他便成了一个小布尔乔亚的典型。

我是在去年八一三的全面抗战揭开以后认识他的,不管他本身具有什么缺点,不管他是不是小布尔乔亚,他是值得我们纪念的一个朋友!

在抗战的初期,在内地干救亡工作,是有很多困难的,尤其是干戏剧,更免不了要遭受到打击。可是他加入我们的队伍,和我们在一块奋斗着。因为他是学电气的在舞台照明的工作上,他更尽了很大的力量!

也可以说他是宜昌干舞台灯光的第一人,在他之前,虽也有干过这一行,可是那都是些(门)外汉,常常用着彩色的光线,把舞台上的人照成了鬼影怪形。

经过他的改造,舞台照明技术,得了显著的进步。在我们第一次,也可以说宜昌的第一次公演《保卫卢沟桥》和《我们的故乡》时,他的灯光成绩表现出来了,他的照明,不但避免了舞台上的鬼影,而且也配合了剧情,帮助了剧情的发展。

除了灯光工作他还干演□,饰反□角色。他演过《没有祖国的孩子》中的汉奸,《马百计》中的伪官,《大井村》的日本兵,他和我们到过乡村去宣传,到过当阳宜都各处去演戏。

虽然他所饰的尽是反派,可是他仍是一个热心救亡的同志,虽然他后来由热心而变成了消极,甚至于悲观地放弃了自己的工作。

后来有好久没见他了,只听说他在生病,有一天晚上突然在路上遇见了他,我感到非常高兴,他当时告诉我,他的病已经渐渐的好了,只不过还要打针吃几剂药,就能恢复健康的!

谁知道这是最后的一次遇见他呢!

回忆起来,不胜怅然哀悼!他虽死了,他虽在生前有着许多思想上和行动上的错误与缺点,可是他在宜昌的舞台照明史上,应当占有光荣的一页。

廿七,十,五,夜雨时

## 哀福康兄　柳江

当业余剧团在宜昌公演时,你对于他们的灯光感到非常的惊奇,为了了解光的配合,与改造装箱的变压器,你拉着我们找影人的汪洋朱景明两同志,在当时,我们是存着了很大的一个希望,希望宜昌的舞台灯光,在你的创造与改进下,有个新的成绩出现。

然而,为时不久,你病了,沉重的病使你消极,依(使)你离开了我们的队伍,每当我们踏上舞台看见灯光的时候,我们总是念着你创造宜昌舞台灯光的艰难与你的病。

现在,又到了双十节,并且是我们自己的演出,你所想改造装箱的变压器,也在新的同志手里完成了,跟着你学习的孩子队员也会管理灯光了,你呢?你死了,你真实地离开了我们的队伍!

福康!你真的死了吗!你真的离开了队伍吗?不,死的是你的躯壳,离开队伍的也是你的躯壳,你的精神,你所创造的光,是永远的伴着我们,向着民族解放的前途迈进!

廿七,十,八

## 十四、剧团结束

1940年初,国民党宜昌县党部决定取缔宜昌抗战剧团,尽管剧团经过努力赢得了一些社会人士的支持,但最终难以摆脱困境。当局下令将其改编为"湖北省民众抗敌宣传团第二队",由省党部直接插手控制。剧团不愿意接受这个结果,不得已于1940年4月25日以"经费困难"为由宣布自动停止活动。剧团结束后,一部分人自谋职业;冷善远、简化生等经重庆去延安;陈沫潮、程季华等在重庆经周恩来批准由阳翰笙出面安插进国民党赈济委员会,以赈抚工作队的名义前往恩施第十救济队工作,途中,由于叛徒出卖全队被捕入狱,关押长达一年余。在狱中,多数同志视死如归坚守住革命气节,出狱后,他们分别参加了周恩来领导的国民党军事委员会政治部三厅属下的抗敌演剧队四、五、六队。

### 结束启事

迳启者敝队原为宜昌县党部移动演剧第一队改编,自成立以来,倏已数年,队中经费全部自筹,刻因宜市日渐萧条,筹措乏术,亏累甚重,现以无米为炊,自难为继,同时队中多数青年或另觅职业,或离宜升学,敝队乃不得已自动宣告结束。为使各界周知起见,特此登报声明。

湖北省民众抗敌宣传团第二队谨启<br>1940年4月25日《武汉日报》

## 抗宣第二队　自动宣告结束
## 经费困难实逼出此　各方闻讯咸表惋惜

（本报讯）湖北省民众抗敌宣传团第二队原名移动剧团第一队,其前身为抗战剧团,该团成立于卢沟桥事变以后,系一般青年所组织,本国家兴亡匹夫有责之旨,利用业余之暇从事剧运,献身抗建宣传工作。武汉转进后,奉令改编为移动演剧队,历在鄂西战区及东川万县等地巡回公演,深得各界一致赞许。返宜后,担任本市各项宣慰工作尤为努力。今春鄂省党部改编民众宣传团体,该队即更今名。惟该队经费素无的款,多系节俭自筹,或向私人劝募,故支持极感困难,而负责人年来为筹措经费,亏累甚重,加之目前队中多数青年,又以求学心切,各皆星散,故不得已于昨日自动宣告结束,各方闻讯,咸表惋惜云。

1940年4月27日《武汉日报》

宜昌抗战剧团结束之时,也是剧团成立两周年之际,有团员满怀悲壮之情写下短诗,怀念过去两年间的浴血历程,这些为祖国民族而战的年轻人,他们带着永远不会逝去的青春记忆,奔向新的充满硝烟的战场：

　　最后的奇花已经凋残了,
　　我们的旅程转了一个大湾,

移动队已经成了历史上的名词,
我们回忆里的纪念。

不须愤怒,
我们还逗留在嘉陵江畔,
同志们,坚持奋斗的精神,
争取第二次移动的实现,
来纪念移动两周年。

1938年10月,宜昌抗战剧团暨孩子演剧队全体合影

# 埋在岁月皱褶里的故事

——黄永玉谈演剧队及其他

2017年秋天,我结束了《收获》杂志"他们走向战场"的专栏写作,在最后一篇的末尾,我写道:

> 终于结束了一年的专栏写作,要和七十多年前的演剧队员们说再见了,轻松之余竟很有些不舍……对于那段漫长的历史,我奉献的只是一些小小的碎片,但这些碎片或许可以激起人们对遥远的过去的想念和探寻……有位老先生在看过《沙滩上再不见女郎》后发出感叹,"现在,还有人写她们啊!"伴随着感慨而来的是无尽的往事的浮现……

发出感叹的老人就是黄永玉先生。

这年夏天,一个阳光灿烂的午后,我与我先生张建勇在李辉、应红夫妇的陪同下拜访了九十三岁高龄的黄老,这位著名的老艺术家,在他颇具传奇色彩的生涯中,也曾经有过一段演剧队生活,而且历经人生的跌宕起伏,岁月的漂泊磨砺,从未将那些青春的记忆抹去。巧的是,当他读到我发表的文章时,正是他的长篇巨著《无愁河的浪荡汉子》写到演剧队的时候,相同又不尽相同的经历更加激起他对往事的怀念。

于是,在那个下午,黄老打开了记忆的闸门,侃侃而谈,带我们走进那些充满喜怒哀乐的沧桑年代。

## 一、演剧队促成了我和我爱人的姻缘

看了你写的文章,我特别激动,这是中国文化上很珍贵重要的历史,没人这样写过,可惜写得太短了,要长很多很多才好。听说你要来,昨天,我一直在回忆,想把我的事情都告诉你。

我认识你写的那个文燕(指《沙滩上再不见女郎》中的文燕)。在福建时,她所在的演剧队和我们的演剧队有来往。她就像你写的那样,很能干,很泼辣。解放后她到了北京人艺,我们见过一面,是在反右运动后,我去看舒绣文的时候,在楼下碰到她,那时候她已经成了右派,人很憔悴,整个青春都被耽误了。我非常想念她。前些年听说她还活着,生活得不错,因为儿子成器了。

重要的是,那段时间,我的生活发生了一件大事。我的爱人是广东国民党旧军人少将的女儿。那位少将爱好文艺,在广东一带还颇有文名。他打过日本,做过驻安南的督办,抗战胜利后他相当穷,日子过得很困乏,做过一两届县长。我当时已离开演剧队,是个小流浪汉。他当然不喜欢我,他给女儿找了一个留学麻省理工学院的人,他另一个女儿的丈夫也是麻省理工学院毕业学造船的(这人非常老实正派)。但是,老头的女儿爱上了我,这就麻烦了。他一直不准女儿和我来往,我们往来的信件都被扣起来了,家人也一直盯着她。后来,我爱人随家里到了韶关,剧宣七队在那里,我爱人就偷偷地去找他们,述说自己的困境。七队的女同志对她说,跑啊!当时我在赣州附近的一个小县上犹的《凯报》报馆工作。七队的人在韶关劝我爱人跑,她的钱已

265

被家人扣了,七队的一位女同志就把自己的一条金链子借给她——我一直打听这位女同志的名字毫无着落,只能遥遥地多谢抽象的剧宣七队。我爱人把金链子卖了,搭车跑到了赣州给我打电话。我借了架自行车上午十点钟从上犹出发,一百二十里,一路猛骑赶往赣州。车骑到一半时,天黑了,就在山顶一个鸡毛店(真正的鸡毛遍盖全身的鸡毛店)住下,第二天一大早再接着骑。我爱人的运气也真好,不知怎么就挑选了赣州公园里的一个招待所住下,那是公家开的招待所,正好还是我的一个朋友管着——他开始并不知道来的这个女孩子是我的女朋友。赣州我有一大帮写文章的年轻朋友,大家见了我们都说,你们干脆就结婚吧……看了你的文章,我就想到七队。那时候,如果没有七队朋友帮助,不知道我们之间的灾难要到什么时候才能结束呢!解放后,我还见到齐牧冬、俞亮他们,那个七队队长(指吴荻舟)在国务院工作,我们见面还叫他队长。"四人帮"垮台后他来找我,要我马上为他刻一幅周总理的木刻作品,我告诉他,刻木刻是很复杂的事情,要构思、打稿、雕刻,这么短的时间不行啊。他生气了,以后我碰见他,叫一声队长,他说"还叫我队长,叫你做个事情你都不做!"

## 二、我曾是演剧队里的一名见习队员

我41年到43年在演剧队,那时,才十七岁,只会画画,画广告,不会演戏。

我所在的演剧队是福建省保安司令部的战地服务团。团里有不少老戏剧家。团长王淮是山东济南人,1938年,他和朋友徐洗繁、许超然一起从山东到武汉鸡公山干训团受训,还跟音乐家沙梅学习音乐。王淮干训团毕业后分到教育部的戏剧教育队二队,教育部有两个戏剧教育队,一队分配到西北地区,队长向培良;二队分配到东南地区,队长谷剑尘。王淮随二队到福建巡回演出后原准备到其他省去,被福建要求留下了,可能因为他既懂音乐又懂话剧,是个能做事的专业人才,就被派到我们这个战地服务团当了团长。徐洗繁也是山东人,他后来一直在北京人艺,演过《智取威虎山》的座山雕,电影《齐白石》中的齐白石等。

演剧队一年多演了许多戏:《古城烽火》、《国家至上》、《妙峰山》、《日出》、《雷雨》……你文章中写的那个歌,在桂林演出的那个,直到现在我还会唱呢!全能哼出来,现在嗓子完了,要是前几年我会唱给你听的!在那个抗战的大时代里,我们这帮实际上是失学的青年,能够有这么一个好的环境让你学习,让你通过演戏开始懂得文学上一些精髓的东西。这是另外一种学校,大家相互切磋,比正式的学校还要亲密,还有老大哥的帮助,引导你喜欢文学喜欢看书。演剧队还是培养意志的地方,在那里,每天都有各种变化锻炼你,让你懂得人生,懂得无论遇到什么事情,重要的是你自己要振作,不能堕落,养成良好的作风。包括在解放后,就是受了些委屈也不颓废委顿。

那时候,像我们这样的演剧队不少。比如军宣三队,我们接触过,同军委三厅所属的剧宣演剧队没有关系,三队的队长和王淮是对立的,王暗示过我们,这是国民党的。不过他们演剧的剧本是共产党的,歌也是共产党的,国民党有什么?就那么几个歌!有的青年为了抗日加入进去,也只能说就是投胎投错了,没有什么必然性。我们和三厅属下的剧宣队有不少来往,后来,我在香港还看过他们演出的《风雨牛车水》,写当地华侨的生活。

我这期写到战地服务团解散(指在《收获》上发表的《无愁河的浪荡汉子》),要到另一个地方去。因为保安司令部副司令柯远芬——他不是黄埔系的,但是很受蒋介石重视,这人喜欢戏剧,就成立了演剧队。他调走了,去陆大(他原是陆大毕业)工作了,司令黄珍吾(指《谁与你同行》中的黄珍吾）也不在闽南了,战地服务团解散了。当时我想回家,王淮介绍我跟着国民党抓的一团壮丁队一路从福建永春经过江西步行到湖南去。后来到了赣州,壮丁队死了很多人,我看不对头了,再跟下去,把我拉去当壮丁就危险了。我就离开了,留在教育部的演剧二队徐洸繁那里当个"见习队员"。

我受王淮的培养照顾很多,他是我一生从事文化工作萌芽状态时期的恩人。1948年我到台湾时还见到他,借用他的房子画画,他的妻子刘崇淦是我当年的同事。"文革"中,有人把共产党在台湾地下党的情况公布出来,他被抓后枪毙了。当时我不知道这件事情,我在牛棚关了好多年,快放出来的时候,上面来了个什么"部"的几个人找我,问我,你知道不知道在台湾的王海淮？我说,我只知道一个叫王淮的,来人说就是他,已经被国民党枪毙了。台湾有一个画家耳氏又名陈庭诗,后来写信告诉我,王淮有了变故之后不久,妻子也去世了,留下一个女孩阿乖,当年我在台湾时经常带着她到游泳池去玩,长大后当了台湾的排球选手。

那年,我在台湾待了七八个月。有个老漫画家张正宇,他书法艺术水平很高,是张光宇的弟弟,台湾建设厅请他从上海到台北去编一部《今日台湾》风情大画册,他就约了我和另外一位杰出的老漫画家陆志庠同去。当时我年轻,身体好能干活,又不讲价钱,他能带上我就很好了。在台湾工作了一段时间后,国民党方面弄到了一个大树的横断面,张正宇要我在上头把章士钊写给蒋介石的几百个巴掌大的隶书祝寿词刻出来。我当然不能刻,但是怎么拒绝呢？我就找我的几个地下党朋友商量。他们说:很简单,二三百字的东西,你一个字要十万块钱好了(略和今天的币值)！果然,张正宇一听就吓回去了,没让我刻了。过了一阵子,他说:黄永玉,你要小心啊,有人说你是共产党哦！我就翻脸了,马上对他说:"张正宇,如果我出了事,就是你干的！"这样就闹起来了。有一天,一位同志来告诉我,警备司令彭孟缉下令,明天十二点要来抓你。早上,有一部卡车停在门口,你不要问,也不要告诉任何人,把行李拿着上车。并给了我一张从基隆到香港的船票,让我去香港。后来,张正宇也回北京来了,我问他,他说:我是开玩笑的,我怎么会真的那样对你呢。这个人啊就是大大咧咧,不清楚政治厉害,倒不是存心害人。后来几十年大家都生活在北京,也就不提这些事情了。

### 三、现在知道演剧队里共产党员多,那时候真不知道

保安司令部司令黄珍吾,海南岛人,是军统十三太保之一,他对我们这个演剧队不错,人家有时还爱学他叫我:黄永玉,黄永玉,你很淘气!副司令柯远芬广东梅县人,喜欢戏剧,他是个真正的纳粹,讲话像纳粹,说半个钟头的话,有一半都是"这个、这个……那个……"他形象也像个纳粹,如果画他的话,前后的腮帮都看得见。他们没有让我们加入国民党。我们到福清时,有个指挥部的文工团正酝酿集体参加国民党。王淮让我和另一个队员到远处另一个"团"级的剧团去看看,那时候我十七岁,对是否入国民党不太在乎,也没有觉得加入国民党有什么了不得的,以后会怎么样,就是觉得很好笑。等我们从那个队回来,其他人手续已经办完了。"文革"时审查我,说我是国民党,我说我一秒钟也没有参加过,有人证明。以前国民党说我是共产党,所以才要抓我啊,怎么"文革"又说我是国民党呢!我上学的时候,我叔叔是"三青团"的干事长,大概他嫌我不行,不够格。当时是鼓励好学生加入的,功课不好,调皮的不会让你参加的。当时我们有几个同学对党的问题看得不是很重要,就感觉到"三青团"没有什么意思,也没有深刻地理解到它有怎么不好,对它的危害性还不懂,只是嘲笑而已。"三

青团"有个布臂章,逢到什么时候拿出来套在袖子上,我们宿舍隔壁是个仓库,有几个同学就把那臂章偷出来擦皮鞋用。我的同学不少都到延安去了,都挺优秀的,我的好几个亲戚、同乡都是共产党的高级干部……我妈妈是23年加入共产党的,我爸爸是25年入党的,后来他们回到家乡,两人一直是小学校长……我小时候的干爹朱早观后来当了解放军军委办公厅的副主任,那时他经常回凤凰,就住在我们家,他家里是大地主。有一次,我爸爸对他说,你把他(指我)带走吧,那时我才七八岁,干爹说"我长征还背个小孩!"那时他要真的把我带走,我可真成红小鬼了!解放后,我没有跟他见过面。

现在知道我们这个演剧队的共产党员很多,那时候可不知道。中间还来过几个新四军呢,从仙游、惠安来的。我除了知道王淮的藤箱里有三本《资本论》以外,别的什么都不知道。那些书我当时看见了,还说这个《资本论》是共产党的。王淮说:你不要拿出来,放回去。很从容。我那时候开窍很晚,两件事情都开窍晚,谈恋爱很晚,认识共产党很晚。我所在的战地服务团有很多可爱的女孩子,有的公开向我表态,我都很理智地对待,老老实实地对她讲,我不知道自己将来会到哪里去,你的家庭情况这么好,将来一定能够找到

十九岁的黄永玉(左二)

好的男人,我会耽误你的。我知道这个事情没有我的木刻重要。对国民党当然有认识,但是多年生活在白区,这么多的痛苦,慢慢地就麻木了,没有那么强烈的仇恨的东西。我1938年参加木刻协会,慢慢地懂得划分国民党和共产党,知道必须依靠共产党才能打倒国民党,至于我怎么没有加入共产党,这个问题较复杂。胡乔木同志"文革"后到我家里来聊天的时候也问过我,你搞了这么多年,怎么也没有入党?

……

抗战时期,漫画木刻都起到了先锋作用,贡献非常大。像丁聪、廖冰兄他们都是拼了命的,随时都有可能被抓。国民党很注意搞木刻的人。陈烟桥到了1948年被国民党抓了,就关在霞飞路一个房子里,我们路过可以看到那房子的窗户。野夫、李桦、陈烟桥都是老前辈,李桦48年去了中央美院。我是1943年和李桦先生开始通信,47年在上海见了面,曾在他的领导下开展木刻运动,在反饥饿反内战的游行中做传单,没有想到后来我有幸在中央美术学院和他同事几十年,这一辈子我们在一起时间最长。

我在香港的时候,夏衍、司马文森、聂绀弩等同志也在。我和聂绀弩同志来往较多。上海有个电影公司老板吴性栽先生,文华公司就是他的,到香港后成立了龙马公司,我帮他写剧本。我的《儿女经》拍了,没有用自己的名字,用了黄笛做笔名。这部电影是教育儿童的,在香港这样一个特殊的环境中怎么教育儿女,我想解决但解决不了。周总理还挺欣赏这个戏的,这是楼适夷先生告诉我的,我十分十分难为情。女演员是石惠、龚秋霞,《秋水伊人》是龚秋霞唱出来的,她是位非常朴素的有修养的好人,但没有什么戏演。当时还有周璇、王丹凤等人,后来我和这些人来往还比较多。那时候李小龙还是个小青年,在长城公司做装布景的工人,我和朋友颜式坐在片场外长椅上聊天,他走过来说:"画家,给我画个像!"朋友叫他"走、走……"1949年,很多音乐戏剧美术电影工作者回到广州开华南文代会,那些解放军将领席间请王人美唱《渔光曲》,结果王人美就哭了,没有唱成,好凄凉。当时周璇、王丹凤想讲话都不大敢讲话,她们上街都不敢走到马路中间,沿着街边走,胆小。那时候一些人是不了解共产党的,害怕。

我回来北京后,写了入党申请书,说我父母都是老共产党员,我从小参加木刻协会,我曾经当过瓷场工人等等,但是一直没有人理。到了反右前大约半年的时候,夏公对美院的院长党委书记江丰他们说了,黄永玉入党的问题应该解决。当时书记是江丰,副书记是洪波,他和我谈了话,正式通知我准备发展我入党。谈话后不到两个月开始反右,江丰、洪波都成了右派,这下又完了。到了"大跃进"的时候,要我交待想要入党的动机。我说,讲老实话,我以为入了党就不受人欺负了,后来看看有些人入了党还照样受欺负,我也不太想入党了。时间就这么过去了。……现在,我也老了,这方面直到今天我还很落后。

## 四、岁数好像让人从口袋里偷走了

我这个人的运气好,一回来就到了中央美院,当时里面的派别很多,有从延安来的,有徐悲鸿的,有华北大学的,有北京市的,都是艺术家,各有各的一套,你夹在里面,就真不容易。我忙着自己的活,不去理会这些。也有人会欺负你,但你不要认真,欺负就欺负,算了。我回家好好用功,顶着个"白专"的帽子,认真教学就是。这不是世故,是我要忙自己的事情,这也不是理想,是习惯,每天都要干活的习惯。"文革"中派性斗争搞得你死我活,吴作人先生和谁都没有关系,他是徐悲鸿的人,但他没有利用徐悲鸿做这个那个,他旧学根底好,画也好,是个很好的人。关在牛棚期间,有一天,他来找我(当时我装病,患传染性肝炎,单独关在一间小屋),他说:"我现在在牛棚,每天要把我拉到附中地下室……打我,如果把我打死了,你要记住告诉我的家人。"他们没有打我的理由是,我同任何人任何派都没有关系。我的最大的问题是"四清"期间写了不少有趣好笑的动物短句,他们就批我资产阶级思想,爱看外国书,听外国音乐,毒害学生,资产阶级生活方式喜欢打猎……我心想,我的生活方式你们没有一个人能受得了。我去通州、顺义一带打野兔,天不亮就起来,一直弄到天黑。困难时期开文代会,朋友到我家吃饭,没有肉怎么办?就去打兔子。有的人太平日子里和你一起玩,到了运动时就整你,这些都是材料。有的人就是有整人的习惯,还有的人是忌妒,有多种原因。最近有个害我害了几十年的人,突然良心发现了,几十年以后托人来对我说,真对不起你!能这么说就很不容易了!这种人也不容易,他认为你活着就是对他的伤害。你死了,他就好了。我不恨这些人,我这么忙,哪里还有时间恨人家。那时候我正在画毛主席纪念堂座像背后的那幅大画,很神奇呀,牛皮吹得很响,他们也怕我回来报复他们。实际上我哪里想过这些事啊?我没有空啊,我要恨你,我的情感、时间、精力都得投入,我忙得很。但我心里对发生的事情很清楚,明显的,斗争我的时候,人家全家都上台,拿着木枪、木头做的刀押着我……他迫害我,我报复他,一报还一报,仇仇恨恨,哪年哪月了结?好耽误事,人生又不是为了"恨"才活在世上的。这些事情真是讲不完,像是一场梦。

冯白驹被弄得很惨……胡风牵扯了一大批人。你知道当年送我船票接我走的人,后来就是这些人把国民党的七十二架民航机在香港涂成黑色的飞回大陆——台湾地下党。我这个朋友是其中主要的人物,后来到了"文革"他在干校被打断了腿,这个账不好算呀,没法说的。你写到演剧队的一些人按照组织的意思加入了国民党,"文革"中境遇很惨,后来有文件为此事平反了,也有的人没有享受到这个文件的好处就冤死了,一些人的命运很凄凉。我们学校有一个人很伟大——许幸之,他和茅盾的情况差不多,他本来是党员,到了日本,回来后在上海搞话剧,也画画,他拍的电影《风云儿女》的主题歌就是《义勇军进行曲》(田汉词,聂耳曲)。后来却是画一张画倒霉一次。他画我们中国自己造的那只轮船,用圆形的画布,结果那船下水后翻了,就整他,说他因为船翻了高兴。"文革"中造反派对待他就像对垃圾一样的。我们关在一起,他的夫人是后来的,英文很好,翻译《卓别林传》,翻译完了特别开心,但是"文革"了,不能出版啊!那时候,他们两个人情绪都不好,也常为了很琐碎的事情吵架,后来他什么时候去世的我们都不知道。

还有潘汉年,我写过一篇我见潘汉年的文章,那个帮助潘汉年工作的唐瑜说怎么写得这么短呀,希望我写长一点,我说我只有这些事情啊……我这个人画画不喜欢日子怎么过就怎么画,我喜欢想,画解放军飞起来,下面都是花……这类的较多。有的报纸上就批评了。那时候,我们到香港开会,先要到九龙加连威老道叶以群的家里,郭老等都在那里会合,然后坐轮渡去会场。一次开会,我跟着老人家们一起过海。潘汉年也在那里,身边也没有什么保卫。他见到我说:怎么样,挨批了吧,不要紧的,打仗时需要粮食谁来看你的花呀,打完仗就来看你的花啦!想通了就好办了。要想通也不容易,五十年代审查我历史的时候,我听说夏公从上海来北京了,就到招待所去找他诉苦。我对他说审查简直是侮辱我,他问审查你几次啊?我说一次,他说你知道我这次来是干什么的吗?就是来接受审查的!我送上门审查,我这一辈子,不知道被审查多少次,你才审查一次就这么难过?

我这辈子有两个人只是在开会时见过没有具体的接触,一个是老舍,一个是田汉。田汉有才华,脾气不好。有件事情印象很深。反右开始,在北京人艺剧场的楼上开打招呼会,夏衍、田汉、阳翰笙主持会议。我不算二流堂的,在这些人中算小孩,但也把我给找去了。张正宇、张光宇、叶浅予、高汾、高集……三四十个人,批判二流堂。大家开始骂,想到什么骂什么。过去都是到二流堂玩的客人,现在都骂。有人说,盛加伦去世了,应该追封他为右派!盛加伦买空卖空,一点学问都没有。田汉说,有句话叫盖棺论定,为什么呢?因为他不再发展了,就不要追封了吧。至于盛加伦有没有学问呢,这是相对的,在某些有学问的人看他当然没有学问;一般的人看他是有学问的,比如我就觉得盛加伦很有学问。这样,别人就不好说什么了。还有人说,我们到二流堂就是搓搓澡,捏捏脚,轻松轻松……那天,我在那里就看到了人生,朋友一倒霉什么话都出来了,真可怕!

……

我在《收获》上的文章才写到十七岁。我已经写了九年了。我不会电脑,全部都是用钢笔写在稿纸上。自己印的稿纸,五百字一张。

我现在要是六十岁该有多好啊!……

我的文章大概是写不完了,我计划写到六十岁,从干校回来吧,后面的就不写了。我活不到十年了,活到十年我也不一定能写了。只是,我觉得不写挺可惜的,大家都想看我写解放后的这段日子怎么过的,我想好了怎么写,就是照原样写,我的角度,政治水平就是

九十三岁的黄老讲述往事

这样,政治面目就是这样。不讨好,不解释,该怎样怎样,就这么写。我从香港回来,就确定了一辈子看待事务处理事务的态度……

我现在一天最多写三千多字,有时候写一千多,也有时候一句话卡住了,半天写不下去,这种情况就不写了。我有个体会,一件事情到了最后也是最让你烦的时候,你停下来休息一下,然后再做,那就是重新开始了,就新鲜了,所以一定要休息。把黄昏变成黎明。我的学生构思不下去,我让他们出去玩,后来有大字报还批评我,我不怕批评,我的道理很充分。

我们这些当年的小伙子总是看到老人家们讲东讲西,现在自己九十多岁了,简直很难想象。前些年到上海,住在酒店里,出来时地上有点滑,我说这个地方滑啊,有些老人家万一滑倒了怎么办?有人说:你不就是老人家吗?我觉得我们这些人一下子就老了。有的人,从清朝就当官,到袁世凯,到北洋军阀,到国民党,到抗战八年,到解放后还做了人大代表……人家活得好长呢。我们的内容很单薄,一晃,就九十多了,好像岁数让人从口袋里偷走了。我们不是懒人,是愿意做事的人,可这辈子起码糟蹋了我二十五年。二十五年,让我做事情,我能做出多少事情!不说别的,我曾计划刻一套木刻绣像水浒人物,订了木刻版,收集宋代的一些资料,借卡片、做卡片……阿英、苗子、王世襄、黄裳……好多人借给我卡片,我抄了两千多张,"文革"中这些卡片被造反派弄走,扔在他们办公室的地上踩来踩去,木板什么的都分掉了,找不到了。只要给我一年两年的时间让我刻完,起码可以留下一些《水浒》的好插图。木刻真使我耗尽了一生的力气。昨天上午去看我的一个月历的展览,看到一个老头儿带了许多老头儿在看。这个展览中的画我前后画了十二年,积少成多,一天做一点。一年十三四张,一年一个不同的生肖,十二年居然一百多幅。去年去宜兴画了一套茶壶,《水浒传》的,一人一把,共一百四十几个人,潘金莲西门庆都有份。请当地高手刻出来,烧好了,放到盒子里运回来,准备开个展览。要出一本画册,没有画册看不清楚。前天我把中国摔跤画完了,我喜欢摔跤,三十八个招式,画了一百零三张。下面打算写一篇序。《收获》今年九月的文章写完了,就差十一月一期了,这几天是我的轻松日;过几天又要开始写了。这些都是我的小算盘,虽然算不得什么大作为,但事情是要一样一样地做下去的……

2017年7月17日下午,黄永玉先生家

## 母亲的故事

1937年8月的一天,母亲匆匆离开济南返回潍坊向家人告别。

此时,整个山东正处于沦陷前的紧急状态中,母亲就读的齐鲁大学高中部南迁重庆,她没有同去,而是参加了济南抗敌后援会的抗日宣传活动。她和同学们打着旗子走在街上,歌声口号声不断地从队伍里冲出来,当她站在街头挥舞着纤细的胳膊讲演的时候,常常禁不住声泪俱下……

走进那所熟悉的宅院时,全家人都闻声迎了出来,姥姥抓住母亲的手又惊又喜地说:你可回来了!外面这么乱,就得赶紧回家啊!走在后面的姥爷却是一脸的不高兴,他冷冷地看了母亲一眼,说:你们女学生到底不行啊!不是说去抗战吗,怎么回家来了?!

母亲回答:这就要走,以后恐怕不能再回来了!说着急忙进门收拾衣物。

那天的情景母亲一生都无法忘记。天气很热,湛蓝的天空中不时有一队队日本飞机飞过,它们飞得很低,隆隆的吼叫声震得门窗索索发抖,全家人都陷在无望的恐惧之中,久病的大姥姥躺在床上大声呻吟,呆坐房中的大姥爷看着满屋子的古董书画连连叹气,年轻的嫂嫂抱着尚在襁褓中的孩子无声地抹着眼泪……姥姥一边往母亲的衣服口袋里缝钱,一边哭着说:你哥哥走了一直没有消息,你一个女孩子,怎么能去打日本鬼子呢,鬼子来了,死就死在一起吧……

正在箱子里翻找东西的姥爷突然抬起身子斥责姥姥道:不许这样说,她该去!让她去!说着从箱子里抽出一把祖上留下的长挂刀在手中比画着:他娘的!鬼子来了就和他们拼……话没有说完,就咳嗽得喘不过气来。那晚,夜幕垂垂,星星在天上闪烁着冷冷的光芒,深受惊吓的一家人终于都睡了,母亲背着包袱悄悄地走出自己的屋子,环视着从小住惯了的院落,那树影遮盖下的屋檐,那被雨水侵蚀的旧窗棂、门槛,闭着眼睛就能摸得到的墙角砖缝……身后的窗户里隐隐地传出娘的叹息,隔壁的大娘还在呻吟,想到假如明天离开娘不知会哭成什么样子,爹又要发脾气……她不敢再多停留,蹑手蹑脚地往外走,把街门拉开一道缝,侧着身子挤出去,又从外面小心地把门关起来,然后转身急急地向着县城东门外的火车站走去。穿过长长的巷子时四周一片漆黑和寂静,她在心里默念着,或许这次就是永别了,或许再也见不到可怜的父母和家人了,眼泪不觉涌上眼眶,忽然间,觉得这个家是那样亲热难舍。

这就是许多年后母亲向我们讲述的当年离家出走的一幕。那个夜晚决定了母亲一生所走的道路,也使母亲留下了终生的遗憾。母亲爱提起那一天,还特别爱说姥爷的那句"你们女学生到底不行啊",每次讲到这里,她的语气都特别重,她的眼神也显得有些蒙眬,像是又看到了几十年前的那个站在家乡院子里愤懑又带着挖苦神情的姥爷。若是在吃饭时提起这桩往事,母亲就会停下筷子,那时候,她的表情就变得格外复杂,好像是感叹,又好像不服、不满、不信,还有许多说不清的什么……只是,母亲讲话的时候我们多数并不在意,对这些近乎成了老生常谈的事,似听非听,也有些糊涂,她好像在控诉家庭的封建统治,又分明怀着很多割舍不断的感情,而那个说起来似乎很穷的家同时又那样讲究、要面子……这和我们平时所接受的一切都要用阶级分

279

析的观点看问题都套不上,我们弄不清,也不想弄清,转脸就谈论别的事情去了。又过了些年,我才发现,那遥远年代的影像似乎在不经意间早已被母亲镶嵌进我们的心里。

母亲王育新出生在一个书香门第,祖上十余代都是读书人。她的祖父是前清举人,父亲一辈只有兄弟两人,大伯父也就是我称之为大姥爷的是前清秀才,曾在多个地方做官,后辞官以教书为业,一生勤勉治学,擅长文墨诗词,有诗编入潍坊名人诗集。我姥爷的运气似乎不好,他做过一段曹州府的师爷,因与人意见不合拍了桌子甩手不干了,常年赋闲在家,嗜酒如命,喝醉了就骂人、骂世,颇有穷困潦倒之态。曾外祖父去世后,一向重情义的大姥爷和姥爷发誓一辈子不分家,这个大家庭就依着祖上所传的遗产和大姥爷的收入维持下去,过着不富有也并不很贫困的生活,虽无什么田产,却直到"文革"前还遗有"缥缃千卷牙籤万轴"。

在这个属于两兄弟的大家庭里,大姥爷常年奔波在外,连娶三任妻子都不幸早逝,姥爷不管家事,姥姥就理所应当地成了掌管家庭经济命脉和各种事务的总管。姥姥出身于富裕人家,是个精明强干的女人,她很快就把个二十多人的大家管得井井有条,成为说一不二的绝对权威。在母亲看来,姥姥之所以能够管理有序,是靠着封建礼教的力量,而这也正是促使她离开家的根本原因。

母亲这一辈共有六男二女,她排行老八,上面的几个哥哥都忙着在外面做事,且多数寻花问柳,有的娶了小老婆,有的索性弄个情人金屋藏娇。在这个已不富有却顽强地延续着礼教传统的家庭里,排在第一的是姥爷们,下来是儿子们、孙辈们,生活在最下层的永远是媳妇们。母亲眼见留在家里的嫂嫂们过着孤独愁苦的日子,她们移动着三寸金莲每天忙来忙去,活做得很多,吃得最差,总是受气,还要千方百计取悦男人,所有这一切都在她年幼的心中埋下了阴影。母亲虽是女孩,终因年龄最小受到宠爱,她顺顺当当地上了小学,受新文学影响读了不少小说,越发对封建礼教反感透顶,对这个家充满了厌烦。让她感到奇怪的是,家中明明是女人掌权,受苦受累的仍然还是女人。为此,她总是站在嫂嫂们一边和姥姥对着干,姥姥分配给各屋的东西等级不均也常常被她在送去的途中掉包,嫂嫂们喜欢她,称她"小姑贤"。

让母亲更加难过的还有她的姐姐。母亲唯一的姐姐排行老四,她生得娇小玲珑,眉清目秀,很早就顺从媒妁之言嫁入当地豪门,当上了少奶奶,但日子依然不好过。在那个上有公婆下有小姑小叔、男役女仆一大堆的家庭里,矛盾重重,姐姐很难处理好那些复杂的关系,虽然她一个接一个地为那个家族生着孩子,却总是因为种种事情受到婆婆的训斥和他人的欺负,她备感委屈。

母亲记得很多次姐姐回娘家的时候,都是躲在娘的屋里哭诉,那低低的抽泣让只有十几岁的母亲感到压抑又气愤。这时候,娘就连连叹气,赶紧指使嫂嫂们给姐姐的丈夫孩子做各种衣物往回带。嫂嫂们放下手里的事情一边小声地发着牢骚一边赶紧做活,生怕受到婆婆的责骂。每当看到这一切,母亲就有种说不出的烦闷。姐姐拉着她不停地抹眼泪,她觉得柔弱的姐姐真是又可怜又没有出息。她常常挣脱姐姐的手跑出去。隔壁邻居家架着秋千,她郁闷了就坐在那里,把自己慢慢地荡起来。她荡秋千的本领很大,双手紧紧地把握着绳索,不一会儿就能让自己飞起来,她飞得很高,高得平了秋千的横梁,高得像要冲上屋顶,飘向蓝天,只有在那一阵阵的上下起伏迎风飘荡中,她好像才能把自己的压抑和烦恼抛到身后。

母亲在姐姐的身上看到了自己的未来,那前景让她不寒而栗,她表示坚决不裹小脚,不嫁人。山东人习惯早给女孩子找婆家,此时,已不断有人上门说媒,母亲索性申明,如要她像姐姐那样嫁人,她不是死就是走！姥爷姥姥谁也拿她没有办法，终于，她怀着"逃离"般的心情，跟着五舅到济南读中学去了。

母亲的姐姐一生并不顺利。公婆先后离去后，她过了一阵舒坦日子。丈夫做了伪县长，家中荣华富贵应有尽有，回娘家时坐着洋车，穿着呢子大衣、皮袄，脚下是尖头皮鞋，身后还跟着背着枪的勤务兵，好不威风。她的丈夫先是给日本人帮忙，后又为共产党做事，在解放广饶的时候立了功；抗战胜利后国民党把他抓到济南吃了不少苦头，共产党又出面把他放了；解放后他当了政协委员，"文革"中又被吓死了。在这反反复复大起大落的过程中，母亲的姐姐始终也弄不清这其中的门道，她只是顺从着丈夫，丈夫得意时她享受，丈夫倒霉时她受苦，丈夫最终被吓死，而她也就背着种种的罪名过着孤独难熬的生活。

母亲说起这些来总是哀叹姐姐没有读书，没有文化，没有自己的追求，一辈子只知道生孩子，顺从丈夫，是一个没有独立性的女人，而她正是看到了这种悲哀才立志离开家庭的，她说自己和姐姐是走了两条路的人。听着母亲的述说我却不止一次地在暗中揣测，那个传说中柔弱美丽的女人究竟是什么样子？听亲戚们说，母亲解放那年曾匆匆路过潍坊，身后也跟着背着枪的警卫员，引起了邻里们的议论，他们想起了王家另一个女人曾经的风光，不禁感叹道："王

母亲的中学时代。照片上是她的笔迹

家的女人回来都背着枪!"

母亲和她的姐姐,她们之间有什么相同吗?又有什么不同?我真的很想知道。

二十世纪三十年代,母亲做出了和她姐姐截然不同的另一种选择。

她跟着五舅到了济南,一门心思投入学习,在她看来,只有读书才能摆脱姐姐和嫂嫂们的命运。凭着她的聪明好学,很快就成了全校总考第一的学生,并且因此而出名。那时候,学校为成绩最好的前三名学生免学费,结果母亲每学期都获得全免,家里原放话出来说如果不行就立刻叫她回去,见状也只好不再说什么。母亲在建国中学毕业后考取了齐鲁大学高中部,那是一所教会学校,学费昂贵,母亲因为她的才学再次崭露头角,一位美国教师热情推荐她和另一名男生去美国留学。可是这时,抗日战争爆发,一向渴望上学的母亲已经无法安心读书了,她觉得上大学、留洋都拯救不了国家,于是毅然放弃留学的机会,在五舅的影响下参加了抗日活动。那个男生走了,后来就留在了美国。我们知道这件事情的时候已经是八十年代,一个偶然的机会母亲向远赴美国的姐姐谈及此事,使我们在恍然中看到母亲曾经有过的那段梦一样的时光。她曾经是一个出类拔萃吸引着众多人目光的少女,生活在她面前展开了一幅五彩的未完成的图画;她曾经满怀憧憬徘徊于海边遐想,当海风吹拂着她修长的身体时,她的心也鼓起希望的风帆。即便是战争来临的那一刻,她也有着多种改变命运的可能,她可以远渡异国,待战争结束学业有成荣归故里,也可以和学校一起南迁重庆,继续自己的学生生活……然而,她都放弃了,义无反顾地选择了参加战争。时代的巨浪翻卷,带走了一代人的青春,要不是多年后一位老同学通过母亲寻找当年去了美国的那个男生,或许她永远都不会提及往事,那曾经有过的花样年华早已深埋在记忆的尘埃中……

几十年前的那个秋天,当秋风起秋叶落满地的时候,母亲跟着一支北平南下的学生队伍出发了,同学们手拉着手,脚跟着脚,相互搀扶着登上了巍峨的泰山。山上的柿子已经红了,谁都没有心思去动那柿子,更没有心思去欣赏风景古迹。开始他们住在山腰里,每天进泰安城宣传抗日,母亲每次都讲得汗流满面痛不欲生,远近的百姓不断地聚集而来,人越来越多。一个月后,他们终于要撤离了,下山的时候,经过那些已经熟悉的石屋,一个经常出来问长问短的老大娘听说他们要走急忙端出水来,母亲喝过水,大娘抱住母亲哭道:闺女啊,这么年轻,身子又单薄,怎么能去打鬼子呀……老人那满脸皱纹凄苦的神情,让母亲又一次想起日日夜夜期盼着自己回家的娘……

母亲没有回头,从那里,他们沿津浦线向西,步行、拦火车一路颠簸到达陕西潼关,又过黄河到风陵渡进入临汾地带。母亲入了党,见到了杨尚昆和李伯钊,并接受他们的派遣到阎锡山部队进行政治宣传。第一次见到李伯钊母亲印象很深,"个子不高,敦壮,完全男式装束,极短的头发"。她立刻就喜欢上了那种完全男性化的装束,在她看来那就是男女平等的一种象征。母亲怀着欣喜的心情脱下学生装穿上了军装,她很瘦,肥大的衣服套在身上很不合体,但用皮带在腰里一扎,却觉得十分精神,比什么装束都美丽,她也把头发剪得短短的,戴上帽子几乎看不出是女生,她希望自己像个男人似的投入战争。

阎锡山部队半年多的生活充满了惊险,母亲负责六十六师三四一团的宣传,惊讶地看到不少官兵都是靠两杆枪过日子——打仗的枪和烟枪。和官兵们熟悉起来后,又觉得他们很不简单。一天夜里,三四一团突然遭到敌人的袭击,团长和士兵们全部阵亡,母亲的政工队因住在别处躲过了一劫,但那一张张朴实的脸却使母亲很难忘记。不久,日本鬼子打到了跟前,母亲跟着政工队撤到了黄河边,他们沿着黄河一路急行,好不容易才找到唯一还在自己人手里的渡口"龙王涎"。

黄河涛声震天,岸边到处是逃难人扔下的箱子、衣物,死了的马直挺挺地躺在岸边散发着臭气,人们就靠吃马料、喝黄河的泥汤支撑。母亲他们清理了衣服,销毁了所有的文件,做好了牺牲或是分散的准备。那日,天昏地暗,风沙漫天,炮火已经打到岸边,他们在最后的时刻登上了木船,几乎是紧跟着,日本人的马队就冲到了河边,疯狂地残杀了留在岸边的人。

在那段炮火纷飞的日子里,母亲依然对女性的地位特别敏感。一次在部队宣传,遇到阎锡山来视察,队伍整齐列队等待训话,母亲和几个女生也站在各自负责的连队里,阎锡山在山坡上看了一会儿却突然下令:"妇女同志出来另站一队!"母亲她们只好跑出来另站一队,母亲对此特别反感,觉得阎锡山不尊重女人真是名不虚传的封建军阀!而在那浪涛汹涌的黄河边,有迎接他们过河的八路军高喊:"让女同志和年龄小的同志先上船!"那是母亲有生以来第一次听到优先照顾女人,又是在危急时刻,真是终生难忘。母亲参加革命是为了抗日,同时更是为了寻求妇女的独立,1937年黄河边的那声呼喊好像唤起了她生命中的一种希望,她觉得革命就是解放妇女,在延安一定能找到真正的妇女平等。或许正是在这黄河岸边,她默默地下定了决心要革命到底。

1938年4月,母亲几经辗转从山西"龙王䢞"渡过黄河到达陕西宜川县境,她穿着长满虱子的棉袄,背着小破背包和两个女同学一起开始了向延安的徒步进发。有老乡告诉她们山路狼多,她们每个人手里都拿着一根打狼的棍子,经过了四天的跋涉,终于,在第五天的黄昏到达了延安。母亲后来在回忆录中写道:

> 可到了啊!望着那延河潺潺流水,山峦上层层楼阁似的窑洞,又惊又喜……在这短暂的瞬间,把渡河前备受的困苦,在友军

> 工作的惊险……似全丢在脑后了！

离开济南已有半年多的时间,这半年里母亲从学生变成军人,从小姐变成一个几乎不再具有性别差异的革命战士,其中的落差可想而知,经历的磨难也绝非一般,但这些显然已经并不重要,重要的是她们总算实现了自己的目标——来到了延安。母亲说,从那时起她的心情变得明朗起来,离家的忧伤和焦虑没有了,"似全丢在脑后了！"

真的都丢在脑后了吗？我注意到母亲在这里用了一个"似"字,她似乎很快就适应了延安这个大熔炉的环境。在母亲后来的回忆录里,她写延安的新生活;写在庆祝六届六中全会召开的晚会上清唱一曲《借东风》赢得满场喝彩;写毛主席作报告时她坐在主席身旁记录,那记录稿后来带在身上很长时间;还写同志间的关心和忠诚相待……生活虽然艰苦,但记忆中的一切却是那么充满豪情,直到有一天,我听到了另外的故事,才知道事情其实远没有那么简单。

母亲到达延安时得到了比许多青年学生更好的机会,她被分配到中央党校21班,改名孟波生(后改为孟波)。和她一起拿着打狼棍子走到延安的两个女生,一个是她在建国中学最要好的同学,和她一同进了党校,后来成为母亲终生的朋友,我们从小就熟识的王阿姨;另一个却在几个月

母亲在延安

后就离开了延安。很多年后,我听母亲提到那个走了的同学,说走的时候,她要去送,组织不同意,她却坚持要去,结果受到了批评。母亲说起这件事时,我正在当兵,是一个并不合格的军人,为七十年代军队过于单调的生活和压抑的政治氛围感到苦闷和不适。母亲是在告诫我要遵守组织纪律时谈到此事。我记得那天,她望向远处的眼神有些不同。母亲的故事让只有二十岁的我听了感到惊奇,印象中延安是所有革命青年一心向往的地方,他们历尽艰险地奔向那里,怎么还有离开的?母亲不愿更多地谈及这个问题,记忆有时候就像是一个筛子,把那些不愿再看到的或是极力想遗忘的东西筛掉。

母亲去世后,整理她的遗物时,在她"文革"中的交待材料里我才对那件事情的来龙去脉有了了解。那冯姓女生是母亲在临汾民先总队认识的,她入党早,能讲不少马列主义道理,还在西安当过记者。她对母亲特别好,母亲对她也很亲近。冯到延安后进了让青年学生们羡慕的马列学院,但不知遇到了什么事情,她很快就感到失望,情绪也变得愈发坏起来。她对母亲说马列学院的有些领导水平很低还不虚心,她想要离开。一天,母亲接到她的条子说要走,希望母亲去送。母亲拿了条子去党校管理科请假,管理科的干部不准,批评她违反纪律,母亲不服,顶了起来,后来曹轶欧(康生夫人)在支部会上批评了她,说冯这个人很不好,不应再去接近她,并说母亲入党候补期满本是五月,但因为刚来觉悟低,推迟讨论。就这样,母亲又过了三个月才被允许转正。

使我感兴趣的并不是冯姓同学为何离开,而是那时候的母亲。显然,冯的离开在当时并不光彩,但母亲却是以自己的感情来处理问题的,毕竟她们共同走过一段难忘的路,彼此建立了友情,而且她也不认为离开延安就意味着不革命(在一些人眼里那已经是逃兵了)。使她特别受不了的还有管理科的干部表现出来的那种专横态度,"他一开口讲话就像骂人,很厉害的样子"。母亲感觉受到了伤害,毫不客气地和他顶了起来,以至于直到母亲去世后,那位和母亲一起留在延安的同学我们的王阿姨说起来还在叹息,"她的胆子也太大了!"这件事成了母亲进入革命队伍后受到的第一个大的教训,也是她改造世界观的开始。此后,历次整风她都要为此事深挖自己的小资产阶级思想,直到"文革"她还在批判自己当时"觉悟很低"。也正是从那以后,她知道了任何时候个人都必须服从组织,以革命的原则为第一位。

我看到了初到延安的母亲。我猜想,那时候除了激动和兴奋,她一定面临着许多的问题。面对决意离去的好友的倾诉,不知她是否犹豫过?还有那延迟了三个月的转正,对她来说一定有着许多的不解和委屈。以母亲那样清高和倔犟的性格,要迈过这道坎也很不容易,但是她挺过来了,没有转身走开,因为走开的话她无处可去;也因为她心中存着更大的理想和希望;更因为她牢记着五舅的嘱咐,在那个红叶遍地的泰山上,她曾接到五舅托人带给她的信,"听说妹在抗战,很好!要彻底抗战,就到西北去找 proletariate(无产阶级)。"哥哥的眼睛似乎一直在看着她……现在她总算找到了组织,怎么能放弃?她只有努力地批判自己,端正态度,积极靠拢组织,积极改造世界观……

母亲晚年在回忆延安生活时绝不提及这"负面"的细节,似乎那只是漫长人生中一个短短的插曲,早已融化在历史的烟尘中。但我相信,延安那个陌生环境最初带给她的震动肯定是极其强烈的,那是一个艰苦历练过程的开始,其中一定包含着许多痛苦和困惑。

留在延安的母亲开始了她一生不断改造、坚持不懈地追随革命和组织的征程。她做得很努力,不论是学习还是劳动都尽其所能。成绩很快就显示了出来,她不仅经常受到表扬,还当了课代表。正值西安需要记者,组织上征求她的意见,经过考虑后她表示还是要留在延安继续学习。放弃的原因,不仅仅因为那里是大后方,也是冯姓同学可能去的地方,她不想有相遇的机会,半年前的教训还没有过去,她只想离组织更近一点。晚年的母亲也曾提到过那次选择,参透人生种种的她对这些表现得很平淡,好像没有什么,作为一个革命者,做任何工作都一样。而我却意识到,这个时候的母亲已经有意识地用另一种原则来规范自己的行动了。其实,当记者的机会一定曾经令她心动,那无疑更能发挥她的特长,何况她从小就那么羡慕五舅有过的激扬文字的记者生涯,如果去了,她一定会成为一个出色的记者,一定能写出好文章来。但是,母亲放弃了,她希望自己留在延安上马列学院。就这样,母亲在党校提前毕业,留校当了24班的政治教员,后来调东北干部训练队担任支部书记,到女大政治处担任教员,几乎在每个地方都表现得不错。

1940年6月,母亲如愿以偿地考上了中央马列学院,她很高兴,希望能去那里好好读书,然而,夏天过后她却病倒了。

她突然吐血,病得很厉害,经中央医院诊断是得了肺病,不得不中断学习去住院。出院后,同学们都已经分配,她去了中山图书馆编辑时事资料,后又调延安市政府编辑《延安通讯》。她的身体依然不好,肺病经常复发,原本被小米养得看似很结实的人,已经消瘦不堪,走路摇摇晃晃,一副很吓人的样子。不久她又得了严重的痢疾,一连很多天泻吐不止,延安的药好像对她都失去了作用,她觉得自己再也支撑不下去了。

父亲就是在这个时候出现的。小母亲几岁的他奉命接替病重的母亲编辑《延安通讯》,因为对自己前任的文笔印象深刻,听说是个女同志更多了几分佩服,上任后便很想见见,找到医院时却发现这位前任已命若游丝气息奄奄。

父亲出了医院就到处找棺材铺买棺材,他觉得这个女同志真的没

289

有希望了,得为她好好安葬,原本年轻的生命就这样结束了,他很为母亲感到可惜。

然而,母亲却奇迹般地活了下来。

那次的病对母亲来说是一个沉重的打击,她好像到死

从死亡中逃脱出来的母亲和帮助她逃离死亡的李岚阿姨

神那里走了一趟,又挣扎着逃了回来。母亲的相册里有一张照片,照片上的她面色苍白得像一张薄薄的纸,脸颊消瘦好似被刀削过一般,头上还戴着一个帽子不像帽子手帕不是手帕的东西——从那以后,她就总是怕风了,即使是在温暖的季节里头上也总要尽可能地戴一顶帽子。她的双肩无力地低垂着,仿佛碰一下就会倒下来,只是她依然虚弱地微笑着,眼睛里顽强地闪出对生的希望和渴求。这是母亲大病初愈和她的好友李岚阿姨在延安照相馆里拍下的照片,可能是纪念逃离死亡。

父亲在母亲病重期间不断前往探望,奔前跑后关心照顾,终于使母亲受到感动,他们结婚了。或许在那一刻母亲的心得到了安慰,但这并不可能使她轻松起来,和延安所有的女性一样,她面临的问题更加复杂和麻烦。

她有了孩子。虽说天下的女人没有一个不希望做母亲,但战争中的革命女性却例外,生孩子对她们来说无疑是一件极其残酷的事情。"几乎所有怀孕的女同志都极不情愿,都要求流产设法早产,毁掉腹中的小生命,以便参加工作。"但那时候,流产

是要经过组织批准的。

母亲先是有了哥哥,一年后又有了姐姐。那时候她和父亲已经随第三野战军离开延安到达山东,父亲上了前线,母亲和一些有孩子的女同志不得已只能就地打埋伏。看着自己的队伍匆匆远去,母亲的心情非常焦虑,她在回忆录中描述说:

> 我站在村中的一个磨盘上几次跳上跳下,还狠着心擂肚子,爬到老榆树上扑通摔倒在地下……可是生就顽强的英儿,那时却牢牢地蜷缩在母亲温暖的腹中,日日生长着,没有受到伤害。

姐姐在母亲三番五次的折腾中呱呱坠地。

一块门板上躺着虚弱的母女两人,旁边还趴着一岁的满脸鼻涕眼泪的哥哥,这就是母亲生产时的情景。敌人的飞机在天上轰鸣着,不远的爆炸声震动着茅屋,母亲挣扎着爬起来,抱起孩子走向门外,农救会已经为孩子联系了收养的人家,她只能把只有七天的孩子送人。出门时,房东大娘迎面扑过来,双手抢过孩子喊道:"闺女啊,多好的孩子,不能送人啊,给她找的娘没有奶,孩子活不了啊……"母亲压抑已久的苦楚,好像被卸掉了闸门,泪水一涌而出。

母亲先是把姐姐送给了一家军属,又匆匆赶回来把哥哥送了出去。三个月后,隐蔽在老乡家的母亲接到紧急撤退的通知,为了防止敌人到来后老乡受到连累,组织上又要求她们把孩子取回来。

那天,接到通知时已经是中午了,两个孩子各在东西几十里外的地方,她必须在天黑前赶到规定的地点乘船过海去找部队,在这么短的时间里,母亲只可能取回离得近一点的哥哥,而留下的那一个孩子可能就再也看不到了……怎么办?母亲成了热锅上的蚂蚁,又好像有无数只手在撕扯着她的心。幸而,就在这最危急的时候,她想到了一位受父亲托付前来看望她的战友,她飞奔出门去找那位叔叔商量,那位叔叔毫不犹豫地奔向姐姐的地方,当母亲汗流浃背地抱着哥哥回来的时候,他也气喘吁吁地背着病重的姐姐赶到了。

那晚,母亲带着两个孩子上了木船。夜间风大浪大,木船穿行在一个接一个的浪涛中,上下起伏左右摇摆,海水漫进船舱,船工几番惊呼喊叫,母亲紧紧地搂着两个婴孩,脑海中一片空白……

很多年后,在一个阳光灿烂的日子里,母亲对我们这些"不懂得过去是什么模样"的孩子们说起往事,我们都不由得为她所经受的磨难而感到吃惊。端详母亲那时候的照片,让人有种说不出来的难过。照片中的她已经不是那个美丽的少女,也不是那个站在窑洞前充满自信地微笑着的革命女性。她瘦弱,憔悴,摇摇欲坠,就像是狂风中一片翻飞飘落的树叶。看着那照片,你很难想象以她此时的状况,将如何抵御严酷的战争环境带来的伤害,如何坚持下去,走完这漫漫的人生旅途。

母亲为她的付出感到自豪,比起那些牺牲了的战友这实在算不上什么,她永远都觉得自己做得太少,她是那么希望为革命奉献出自己所有的一切包括生命。然而,让她感到难过的是,作为革命者,她和她的女战友们仍然没有逃脱女人是弱者的命运,这是她踏上革命道路时没有想到的。

或许,正是在这个时候,母亲意识到,天下所有的女人都是一样的。

母亲眼见着周围朝气勃勃的女生们开始发生变化。当和母亲同睡一条炕的叶群向她展示林彪给她的一封信的时候,母亲觉得十分好笑,那信写得有些文理不通,只是呼唤她快点到自己怀抱里来。几天前,几个女生还闹着笑着把信贴在墙上,没有多久,在母亲眼里温和并不很起眼的叶群却很有主见地和林彪结婚了。

和她关系较好的另一个女生也听从组织的安排,嫁给了中央的一位领导。她私下里向母亲述说婚后的种种不适和苦闷,母亲听了充满同情。那女生原来和一个上海青年感情很深,他们分手了,在母亲看来无疑他们更加般配。

很多年后,母亲谈论起男女平等问题时对我说,她最受不了的就是当时有种说法,"女同志革命要跟着男同志",这是什么话!这和嫁鸡随鸡嫁狗随狗有什么不同?彻底的封建思想!然而,让她叹息的是这话还是不幸被言中了。服从组织分配结婚成了革命的一部分,而一些女学生希望找首长的虚荣心也被荣誉的光环包裹起来。直到几十年后,当母亲满怀着对革命征程的怀念和对战友的深情厚意参加了"女大"纪念会后,还在自己的日记里写道:"只是,我仍然不太喜欢女大招女婿的活动,当年我就不喜欢那专拉拉扯扯,眼皮向上的活动……而王明说'女同志的缺陷是经不住男同志叫她,如一叫,她屁股一扭就离开女大走了!'(原话)真好笑!"王明那半带揶揄半带怜悯的话让母亲不服,她也毫无例外地接到了来自"二五八团"甚至更高层领导人的追求,但她此刻却表现出几年前离家出走时的倔犟,我偏要找一个比自己年轻的给自己当"秘书"的让他们看看!

或许正是因为这个原因,母亲对"女大"一直不太喜欢,不论是"嫁首长"还是"招女婿"都让她感到反感。她没待几个月就提出要到别的单位去,王明欣赏她的能力希望她留下来,派夫人孟庆树前来劝阻。孟说:"别走了,我们都姓孟啊……"母亲笑了,"我姓王,这个孟是后来改的!"虽然每次说起来,母亲对自己封建家庭的那一套都很反感,但书香门第的清高却总是在关键时刻表现出来。

走过来的母亲不喜欢说起这些,经过多年政治斗争考验,什么该多说,什么该少说,什么不应该说,已经成了一条时时刻刻自觉坚守的界限,就像什么时候吃饭什么时候睡觉一样自然。特别是在下一代面前,她更是永远掌握着分寸,生怕我们这些不谙世事的孩子们出去信口胡说惹是生非。

但是,这些事情实实在在地存在着,它成了一心追求女性独立的母亲心中的一个结,一种隐痛。这隐痛无处发泄,最终便较为集中地转移到了父亲身上。每当母亲提起在战争中生孩子的种种艰难都不能平静,末了都要忍不住控诉父亲,"我那时候受多少罪他怎么知道……""女同志这个样子还怎么工作!女同志落后都是被男同志害的啊!"这些话,她每次说起来都铮铮有声,似乎更加深切地体会到,女人的独立是要付出多少代价才能实现,在战争中女人比男人吃苦更多,付出更多,也更不容易,而男人往往又更深地加重了她们的负担。

母亲不服气,变得越来越强悍。她性格中原本较少温良恭顺的成分,越是困难越要为之,是母亲倔犟性格的表现。认识她的人都赞叹她字写得好,笔锋豪放,有张力,有气势,其实,这就像她的人一样。

母亲父亲和哥哥姐姐摄于1952年,战争中生下的孩子们已经长大

1949年,母亲和她的战友们终于迎来了自己的胜利。以母亲的身体和家庭状况她似乎可以歇歇了,可是母亲却把自己放到了新的起跑线上。她先是在中央国家机关工作,后来又一再要求到基层做实际工作,终于,组织上委派她到北京

工业学校担任了党委书记兼校长。

母亲又一次为自己的选择付出了代价。

在基层工作责任重且晋升机会少,母亲不在乎这些,她乐得把自己所有的精力都放到学校和学生身上。

小时候我对母亲的感觉就有些奇怪,她总不住在家里,别人的妈妈都在家里忙,我们只有周末才看到她匆匆回来。一次,我发了高烧,烧得只看见对面墙上的人影飘来晃去,迷糊中听到母亲的呼唤,都不大相信是妈妈回来了。母亲的样子也和别人的妈妈很不同,她从不穿裙子不跳舞,偶尔在整洁的衣服上戴一条白色或者花色的丝巾,那就是唯一的装饰了。或许是因为延安那场病的缘故,她总是怕风,就喜欢在头上戴一顶帽子。记得一天她带我出门,我看到周围的女人大都穿着新鲜,母亲却戴着一顶只有男人才戴的灰布帽子——那时候还没有各种式样的遮阳帽,我走在她的身边老是觉得很别扭,终于忍不住提出要她把帽子摘掉,母亲大概觉得很奇怪,她毫不犹豫地拒绝了我的要求。我们两人相持在宿舍大院门口,那天的我脾气也很大,当我最终知道无法拗过她又不肯服输的时候,只好失望地放弃难得的出行机会委屈地回家了。母亲从来不摸首饰之类女人喜欢的东西,连珠子这类女孩子喜欢的玩意儿也从不给我和姐姐买,她喜欢把我们穿戴

我和母亲。五十年代的母亲依然美丽,但她给我选择的发型真的很让我不满

得像男孩子,其结果是有些不男不女不伦不类。后来到了改革开放时期,她见到女人又穿上了旗袍,戴上了珠宝,踩着高跟鞋缓缓地走在路上就总是忍不住批判:这个样子还怎么工作?这种打扮还不是为了给男人看的吗?能有什么出息!就在那次"女大"的纪念会上,母亲还转给妇联一封信,支持妇联不同意选美。在她看来,这本身就是对女性的一种歧视。母亲永远都不能赞同"女同志革命要跟着男同志"的说法。虽然比她小几岁的父亲级别后来还是高过了她,但在家庭中她始终保持着强势。一直以来,母亲总是忙于工作很少有时间照顾父亲,却时时警惕着父亲不要犯错误,一起进城的老干部换老婆的不在少数,她极其痛恨这种行为,每每谈到都嗤之以鼻。父亲本来就是一个老实人,在母亲面前更加唯唯诺诺,有时甚至到了受欺负的程度。每当看到这种情况,我常常感叹,母亲做女强人做过了头。有一个时期,她的固执和强悍简直让我无法忍受,我常和她发生顶撞,为父亲鸣不平,但没有任何东西可以改变母亲的所作所为……

　　作为一个基层领导,母亲还必须在政治上保持冷静的头脑,时时刻刻避免阴沟翻船。反右时,一次学校领导班子会议,她为一个被划成右派的人说了几句话,有人就说:这样看来,孟波的思想是不是也很成问题?会场上的空气一下子变得凝重起来,人们面面相觑,关键时刻母亲拍案而起,斥责那人是在搞个人报复,气势一下子就把对方压了下去。母亲经历这样的事情很多,后来谈起来,连我们这些后辈都不得不佩服她的果断和胆略。然而,当"文革"的滔天巨浪最先席卷到学校的时候,母亲终于被彻底地打入了深渊。她遭到了残酷的批斗……

　　有时候我会想,我的母亲,一个书香门第的少女,在她那瘦弱的身体中怎么会积蓄了那么大的力量,使她不懈地追逐那个永远都没有实现的目标,并对为此所付出的代价毫无悔意……有时候,我觉得她就像是一只穿行在夜色迷茫的大海中的小舟,不断地被涌起的浪头打下去,又不断地浮起来,默默地毫无声息地向前、向前……直到此刻,当我写着她的时候,我还能感受到那种她所散发出来的力量,无论什么东西都无法将之改变的力量……

将近五十年后站在老宅前,时光流逝物是人非。母亲左边是七舅,他保存的家族十余世所遗以及他数十年积累的"缥缃千卷牙籤万轴"在"文革"中终于遭到彻底的洗劫

二十世纪八十年代中期,母亲终于从工作了几十年的岗位上退了下来。在一个金色的秋天里,我和在济南工作的建刚表哥陪她踏上了返乡的路途。时光飘忽而过,离解放那年母亲匆匆路过潍坊已经又过去了四十年。那次返乡时,母亲得知父母和伯父母在日本鬼子到来后多次受到搜查威逼,惊恐中先后去世,秋风萧瑟中,母亲哭着拜倒在他们的坟前……母亲离家出走时是秋天,当年路过潍坊是秋天,这次返乡还是秋天,这是不是一种命运的巧合呢?少小离家去,归来鬓满霜,几十年前的一切早已不再,但母亲依然能从那一草一木中看到当年的情景,闻出早已消失在遥远年代里的故土气息。

那天,我们跟着母亲在长长的小巷中穿行,母亲的脚步越来越急促,当我们终于出现在母亲姐姐面前的时候,我看到了曾经很多次地想象过的姨。她已经八十多岁了,虽然双目失明无法行走,却依然有种让人惊讶的干净和美丽。她坐在床上,身体微微向前匍匐着,她的皮肤很白,脸上几乎没有什么斑点,眉毛依然细而长,凹陷的眼睛很大很圆。她的手和母亲的手一样修长,且修剪得很好,当她颤抖着抓住母亲胳膊的时候,大滴大滴的眼泪便流了下来。我听到了她那细而安宁的声音,她并没有诉苦也没有抱怨,只是急切地询问母亲的身体,告诉她应该怎样注意穿衣保暖注意寝食营养,连鸡蛋怎样吃最好也说到了……这就是和母亲血脉相连的女人,世界上唯一最像母亲的女人,一时间,我竟有种无法说清楚的感受。在恍如隔世的日子里,她就是这样抓住母亲的手哭泣的吗?母亲就是这样从姐姐的哭诉中挣脱出来去寻找自己的生活道路吗?……岁月如白驹过隙,同样经历了几十年人生的跌宕沉浮,或许,发生在她身上的变化远远没有超过母亲身上的变化!

那天离开的时候,我看到母亲的眼里噙满了泪水。走在深深的小巷里,透过那一扇扇黑色的磨得发亮的沉重木门,我依稀看到了当年那个高高荡起在秋千上的小姑娘,那个背着包袱匆匆地消逝在小巷尽头的少年女生……这个世界真小,几十年的路途很长也很短,母亲离开家又回到家,好像是走了一个来回,她得到了什么?如果不走是不是也和她姐姐一样?我不知道。那真是一个永远都说不清楚的谜。

那次返乡也让我看到了母亲的另一面,外表坚强的母亲实际上内心永远珍藏着对亲人深深的眷恋和遗憾!她从来没有忘记这个家,即使她无数次用着批判的口气谈到这个家的种种,但流淌在血管中的血永远使她和这个家息息相连;就是那一次,一向自以为了解母亲的我,对自己产生了很大的怀疑,我产生了念头,迫切地希望母亲能够把自己的经历写下来,把那些埋藏在内心深处的故事和情感写下来。

母亲果然开始写回忆录了,她拿出来的是一部真正意义上的革命回忆录。从事件的选择,到语言的表达都服从一个主题,那些述说充满了激情,充满了战斗精神,充满了理想,连文中一个接一个过多的惊叹号都表达着同一个意思——革命。

这就是母亲！当我看到她的手稿时毫不掩饰地表达了自己的不满足，以母亲的文笔应该写出更好的东西还在其次，重要的是我觉得那里缺少了什么，是什么呢？我又为什么偏要寻找那缺失的部分呢？这是不是一种矫情？我反复问自己，我觉得自己的失望是有道理的，因为在我的心灵深处还有母亲的另一些影子：是镶嵌在旧相册中美丽少女的影子，是漂泊中苦闷的影子，也是"文革"中哀伤愤怒的影子，我相信母亲一定还有许多话没有说……而那影子被包裹在一层坚硬的外壳里面，那外壳似乎永远都不会融化。

母亲看出了我对她写的东西不满意，她不在乎，也不予理会。于是，一些文章拿到纪念延安的文集中发表了，余下的结成一本小书，送到印刷厂印刷。今天想起来，我们的淡然对母亲来说或许是一种伤害，但绝不会动摇她什么。

进入新世纪的时候，母亲走了。怀着哀伤的心情送别了母亲，才知道生活中那个无比坚强的母亲的离去对我们来说意味着什么。原以为母亲的故事就这样结束了，一天去医院看望一位熟识的阿姨，她告诉我母亲在延安还有过一次婚姻，我当时吃惊得站起来，围着阿姨的座椅来回转了好几个圈，固执地认为是阿姨的记忆发生了问题。然而，事情很快就从和母亲更亲近的王阿姨那里得到了证实。而且，她似乎在等着这一天，告诉我们这样一个故事。

我从网上很容易就找到了他，那是一个比母亲革命资历深年龄也大几岁的人，曾经被派往莫斯科学习后回到延安，母亲进中央党校时，他已是党校政治教研室的教员了。网上看，当年的他不仅英气十足还有种敦厚可靠的感觉，可以想象比起那些工农干部，无论他的外表还是资历学识对延安的知识女性都更具魅力。王阿姨说："他们好极了，从恋爱到结婚都非常好。"后来他离开延安，来往于北平和前线之间，有着好几种秘密身份,母亲因身体不好不能同去,这令他非常伤心和失望,战争遥遥无期,生死世事难料,肩负着重责的他们终于因为残酷的环境而分手了,据说他们彼此说过要以兄妹相待。谈及此事的阿姨们都觉得非常惋惜,她们不约而同地使用着同样的语言:"这是为革命牺牲了感情啊!"

事情到此并没有结束。解放后,他们相遇在京城,那位身居高位的"兄长"婚姻并不幸福,他无法忘记母亲,一次次找到阿姨提出要阿姨帮忙约母亲见面,他常常一声不响地在阿姨家里一坐就是一上午,这个坚强的男人曾经流泪,甚至曾经不止一次到过我们住的地方……他的执着把阿姨都感动了,但是,母亲还是一次次地拒绝了,为了我们这些孩子,为了父亲,也为了心中那些无法改变的原则——以世俗的眼光看,那位"兄长"或许可以给母亲更多的帮助,但母亲从不给自己和别人这种机会。更令人惊讶的是,直到八十年代,当他们都从九死一生的"文革"中逃脱出来进入暮年时,这位"兄长"还每隔一段时间就到阿姨家里坐坐,只是为了打听母亲近况如何,摸清情况后默然离开。就这样,又过了些年,就在那位"兄长"去世的消息登在报纸上时,阿姨接到母亲伤感的电话……

我惊讶于母亲把这件事情埋得那样深,找遍母亲所有的文字材料都没有任何蛛丝马迹,即便是"文革"中不得不一一列举的延安熟人名单里也从不涉及此人,更不用说,我们也从不知道母亲的这位"兄长"。

听到的故事让我感到震动,我几乎不相信这是我的母亲,印象中母亲的婚姻简单明了,那是她常引以为自豪的。然而,现实的开始和结束都完全超出了想象的范围,只能说生活原本就复杂千倍百倍。

从医院看望阿姨回来的那个下午,我一直坐在窗前,看着窗外纷纷扬扬的落雨,想象着在这个世界上,曾经有一个女人在战乱的年代守着那样一份珍贵的爱情,却因战争而离散了,到了和平年代有情人终于可能再度聚首,却又因为种种无奈自己把那份美好的情缘斩断了……我感到有种说不出的难过,我不知道母亲为什么有意地埋藏起这个故事,只是越发地感到她这一生有多么不容易!母亲心痛过吗?心痛的时候对谁倾诉?母亲失望过吗?有谁帮她抚平伤口重新上路?母亲一路走来究竟留下了多少创痛?!她从不提起,一个人默默地守着,不让别人走近……

在那个无声地飘着细雨的下午,我还清楚地记起,前些年,不止一次,我挽着母亲的胳膊从校园里那落满秋叶的草地上走过,听着厚厚的树叶在脚下发出嗦嗦的声音,母亲苍老的脸上充满着感慨,让我觉得她似乎有许多话要说。一次,她甚至对我说过:以后,我要把好多事和你说说……以后,是什么时候呢?母亲要说的好多事情又是什么呢?母亲有多少机会可以对我们讲述一切啊,可是,她终究什么都没有说。

2005年秋天,我踏上了去延安的路程,那是我一直想要去的地方,似乎到了那里就能离母亲更近些。

我和同事们一路同行,一开始我们都兴高采烈,当大轿车在崎岖的山路上盘旋颠簸了几个小时,车灯穿过漆黑的夜色照射在前方一个接一个的弯道上,而我们随着左倾右斜的车身没完没了地摇来晃去的时候,人们终于没有了歌声和笑语,一车的人晕倒了一多半,我更是没出息地吐了又吐,就那样昏昏沉沉地进了延安城。

第二天醒来时,我惊讶地发现自己面对的是一个全然不同的延安。那些没有任何特点的高楼在这里比比皆是,城市被花红柳绿的广告装点得一片繁荣和俗气,曾经如雷贯耳的中央马列学院、中央党校、延安女子大学……变成了一块块沉默的石碑被新城市的烟尘所遮盖。这是一座和其他旅游城市没有什么不同的城市,能够唤起我们昔日想象的只有那依旧屹立在山上的宝塔和领袖住过的园林。即便如此,园林周围那些追逐着游人的小贩也会用最快的速度把你从历史的遐想中拉回到现实里来。虽然我终于在博物馆里看到了母亲和她的战友们当年生活的场景,但有种感觉一直在对我说,一切都已过去,我们永远都不可能走近他们。

我是怀着遗憾的心情离开那里的。登上车子,回望秋色满目的延安,我记起母亲离开泰山时也是秋天,她曾经在回忆中说:"秋风萧萧,红叶遍山,似离别人的斑斑血泪!眼望那高峰,那石阶,那树木和岩石,依依难舍……"母亲在她那一个接一个由惊叹号所组成的豪情述说中分明已流露出真实的心境,那飘落的红叶,实际上正像是一首忧伤的离乡曲低低地徘徊在内心深处,经过了几十年的人世沧桑依旧没有散去。

此刻,我知道她在那里,那另一个母亲,那个充满着矛盾且把这矛盾埋得很深的母亲,那个或清晰或朦胧的母亲,虽然我不可能真正地接近她,但是她就在那里,永远在那里……

写于2009年5月,北京

## 铁磁姐妹

　　母亲和吴琳(卢成东)阿姨、王致君(刘春兰)阿姨是济南建国中学同班同学。在我家的相册里我见到过一张老照片,那是二十世纪三十年代初她们在济南照相馆拍摄的。那时的她们,正值青春年华,像含苞待放的花朵,她们穿着统一的校服、鞋子,剪着同样短短的发式,亲密地相依而坐,微笑地注视着前方,明亮的眼眸里充满着对生活的渴望和憧憬。

　　建国中学是一所私立学校,不乏好学之才和喜出风头的纨绔子弟,但在众多的学生中她们三人依然引人注目。她们的出众一是因为学习成绩好,母亲在全校总考第一,吴琳阿姨致君阿姨也常名列前茅。此外,她们的美丽也引人注意。母亲高挑身材,长长的腿,椭圆的脸上总带着文静的微笑;吴琳阿姨皮肤白净,弯弯的眉毛下一双大眼明亮有神;致君阿姨则

难忘的中学时代。左起:吴琳阿姨、母亲孟波、王致君阿姨

细眉细眼小巧玲珑。她们三个人的出身和性格大相径庭:母亲出身书香门第,从小知书达理,骨子里藏着种说不出的清高;致君阿姨的父亲是开火车的工人,虽然家境较为贫寒,但因为是独生女,备受宠爱,性情温顺随和;而吴琳阿姨则生在当地显赫的权贵人家,习惯我行我素什么人都不放在眼里。三个人各有特点却朝夕相处宛如亲姐妹一般,组合成了学校中一道亮丽的风景。

吴琳阿姨从小生活优裕,她的父亲是济南地方法院院长,家中汽车、仆人一应俱全。每当周末,院长太太就会穿着华丽地坐着小汽车出现在学校门口,接女儿回家。吴琳阿姨对她母亲的出现总是很不耐烦。她不喜欢那个家,无论是专横的父亲还是无微不至的母亲,都让她反感。有时高兴了回去一趟,和弟弟待在一起玩一会儿,更多的时候她一次次地把母亲冷落在一旁,任母亲连哀求带责骂就是无动于衷。院长太太望着静静的校园连连叹气,多数同学都回家了,她实在不明白从小娇生惯养的女儿为什么放着舒服日子不过,非要一个人待在这空旷无趣的地方。

吴琳阿姨不喜欢回家,致君阿姨的家在坊子镇不能回,逢到母亲也不回五舅家的时候,她们就一起到学校附近的"太合轩"去吃包子,到"第一美"吃锅贴。那里的东西既好吃又便宜,吴琳阿姨和母亲轮流付账,从来不让家境较差的致君阿姨付钱。有时候,她们跟着母亲到五舅家去玩。在那里,她们一样亲热地唤着五哥,遇上五哥恰好空闲就听他海阔天空谈天说地。后来成为她们革命指路人的五哥高高的个头,一副儒雅帅气的样子,在女孩子们眼里很有魅力。三个女孩一台戏,偶尔她们也争吵,吴琳阿姨大小姐脾气上来蛮不讲理。一次三人在一起玩,致君阿姨渴了顺手拿起吴琳阿姨的杯子喝了口水,吴琳阿姨见状拿起杯子就扔到了窗外,致君阿姨的脸红了,母亲毫不客气地说了吴琳阿姨,吴琳阿姨虽有些不以为然,但还是表示了歉意,不过生性温和的致君阿姨并不计较,很快,三个人又高兴起来,嘻嘻哈哈地闹成一团。

二十世纪三十年代,中国正处在历史的惊涛骇浪中,生活在懵懂中的母亲和她的朋友也陆续发生了很大的变化。

先是吴琳阿姨走了。她的父亲因公调往外省,她虽然很不情愿,但也不能不随同前往。

送走了吴琳,三个好朋友剩下了两个。校园里看不到吴琳活泼的身影听不见她朗朗的笑声和无所顾忌的话语,母亲她们不禁黯然神伤,连去"太合轩"、"第一美"的兴致都少了许多。

吴琳跟着父亲到了安徽,同样的上学,同样的不喜欢回家,同样的我行我素,只是没有了两个好友做伴更加孤单。她参加了学生运动,开始向共产党靠拢,并很快就引起了家人的注意。父亲严厉地呵斥了她,她不但不听反而更加积极。那是在一次学生集会后,父亲派人把她找了回来,经过了一阵激烈的争吵,父亲把她关进屋子开始用棍棒打她。一开始吴琳试图反抗,却终于抵不过强悍的父亲,她被用绳子捆了起来,狠狠地抽打。倔犟的她强忍住疼痛就是不求饶,父亲更加恼怒,举起的棍子一下下重重地打在女儿身上,打累了歇一会儿再打。吴琳的母亲惊恐万分一边哭泣一边捶打着房门,央求丈夫,央告女儿。父亲不睬,直到女儿被打得昏死过去,才扔下棍棒放太太进门。

那一次,吴琳在床上整整躺了四十多天。身上的伤口发炎了,她时而发着烧、讲着胡话,时而昏昏沉沉死去一般。母亲慌了,请来了大夫,指挥着仆人,小心地照料着她的伤痛,营养着她的身体,直到伤口渐渐地愈合,结痂,直到她可以慢慢地坐起来,倚着窗户望见外面的蓝天白云,听到园子里的风声鸟鸣。那四十多天对于她来说好像走过了漫长的一生,她的身体渐渐地复原,内心的创痛却永远也无法抹去。

房门依然锁着,只有母亲和仆人定时来看望送些食物,她不和家人讲话,一天天默默地望着窗外,远处天边偶尔飘过一片云彩,她知道自己也会像那片云一样地飘走,飘向远处,越远越好。

我母亲知道这一切,是在吴琳阿姨能够坐起来的时候,她写了一封信寄给自己远在济南的好朋友。那天傍晚,在学校静静的操场上,母亲坐在那里,读着吴琳阿姨流着眼泪写来的信,自己也禁不住哭了起来。她无法想象从未吃过任何苦头的朋友竟然经受了这样残酷的折磨,而这折磨居然还是来自家庭。她痛恨朋友那个暴君的父亲,担心朋友的安危,也为朋友的勇敢和坚强感到自豪。在来回地读了好几遍信之后,她的心还是久久不能平静,最终,她作了一个决定,绝不能袖手旁观,一定要想办法支持自己的朋友。怎么办呢?她既不能前往安徽解救朋友,也无法阻止那个专横的父亲对女儿的压制。母亲不甘心,向五舅倾诉自己的苦闷,五舅支持她通过舆论声援自己的朋友。她接连几个夜晚不睡觉,把吴琳阿姨的事情写成稿子,投给济南新报社。文章很快就发表了,母亲把报纸寄给了阿姨,使身处困境的吴琳感受到自己并不孤单。

吴琳阿姨的事情让很多读过母亲文章的人感动,也进一步激起母亲和她的朋友投身时代潮流的决心。正是这个时候,母亲和致君阿姨加入了抗日民族先锋队

母亲在海边,照片上是她的笔迹

(民先)的活动,并在山西工作了半年后奔赴延安。而远在安徽的吴琳阿姨终于在一天躲过了家人的耳目跳窗而逃。后来,她参加了丁玲的"西北战地服务团",彻底脱离家庭走上了革命的道路。1938年,走在延安街头的母亲和致君阿姨突然碰上了吴琳阿姨,她们大叫着拥抱在一起,望着彼此身上同样的灰军装,和同样被太阳晒得黑黝黝的脸庞,她们欢笑跳跃,争先恐后地说着那些说不完的心里话。

几十年后,当我有幸从发黄的老照片上看到母亲她们青春的身影时,对照片上的三个少女感到有种说不出的新奇和陌生,那个时代离我们太远了,它好像已经被遗忘在一个寂静的角落里。后来,我曾经很多次地想起这个故事,脑子里浮现出阿姨跳窗而逃、母亲熬夜写文章的情景。我不止一次地揣测,吴琳阿姨为什么那么反感她的家庭?毕竟,那个富裕的家庭给了她很多。父亲在她作出叛逆举动之前是慈爱的,他虽专制但对家人却十分尽职,甚至连一个小老婆都没有娶,使她和弟弟避免了权贵家族中常有的勾心斗角的复杂关系。母亲更是温和体贴,还有一个让她喜欢的弟弟……后来,我看到我母亲在她写的材料中提到一个细节,我知道,那是时代造就了她们的反叛。

她们第一次走进学校时,就看见了那座默默地竖立在校园里的石碑。那是蔡公时的纪念碑。

坐落在绿树丛中的建国中学是著名的"五三惨案"原址,女生们所住的楼就是惨案发生的现场。1928年,国民党外交特使蔡公时被日本人残杀在这里,蔡公时临危不惧怒斥敌人,残暴的刽子手竟然割去了他的鼻子眼睛和舌头,然后将同他一起的十几位外交官乱刀砍死。

母亲和她的朋友手持课本无数次地从石碑旁走过。有时是在上课的路上,晨风吹拂着她们的脸颊,带起她们清脆的笑声;有时是在黄昏,结束了一天的学习,三个人偶然停留在离石碑不远的地方凝思遐想;更多的时候她们只是无意识地从那里经过,行进中向着石碑投过匆忙的一瞥……倘若没有后来越来越残酷的现实,那一瞥可能只是留在少女心上一个悲伤的镜头,一个带着崇敬感觉的记忆。但踏响在祖国土地上越来越沉重的侵略者的铁蹄,把沉浸在梦想中的女生们惊醒。建国中学是和蔡公时联在一起的,它在少女们的心上打下了悲壮的烙印,积蓄了一种前仆后继的信念;而读着五四新文学书籍长大的她们早已对自己原有的生活感到了厌倦,那些书在她们的心中描绘了另外一个理想天地,也孕育出一份社会的责任感,使她们最终远离了原有的人生轨道。

母亲后来较少提到她们中学时代的生活,在一些人的眼里,那个环境显得颇为复杂,但正是在那个复杂环境里,母亲她们结束了自己的青春梦想,作出了对人生的选择。

那时候,学校里正闹哄哄地发展国民党外围组织,母亲拒绝参加,引起了校方和个别学生对她的不满,有男生写信骂她"看不起人",警告她:"当心些!"更有人在考试前偷走她的眼镜,让她不能参加考试。倔强的母亲为了表示抗议就一直站在自己的书桌前,搞得全班人都无法考试,最后老师只能严令偷走眼镜的人把眼镜还给她。为了应付学校里的复杂局面,她们三人商量后想出许多办法。一次,教导主任到宿舍叫母亲去参加政治活动,母亲躺在床上装病,致君忙着喂她喝水,吴琳则堵在门口对主任喊道:人都病了还参加什么活动啊!教导主任只好讪讪地走了。到了集体发展党员的那天,一群人嚷嚷着去照相,教导主任又一次找到母亲,"快照相了,你还不参加!"母亲说:"我不懂,不参加!"主任气急败坏地说:"叫你参加是看得起你,不参加算了!"母亲转身就走,回到宿舍绘声绘色地向吴琳和致君描述一番,三个人笑成一团,笑过后,又急忙讨论以后的对策。

老照片上的少女出现在我面前的时候已经是五十年代后期了。

由于父母工作变动,我们全家从南京迁到北京,母亲立刻就和在北京的致君阿姨以及另一位好朋友李岚阿姨联系上了。吴琳阿姨远在东北工作,见面少些,但她的第一次露面却给我们留下了深刻的印象。

当年母亲(右)和吴琳阿姨(左)分手时拍下的照片,在此后漫漫的人生旅途中她们的友谊从未中断

是冬季里的一个星期天,母亲一早起来就兴致勃勃地指挥家人打扫卫生,准备迎接客人。没有多久,一个阿姨便带着朗朗的笑声出现在院子里和母亲拥抱在一起。那时,我还是一个怕见人的孩子,每当有客来访都极力躲避。当母亲把我拉到阿姨面前的时候,我努力控制住逃跑的念头,抬头看了两眼就赶紧溜掉了,过了一会儿,又悄悄地从门口探出头来充满好奇地看着她们。

在那个寒冷的日子里,阿姨的出现好像带来了阳光明媚的春天。她的穿着让人眼睛发亮,花毛衣、长裙子、脚下踩着黑色的高靿皮鞋,一双眼睛很有神气。她刚出国回来,走的时候背走了我母亲一个质地很好的咖啡色小皮包。那天,母亲打量着她直摇头,说这么冷的天气穿着裙子不怕感冒吗?阿姨说在苏联习惯了,一边撩起裙子让母亲看她穿在里面厚厚的毛裤。母亲抿着嘴角说了句什么,两个人便一起笑了起来。整个上午她们都谈得很投入,时而低声细语,时而高声议论。阿姨在东北主持一个化工研究院的工作,她自学俄语,带领团队出国学习,说起那些专业术语来头头是道,那份自信和朝气,令厌烦了机关工作一心想到基层去的母亲感叹不止。

然而,她的家庭生活似乎并不幸福。虽然母亲没有详细说起过,但后来我还是影影绰绰地知道了一些事情。革命女性的故事虽不像课本里描述的那样阳光灿烂,却是无比的真实。

在延安,阿姨和统战部一位领导人结婚了,最初他们很和睦。母亲有一张照片,那位领导人坐着,阿姨站在后面,两只胳膊弯过来亲热地搭在丈夫的肩上,一双大眼睛里流露出温柔的光彩。不久,他们有了一个男孩,然而却因为恶劣的战争环境不幸夭折了。阿姨非常痛苦,但还是挺过来了。没有想到的是,当战争结束和平生活终于来临的时候,那位领导人竟然在没有征得阿姨同意的情况下擅自办理了离婚。面对冷漠的现实,阿姨默然承受转身离去,从此孑然一身地投入了学习和工作。

母亲对阿姨的遭遇极其同情,对阿姨的断然离去极为支持,对阿姨能够顶住巨大压力全身心地投入学习和工作更是非常赞赏,她认为阿姨有骨气,那种男人不管有多高地位也根本不值得留恋。那时候,致君阿姨的家庭也出现了问题,温柔随和的致君阿姨流露出来的犹豫和痛苦令母亲感到非常不安。母亲的婚姻看上去平稳,后来知道其实也正处在一个十字路口。经历了残酷战争考验后再度相聚的她们,都不约而同地面临着新的问题,而正是这些新的问题,使得她们彼此支持、关心、帮助,共渡难关。

使吴琳阿姨承受压力的还有别的问题。当年,就在吴琳阿姨随同父亲前往安徽的时候,她的弟弟踏上了赴美留学的路途,并在美国芝加哥航空学院毕业后担任了飞行教练员。抗日战争爆发,阿姨从家庭出走奔赴延安,弟弟也毅然从美国归来,担任了国民党空运大队中尉飞行员,驾驶着飞机在祖国的上空和日本人进行了拼死的较量。全国解放时,弟弟这个难得的人才投向了共产党,但此后,他的那段历史却成为一个始终困扰着他的问题。阿姨还是像过去那样我行我素,尽管当年她决然地背叛了家庭,选择了和弟弟不同的道路,但和弟弟的那份血脉之情不但没有割舍,却随着岁月的延伸而增长。她不断地从经济上帮助他,也不断地因为弟弟的历史问题受到牵连,在历次运动中受到批判。她的心情分外压抑,也只能向好朋友述说。母亲对阿姨的境遇非常理解,她同样也对自己的封建家庭怀着复杂的心情。她从未因为和家人选择了不同的道路而疏远他们,相反对亲人们总是想方设法给予帮助。一次,母亲的一个哥哥写信抱怨没有钱添加过冬衣服,虽然母亲每月都给他寄钱,还是毫不犹豫地让姐姐把刚刚穿在身上的新棉大衣脱下来给他寄去。母亲和阿姨同样善良,同样地充满着人性,说她们划不清界限也好没有改造好也好,都阻挡不了她们的所作所为。

我不知道在1967年,当母亲得知吴琳阿姨困境的时候,有没有想到这过去了的一切?或许她想到了,回忆往往是一种保护自己的武器,那些珍藏于心的往事可能在任何时候、任何一个空隙里浮现在脑海,把她带回到遥远的岁月里,给她增添抵御凶险的力量,也留给她更多活下去的理由。或许她没有想到,她要应付的是日复一日的罚站、"喷气式"、挨打,她无暇顾及其他。或许她根本就用不着想,那岁月和友情早已深深地镶嵌在心灵深处,融入生命的河流里,使她在任何时候都能自然而然地支配自己的行动,做出自己的选择。

然而,吴琳阿姨究竟在哪里藏身呢,这仍旧是一个难题。同在北京的致君阿姨正被迫劳改,她的身为中南局负责人的丈夫被关进"牛棚"生死难料,孩子们接二连三受到牵连,她那里显然也是不可能去的。

焦急的母亲想到了自己的另一个好朋友——李岚阿姨。把吴琳阿姨藏到李岚阿姨家的念头刚出现在脑海中时,让她禁不住浑身打了个哆嗦。她心中充满了不安,意识到那样做是极其危险的,可能会给李岚阿姨一家带来不堪设想的后果。但她也知道这是唯一的选择了。李岚阿姨因为身体有病长期在家休息,一时还不会有人找她的麻烦;而阿姨的丈夫田扶伯伯虽然身为粮食部的局长,处境岌岌可危,但那里毕竟是国家机关,斗争形式暂时还显得较为缓和。更重要的是,她知道必须救吴琳阿姨,而在这种关键时候,李岚阿姨一定会挺身而出,不惜一切鼎力相助。她相信她胜过所有的人,她知道,她是一定会这样做的,也只有她会这样做。

她们从来就是"情同手足,有难共当"!

母亲和李岚阿姨是在延安中央党校二十一班认识的(当时致君阿姨也在)。党校成立时在桥儿沟,那座后来成为鲁艺标志性建筑的天主教堂曾经也是培养了许多共产党高级干部的红色党校校址。教堂的墙壁上贴着马克思、恩格斯、列宁的相片,教堂的边上有几间平房,女生们就住在里面,平房后面是山,男同志大都住在山上的窑洞里。在那里,母亲和李岚阿姨、致君阿姨度过了她们初到延安时的

母亲在延安窑洞前

一段充满激情的日子,不论是红色教堂里各持己见的演讲和争论、劳动场上此起彼伏的号子和歌声,还是敌机隆隆轰炸中痛别牺牲的战友,抑或是母亲脚上穿着的那双由全班诸多兄弟姐妹共同参与缝制的"长命袜",都让母亲一生永远难以忘怀。

在二十一班的同学里,李岚阿姨显得特别开朗,有种男孩子天不怕地不怕的劲头,很让人喜欢。李岚阿姨生在贫民家庭,出生时因为是个女孩家里实在养活不起,就把她扔在尿桶里想要溺死,所幸被一个婶娘看见抢了下来,但从此肺部落下了毛病。李岚阿姨长大后在一个亲戚的资助下上了学,抗战爆发后她毅然离开家乡投奔革命根据地,在赴陕北的途中遇到了王若飞,王若飞对这个活泼勇敢的女孩很是欣赏,亲自给她写了条子,就这样,她顺利地进入了中央党校。

一年的学习生活中,母亲和李岚阿姨成了好朋友。毕业后母亲留校当了教员,李岚阿姨分配到中央青年委员会组织部工作,她们朝气勃勃地投入新的战斗生活,谁也没有想到一场生死考验就在前面等着她们。

1940年夏天,在马列学院学习的母亲患肺病突然吐血,身体变得虚弱不堪,稍好一些后又得了痢疾,尽管中央医院的医生用尽了办法,仍然不见好转,母亲气息奄奄地挣扎在死亡线上。与此同时,李岚阿姨也因肺病发作住在中央医院的另一个窑洞里,听说母亲快不行了,她焦急万分地去找大夫,但大夫除了摇头一筹莫展。从大夫那里失望地回来,李岚阿姨跺着脚说:我就不信孟波救不过来了!她卷起铺盖不顾一切地搬进了母亲的窑洞,每天从白天到黑夜坚守在母亲身边,料理她的一切,开始了和死神争夺母亲生命的战斗。一天,母亲腹泻得几乎昏死过去,拉出了满满一盆像肠子似的东西。李岚阿姨吓坏了,以为这下人真的要死了,她大声地呼唤医生。一个美国大夫跑来一看,说,哎呀,是把肠膜拉出来了,这下可能就好了!李岚阿姨高兴极了,她看到了希望。为了进一步增强母亲的抵抗力,她每天到厨房把小米饭上浮着的一层米油撇出来,喂给母亲喝。就这样,经过一天天精心的护理,母亲慢慢地从死神手里挣脱出来,而李岚阿姨却再也支持不住彻底地病倒了。

这个故事我们听母亲讲过很多次,母亲永远也忘不了在自己绝望的时刻,阿姨坚持不懈的守候和不顾一切的相救。在母亲看来,李岚阿姨有着一颗金子般的心。正是那颗真诚的心和永远乐观的精神,使她们最终都能挣脱病魔的袭击,重新回到工作岗位。这是母亲和阿姨之间第一次的生死相助,那以后她们就更加心心相通,亲如姐妹。又过了些日子,阿姨告诉母亲她恋爱了,而让母亲感到吃惊的是,恋爱的对象竟然是一个正在被组织审查的人。这就是后来我们从小就熟悉的田扶伯伯。

田扶伯伯和阿姨同在中央青委工作,他的经历充满传奇色彩。他出身于地主家庭,1927年考入号称"红二师"的山东省立曲阜第二师范学校,投身学生运动,在轰动全国的《子见南子》演出案中崭露头角。"九一八事变"后他担任学生南下请愿团总指挥,带头卧轨拦截火车,使请愿团顺利到达济南,并作为三人学生代表之一与韩复榘进行了谈判。他还当过兵,受组织委派打入西北军二十九军(宋哲元部),在"七七事变"中参加了保卫卢沟桥战斗,后因身份暴露奔赴陕北革命根据地。他参加革命的时间较早,只是因为工作关系,组织上希望他先不要加入共产党,以外围身份团结联合更多的人。没想到,这个决定却给他此后带来了很大麻烦。

田扶伯伯高大威武性格豪爽,还打得一手好篮球,加上他经历不凡,在延安的青年人中显得很突出。不过,在许多方面他又表现得不合时宜且非常固执。比如,和他一起工作的某人正忙着把一个女青年介绍给领导,他却执意反对,理由是那女青年原来有爱人,应该尊重人家的感情。这自然引起了一些人的不快,但他却一点儿也不在乎。整风中,田扶伯伯受到了怀疑,理由仅仅是,像这样一个有能力和资历的人,怎么会1937年到延安才入党,这里面肯定有问题。就这样,他因特嫌被隔离审查,原来的女朋友也离开了他。在青委中,同样还有一个天不怕地不怕的女孩子李岚阿姨,她不相信朝夕相处的好同志怎么能一下子就成了特务。她对田扶伯伯说,我相信你,别人不和你好我和你好,我等着你。这让逆境中的田扶伯伯非常感动,也让母亲更加了解和敬重自己的朋友。不久母亲跟着李岚阿姨见到了田扶伯伯。那是在中央青委开的青年餐厅,田扶伯伯正在帮厨,一米八几的个头胸前系着个小围裙忙前跑后,他还亲自下厨,为阿姨和母亲做了一个辣子鸡,让很少见荤的她们大饱口福。据说田扶伯伯的辣子鸡很不一般,一次毛泽东到青年餐厅吃饭,也是他赶来帮厨,做出的拿手菜辣子鸡主席吃了夸赞不止。

四十多年前"文革"那个性命攸关的时刻,母亲之所以作出决定,让吴琳阿姨躲进李岚阿姨家,也正是因为有田扶伯伯可以信任。这位老大哥有着坚韧乐观、宠辱不惊的品格,一向受到大家的敬重,当年在延安的许多人后来虽身居高位但都仍旧称他为老大哥。

吴琳阿姨就这样住进了李岚阿姨家,同时住进去的还有她的养女。没有人知道她们是谁,李岚阿姨对家人称这是大王阿姨和小王姐姐。吴琳阿姨的腰已经不能动了,她只能整日躺在床上,如果没有李岚阿姨的接纳,真不知道怎样度过这段艰难的日子。此时,外面的革命正搞得轰轰烈烈,李岚阿姨在报国寺的家却好像成了一个秘密堡垒。前来投奔的有逃难的亲戚,有被批斗的"走资派",有无家可归的战友的孩子,有遇到难处的老部下,甚至还有阿姨住院时结识的病友……有人待得时间长些,有的只是躲一两天就赶紧离开。印象较深的是一个叫"裁缝"的人,那人是田扶伯伯战争年代的警卫员,因为被怀疑有"历史问题"险些被打死,他带着妻子和孩子历尽艰难地从老家逃出来躲进李岚阿姨的家,如果不是阿姨收留就只能流落街头。他们的孩子患有残疾,口齿不清,四五岁了还老得大人抱着,那绵软的耷拉下来的胳膊、腿和向后仰着的脑袋让人看了觉得更加可怜。"裁缝"一家在阿姨那里住了很长时间,后来为了解决生计问题,阿姨就联络老战友们让他给各家做衣服,这是后话了。那时候,阿姨家的四间房子根本就住不下,来人就打地铺。每当我们这些孩子到阿姨家的时候,走进那幢熟悉的灰楼,敲开房门,常常是被径直带进阿姨的卧室,小声地说话,旁边的房门都是关着的,虽然里面静静的没有什么声音,但我们知道,那里一定躲着不便露面的人。

后来,吴琳阿姨单位的造反派们终于还是找到了北京,他们贴出大字报,声讨李岚和田扶窝藏"走资派"。吴琳阿姨被弄回四川,田扶伯伯被部里的造反派带走,捆在一间黑屋子里,一连好多天被勒令交代罪行。罪行还不止一桩,不止一个单位的造反派指责他们包庇坏人。例如,教育部的人找田扶伯伯调查一个副部长,要他按照定好的调子写材料,田扶伯伯不但拒不接受,还义正辞严地反驳道:"既然你们已经给他做了结论,何必再来找我呢?你们找我证明,就该听我的,而不能让我听你们的!"……诸如此类的事情太多,粮食部的造反派们非常恼火,对田扶伯伯进行了连续批斗,李岚阿姨的病加重了,那个"黑窝点"也从此受到造反派们的严密监视……

1969年国庆二十周年前夕,十六岁的我去了农村,临行,母亲命我去向李岚阿姨道别,阿姨躺在床上让家人赶紧把"反修西瓜"端给我吃。那天的天气极其恶劣,我和哥哥一走出阿姨家就遇上了罕见的大雨和冰雹。我们躲在胡同里的屋檐下,头上是倾泻的雨水,脚下瞬间就变得水流湍急。我浑身发冷,望着茫茫的雨幕,眼前晃动着阿姨病弱的样子,想到不知何时才能再和他们见面,一时间眼泪和着雨水悄悄地在脸上流过。离家的十年里,每次回来我都要去看望阿姨和伯伯(其中一段时间,阿姨家的房子不知何故被收了,阿姨还住到了我家)。阿姨总爱让我坐在她的床前,听我说东说西,还总是慈祥地端详着我叹息道:真像你母亲年轻时的样子啊! 我喜欢去阿姨家。在那里,我体会到一种在苦难中生存的顽强生命力和乐观精神,也感受到一种真诚的友爱。阿姨家的客人总是你来我往,饭桌就是一张流水席,谁来谁吃,人多的时候桌子旁边坐不下,大家就端着碗随便找地方。有时候,田扶伯伯还会亲自下厨做一两个菜,让大家吃得高高兴兴。在这种情况下,阿姨家的钱自然是不够用的,尽管她认真记账精打细算,但两个人的工资也就勉强支付饭钱,一个月下来总是入不敷出,遇到有大的漏洞时,阿姨会派人来向母亲借钱,母亲从来是尽己所能。

很多年后,当李岚阿姨和母亲相继离去,致君阿姨总忆起自己的好朋友,她流着眼泪对我说:"我们那是什么关系啊,我们是真正的无话不谈!"这无话不谈指的是什么呢? 工作、家庭、婚姻……更有波谲云诡的政治运动……这些在今天看起来似乎简单了的一切,在那个时候能毫无保留地说出来是多么弥足珍贵!

阿姨说这话时,我凝望着她苍老的面颊,在母亲亲密的朋友中阿姨自小就是最温和贤淑的一个,然而,再温和贤淑的女性也会被革命的风暴千锤百炼铸造得坚韧起来……1940年,阿姨随葛震伯伯带领的一支干部队伍离开延安前往延庆,一路上昼伏夜行。一次,夜闯鬼子的封锁线,她踩着丈夫的肩膀翻过一道深壕,刚跃身上去,就被前来接应的几个人架起来奔跑。未料,黑暗中他们慌忙抓住的是阿姨的双腿,她被拖着从荆棘碎石上拉过,只能压低了声音喊"错了,错了……"接应的人还以为她是说路走错了,边跑边回答"没错、没错!"就这样拖着她的腿跑了好一段路。经过一年曲折迂回的艰苦跋涉,他们终于到达了延庆,那里的游击斗争极其残酷,很多人都牺牲了,而阿姨这个队伍中罕见的女性却一步一个脚印地从枪林弹雨中闯了过来,至今,延庆博物馆中还藏有阿姨挎着手枪和许多人一起庆祝抗战胜利的照片。然而,生活中还有许多新的考验。"文革"中,葛震伯伯遭难她挨批斗,党校的造反派硬说她是假党员,她蒙了,派女儿偷偷地到我家来找母亲。那天晚上,阿姨的女儿鹏燕姐穿了一件大棉猴,帽子压得低低的,脸上戴着大口罩,手里还拎着一只暖瓶(后来知道那里装着煮好的鸡汤)敲响了我家的门,开门的父亲还以为是造反派又来了,当她摘下帽子和口罩出现在母亲面前时,饱经折磨的母亲一把抱住她,两人都流下了眼泪。母亲告诉鹏燕姐,"我和你妈妈都是老实孩子啊!"她详细地回忆了当年她们一起入党的情况,让鹏燕姐转告阿姨,而阿姨在听到鹏燕姐讲述母亲的状况后,竟不顾一切地找到北京军区的一位老战友把母亲弄到郊区去躲了好几天……

很多年后,当我们这些孩子聚在一起的时候,总是要谈起上辈人的种种。致君阿姨的儿子说,自己还是个半大小子时,一次偶然看到孟波阿姨吸烟的样子(我母亲只有在写东西的时候才吸烟),才知道吸烟可以是那样优雅的事情!在他的印象中,我的母亲不管什么时候都是那么有风度有文化;我喜欢回忆李岚阿姨家的餐桌、阿姨慈爱地看着我的样子,还有他们家那些来来往往的客人;而李岚阿姨的二儿子则总是一再地用着他孩提时代的语言,形容我们的母亲们是真正的"铁磁姐妹"、"铁三角"……岁月早已远离,奇怪的是这些事情并没有消失,相反,那动乱年代真情的凸现让我们在混沌之中备受感动。我们有时候疑惑,在物欲横流的今天不知道有没有这种真诚?而那个年代,我们的上辈人就是靠着这种真诚一路走来,跨过了无数沟沟坎坎。

1969年，我的母亲终于被准许白天劳改晚上回家。当她容貌大改地出现在阿姨家的时候，分离了近三年的老朋友竟有种恍如隔世的感觉。母亲这时候才知道，在情况最恶劣的时候阿姨和伯伯的挺身援救。她没有感到吃惊，只是又一次想到延安的那次生死相救。一个人的一生难得有这种经历，她却不止一次，她觉得自己实在是太富有了。有不少人曾担心她熬不过这场劫难，她挺过来了，或许正是"情同手足有难共当"的情谊，让她在惊涛骇浪中有种临危不惧的定力。

那天，述说着三年来的一切，母亲和阿姨两人禁不住抱头痛哭。

母亲庆幸她的好朋友李岚阿姨没有看到儿子离去的那一刻。然而，1977年，母亲对阿姨的送别却是如此的刻骨铭心。

那是粉碎"四人帮"的第二年。不久前，母亲和阿姨们还聚在一起喝酒庆贺，田扶伯伯的餐桌也更加热闹，许多逃过劫难的老朋友纷纷出现给他们带来了意外的惊喜。就在这时候，阿姨的病情却更加严重了。母亲心情焦虑，企盼着胜利的喜悦能够驱走

60年代三位妈妈在一起，左起致君阿姨、母亲、李岚阿姨

病魔,企盼着阿姨能够再一次从危险中挺过来。但是,久病的阿姨再也无法支撑下去。在一个初冬的日子,黎明时分,阿姨离开了这个世界。

那一夜,刚从部队回到北京的我和母亲一起守在阿姨的身旁,母亲目睹好朋友的离去,那汹涌而来的悲怆和不舍之情把她整个人都淹没了。

几天后,在八宝山的遗体告别仪式上,亲朋好友从四面八方赶来,我看到了当年延安中央党校二十一班的许多英才,他们饱经风霜白发苍苍,又带着重生的欣喜和希望,带着当年指点江山的自豪和骄傲……可惜,阿姨却走了,那个天不怕地不怕的假小子走了,那个在这一群人中虽不显赫,却永远聪明睿智、永远乐观向上、永远有着一颗爱心、愿意为别人牺牲自己的阿姨走了!直到人群散尽,母亲和致君阿姨仍旧守候在灵前不肯离去。我看到伯伯浑身颤抖老泪纵横,孩子们趴在玻璃罩前大声呼唤,直到白色的绸子再次覆盖了阿姨的全身,遮住了她的脸颊,人们好像才意识到,她真的走了。

第二天,母亲交待我去看望吴琳阿姨。她独自住在和平里的一套房子里,孤独地与轮椅相伴,当我告诉她李岚阿姨去世的消息时,她有些吃惊,随即便恸哭起来,她想起了1967年那灾难日子里的无私救助。"文革"使吴琳阿姨的身体受到了极大的伤害,她已经很难再重新工作了。

母亲全身心地投入了工作,然而失去朋友的哀伤却时常萦绕在心头,每到清明时节她总要到八宝山去祭奠。十年后的清明之日,从八宝山回来,她呆坐桌前良久,随后挥笔写道:

丁卯清明,哭奠李岚,
抚灵触景,不胜悲怆。

忆昔少年,群聚延安,
情同手足,有难共当。
……
七七初冬,深夜守护,
眼望死别,令我断肠。
人间瞬息,岂能久长,
魂兮归来,翘首相望!

又过了些年,母亲送走了吴琳阿姨。

那时,年逾八旬的母亲身体已经很虚弱。由于不希望她经受刺激,从得到消息的那天起我就在劝阻她的前往,身体、精神、天气……能说的都说了,但所有的理由在她面前都显得微不足道。她听不进去,偶尔转身倒是我清楚地听到她不满地嘟囔:还想指挥我啊!

那天早上,天空阴郁,刮着风,我陪同母亲前往八宝山,到达时,前来向吴琳阿姨告别的人们已经排好了队。就像以往的惯例那样,领导站在了队伍的最前面,之后是出于各种理由前来悼唁的人们。我们下了车,母亲拄着拐杖穿过人群一直向前走去,她昂着头,稀疏的白发在风中飘拂,在我还没有来得及想清楚的时候她已经领着我站到了领导们的前面,那坚定不移的神情就像是一个指挥千军万马的将军。

当哀乐响起来的时候,我们走进了告别大厅,母亲不让我扶,她走得沉稳而缓慢,一步步接近躺在鲜花丛中的阿姨,当终于走到阿姨身边的时候,我看到母亲点在地上的拐棍突然地抖动了,她弯身俯向阿姨耳边,大声地喊着:吴琳!吴琳啊!那声音熟悉又陌生,痛楚、苍凉又充满着期待,就好像要把阿姨从那条不可逾越的死亡线上拉回来似的,与此同时,母亲布满皱纹的脸上泪水滚滚而下。

那一刻,我的心被猛地撞击开来,母亲怎么可能不来呢!她已经送走了李岚阿姨,现在又要送走另一个好朋友,即便有千万条理由也不可能阻止母亲向自己朋友作最后的告别!就像多少年来,即便有再多的艰难困苦她们也微笑着携手走过漫长的人生之路一样。

日子依旧一天天地过去。田扶伯伯在送走了自己的老伴和大儿子以后仍然快乐自信耿直。慢慢地,他日渐衰老,眼前的一些事情开始不太能记得,过去的事情却依然清楚。致君阿姨的老伴没有能看到"四人帮"垮台就不幸离开了这个世界,一向温和的阿姨顶住沉重压力,带领着孩子们支撑了过来,漫漫人生之旅使她饱尝酸甜苦辣,也给她平和的性情注入了更多的坚韧和刚强。

耄耋之年的老朋友们偶尔还会聚在一起。

那天,母亲约上致君阿姨去看田扶伯伯。离开时,母亲从三层楼上下来,在二楼停住脚步。那里是李岚阿姨在世时曾经住过的地方,那扇熟悉的门默默地关闭着,新的主人在上面装了带栅栏的防盗门。母亲隔着栅栏站在那里,不由得喊一声阿姨的名字,似乎等待着门里朋友那亲切的声音和熟悉的脚步。

然而,什么都没有。

母亲黯然转身走下楼去,岁月的往事就像那级级的楼梯,跟在她的身后,一层层,一层层地连接起来……

母亲觉着,那连接起来的岁月,就像是星河日月,地久天长。

2009年8月<br>写于母亲忌日

# 寻 找 五 舅

六十多年前,正当延安轰轰烈烈地开展整风运动的时候,我的母亲孟波(王育新)在病中向组织递交了一份关于五舅(王育民)的报告,这份报告除了详细地向组织汇报了五舅的情况外,还请求上级调查五舅的现状。

这个情节我是在母亲的交代材料里看到的。我猜想,那时候母亲的心情一定非常复杂,在此之前,她无论如何都想不到,有一天,自己敬佩和喜爱的哥哥会成为一个说不清又必须说清楚的问题。

坐在延安窑洞前的空地上,冬天的太阳,照着病弱的母亲,自从那场大病后她就总觉得怕冷的身子感到了丝丝的暖意,抬头仰望陕北湛蓝湛蓝的天空,有云在静静地飘拂而过,那个遥远的家好像一下子从云端里浮现在母亲面前。五哥,此刻他在哪里呢,在打游击吗?他那戴着眼镜儒雅的样子在枪林弹雨中又是怎样的呢?他知道妹妹多么想念他,多想知道他的一切吗?……

关于五舅的情况是母亲主动向组织汇报的。整风开始时,她并没有觉得自己有什么问题需要交代,但随着运动的深入,周围越来越多意想不到的情况出现,使她意识到自己的处境其实很危险,其中最难以说清的就是复杂的家庭背景和曾经做过国民党山东省党部书记长和反省院训导主任的哥哥。她必须主动交代,而且她相信组织上是可以弄清情况的,她没有太多的顾虑,对在复杂的斗争中必须开展的整风运动也没有什么抵触情绪。和所有来到延安的热血青年一样,她做好了把一切献给党的准备,既然如此,还有什么个人的事情可以隐瞒的呢?况且,没有哥哥的影响,她和她的好朋友也不可能参加革命,这是任何时候都改变不了的事实啊!

几十年后,为了求证母亲在延安整风时的情况,我曾经询问过和母亲一起奔赴延安的好朋友王致君阿姨。阿姨说,整风时我已经离开延安了,要是在的话可能早就被处理掉了,因为他们说我参加了农工民主党就是参加了托派! 提到五舅,阿姨许多的记忆被一一唤起,她说:五哥啊,那是我们参加革命的指路人啊,怎么忘得了呢!

既然是参加革命的指路人,又有什么说不清的呢! 当年,在写着材料的时候,母亲也同样充满着自信,她甚至暗地里怀着希望,也许,哥哥早已到了解放区,说不定就在延安的哪个地方做着他喜欢做的工作,如果是那样该有多好啊! 整整几年过去了,什么时候才能团聚呢?……总之,她既是向组织交代情况,也真切地希望能通

九十多岁的王阿姨向我讲述往事

过组织的帮助找到哥哥。

那时候,年轻的母亲怎么也想不到,从此,她便踏上了漫漫的寻找之路,那寻找的艰难和一个个难解的谜团竟跟随了她一辈子,几乎一直延续到她生命的终点。

母亲出生在书香门第,上有六个哥哥一个姐姐,而五哥是她的榜样。

五舅从小聪明好学,年幼时家道中落,其他几个舅舅小学毕业就匆忙找了工作,他却以名列前茅的成绩考取了济南师范。五舅勤奋好学,每到寒暑假都在学校刻苦读书,生活虽艰苦,却脱颖而出成为全校成绩最好的学生。后来,他对社会问题产生了浓厚兴趣,因参与驱除学阀运动遭到校方开除。离开学校后,他一方面坚持自学,同时当上了记者以投稿为生。才华出众的五舅出手不凡,所写文章在新闻界屡屡获奖,并因在《中国青岛报》征文中名列第一被聘为该报总编辑,继而又出任《山东日报》社长、《山东民国日报》主编等。母亲记得,正值国民革命军出师北伐,五舅回到家中异常兴奋,教她唱"打倒列强除军阀"的歌,也就是那时候,五舅加入国民党,进入了政界。

1932年夏天,母亲拒绝裹小脚嫁人的行为让家人头痛透顶,是五舅的一句话"既然如此,让她跟着我到济南上学去吧",把母亲从封建家庭的压抑中解脱出来。母亲跟着五舅离开了潍坊的家,从此脱离了原有的人生轨道。

离家的那个日子在母亲的记忆中永远是温暖而快乐的。一早起来,母亲和五舅在众人的簇拥下走出家门,她觉得自己像是一只飞出了牢笼的小鸟。她终于告别了好喝酒且喝醉了就好骂人的父亲,不必每日低头垂手地听他的教训;她终于告别了精明强干又有些专横的母亲,不用再和她争执或是看她抹着眼泪央告自己;她也终于告别了那几个日夜忙碌又有着许多愁苦的嫂嫂们,她们让她揪心,也让她感到生活的无望……那天,在家乡深深的巷子里,她脚步轻盈地尾随在高大俊朗的五哥身后,一起从一扇扇黑色的磨得发亮的沉重木门前走过,那围墙里钻出的一丛丛娇艳的石榴花,那无数次地把她送上高处的秋千,都一一留在她的身后,在母亲眼里,只剩下面前不断伸展着的小路和五舅亲切结实的背影。

母亲进入了济南建国中学读书,五舅在济南的家也就成了母亲每周回去休息的地方。那是一个坐落在离闹市不远的院落,不很大却舒适干净,里面住着五舅和他在济南新找的女人,还有一个老妈子和一个男仆。最初见到那个绰号叫"小迷糊"的女人时,母亲很不以为然,她立刻就想到了潍坊家中清秀老实的嫂嫂,她为嫂嫂感到委屈。连自己喜欢的哥哥也在外面找女人,这多少让她感到了失望。但很快,她又发现这个言语不多的"小迷糊"似乎并不让人讨厌。她本是穷苦人家的孩子,因生活所迫被卖入青楼。她京戏唱得好,酷爱京剧的五舅因此喜欢上了她并为她赎身。"小迷糊"敦厚老实会体贴人,不仅把五舅照顾得好,对母亲也很周到,就连母亲每次带朋友回来吃饭,都受到她热情的接待。不久,姥姥到济南来治病,见了"小迷糊"很恼火,整日里板着脸不理不睬,吃饭时姥姥坐在八仙桌正面,旁边依次坐着五舅、母亲和她带来的同学,"小迷糊"总是恭恭敬敬地站在后面伺候着,见到这种情况,母亲又觉着她有些可怜了。

虽然"小迷糊"的事情让母亲感到不快,但五舅仍然是母亲最佩服的哥哥。五舅公务繁忙,回到家里还要写文章。除了给自己的报纸写稿,还为朋友的报纸撰写社论、评论,应急填补"天窗"等等。在济南的那些日子里,母亲看惯了这样的情景:五舅人还没到家,报社来取稿子的人已经等在那里了。五舅匆匆进门换衣喝茶,沉思片刻,提笔书写,不多会儿便挥毫而就,每每令立在一旁等待取稿的人赞叹不已。母亲喜欢看五舅写文章,很多年后说起来仍然生动形象,五舅写作时那姿态,那神情,好像就浮现在她的眼前。母亲总是夸赞五舅才华横溢,说我们后辈人中没有能超过他的。她还说,五舅的不少文章都是针砭时事的,正因为如此,经常有要好的朋友到家里来提醒他"要小心",这使母亲和家人隐隐地感到不安。

时间久了母亲还注意到,五舅会见一些要好的朋友都是在自己的小书房里。那间书房摆放着很多书籍,晚间,忙完了所有的事情后他便伏在灯下苦读。他常读法律方面的书,还有一些不让外人看见的书,每当有人敲门时,他总是先把书收起来才叫人去开门,这多少让母亲觉得有几分神秘。

五舅的行为有时候也让母亲感到疑惑。他有时晚上出门,临行总是脱掉白天穿的西服换上长衫,把帽檐拉得很低。一次,家里人急匆匆到学校找母亲,说是五舅有几天没有回家了,让她去找找。母亲找了几处都不见人,最后报社的一个排字工人带着她在一家工厂里找到了五舅。事后,五舅一再嘱咐母亲不要对别人说他到工厂来过,以后也不要再到工厂去找他。就是那一次,母亲看到工厂里的工人们衣衫褴褛,出门时还要遭到搜身检查,母亲心里很难过,她不明白五舅到这里来干什么,五舅也始终没有对她提起过。

1935年初,国民党中央执行委员会候补委员、山东省党部特派员张苇村在进德会游园时被击数枪毙命。据说刺客身穿灰色长袍。那天五舅并没有去进德会,也没有穿灰长袍,却被调查组传讯拘留,三四天后才回到家中,朋友们前来看望,母亲听见他在屋里大骂蒋介石不止。

那以后不久,日本侵略者的铁蹄愈加肆无忌惮地践踏祖国,形势极其紧迫。母亲记得,一天五舅突然只身前往南京,数天后回来情绪非常低落,沉着脸不愿多说话。后来母亲才知道,那时,正值中国共产党发表《为抗日救国告全体同胞书》,号召组成抗日统一战线,实行抗日救国十大纲领。五舅为此前往南京要求觐见蒋介石,支持共产党的主张。结果五舅满怀热情而去心灰意冷而回,或许就是在这个时候,五舅对国民党彻底地失望了。

五舅担任国民党山东省党部书记长的时间不长。因为政见分歧,他遭到国民党内部一些人的排挤,形成对立,不久就离开党部到反省院做了训导主任。那段时间,五舅显得既矛盾又兴奋。反省院里经常组织辩论会,一向具有雄辩之才的五舅却时常感到理屈词穷。母亲不止一次地听到五舅感叹说:"反省院是反省共产党人的地方,但是,我干这个工作是要被共产党反省我了……"此间,他看了很多马列主义的书籍,《共产党宣言》《资本论》是他反复阅读的,结果"越看越过瘾"。他与反省院的共产党员过从甚密,还暗中在经济上周济从反省院释放的共产党员,他说:"共产党员被捕不怕死,气节可敬!放出来还是要继续干的,他们在拼命啊!"很快,潍坊的邻里间就有了风言风语,说五舅是"穿两条裙的人"(家乡风俗:女子出嫁时穿裙子,改嫁时再穿一次,故称改嫁的女人为"穿两条裙的人"),意思是王育民原来是国民党,现在改信共产党了。更有亲戚到家里传话说五舅的政治态度很危险,弄得姥爷姥姥担惊受怕,总觉得随时会有什么大事发生。

二十世纪四十年代,母亲在延安向组织递交报告的时候,细细地回忆着自己所见到的一切,一遍遍地清理思绪,原有的许多朦胧的事情变得越来越清晰。她相信哥哥始终是一腔热血立志报效国家的;哥哥读过的那些书一定给了他很大的影响,使得他调整了自己的方向;她也相信在那个工厂里哥哥一定是暗地里进行着革命活动……哥哥对自己所走的路更是起了决定性的影响,他不止一次地对自己说:"你光死读书不行,还要了解这个社会!"母亲所在的建国中学校长正是张苇村,他把学校视为自己的领地,指使人在学生中大量发展国民党外围组织，母亲因为学习好有背景是学校的名人而一再被动员，但身为省党部要员的五舅却在私下里明确地告诉她："你可千万不要参加这个党！"母亲不仅记住了五舅的话，还把这些话转告给自己最要好的两个朋友，她们后来也和自己一样到了延安。

坐在延安的窑洞里写着那些材料的时候，哥哥恳切的话语还一遍遍地在母亲的耳边响起，她不由得很多次停下笔来，被自己的思绪带回到过去的时光……

1937年那个难忘的夏天，母亲在济南参加了抗日救亡活动。

五舅已经很多天没有回家了，母亲四处打听，总算在一家工厂的小屋子里找到了他，他正在和几个朋友测画地图，说是要打游击去。五舅对妹妹说：你来得正好，我也在找你。国难当头，反省院南迁，我是不去的。我要走了，家已顾不得！可惜我走的路你不能去，因为你是女孩子。你现在已经参加了救亡活动，这很好，和你的同志一起走抗战的路子吧！但是要记住，决不要跟国民党走……

母亲心里很乱，她很想跟着哥哥去打游击，但五舅却说女孩子不行。母亲说也未见得不行，可以锻炼嘛！五舅还是摇头说他们没有女的，不方便。

难道女人真的就比男人差吗？母亲的心里不服气。她很羡慕哥哥，也很为哥哥担心，为哥哥走后潍坊一大家子人的生活担忧。她知道，哥哥已经把"小迷糊"托付给了朋友，此行

保存下来的五舅唯一的一张照片

他是义无反顾了,就像是一团已被点燃的烈火,要尽情地燃烧自己!

很多年后,母亲还清楚地记得她和哥哥分手时的情景,她在回忆录中写道:

> 那天临走,我们兄妹互相望了望,我看见我的哥哥那刚毅的浓眉和清癯瘦削的脸,才三十余岁就稀疏了的头发,使我产生一种莫名的敬佩和怜悯之情……
>
> 当时我们彼此没有掉一滴眼泪。

几天后,母亲再次到那个工厂去找五舅,没想到房屋已经贴上了封条,一群人也不见了踪影。

母亲向组织递交了关于五舅的报告后,好像完成了一件重要的事情,她静静地等待着回音。

然而,什么消息也没有。周围的人因为种种说不清的问题一次次地受到审查,组织上却没有派人再来向她询问此事。不久,有同学悄悄对她说,放心吧,不会有什么问题的。这使她有些安心了,至少组织上是相信自己的。但很快,她又为没有任何信息而感到失望。其实,在她递交报告时,心中更多的还是涌动着对五舅的思念,她太想念五舅了,她多么担心他的安危,多么希望他也能来到解放区啊!有时候,她也会想起远在家乡的父母,他们一定望眼欲穿地想要知道离家孩子们的音信吧!她会想起默默地等待着五哥回家的嫂嫂,那清瘦的脸盘和孤寂的眼神好像在眼前晃动;她甚至还想到过"小迷糊",她去了哪里呢?就像是一颗尘埃飘落在茫茫天地间。从未探寻过五舅内心世界的母亲,在彼此分离的日子里却突然感受到哥哥那坚强的外表下埋藏着的柔软,那在复杂的环境中所承受着的巨大压力和对感情的需求。五哥的婚姻是两个家族的长辈在喝醉酒的情况下约定的,显然,旧式婚姻不可能给思想开放的五哥带来感情上的慰藉。然而"小迷糊"又能够给予吗?是她那委婉飘逸又带着一点忧郁凄凉的唱腔打动了五哥,还是五哥所处的复杂环境需要有这样一个女人呢!抑或两者都有?母亲觉得太复杂了,一时很难想透。不过,母亲曾经在"小迷糊"问题上对哥哥的反感在怀念和思索中被悄然淡化了。

所有想到的一切都无处去述说,只能在心里一次次地回放,母亲甚至希望有人向自己提出问题来,那样或许就能了解到一些新的线索,知道一些新的动向,但是,什么都没有……那毫无声息的寂静让她感到难过。

直到母亲离开延安,依旧音信全无。

1946年春天,母亲和父亲离开生活了八年的延安随部队出发前往山东,在经过一年多的颠簸后终于到达临沂。她见到了山东省委的同志们,开始迫不及待地向他们打听五舅的消息。

终于,有人告诉她,五舅早就被国民党杀害了!

还有人对她说,抗战爆发后曾经动员五舅到延安去,但五舅的意思是不能空着手去,要先干出些成绩来。

最初听到五舅牺牲的消息时母亲几乎不能相信,她深知战争的残酷无情凶险莫测,而且这么多年杳无音信,有种不祥的感觉已经隐隐地徘徊在心头,但她还是不能接受这个事实。她不知道自己应该信还是不信,那个充满着朝气,充满着智慧,充满着勇敢和慈爱的哥哥已经走了,十年前,在工厂小屋里的谈话竟然是他们兄妹的最后诀别!

她流泪了。她正怀着孕,隐蔽在老乡家里,飞机在天空轰鸣,不远处的炸弹声震动着茅屋,敌人随时随地都可能攻进来。这种时候,哥哥牺牲的消息给她的打击显然是异常沉重的。悲痛中,她请省委的同志写了一份材料。那材料写得简单明确,说五舅在共产党的领导下坚持抗日和国民党斗争,被国民党杀害了。母亲把材料拿回来,就放在紧靠着炕的窗台上。谁料,就在那天夜里,敌人打了过来,部队紧急转移,母亲挺着大肚子还拖着个周岁的孩子,匆忙撤离时竟没有来得及把材料带走。

1948年秋天,母亲终于回到了刚刚解放的潍坊。站在昔日的老宅前,才得知家中的四位老人在日本鬼子占领山东不久就相继去世了,那闭着眼睛就能摸得到墙缝的老屋早已换了新的主人。她费了一番周折才找到四散的家人。十余载生死两茫茫,五舅和母亲的失踪,在家人的心里蒙上了厚厚的一层阴影,活着的亲人们见到母亲回来又惊又喜,他们还不知道五舅已经牺牲了。当母亲把不幸的消息告诉家人的时候,一家人聚在一起悲痛不已。亲人中,六舅已经有了思想准备。几年前,他听说有人看见城里贴出的告示,说五舅是国民党的叛徒,被处决了。六舅当时十分震惊,难辨真假,他不敢声张,一怕老人知道承受不了,二怕家人遭到国民党的残害,就那样忍着悲伤和疑虑,默默地把不祥的消息藏在肚子里。

离开前,母亲又去看了已被卖掉的老屋。走在熟悉的小巷里,母亲想起当年跟着哥哥离家时的情景。高大英俊的哥哥就走在前面,她紧随其后,心中充满着兴奋和些许的不安。她记得哥哥时而回头望向自己,明亮的眼神里有赞许也有鼓励。如今,胜利终于来临,回来的却只有她一个人。她多么希望能和哥哥一起再次走在这弯曲狭长的小路上,可那样的日子却永远不会再来了……恍然中,有种念头悄然而起,会不会弄错了呢?战争中是什么事情都可能发生的啊!她真的期盼会有奇迹发生,可是,如果五哥活着,他也该回来了啊!

那以后,母亲和所有的人一样投入了新中国的建设,繁忙的工作使她无暇伤感,也无暇顾及过去了的一切,直到有一天她被猛然惊醒。那是一次偶然的出差机会,母亲在火车上听到一些人谈论起三十年代山东国民党的历史,也说到了五舅。有人说王育民被杀是国民党内讧的结果,他死后国民党《中央日报》还登了一条消息:前线记者王育民牺牲。母亲在一旁忍住没有吭声,内心的震动却极其强烈。一方面贴出的告示是"国民党的叛徒",另一方面又在报上称"前线记者",这分明是国民党杀人不认账的卑鄙伎俩,怎么连这么简单的问题都弄不清呢!

　　冷静下来母亲又觉得不足为奇,王育民的身份是明摆在那里的,有谁知道隐藏在背后的故事呢!五哥究竟是什么时候牺牲的?牺牲在哪里?他的尸骨又埋在何处?当时究竟发生了什么事情?……都不知道。她又想起匆忙中没有能带走的那份材料,上面虽然说得简单却很明确。现在,连唯一可证明的材料也没有了,过去了的一切凝固在岁月的深处成了一个解不开的结。她的心被揪着,一种强烈的内疚和责任感压上心头,她知道,她必须调查,必须寻找,必须弄明白一切。为了五哥,为了历史,也为了后人。

　　这是一次艰难的寻找,这次寻找,家族的很多人都加入进来了。

　　首先卷入的,是五舅的大儿子我的表哥王建勋。

　　解放后,母亲一直和家族保持着密切联系,因为父亲一

前排左起五舅妈、我、五舅妈的哥哥,后排左起:表嫂敏慧、表哥建勋、表哥建圻、姐姐严英,摄于五十年代北京

333

直找不到家人,母亲的家人就成了家里来往最多的亲戚。母亲尽己所能帮助家族中的每一个人,帮忙找工作、在经济上给予接济。她每月给好喝酒的六舅寄钱,邮局的收据塞满了抽屉;她还把五舅妈接到北京帮助理家,五舅的两个儿子也就成了小时候我们最熟悉和亲近的表哥。

我曾经问过建勋哥,他对父亲有什么印象?表哥说,父亲离开济南后曾经回过一次家。那天,他带着自己出门去看望大姑(母亲的姐姐)和老丈人。表哥清楚地记得父亲穿着长袍,牵着他的手走过悠长的巷子,路上还停下来给他买了一串冰糖葫芦,那穿在细竹签上的糖葫芦圆圆的,颗颗晶莹,咬起来又脆又甜。到了大姑家,大姑还让他张开嘴帮他把粘在牙上的糖拿掉……

我听着表哥的描述,想象着当时的情景。我知道,那是表哥心中父亲唯一的影子,从此,伴着表哥依稀印象的就只有父亲飘飘的长衫和那串晶莹的冰糖葫芦了。实际上,五舅那次回去正是向家人辞别的,他已决定去打游击,此去凶险难料生死未卜,他已做好了最坏的准备。不过,他什么都没有对家人说,只是默默地辞别了父母,看望了亲戚,享受着和儿子少有的亲情……然后,一个人离开了。

五舅牺牲时他的两个儿子大的五岁,小的只有三岁,在他们儿时的生活中父亲出现得很少,然而,父亲的离去却给他们留下了永远难以抹去的印迹。

抗美援朝爆发后,五舅的大儿子以品学兼优的表现被推荐参军进入海军航校,在部队却被告知出身只能填写"伪官吏"。毕业时,表哥没有能够像他希望的那样分到部队,而是留在了航校,表哥知道这还是和他的出身有关。表哥为这个出身感到郁闷。与此同时,母亲也听到了别人的议论,更加有种说不出来的滋味。她再次打报告要求通过组织调查五舅的情况。

二十世纪五十年代,七舅的意外发现终于使对五舅的寻找有了重要进展。

七舅解放前在银号工作,当过钱庄的经理,解放后钱庄关闭他就到朋友开的"大北"照相馆当了会计。七舅继承了书香门第的衣钵,喜欢古典文学,喜欢搜集古董文物,喜欢结交朋友,在钱庄关闭的过程中认识了民政科长荣里东。一次,两人在一起聊天,荣里东说:我们家乡还埋着你们潍坊一个人呢!七舅问:是谁?荣里东说:叫王育民。七舅大惊道:那是我五哥啊!震惊之余七舅盯住荣里东连连追问,原来荣里东解放前是中共临淄县委通信员,他不仅知道五舅牺牲的事情,还"在党的会议上见到过他也到会"。谈起往事,荣里东非常感慨。七舅小心地向荣里东求证:我五哥是烈士吗?荣里东严肃地回答:王育民当然是烈士!七舅还想了解更多的情况,可惜荣里东说不出来了,但让七舅惊喜的是他提供了一个可能知道详情的人:当时与五舅同在抗日救亡团的王君。

线索就这样出现,好像阴霾的天空中突然出现了一道闪电。

七舅立即将消息告知母亲,母亲动员了所有的力量寻找王君,终于在中央粮食部查到此人。于是,母亲启动程序:先由组织出面发调查函,接着通过老战友联系,之后是通信,再后来是带

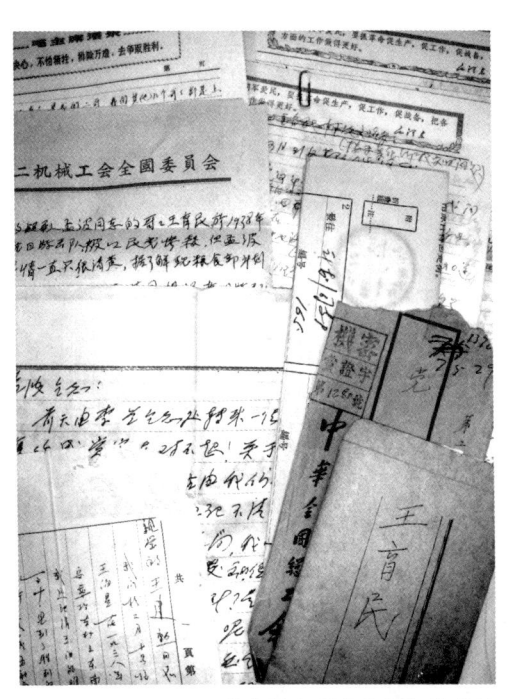

母亲保存了半个世纪的材料

着表哥亲自前往拜访。

1957年冬天的一个日子里,母亲和表哥在北京见到了王君。表哥回忆说,那是一个很朴实的人,提起往事来仍有抑制不住的激动。他知道五舅牺牲的全部经过,写了证明材料,并提供了和五舅共同组织救亡团的另一位负责人杜振东的线索。很快,由表哥所在的海军单位出面,调查信就寄往杜振东所在的大连一干部训练班。

在时光匆匆过去了将近二十载后,五舅失踪的谜底终于被揭开了。

王君在信中写道:

> 1937年10月间,我和杜振东以及王育民同志找到了本县的一位国民党员李寰秋共同组织抗日武装,在组织之初,就设定以八路军所宣布的抗日救国十大纲领为我们的政治路线,但部队组成之后,李即马上背弃了他的诺言,暗地与国民党的一个游击组织首领周胜芳(后来投降日本)勾结,因此我们便脱离了这一部队,而另于1938年5月间在我党的领导下,深入农村重新组织抗日武装以及群众组织——救亡团,并对李展开了政治斗争以促其抗日和爱护群众。当年旧历八月十五日,李派武装逮捕了我们县团部的负责人杜振东与王育民,和一位村团部的负责人……

事情发生在1937年秋天,母亲和五舅分手后不久。五舅和杜振东等联合当地的豪绅李寰秋组成了"广饶人民抗日自卫团",活动在临淄、广饶一带,李寰秋任司令,杜振东任副司令,王育民任参谋长。

几十年后,当我们重新谈论此事时表哥禁不住叹息,他们怎么和这样一个人联合组织抗日武装呢!其实我们心里都清楚,在当时,动员一切力量进行抗日是打败日本侵略者的唯一途径。李寰秋手里有不少人马和枪支,这显然是吸引五舅他们联合的主要原因,但李寰秋背信弃义危害百姓的行为又使得他们与之断然分手。后来,李寰秋的队伍被收编为国民党保安十六旅,李寰秋任旅长,而五舅他们组织的抗日救亡团则直接和八路军山东纵队第十团进行联系,为八路军提供武器情报,输送干部。

六十多年前的那个中秋之夜,五舅他们在县城西关"裕源号"开会,李寰秋设下了鸿门宴,将杜振东和五舅武装拘留(后杜振东被保释),罪名是为共产党组织武装,强令交出枪支。五舅在狱中全副镣铐,绝不屈服,他义正辞严地斥责道:我抗日有何罪!这枪支就是为共产党准备的,头可断,枪不可交!在饱受折磨四十多天后,经八路军方面以统一战线的名义再三交涉,李寰秋终于被迫放人,但下令将五舅武装驱逐出境。

已是秋末初冬,五舅的身体非常虚弱,他由两个士兵押着,强忍着伤痛,骑着王君交给他的一辆自行车前往八路军管辖的地区。一路颠簸,五舅终于坚持着到达了临淄边境,隔着一座桥那边就是八路军管辖的广饶了,疲惫不堪的五舅再也无力把自行车蹬上桥去,他扔下车子可能是想喘息片刻再走过桥去,就在这时,有人拦住了他,国民党设下的埋伏早已等候在那里,有马队追上来,看见他就开枪,就这样,他被杀害了。

五舅就倒在一个当时叫率王庄的小桥边,那个和八路军近在咫尺的地方。那里是他深深热爱着的家乡土地,他一腔热血想要抗击侵略者报答这片热土,结果却被自己同胞的子弹所击中,被害时他只有三十二岁。

1957年2月,经过母亲、六舅、七舅等人多方查询之后,表哥接到临淄县第五区呈兰乡郝家村公社党支部书记李承仁的来信,告之"王伯难躯安葬于本村东南坡头菜地"。五舅打游击时当地很多人都认识他,郝家村的一些人还目睹了他被杀害的经过,并报告了中共清河特委,之后乡亲们将五舅安葬了。王君说,五舅被害后,临淄广饶一带的游击组织一度受到很大挫折。杜振东说,中共清河特委对五舅的死既悲愤又惋惜,曾表示"将来有机会要将育民好好安葬"。

1958年秋天,在五舅被害整整二十年后,六舅和七舅终于出发,前往五舅牺牲的地方。

那是一个让人伤感的日子,六舅和七舅结伴而行,他们坐在车上沉默地望着窗外缓缓掠过的原野,谁也没有心思欣赏金秋美景。

当年,在得知哥哥遇害的消息后,六舅难过得好几个夜晚都不能入睡。在这个家族中,和母亲与姨走了不同的道路一样,六舅和五舅也同样在人生道路的选择上大相径庭。亲戚们说,六舅从小生得漂亮,聪明过人,三十年代在青岛义德栈做高级职员,办事干练深得老板赏识,但也沾染了一些不良嗜好。即便如此,六舅从来也没有忘记自己的哥哥,在寻找五舅的过程中他竭尽全力地查询每一个线索,和母亲互通情况,在他不断地写给母亲的信里对兄长的思念之情跃然纸上,每每令母亲看了都十分感慨,总忆起那个从小背着自己一起玩耍的六哥。

那天,六舅和七舅风尘仆仆地来到郝家村与众乡亲见面。李承仁的母亲对当年五舅遭害的情景记忆犹新,说起来忍不住落泪。有人还指着七舅说,死去的人很像他。在乡亲们的引领下,六舅七舅来到了村东南菜地五舅的坟前,坟包就坐落在坡地上,虽然经历数十个春夏秋冬的风摧雨袭,因有乡亲们每年清明为之添土依然完好无损。李承仁的母亲亲自准备了香烛菜肴,秋风萧瑟中众人一同祭拜,然后将遗骨起出。他们在五舅的颅骨上发现了枪眼,还在坟地里找到了一双皮鞋,六舅七舅认出那正是五舅时常穿在脚上的鞋,二十年的光阴,皮鞋竟然还没有腐烂。

六舅和七舅将五舅的遗骨一一收敛,在众乡亲的帮助下装在两个包袱里,一人一个背在身上,暮色苍茫中他们别过淳朴的乡亲们,迈着沉重的脚步把自己的哥哥带上归家的路途。那夜,他们寄宿在一家小旅店,夜深人静兄弟二人相对而坐,中间摆放着的是裹着哥哥遗骸的包袱,睹物思人,忆起当年父母兄弟们在一起时的种种,他们终于忍不住大哭一场。

后来的事情办得很顺利,经过潍坊市政府批准,民政科长荣里东经办,五舅被安葬于潍坊烈士陵园。

母亲终于知晓了哥哥牺牲的详细经过,虽然一切已在意料之中,但那悲壮的一幕依然深深地注入母亲的思念之中,直到耄耋之年,她还在回忆录中不止一次表述着自己的满腔悲愤:

> 育民哥之死,是为民族而死,是为复国仇抗日寇而死,是铮铮铁骨为抗敌救国和国民党反动派作殊死斗争而被杀害了的!
>
> 育民哥死得顶天立地,光明磊落!

从孩提时代起,我们就常听到母亲讲述五舅的故事,我们听得聚精会神,为有这样一个传奇般的舅舅而感到自豪。有时候,单纯的

九十年代经过修缮的烈士陵园里五舅的墓碑

我们也会发出幼稚的叹惜,五舅为什么要在那座小桥前停下来呢,假如他再坚持一下,走过了那座桥……母亲好像听不到我们的发问,她沉浸在自己的思绪里,她那痛楚的表情告诉我们,事情没有那么简单,一切都无法改变。

按说,五舅的遗骸被安葬在烈士陵园里,母亲心中的一块石头总算落地,事情本该结束了,但实际上并非如此。

五舅被安葬时,母亲并没有亲自前往吊唁自己的哥哥,她只是在北京静静地听候着从家乡传来的消息。离解放初那次回乡快十年了,寻找了多年的哥哥终于有了下落,母亲理该回去,但她最终没有动身。工作忙是一个原因,母亲一向以工作为重,那个年代的政治斗争形势又是如此变幻莫测,稍有不慎就可能有翻船的危险,作为单位的一把手她必须坚守岗位保持高度警惕……但我总觉得,这并不是主要原因。母亲不想看到哥哥的遗骸,那个内心的希望还固执地蛰伏在那里,她宁愿守着一份属于自己的真情,这可能是另外一个原因。除此之外,我觉得还有更重要的原因:以母亲的经验来看,整件事情并没有完全落下帷幕。

我看到了母亲那时候留下来的材料,每一封来信,每一份证明材料都保存完好。不仅如此,母亲还在那些材料上一一附上小纸条,仔细地注明时间、地点和需说明的问题。此外,还有一些没有写成材料的口述记录、抄了一份又一份的证明,甚至还有被退回的组织介绍信……所有的一切都被母亲小心地保存起来,所有的一切都没有要结束的迹象。

母亲去世后,那些材料就静静地躺在她的抽屉里,在很长一段时间里我没有勇气打开它们。那一个个褪色的旧信封、一张张磨损的发黄的纸页仿佛都在述说着岁月的故事,翻动它们只能让我感到沉重和更加想念母亲。直到有一天,我下决心打开它们的时候,我仍旧禁不住为母亲当年在五舅问题上的谨慎和执着感到惊讶。我察觉到,母亲并没有因为五舅葬入烈士陵园而卸下精神上的担子,那块压在母亲心头的石头始终没有彻底移去,她好像还在固执地找寻着什么。她想要知道的到底是什么呢?我问过母亲的好朋友王阿姨,问过表哥,他们告诉我,那是五舅的身份。

在所有得到的证明材料里,没有一个人能够证明五舅是否加入了中国共产党。

以母亲看来,五舅肯定是共产党员,他看透了国民党的腐朽,一再叮嘱自己去找共产党,他自己怎么可能不加入共产党呢?再说荣里东证明曾经在党的会议上看到过他,在那样特殊的年代里,不是党员又怎么可能参加党的会议?回忆五舅在济南的种种表现,谁能保证他不是一个潜伏在国民党内部的共产党人?回想他冒着生命危险为八路军十团所做的种种,谁又能认定即便此前他没有加入共产党,在此时他还没有加入共产党?!

母亲为这个难以弄清的问题而苦恼不堪,她很多次地和王阿姨讨论着这个问题。她们一遍遍地回忆着在济南那个外表宁静的院落里看到的五哥,谈论着那个充满了理想和魅力的男人,谈论着她们在泰山上看到五哥写给母亲的信"要彻底抗战就到西北去找无产阶级",而她们正是照着五哥的话去做的。每一次回忆,母亲和阿姨都有说不完的话;每一次回忆,她们都为五哥在关键时刻为自己指明道路而心存感激。后来,王阿姨告诉我,对五哥的身份她的看法有所不同,因为找不到确凿证据,也因为五哥毕竟在反省院里也曾经反省过共产党人,她更倾向于五哥是国民党的左派。她为母亲的焦虑感到担忧,不止一次地安慰母亲。她对我说,难道国民党抗日就不是烈士吗?国民党抗日也是烈士!话虽这样说,但这在当时并不能解决母亲迫切希望弄明真相的问题。母亲不同意王阿姨的看法，她觉得阿姨对五哥的了解没有自己深，她坚信五哥是那种提着脑袋干革命的共产党人，并固执地想要继续找寻新的线索。

这个身份有那么重要吗？几十年后，翻看着母亲留下的那些材料，我为她的苦苦探寻感到有种说不出的沉重和压抑。几十年来，母亲为了查明真相实在做了太多的努力。五舅为抗日救国英勇牺牲已是不容置疑的事实，难道有这一点还不够吗？难道还有比这更重要的吗？

这当然很重要！几十年后，被母亲引领着经历了艰难找寻的建勋哥回答得从容而坚定：在那个年代里，你见过烈士陵园里有不是共产党员的吗？

那一刻，他的话让我为自己的幼稚而感到惭愧。细想，竟不由得从心里感到一阵发凉——五舅会因为他的身份之谜被从烈士陵园里"请"出来吗？

我猜想，母亲一定是看到了这一点，母亲显然是在担心着什么，为此她才下决心要追寻到底。然而，这一次，寻找的难度大大地超过了此前，到哪里去找呢，谁是他的入党介绍人？谁能证明他是共产党员！在那个战乱的年代，国共两党之间经历了相互合作又相互厮杀的大起大落，每一个特殊身份都牵扯到不止一人的生死，那一定是一种极其隐秘的单线联系，又何况像五舅这种地位的人。

唯一的希望，只能是在八路军十团的领导人身上，他们和五舅的关系绝非一般，应该知道五舅的身份。但是，当母亲费尽周折终于把头绪一点点地理到那里的时候，才得知，和五舅保持着单线联系的十团政治部主任已经在抗日战争中牺牲了。

线索就这样中断了。

母亲把所有的材料都小心翼翼地保存着，她好像在等待着什么。

1966年是母亲生命中最艰难的一年。夏天,"文革"的滔天巨浪迅速席卷全国,最先被横扫的是学校,而母亲作为北京工业学校的校长也在第一时间被打倒,经受了残酷的折磨。

很快,五舅的问题被再次提起。造反派勒令母亲交待王育民是怎样被弄成烈士的。

我看到了母亲所写的厚厚的材料。在接连不断被批斗的日子里,她除了要交代自己执行修正主义教育路线的种种罪行,还必须一遍遍地回答有关五舅的问题。那些审问和斥责常常让她哭笑不得,所幸的是她早已有了准备。几乎所有重要的材料除了进入档案的,在家中都留有不止一份抄写件(有的还是原件)。一个炎热的日子,母亲被学生们押着回到家中,她从容地取走了那些材料,把它们交给造反派们。后来,我看到了专案组在母亲的要求下写的收条。直到1984年底这些材料才被退还,但其中王君的一封信(原件)已不知去向。我不能不佩服母亲的预见,她的所有准备都是正确的。我曾经设想,如果当时交不出这些材料,母亲又将面临怎样的处境?在她累累的罪行上会不会还要罪加一等?我感到不寒而栗。

然而,五舅的身份仍旧是一个摆脱不掉的疑团,母亲的交代削弱不了造反派们狂热的战斗力。与此同时,表哥已经被人称为"国民党的狗崽子",而老家那些经历了战乱直到"文革"前还依旧存有的"缥缃千卷牙籤万轴"也遭到了彻底的洗劫……日子十分难熬,母亲除了时时提防着自己不要惨死在棍棒之下,还为五哥的墓碑会不会遭到造反派的破坏而担忧。有许多个深夜,当终于结束了一天的批斗和喧嚣之后,被关押着的母亲抚着身上的伤痛,鼓励自己一定要挺过去。孤寂中,她曾经不止一次地想起五哥,有时甚至在梦中看到五哥站在自己的面前。她向五哥伸出手去,希望五哥能够告诉自己有关他身份的真

343

相,然而,五哥转身默默地走开了……醒来,冰冷的泪水滚落在母亲的脸上!此时,她已经不再希望五舅还活着。在过去了的漫长日子里,无论是杳无音信,还是最初听到五舅牺牲的消息,即便是那些材料真实地摆在面前,让她明白一切早已不再可能,她也没有放弃那个蒙蒙中的念想——五舅的死只是一种误传——实际上她只是顽强地希望五舅活着。那样,她就有许多话可以对他说,她的生活也会增添许多色彩。然而,现在,她终于彻底地抛弃了这个跟随了她多年的念头,这个小心地被珍藏保护着的期盼。她知道,如果五哥活到现在,他的遭遇将更加可怕。很多年后,母亲还用不容置疑的语气对我说:"如果你五舅活着,一定会被他们活活打死!"

1967年,我的表哥做了最后一次努力。他在北京长安街一侧的轻工业部找到了造纸局局长李人凤,他正是八路军十团的负责人之一。当年母亲在临沂时就听说过他,五十年代六舅也曾打听到他在上海,但始终都没有联系上。通过种种途径,表哥见到了他,处在逆境中的表哥对他能够证实五舅的身份满怀着希望。李人凤对表哥说:王育民和十团政治部主任直接联系,提供情报,并向十团输送了不少优秀青年,记忆中全国解放后在装甲兵工作的王林同志就是当年被输送的干部之一。至于五舅的身份,他认为政治部主任应该最清楚,可惜他牺牲了。

最后的努力依旧没有结果。此时,"文革"的烈火已经燃遍每一个角落,曾经和五舅一起组织救亡团的杜振东在旅大被"开除党籍"(很多年后,我在一个材料上看到杜振东的入党介绍人正是五舅向八路军输送的王林),所有和五舅有牵扯的人都已自身难保,难道还能因为五舅的问题再去打扰他们吗……面对无数黑白颠倒是非混淆的惊人事件,母亲和表哥都知道不用再找了,即便找到又能怎么样呢?!

母亲还在没完没了地写着交待材料,群众组织提出的问题越来越细：王育民何年何月任何职？王育民的反动表现？做了哪些坏事？对你的影响？怎么没弄成烈士的……母亲觉得这些人中有人充满恶意，更多的人却完全是出于对历史的无知！且不说五舅是否加入过共产党，他们甚至不知道也不能理解国民党也曾经抗日过。为了说服他们，母亲在交代中认真地引用了《毛泽东选集》一卷中关于战争、关于国共两党关系、关于对国民党中爱国人士的分析等等论述。就这样，五舅的故事在母亲那里又加入了新的内容。

母亲写着，不顾一切地长篇累牍地引用着领袖的语录，以坚韧的毅力不懈地进行着分析，想要说服那些读材料的人们。说来好笑，正是那些黑暗日子里的荒唐行为，让母亲更加深切地感受到五舅的事情关系的不仅仅是一个人、一个家族。在中国革命的滚滚洪流中五舅虽然只是沧海一粟，但他却如此真实地印证着历史前进的艰难脚步。

1985年秋天，离开工作岗位的母亲终于踏上了返乡的路途。我知道，母亲此行的一个重要目的是去看望五舅，她需要了却自己的这个心愿。

天高云淡，沿着松柏环绕的小路，我们一行人向墓地走去。母亲在前，随后是七舅，六舅已不在人世，五舅的两个儿子因工作重任在肩无法前往，陪同我们的还有山东的大表哥、四表哥和一个表侄。

仿佛穿越了漫长的路途，我们终于站到了五舅的墓地前，松柏中白色石碑默默竖立，上面刻着五舅的名字和立碑日期。那一刻，我相信母亲的感觉一定并不陌生，一切都似曾相识，一切都曾经很多次地出现在母亲的想象里……表哥献上花圈，我们低头默哀，四野一片寂静，只有风声在松柏间沙沙地穿行。母亲哭了，她双手抚摸着冷冷的石碑，"五哥，我来看你了！五哥……"多么遥远了啊，母亲的惦念、母亲的找寻、母亲的忧伤、母亲的焦虑都似乎融化在这风中的哭泣声里。七舅也哭了,他佝偻着身子,悲伤地张着嘴,涕泪横流。

那天,在五舅的墓前,我深切地感受到母亲掩藏在坚强外表下那颗伤痛的心。四十多年了,母亲是怀着怎样顽强不懈的精神去寻找五舅啊!那是信念、意志,也是血脉之情,是发自内心,也是迫不得已……那天,我一直在想,这一切五舅知道吗?倘若上天有灵,五舅会感到欣慰吗?!

在我家的书柜上,一直以来都高高地摆放着五舅的照片,它面对着母亲习惯坐着的地方。那照片年代久远,在一片淡淡的黑灰色的基调中,年轻的五舅隔着苍茫的时空凝视着我们,使我们彼此相望却永远无缘相见。

1985年在烈士陵园碑亭前。左起:四表哥、母亲、七舅、大表哥、表侄,作者摄

如今,五舅就那样静静地躺在一片绿色的草地里,带着他悲壮的故事和那些难解的谜。他倒下去的时候,并不知道自己的墓碑会安放在哪里,也不知道将来自己的坟前摆放的是鲜花还是其他什么,即便如此,他还是把自己的青春和血肉之躯毫不犹豫地奉献出来,他年轻的生命永远比鲜花还要灿烂。

为写这篇文章,我又一次看望了九十多岁的老共产党员王阿姨。提起往事,她瞪着眼睛看着我,大声地重复着那句曾经说过很多次的话:五哥是烈士,是我们参加革命的指路人!

或许她会感到奇怪,过去是母亲和她讨论,怎么现在又轮到我了。

在写这篇文章的时候,表哥送来了烈士陵园的照片,让我不禁又想起了那个秋天,我们久久地徘徊在松柏之中。陵园朴素简洁,进门不远处有一座高大的碑亭,亭子里坐落着一尊大理石墓碑,碑上雕刻着的是革命烈士英名录。英名录分为三部分:第一、二次国内革命战争时期,抗日战争时期,解放战争时期。我再次仔细地端详表哥送来的照片,那一个个陌生的名字在眼前闪过,每一个名字都是一个故事,每一个名字都会有一段令人刻骨铭心的记忆。一个念头忽然让我感到如此不安,墓碑上第一、二次国内革命战争时期牺牲的烈士十三名,抗日战争时期牺牲的烈士三十名⋯⋯偌大一个潍坊,在长达八年、付出了无数人生命代价的抗日战争中只有三十名烈士,这真的让人很难想象!我仿佛又听到陵园中秋风在索索唱响,我知道,一定有很多人就像这风一样来无影去无踪,他们的名字本应该镌刻在时代的纪念碑上,但是,因为各种各样的原因被遗失在历史的角落里,默默地,被人们忘却。

寻找,还要继续下去吗?⋯⋯

2009年夏于北京

# 后 记

大约在2005年夏天,写作荒煤传记的时候,我曾多次和张昕老师坐在一起听她讲述往事,并在她那里看到了北平学生移动剧团团体日记。阅读日记的那一刻,我就萌发了写作日记背后故事的念头。最初的文章是在《读书》和《书城》上发表的,很快,在《收获》主编李小林的鼓励下我开始发表专栏"遗失的青春记忆"。这是我第一次写专栏,李小林的热情鞭策和耐心指教无疑成为我顺利完成任务的保障。而人民文学出版社编辑刘伟主动联系我希望出版此书,更使我热情倍增,这是他到出版社工作后的第一部书,一个八十年代出生的年轻人对历史的理解和敬畏之心让我感叹。就这样,在大家的热情支持下,《1938:青春与战争同在》于2009年春顺利出版。

北平学生移动剧团的写作结束后,我很快投入了其他课题的写作,但那些战争中的年轻身影从来没有从我的视野中消失,或许是因为我的父母同他们一样也在祖国危难的时候走上战场,有着同样的经历和青春的缘故吧。而就在这时,电影史学家程季华先生的托付更让我无法从对他们的寻觅中摆脱出来。之后,还是李小林的鼓励,我开始了"他们走向战场"专栏的写作。现在这本书,就是以这个专栏为主体形成的,没有想到还是刘伟找到我提议出书,虽然我们并不属于一代人,但彼此之间无须做更多的沟通,这大概也是一种缘分吧。

此书分三个部分：

第一部分是"他们走向战场"的七篇文章，写周恩来领导下的国民政府军事委员会政治部第三厅（厅长郭沫若）属下演剧队的故事。他们在抗日战争的洪流中，在中国话剧运动史上留下了不可磨灭的贡献，至今还少有人写过他们。但要系统地把这些演剧队（十个演剧队、四个宣传队、一个孩子剧团）的历史一一写下，并非我的能力所及，我还是按照自己惯有的喜好，着重写其中一些人的命运和情感，以细小的浪花折射一个庞大的团体和时代。写作是建立在史料基础上的，我认真阅读了程老给我的书籍，查阅了很多资料，那是一个长长的书单：《周恩来与抗敌演剧队》、《硝烟剧魂》、《抗日烽火文艺兵》、《壮绝神州戏剧兵》、《国门内外写春秋》、《南洋风雨行》、《黄河入海流》、《八千里路云和月》、《燃烧在汉水之滨的一支火炬》、《骆驼声声》、《南天艺华录》、《中国远征军缅甸荡寇志》、《广东革命文艺史料》、《山西文史资料》、《岁月》、《田冲》……这些书大多写于二十世纪七八十年代，有的正式出版，多数是内部资料，属于革命回忆录范畴。作者以自己的亲身经历梳理历史脉络，使我较为准确地把握住演剧队在战争中走过的历程。阅读这些文章时，我充满敬佩之情，同时也颇感惊讶，这些具有崇高理想坚定信念，有着坎坷经历和严格组织纪律的人，即便到了耄耋之年，在回忆中也较少地谈到个人，他们更注重组织和团体的成就，他们的讲述充满革命豪情，而似乎有意识地淡化个人得失和情感变化，这让更为关注个体命运的我不能不感到些许的遗憾，我只有努力地挖掘和寻找。更加遗憾的是，在写作这些文章时，他们中的大部分人已经离开了这个世界，我无法真正接触到他们，也无法知道如果能活到今天，他们的信念和观点会不会改变，他们会用另一种眼光看待生活和自己走过的路吗？他们有没有别样的讲述？……答案可能是否定的。无论今天的人理解也好，不理解也好，他们永远是他们，是那个非凡年代所铸就的人。他们以勇敢和顽强抵御着黑暗,并在此后的一生中甘愿以血和生命的代价捍卫自己作为强者的理想和信念……

书的第二部分,一是宜昌抗战剧团史料。如同《1938:青春与战争同在》中的北平学生移动剧团团体日记一样,这是第一手资料,不同于亲历者后来的回忆。因而它们能够提供给人们的信息更真实,也更加宝贵。对于这些材料,我坚守保持原貌的原则,将剧团的历史脉络梳理出来,附以一部分整理出来的原始文件。可惜我无法将这些史料全部载入——由于时间关系,更因为很多篇幅都已模糊不清,只能忍痛舍去,但能够呈现的部分,相信今天的读者们读起来也会别有味道。二是对黄永玉先生的访问。黄老是当年参加过剧团的老人,有着难忘的经历。不过,他的回忆与我所看到的多数革命回忆录不同。他侧重人和事,讲述也似乎更加朴素,平实中有着一份超然;他怀念那些逝去的年代,怀念许多在战争中失散了的故人,不颂扬,不溢美,却有着一种深刻和力量,这种深刻和力量或许是需要我们去静心体会的。

此书的第三部分,是写我所熟悉的人:母亲,未曾谋面却似乎熟悉的舅舅,与母亲生死与共一路走过的阿姨们。这几篇文章都发表在"遗失的青春记忆"专栏中,文中的人物不属于移动剧团,却同属于那个时代,那场战争,那个曾经和中华民族一起走过浴血岁月的年轻群体。他们后来的经历或许也代表着那一辈人的坎坷命运。在这个部分中,作为写作者的我,在情感和观念上流露较多,是否得当,不是自己能够评价的。或许是因为对他们太熟悉的缘故,在编辑此书时重读几年前写的文章,总觉得有许多遗憾之处,那些未尽的故事就留待以后再写吧。

我深深地感谢那些写下回忆却不曾相识的前辈们,感谢程季华先生的嘱托,感谢鼓励我写出这些文章的人,也感谢为了这些文章付出辛勤工作的编辑和出版单位。在写作期间,我曾经访问了一些前辈的亲属和后人:马海星、马海莹、马海玲、晏元、程小华、李元、葛鹏燕、葛苑生……,有的多次长谈,有的通讯采访,即便是简短的点拨也常使我受益匪浅,对他们给予我的无私帮助也一并表示衷心的谢意。

此书是《1938:青春与战争同在》的姐妹篇。

谨以这两本书献给一个大时代,献给那些前赴后继,勇敢地博弈黑暗的前辈们。

2018年春,花开时节